너에게 별이 되기를

너에게 별이 되기를

발행일   2023년 11월 8일

지은이   박중장
펴낸이   손형국
펴낸곳   (주)북랩
편집인   선일영   편집   윤용민, 배진용, 김다빈, 김부경
디자인   이현수, 김민하, 임진형, 안유경   제작   박기성, 구성우, 이창영, 배상진
마케팅   김회란, 박진관
출판등록 2004. 12. 1(제2012-000051호)
주소   서울특별시 금천구 가산디지털 1로 168, 우림라이온스밸리 B동 B113~114호, C동 B101호
홈페이지 www.book.co.kr
전화번호 (02)2026-5777   팩스   (02)3159-9637

ISBN   979-11-93499-30-6 03810 (종이책)   979-11-93499-31-3 05810 (전자책)

(주)북랩 성공출판의 파트너

북랩 홈페이지와 패밀리 사이트에서 다양한 출판 솔루션을 만나 보세요!

홈페이지 book.co.kr   •   **블로그** blog.naver.com/essaybook   •   **출판문의** book@book.co.kr

작가 연락처 문의 ▶ ask.book.co.kr

작가 연락처는 개인정보이므로 북랩에서 알려드릴 수 없습니다.

너에게
별이 되기를

박중장 장편소설

북랩

목차

1부

가려진 비극

"난 오래전에 끝났어요. 오래전에 이미 끝나버렸다고요."

"아니요. 끝나지 않았어요. 지금 살아 있으니까요. 그리고 앞으로도 꼭 살 수 있을 테니까."

"혹 다른 사람의 인생을 살 수 있다면 나도 살 수 있겠죠. 다른 사람이 되어 지금과 완전히 다른 인생을 살 수 있다면……"

수 초간 정적이 흘렀다.

소극장 안은 싸늘한 긴장감으로 메워져 있었다. 남자는 가파르게 깎인 암벽 모형 위에 위태로이 선 채 절망한 얼굴을 하고 있었다. 여자는 그곳 아래에 서서 고통스러운 표정으로 남자를 올려다보고 있었다.

여자가 정적을 깨트리며 크게 소리쳤다.

"그럼 나를 가지세요! 나를 당신 걸로 만들어 버리시라고요!"

그때, 관객석 맨 끝자리에 앉아 공연을 보던 극작가 김민철이 미간을 찡그리더니, 자리에서 벌떡 일어나 공연장을 빠져나왔다.

20여 분 후, 공연대기실 안.

여섯 명의 남녀 배우가 화장대에 앉아 분장을 지우거나 탈의 칸막이 안에서 옷을 갈아입고 있었다. 극의 여주인공 고은별은 막이 내려가자마자 황급히 대기실로 내려와, 가장 먼저 분장을 지우고 옷을 갈아입었다. 대기실 안에는 배우들 말고도 한 명이 더 있었는데, 공연 도중 관객석을 빠져나온 극작가 김민철이었다. 그가 대기실 밖을 나서고 있는 고은별의 뒷모습을 보며 입을 열었다.

"은별 씨, 벌써 가는 건가요?"

은별은 문고리에서 손을 떼며 김민철을 향해 돌아섰다.

"네, 엄마가 밖에서 기다리고 있어서요."

민철은 엷은 미소를 지으며 고개를 끄덕했다.

"그렇군요. 은별 씨와 얘길 좀 하고 싶었는데, 아쉽네요."

은별은 밝게 웃음 지었다.

"무슨 얘기요? 몇 분 정도는 괜찮으니까 하실 얘기 있으면 하세요."

"뭐 별다른 얘기는 아니고, 저녁이나 같이하며 공연에 관해서 얘길 좀 나누고 싶었는데……."

은별은 눈썹을 올리며 고개를 살짝 갸웃했다.

"공연 얘기요? 음, 그럼 오늘은 안 될 거 같고, 제가 다음 주 중에 시간 한번 내볼게요."

민철은 온화한 눈길로 은별을 바라봤다.

"알겠습니다. 기다리죠."

은별은 방긋 웃었다.

"네, 작가님."

은별이 곧 대기실을 나가자, 민철은 출입문을 가만히 응시했다. 그러다 미간에 주름을 세우며 눈을 내리떴다.

소극장을 나온 은별은 출입구 옆에서 자신을 기다리고 있던 제 어머니와 함께 근처 레스토랑으로 향했다.

두 사람이 레스토랑 안으로 들어서자, 은별의 남자 친구 안강현이 앞쪽 테이블에서 일어나 둘을 반겼다.

"어서 오세요. 먼 길 올라오느라 힘드셨죠, 어머님."

은별의 어머니 은숙은 생긋이 웃었다.

"힘들기는요. 딸 남자 친구 만나러 올라오는데 힘들 게 뭐가 있겠어요."

"이제 말씀 낮추세요, 어머님."

은숙은 미소 띤 얼굴로 코를 찡긋했다.

"은별이랑 결혼하고 나면."

테이블에는 나이프와 포크 세 쌍이 냅킨 위에 가지런히 놓여 있었다. 세 사람이 테이블에 앉자, 레스토랑 직원이 서빙 카트를 끌고 와 쇠고기 스테이크가 놓인 세 접시를 각각의 자리에 내려놓았다.

"어머님, 여기 스테이크 정말 맛있습니다."

강현이 환한 얼굴로 말했다.

은숙은 입꼬리를 활짝 올리며 화답했다.

"울 사위가 추천하는 곳인데 왜 맛있지 않겠어요."

강현은 '울 사위'란 말이 참 듣기 좋았다. 가슴이 설렐 정도로. 결혼 날짜도 아직 정하지 않았는데, 예식일이 바로 눈앞에 와 있는 것만 같았다.

"사위가 너무 착해서 효도도 엄청 빡세게 할 거예요. 기대하세요, 엄마."

은별이 익살스러운 얼굴로 말했다.

은숙은 살짝 애처로운 눈빛으로 강현을 바라보았다.

"빡세면 안 되지. 착한 사위 힘들면 안 되니까."

은숙은 입을 닫으며 시선을 떨어뜨렸다.

그러자 강현이 서둘러 말했다.

"효도 빡세게 할게요. 그럼 저도 더 행복할 테니까요."

은숙은 시선을 바로 하고 옅은 미소를 지었다.

"이렇게 착한 사람을 우리 딸이 어떻게 만났는지……."

은숙은 말끝을 흐리더니, 다시금 눈을 내리뜨며 아랫입술을 깨물었다. 내리뜬 눈에 눈물이 비쳤다.

은별은 은숙의 옆얼굴을 힐끔 보았다.

"엄마도 참……. 울 엄마는 너무 좋으면 꼭 이런다니까. 아무튼 얼른 먹자, 오빠. 엄마도."

"그래, 너무 좋아도 이러면 안 되지."

은숙이 표정을 밝게 고치며 말했다.

세 사람은 쇠고기 스테이크를 먹으며 한 시간가량 대화를 나눴다. 대화 내용 대부분은 은별과 강현의 결혼에 관한 내용이었다. 세 사람은 다음 달 셋째 주 토요일인 10월 16일에 결혼식을 올리기로 했다. 혼수는 둘이 지내는 데 꼭 필요한 것들만 장만하기로 하고, 예식도 작은 예식장에서 치르기로 했다. 둘이 살 집은 20평쯤 되는 반전셋집을 알아보기로 했다.

세 사람이 식사를 마치고 레스토랑을 나설 때였다. 은숙이 한 손을 뻗어 강현의 등을 지그시 누르더니, 강현이 뒤를 돌아보자 이렇게 말했다.

"사위, 우리 딸 사랑 많이 받아줘요."

강현은 잔잔한 미소를 머금었다.

"네. 사랑 많이 받고 많이 줄게요."

그날 밤, 강현의 방 안.

강현이 은별을 뒤에서 안은 채로 침대 머리판에 기대 앉아 있었다.

"어머님 자고 가시게 했어야 했는데, 광주까지 또……."

애처로워 보였던 은숙의 눈빛을 떠올리며 강현이 말했다.

"기차 타면 금방 가. 그니까 걱정하지 마."

강현은 방긋 웃었다.

"그래. 은별이가 걱정하지 말라면 걱정하지 말아야지."

은별은 슬며시 미소를 흘렸다.

"착한 데다가 이렇게 말도 잘 듣고…… 음, 안 되겠다. 오빠한테 뭐 좀 해줘야겠다."

은별은 말하고서 강현을 향해 몸을 돌렸다. 그녀의 얼굴에 요염한 기운이 서려 있었다.

강현은 '뭐 해주려고?' 하고 물으려다가 말았다. 뭐를 해주려는지 이미 알아채서.

은별은 강현의 하얀 와이셔츠 단추를 하나하나 풀고, 그의 이마와 코끝과 입술에 차례로 입을 맞췄다. 그러고는 그의 가슴을 천천히 애무했다.

스치는 입술의 감촉이 언제나처럼 따뜻하고 보드라웠다. 아픔이 또 녹아내리는 듯했다. 수많은 밤에 걸쳐 녹아내리고 녹아내렸는데, 또다시 녹아내리는 듯했다.

30여 분 후, 두 사람은 속옷만 입은 채로 침대에 나란히 누워 있었다.

은별이 무표정한 얼굴로 천장을 보며 입을 뗐다.

"오빠."

"응."

"오빠는 미안해할 줄 알지."

"내가?"

"응."

"그래 뭐, 미안해할 줄…… 알지."

"그렇지. 오빠는 그렇지. 우리 엄마도 그렇고."

은별은 잠깐의 틈을 두고 덧붙였다.

"그런데 죽은 우리 아빠는 말야. 미안해할 줄 모르는 사람이었어. 그리고…… 아니, 아니다. 괜히 쓸데없는 얘기한 거 같네. 어차피 이제 만날 수도 없는 사람인데."

강현은 어떠한 대꾸도 할 수 없었다. 1년 5개월여 전 세상을 떠난 아버지의 웃는 얼굴이 뇌리에 떠올라 있었다. 선명하게.

그때 은별이 지금까지의 말과 전혀 다른 말을 했다.

"내가 오빠 끝까지 지켜줄게. 오빠가 늘 따뜻할 수 있게."

아버지의 웃는 얼굴이 흐려지며 따뜻한 무언가가 가슴에 스며들었다. 늘 예뻤던 이의 마음이.

은별은 1년 2개월여 전에 강현을 처음 만났다. 그녀는 강현을 만나기 석 달여 전에 몇 개월간 다니던 연기 학원을 그만두었다. 그런 뒤 그를 만나기 보름여 전, 다른 연기 학원에 등록해 연기 수업을 이어받았다. 그러다 오디션을 통해 '해오름'이란 극단에 들어갔다. 그 후 그녀는 한 연극의 조연을 맡았고, 지금으로부터 3개월여 전, '싸늘한 땅'이라는 연극의 여주인공 역을 맡아, 현재 극의 남주인공과 호흡을 맞추고 있다. 공연은 매주 토요일 오후 4시에 열리고, 앞으로 총 2회의 공연이 남아 있었다.

강현이 그녀를 처음 만난 날은 햇빛 쨍쨍한 어느 여름날이었다. 강현은 일터로 가려 집을 나와 아스팔트 길을 걷고 있었다. 그때 그의 뒤쪽에서 열 권도 넘는 책을 두 손으로 받쳐 든 채 급하게 걸음을 옮기던 여인이 있었는데, 그녀가 그만 강현 옆을 지나치다 앞으로 고꾸라져 버렸다. 그 바람에 여인이 들고 있던 책들이 바닥에 쏟아져 버렸다. 강현은 책들을 주워 여인에게 건네주었고, 그녀는 고맙다며 저녁 식사를 대접하고 싶다고 했다. 그리하여 둘은 그날 저녁 식사 자리를 함께했고, 그때부터 사귀기 시작했다.

다음 날 오후, 강현과 은별이 시내버스 맨 뒷좌석에 앉아 마포구 아현동에 있는 한 가구 매장을 향하고 있었다.

은별이 시무룩한 얼굴로 말했다.

"오빠 어머니도 결혼식에 올 수 있으면 좋을 텐데."

"어쩔 수 없지. 외국에 계시고 연락도 안 되는데 어쩌겠어."

"그래도……."

강현은 고개를 왼쪽으로 돌려 은별을 따듯이 바라봤다.

"완사."

은별은 "응?" 하며 강현을 곁눈으로 보았다. 강현은 뜻풀이를 해줬다.

"완전 사랑스러워."

은별은 풋 하고 웃더니, 코를 찡긋하며 고개를 갸웃했다.

"좀 뻔한데. 막 아저씨 같고. 음…… 이 정도는 돼야지. 완사."

"응?"

"완전 사기꾼."

그 순간 강현의 눈망울이 흔들렸다.

은별은 말하고 나서 킥, 웃었다. 그러더니 시선을 뚝 떨어뜨렸다. 당황한 눈빛이었다. 몇 초간 정적이 흘렀다.

강현이 먼저 정적을 깨뜨렸다.

"그래, 난 아저씨에다 사기꾼이다. 어쩔래."

강현은 눈썹을 치올리며 실실 웃어댔다. 은별은 눈을 가늘게 뜨며 익살스러운 표정을 지었다.

"어쩌긴 때려줘야지. 입술로 사정없이."

"여기서?"

"응!"

저도 모르게 소리를 크게 낸 듯했다. 버스 오른편 중간쯤에 앉은 여성이 뒤를 돌아보았다. 얼굴이 벌게진 은별은 눈알을 한 번 굴리고 강현을 힐끔 보았다. 강현은 그러는 그녀가 무척이나 귀여워 보였다. 오늘만은 자신이 사정없이 때려주고 싶었다. 입술로, 그녀의 가슴골을. '이 귀염둥이. 다 괜찮아. 모든 게 다.'

가구 매장에서 옷장과 침대 등을 둘러보고 나온 두 사람은 곧장 택시를 잡아탔다.

강현은 그날 밤에도 은별과 함께하고 싶었다. 함께하며, 버스 안에서 품었던 바람대로 그녀의 가슴골을 입술로 적셔주고 싶었다. 그러나 그 바람은 얼마 안 가 꺾이고 말았다. 둘을 태운 택시가 강현의 집 앞에 도착하자마자 은별이 기사에게 자신의 집 주소를 불러주고는, "나 오늘 밤에 할 게 좀 있으니까 이만 빠이빠이 하자."고 했기 때문이다.

자신의 원룸에 들어온 은별은 양말만 벗은 채로 책상에 앉았다. 한숨을 길게 내쉬고 컴퓨터 전원을 켰다. 부팅이 되자 인터넷 창을 열고 포털 사이트 '다음'으로 들어갔다. 바로 로그인을 하고 '하객 알바 도우미'라는 카페의 창을 열었다.

"한 열다섯 명 정도면 될까. 아니 열 명 정도가 좋겠다. 극단 단원 중에서 일곱 명 정도 와줄 테니까, 오빠 측 하객 수와 얼추 맞을 거야."

은별은 이어 "근데 이 사람들 연기 어색하진 않겠지." 하고는, 게시판 중간쯤에 있는 '서울경기 하객'란을 클릭했다.

보름여 전 강현은 은별과 은숙, 본인, 이렇게 셋이서만 언약식과 같은 결혼식을 치렀으면 좋겠다고 은별에게 말했다. 이에 은별은 한 번뿐인 결혼식을 그렇게 치를 순 없다며 성대하게는 아니더라도 결혼식답게 치르고 싶다고 했다. 그러고서 오빠 하객은 몇 명쯤 올 수 있을 것 같냐고 물었다. 강현은 자신이 부를 만한 사람은 직장 동료들과 친척 몇 명밖에 없다면서 열다섯 명 정도 올 수 있을 거라고 답했다.

하객알바 구인 신청을 마친 은별은 바지 주머니에서 휴대폰을 꺼내 연락처 목록을 열었다. 곧 세 번째 연락처 '김민철 작가님'에 시선이 꽂혔다.

"이분 혹시 나한테 마음 있는 건 아니겠지? ……에이, 설마. 나한테 애인 있다는 것도 아는데 설마 그럴 리 없지. 아무튼 다음 주 중에 만나자고 했으니까……. 그런데 이분은 어쩌다가 그런 극본을 쓰게 됐을까, 정말."

8개월여 전, 충남 부여에 있는 한 시골집에 붙박여 지내던 김민철은, 여러 연극의 대본을 인터넷으로 구입하고 극본을 써 내려간다. 극본이 완성되자, 그는 은별이 소속된 극단인 '해오름'을 찾아가 극본 파일이 담긴 USB를 그곳 단장에게 전달한다. 단장은 그의 극본을 읽어 보고 그를 극단으로 불러들인다. 이어 그의 극본에 맞는 남주인공과 조연들을 캐스팅한 뒤, 고은별에게 여주인공 역을 맡긴다. 그런데 그때 해오름의 단장은 은별이 아닌 다른 단원에게 여주인공 역을 맡기려 했었다. 은별은 연기력도 훌륭하고 김민철 극본의 여주인공 역에도 잘 맞는 이미지였지만, 그동안 은별이 주인공 역은 맡고 싶지 않다고 단장에게 계속 말해왔었기 때문이다. 그러나 민철이 은별만이 주인공 역에 적합하다고 우기는 바람에, 그녀는 어쩔 수 없이 여주인공 역을 맡아야 했다.

✦

나흘 뒤 저녁, 은별과 민철이 어느 커피숍 안쪽 테이블에 마주 앉아 있었다.
민철이 아메리카노를 한 모금 홀짝이고 말했다.
"식사를 대접하고 싶었는데 아쉽네요."
"뭐, 다음에 먹으면 되죠. 마지막 공연 뒤에는 뒤풀이도 할 것 같으니까 그때 다 같이 먹어도 되고."
민철은 그윽한 눈빛으로 은별의 눈을 응시했다.

"단둘이 먹으면 안 되나요?"

은별은 살짝 당황해했다.

"아니 안 될 건 없는데, 아무튼 이렇게 만났으니까 저번 작가님 말씀대로 연극 얘기나 하죠. 또 하실 얘기 있으면 하시고."

민철은 입가에 미소를 띠었다.

"사실 은별 씨에게 하고 싶은 얘기가 많지는 않아요."

"아, 네……."

은별은 잠시 머뭇하더니, 뭔가 생각난 듯 눈을 크게 떴다.

"아, 묻고 싶은 게 있었는데, 작가님 극본 말예요. 어떻게 그런 극본을 쓰게 됐는지 궁금했어요, 그동안 계속."

민철은 팔짱을 끼며 양 팔꿈치를 테이블에 짚었다. 그러더니 은별 앞으로 얼굴을 들이밀고 "알고 싶으세요?" 하고 물었다.

은별은 몸을 뒤로 빼며 당황스러워했다.

"아, 아니……."

민철은 팔짱을 낀 채로 몸을 바로 세우며 코웃음을 쳤다.

"알고 싶다면 알려 드리죠."

그러고는 진중한 얼굴을 하며 덧붙였다.

"은별 씨에게 잘 보이고 싶었기 때문이죠. 은별 씨와 가까워지고 싶어서."

은별의 눈에 힘이 들어갔다.

"네? 그럼 극본을 쓰기 전부터 저를 알고 있었다는 건가요?"

민철은 은별의 눈을 뚫어지게 쳐다봤다. 그러다가 고개를 뒤로 젖히며 하하하, 웃어댔다.

은별은 힘이 들어간 눈을 껌벅였다.

웃음을 멈춘 민철은 하아, 하고 숨을 내쉬고 농담이라 했다.

은별은 미간에 주름을 세웠다. 기분이 많이 상한 듯했다.

"지금 연극하는 건가요?"

민철은 콧숨을 뿜으며 짧게 웃었다.

"네. 연극 좀 해봤습니다. 저도 무대에 서서 연기를 좀 해보고 싶은데, 극본만 끄적이고 있는 게 한스러워서. 아니 그보다, 다음 연극에서도 은별 씨를 주연으로 내세우고 싶은데, 은별 씨가 내 연기에 어떻게 대응하나 보고 싶어서."

은별은 황당하다는 표정을 지었다.

"예?"

민철은 가만히 은별과 시선을 맞추었다.

"은별 씨는 무대 위에서 자기 자신을 숨기고 있어요."

"네?"

"그만큼 연기를 잘하고 있다는 거죠. 은별 씨는 무대에 서면, 자신의 생각과 감정을 모조리 숨긴 채 오롯이 다른 사람이 되죠."

"그게 무슨 의미인지……."

"무슨 의미인지는 본인이 더 잘 알고 있을 텐데……."

은별은 미간을 찌푸리며 테이블을 내려다보았다.

"글쎄요. 생각과 감정을 숨긴 채 다른 사람이 된다기보단, 그냥 맡은 역할에 충실하는 거죠."

은별은 눈을 살짝 굴리고 덧붙였다.

"네, 다른 배우들도 마찬가지겠지만 그냥 맡은 역할이 되어, 맡은 역의 말과 감정을 쏟아내는 거죠. 무대에 올라가서는 말예요."

민철은 냉한 눈빛으로 은별의 가슴께를 주시했다.

"무대 밖에서는 아니다, 이건가요?"

은별은 무슨 말인지 모르겠다는 듯 눈을 끔벅거렸다.

민철은 순간적으로 시선을 치올려 은별을 똑바로 쳐다봤다.

"은별 씨 인생 자체가 무대 아닌가요? 그래요. 생각과 감정을 숨긴다기보다는 그냥 다른 사람 자체가 되어……."

그때 은별이 자리에서 벌떡 일어났다. 그녀의 동공이 흔들리고 있었다.

"그만 가볼게요. 토요일에 봬요. 그리고 다음 연극부터는 주연 안 맡을 거예요. 작가님 극본이든 뭐든 상관없이."

그러곤 몸을 돌렸는데, "남자 친구랑은 잘 돼가고 있나요?" 하고 민철이 물었다.

"네. 다음 달에 결혼할 거예요."

은별이 몸을 돌린 채로 대답했다.

"결혼이라…… 알겠습니다. 토요일에 뵙죠."

민철은 그렇게 말하곤, 출입문을 향해 걸어가는 은별의 뒤통수를 매섭게 노려봤다.

이제 막 자신의 원룸에 들어온 은별이 현관문에 등을 기대며 두 팔을 늘어뜨렸다.

"그 사람 뭘까. 설마 그 일과 관련된…… 아냐. 그래, 아닐 거야. ……근데 그 사람 이제까진 아무렇지도 않았는데. 만약 그 일과 관련된 사람이라면 왜 지금에서야……. 내 인생 자체가 무대. ……다른 사람의 인생을 살 수 있다면……."

은별의 눈꺼풀과 입술이 파르르 떨려왔다.

이틀 뒤 오후 세 시 사십 분경.

마지막으로 공연대기실을 나서고 있는 은별을 민철이 불러 세웠다.

"은별 씨 잠깐만요."

은별은 멈칫하더니 대답 없이 돌아섰다.

"아무 걱정 말고 극에 집중하세요."

민철이 차분한 목소리로 말했다.

은별의 눈빛이 조금 흔들렸다.

"……네, 그러죠."

"남주보다 여주가 더 중요하다는 거 아시죠? 막이 내릴 때까지 최선을 다해 연기해 주세요. 남주가 살아야 하는 게 더 설득력 있도록."

"……네, 그러죠."

남자는 암벽 낭떠러지 모형 위에 위태롭게 서 있었다.

여자는 그곳 아래에서, 남자를 안타까이 올려다보고 있었다.

"난 오래전에 끝났어요. 오래전에 이미 끝나버렸다고요."

"아니요. 끝나지 않았어요. 지금 살아 있으니까요. 그리고 앞으로도 꼭 살 수 있을 테니까."

"혹 다른 사람의 인생을 살 수 있다면 나도 살 수 있겠죠. 다른 사람이 되어 지금과 완전히 다른 인생을 살 수 있다면……"

몇 초간 정적이 흐른 뒤, 여자가 목청껏 소리쳤다.

"그럼 나를 가지세요! 나를 당신 걸로 만들어 버리시라고요!"

남자는 무표정한 얼굴로 여자를 내려다봤다.

"당신이 내 것이 되면 내가 다른 사람이 될 수 있나요?"

"네. 내가 당신 속에 산다면 당신은 분명 그리 될 수 있어요. 지금과 완전히 다른 인생을 살 수 있다고요. 내가 당신 안으로 들어가기만 하면."

남자는 하, 하고 실소를 터트렸다.

"유체이탈이라도 해서 내 속에 들어와 보겠다는 건가요? 내 속에 들어와 내 주인 행세라도 해보겠다는 거냐고요."

"왜 그렇게 삐뚤어지게만 보는 거예요! 도대체 왜!"

여자가 공연장이 떠나가라 소리쳤다.

남자는 이를 악물며 눈을 부릅떴다.

"내 몸 내가 마음대로 하겠다는데 왜 자꾸 참견인데!"

"당신을 지키고 싶으니까! 당신만은 내가 꼭 지켜내고 싶으니까!"

"당신이 뭔데!"

여자는 애타는 얼굴로 대답했다.

"나도 몰라요. 내가 아는 건, 당신을 지켜내고, 당신을 안은 채로 살고 싶다는 것밖에는 없어요. 당신 속에 들어가."

남자는 어이없다는 표정을 지었다.

"내 속에 들어와 나를 안은 채로 살고 싶다? 그게 대체 뭔 소립니까. 어떻게 내 속에 들어와 나를 안을 수 있다는 건데요."

"마음으로요. 마음만은 당신 속에 들어가 당신을 꼭 안아줄 수 있어요. 당신이 내 맘을 받아주기만 하면."

남자는 헛웃음을 흘렸다.

"무슨 심령술도 아니고……. 아무튼 답 나왔네요. 난 당신 마음 받아줄 생각 없고, 누구한테 안겨서 살기도 싫어요. 그럼 됐죠? 이제 신경 꺼줄 거죠?"

여자는 대답 대신, 간청하는 눈빛으로 이렇게 요구했다.

"그럼 날 안은 채로 살아주세요."

남자는 한쪽 눈을 찡그렸다.

"뭐요?"

"안길 수 없다면 안아달라고요. 당신 때문에 힘들어 죽을 것만 같은 저를 좀 안아달라고요. 내가 지금 거기로 올라갈 테니까."

남자의 한쪽 뺨이 꿈틀했다.

"무슨…… 무슨 그런 말 같지 않은 소리를……."

"말 같지 않아도 내 마음이 그렇거든요. 당신 때문에 정말 죽을 것만 같거든요."

여자는 신음 섞인 외침으로 덧붙였다.

"그러니까 제발 나 좀 안아주세요! 나는 당신의 품이 필요하단 말이에요! 따뜻한 당신의 품이!"

그러더니 갑자기 엉엉 울어대기 시작했다. 1초, 5초, 10초, 시간이 지날수록 울음소리는 커져갔고, 강렬해져갔다. 얼굴은 눈물, 콧물 범벅이 되어갔다.

남자는 충격에 휩싸인 얼굴로 눈을 깜박거렸다.

"당신 미쳤어요?"

여자는 계속해서 목 놓아 울었다. 몸을 웅크리고 두 주먹을 꽉 쥔 채 마구 오열했다.

"제발 그만해!"

남자가 눈알을 부라리며 소리쳤다.

여자는 울음소리를 낮추고 흑흑대다가 서서히 울음을 멈췄다. 여자의 턱에 맺혀 있던 눈물방울이 바닥으로 떨어졌다.

"이게 내 마음이에요. 당신이 차가워지는 걸 원치 않는 내 마음이라고요. 난 당신의 품이 필요해요. 따뜻한 당신의 품이 필요하다고요. 당신의 품이 싸늘히 식어버리면, 난 이렇게 울 수밖에 없어요. 차가워진 당신을 부여잡고. 내게 아무것도 바라지 않아도 좋아요. 그저 안아만 주세요. 지금 바로 올라갈 테니까."

남자의 눈동자가 흔들리고 있었다.

"오지 마요. 오면 당신, 나랑 같이 바닥으로 떨어져 버릴 수도 있어요."

여자는 대꾸 없이 낭떠러지 위를 향해 걸어갔다.

남자는 목석처럼 서서 암벽 언덕을 올라오는 여자를 바라봤다.

여자가 남자 앞까지 오자, 남자의 몸이 떨려왔다.

여자는 남자의 오른손을 잡아 자신의 가슴에 갖다 댔다.

"느껴지나요. 당신 품에, 따뜻한 당신 품에 안기고 싶다며 쿵쿵 뛰어대는 내 심장이."

그러고는 남자의 손을 놓고, '따듯한 가슴에 제 가슴을 갖다 댔다.

"이제 두 팔로 저를 감싸기만 하면 돼요. 당신은 오로지 그것만 하면 돼요."

잠깐의 정적이 흐른 뒤, 남자는 떨리는 두 팔로 여자의 몸을 감쌌다.

관객석에서 박수갈채가 터져 나왔다. 관객석 중간쯤에 앉아 공연을 관람한 강현도 혼신의 연기를 펼친 은별에게 힘찬 박수를 보냈다. 강현은 그녀가 자랑스러웠다. 그녀가 '누구'인지를 알았기에 더욱 자랑스러웠다.

관객석 맨 끝자리에 앉아 공연을 보던 김민철은, 은별이 "그럼 나를 가지세요!" 하고 외친 후부터 줄곧 어두운 얼굴을 하고 있었다.

그러다 그녀가 울어대기 시작하자, 콧등에 주름을 세우며 벌떡 일어나 어딘가로 걸음을 옮겼다.

무대의 막이 내려가자, 은별은 남주인공에게 수고 많았다 하고서 공연 대기실로 향했다. 가다가 무대 옆 통로에서 함께 공연한 단원들을 만나 눈인사를 나누고 급히 걸음을 옮겼다. 이윽고 공연 대기실 앞에 도착해 문을 연 그녀는, 마치 혼령이라도 본 양 화들짝 놀랐다.

대기실 정중앙에 김민철이 서 있었다. 환하게 웃는 얼굴로.

"제일 먼저 왔군요. 남자 친구가 와 있는 건가요?"

은별은 놀란 표정을 지우고 대답했다.

"네."

"그렇군요. 그럼 빨리 옷 갈아입고 가보세요. 애인 기다리게 하면 안 되죠."

은별은 들릴 듯 말 듯한 목소리로 "네." 하고는 앞쪽 분장대로 가 앉았다. 앉자마자 분장대 오른편에 놓인 리무버 통을 집으려 하다가, 검지 끝으로 통을 넘어뜨렸다. 순간적으로 손이 파르르 떨렸다. 은별은 넘어진 리무버를 얼른 집어 뚜껑을 열고, 앞쪽에 놓인 클렌징 티슈 몇 장을 뽑았다.

그녀가 티슈에 리무버를 발라 눈물과 콧물로 얼룩진 분장을 지우기 시작하자, 민철이 그녀 뒤를 향해 돌아서며 말했다.

"오늘 연기 죽여줬습니다. 가짜가 진짜로 느껴질 만큼 리얼한 연기였습니다."

은별은 클렌징을 멈추며 거울 위편에 드리워진 민철의 얼굴을 흘끔 보았다. 민철은 눈을 반쯤 감은 채 흐릿하게 웃고 있었다. 은별

은 살짝 움찔하더니, 이내 침착한 기색을 띠며 분장을 다시 지워나
갔다. 분장이 얼추 지워지자 자리에서 일어나 오른편 탈의 칸막이
로 들어갔다.

은별이 옷을 갈아입고 나오자 민철이 편안한 얼굴로 말했다.

"이따가 문자 한 통 보낼게요. 할 얘기가 좀 있거든요."

"그냥 지금 하시…… 네. 문자로 해 주세요."

소극장 밖을 나온 은별은, 30여 미터 앞 회색 건물 옆에 서 있는
강현의 옆모습을 보곤 걸음을 멈췄다. 굳어 있던 표정이 스르르 풀
렸다. 그녀는 곧 활짝 웃으며 강현을 향해 총총 걸어갔다. 인기척을
느낀 강현은 고개만 돌려 방그레 웃고는, 몸을 돌려 그녀를 맞았다.

"빨리 나왔네."

"응. 오빠가 너무너무너무 보고 싶어서 빨리 나왔어."

웃음이 나왔다. 자신이 곧 하게 될 농담을 생각하니.

"나는 은별이가 그리 보고 싶지 않았는데."

"뭐?"

은별은 입술을 삐죽 내밀며 뾰로통한 표정을 지었다.

강현은 흐흐, 웃었다.

"그리…… 그러니까 '그렇게' 보고 싶지 않았다고. 그러니까 그 '너
무너무너무'라는 표현 정도만큼 보고 싶지 않고, 좀 다르게 보고 싶
었다고. 음…… 나는 어떻게 보고 싶었냐면, '열나게, 겁나게, 매—
우, 허벌나게'라는 표현을 모두 합한 정도만큼 보고 싶었어."

은별은 익살맞은 눈빛으로 강현을 쳐다봤다.

"이 아저씨가 희한한 거 또 하나 생각해냈구만. 내가 할 말 예상

하고 말야. 뭐 어쨌든 나쁘지 않았어. '너무너무 너무너무 너무너무 너무너무'라는 표현 정도만큼 보고 싶었다고 했으면 좀 실망할 뻔했는데."

그러고는 강현의 왼팔을 낚아채 팔짱을 끼었다. 둘은 꼭 붙은 채로 3분여를 걸어 홍대입구역 근처에 있는 순대국밥집에 들어갔다. 둘은 그곳으로 이동하면서도, 순댓국을 먹으면서도 장난기 어린 농담과 얘기를 끊임없이 주고받았다. 소풍 나온 아이들처럼 아주 신나게.

그리고 대로변에서 둘이 헤어지기 직전, 강현이 은별의 머리를 쓰다듬으며 이렇게 말했다. "은별이 완자." 그러자 은별은 눈알을 쓱 굴리더니, "나 완전 자연스럽다고? 나는 완사가 좋은데." 하고는 해맑게 웃었다.

집에 들어온 강현은 제 방 침대에 걸터앉아 바지 주머니에서 휴대폰을 꺼냈다. 얼굴에 옅은 그늘을 드리우며 카카오톡 앱을 열고, '권 여사'라는 닉네임의 프로필 사진을 터치했다. 잠시 망설이다가 그 사진을 한 번 더 터치하고 하단의 '통화하기'를 눌렀다.

휴대폰을 귀에 갖다 대자 중년 여성의 목소리가 들려왔다.

"그래, 강현아."

"어떻게 지내세요, 어머니."

"뭐, 그냥저냥 지내고 있다. 넌 어떻게 지내니?"

"그냥…… 잘 지내고 있어요."

"여자 친구는."

강현은 망설여졌지만 바로 대답했다.

"아직 없어요."

어머니는 혀를 끌끌 찼다.

"빨리 하나 만들어야지. 그러니까 저번에 그 애 잡지, 왜 금방 헤어져 가지고는."

강현은 윗입술을 지그시 깨물었다.

"어머니…… 제가 어머니 몰래 결혼하면 어머니는 어떨 거 같아요?"

"그게 무슨 말이야. 나 몰래 결혼을 하다니."

"그게…… 제가 만약 어머니 몰래 결혼하면, 어머니 심정은 어떨 거 같아요? 많이 힘들 거 같아요?"

어머니는 가칠한 목소리로 되물었다.

"너 왜 그러니. 내가 너랑 네 아빠한테 몹쓸 짓을 좀 하긴 했어도 네 엄마다. 결혼할 거 같으면 허락은 받지 않더라도 아들 결혼합니다, 하고 얘기는 해줘야지. 안 그러니?"

강현의 눈빛이 흐트러졌다.

"허락은 받지 않더라도요."

"뭐?"

"……아니에요. 그럼 편히 주무세요. 건강하시고요."

"벌써 끊어?"

"……."

"왜 말이 없니? 아무튼 알았다. 또 통화하자."

"네."

통화를 종료한 강현은 눈을 꾹 감으며 고개를 떨구었다.

집에 돌아와 샤워를 마친 은별은 드라이기로 머리를 말리면서 앉은 자리 오른편에 놓인 휴대폰을 힐끔힐끔 보았다.

"언제 보내려는 거지. 까먹었나. 대체 뭔 얘기를 한다고. ……정말 그 사람 뭘까. 정말 내 과거를……."

은별은 드라이기를 끄고 머리를 뒤흔들었다.

"아니야. 그래, 아닐 거야. 그 사람이 무슨 수로 알 수 있겠어, 내 과거를."

은별은 드라이기를 바닥에 내려놓으며 하아……, 하고 한숨을 내 쉬었다. 그때였다. 휴대폰에서 문자 수신음이 울렸다. 은별은 휴대 폰을 집어 들었다. 발신인이 '김민철 작가님'이었다. 은별은 폰 화면 에 떠 있는 메시지를 소리 내어 읽었다. "이다음 문자 내용 절대 남 자……."

은별은 고개를 갸웃하곤 휴대폰을 터치해 문자를 확인했다.

이다음 문자 내용 절대 남자 친구나 경찰에게 알리면 안 됩니다.
알리면 이다음 문자 내용이 곧바로 현실이 될 수도 있습니다.

은별은 한쪽 눈을 찌푸리며 의아해했다.

"이게 뭔 소리야."

은별은 휴대폰 측면 버튼을 누르며 다시금 고개를 갸웃했다.

몇 초가 지나자 휴대폰 화면이 켜지며 문자 알림음이 울렸다. 은 별은 곧바로 휴대폰 화면을 내려다봤다. 순간 눈에 힘이 들어갔다. 화면을 터치해 문자를 열어볼 필요도 없었다. 짧디짧은 문자였기에 내용이 한눈에 보였다.

저 자살할 겁니다.

"뭐, 자살한다고? 갑자기 왜 이래, 이 사람."

은별은 수 초간 심각한 얼굴을 하고 있다가 검어진 휴대폰을 만져 문자를 입력했다.

도대체 무슨 일이에요. 갑자기 무슨 그런…….

문자를 보낸 은별은 잠시 초조해하다가 민철에게 전화를 걸었다. 통화 연결음만 이어졌다. 수신인이 전화를 받을 수 없다는 멘트가 들리자 전화를 끊고, 아랫입술을 꽉 깨물었다.

"왜 전화를 안 받아. 뭐야, 진짜."

다음 순간, 눈이 휘둥그레 뜨였다.

"설마 지금……."

얼굴이 하얗게 질려갔다. 1년 3개월여 전, 어떤 이에 관한 기사 제목을 본 직후처럼.

10분이 지나도, 20분이 지나도 답 문자가 오지 않았다. 은별은 휴대폰을 손에 쥔 채 방 안을 이리저리 돌아다니며 안절부절못했다.

"어떻게 해야지. 아, 제발……."

그때 은별이 서성임을 멈추며 눈빛을 번득였다.

"맞아. 남자 친구나 경찰에게 말하면 문자 내용이 곧바로 현실이 될 수도 있다고 했지. 그럼 지금 바로 죽진 않을 거라는…… 거 맞나? 그래, 맞아. ……그래, 경찰이 집에 찾아오면 바로 자, 윽……."

은별은 콧등에 주름을 잡으며 얼굴을 일그러뜨렸다. 그녀는 이내 심란한 표정으로 손에 쥔 휴대폰을 내려다보고는 민철에게 다시 전화를 걸었다. 이번에도 통화 연결음만 이어졌다. 그녀는 전화를 끊고 침대로 가 풀썩 주저앉았다. 떨리는 숨을 길게 내쉬고 두 손을 갈퀴처럼 말아 얼굴을 감싸 쥐었다. 손톱으로 이마를 짓누르는 오른손이 간헐적으로 떨렸다.

잠시 후, 오른쪽 허벅다리 옆에 놓인 휴대폰에서 문자 수신음이 울렸다. 은별은 얼굴에서 손을 떼고 휴대폰을 집어 들었다. 폰 화면으로 메시지의 첫 문장이 보였다.

저 아직 살아 있습니다.

은별은 안도의 한숨을 토해내고 문자를 열어보았다.

저 아직 살아 있습니다. 하지만 곧 죽겠죠. 아까도 말했지만 남자친구나 경찰한테 제가 죽는다 했다고 이르면 절대 안 됩니다. 다른 누구한테도요. 그런다고 달라질 건 없을 테니까. 아니 오히려 제가 더 빨리 죽게 될 테니까.

은별은 미간을 찡그리며 울 것만 같은 표정을 짓고는, 휴대폰을 터치해 문자를 입력했다.

도대체 왜 이러시는 거예요, 정말. 제가 지금 작가님 댁으로 갈게요. 주소 알려주세요.

은별은 문자를 보내놓고, 흑청바지와 아이보리색 스웨터로 옷을 갈아입었다. 그런 뒤 침대에 걸터앉아 왼손을 가슴에 얹었다. 얹은 손이 점점 갈퀴 모양이 되어갔다.

오른손에 들린 휴대폰에서 문자 알림음이 울렸다. 은별은 눈알을 획 굴려 휴대폰 화면을 내려다봤다.

와도 만나주지 않을 겁니다.

갈퀴 같던 왼손이 스웨터에 주름을 세우며 점점 더 말려갔다. 은별은 이를 악물며 문자 입력 창에 메시지를 입력했다.

만나주세요. 만나주셔야 해요. 제가 어떤 얘기든 다 들어드릴게요. 죽을 것 같이 힘들면 제가 안아드릴게요.

문자를 보내고, 3분여가 지나자 답 문자가 왔다. 은별은 서둘러 문자를 확인했다.

연극처럼 해보겠다는 건가요? 그럼 내가 은별 씨를 안아드려야 할 텐데. 은별 씨와 나는 앞으로 단 한 번밖에 만날 수 없을 겁니다. 어쩌면 그 한 번조차 만날 수 없을지도 모르고요. 은별 씨가 내 조건을 들어주지 않는다면.

"단 한 번밖에. ……한 번조차. ……조건?"
문자를 읽으며 그렇게 말한 은별은 황급히 메시지를 입력했다.

조건이 뭐죠? 말해주세요.

30여 분 후, 시간이 자정을 향해 가고 있었다. 은별은 침대에 사선으로 누운 채 천장을 보고 있었다. 몸은 진정된 듯 보였지만, 마음은 여전히 불안하고 불안정해 보였다. 미세하게 떨리며 한 곳을 집중해서 보지 못하는 눈빛으로 봐서는. 다시금, 혹은 이윽고, 문자 수신음이 울렸다. 은별은 휴대폰을 눈 위로 올려 문자를 확인했다.

조건은 내일 들려드리지요. 그럼 편히 주무세요.

"뭐, 편히 자라고? 이 사람 진짜……."
은별은 오만상을 지으며 탄식을 내뱉었다. 그러고는 휴대폰을 쥔 오른손으로 침대 매트를 쿵쿵 내리쳤다.

그 시각 김민철은 캄캄한 방 안에 서서 창밖을 내다보고 있었다. 매서운 눈빛으로. 밤하늘에 별은 없었다. 아니, 아직 불을 밝히고 있는 상점과 아파트, 거리의 가로등 탓에 보이지 않았다. 매서운 눈빛이 순간 별빛처럼 빛났다. 차갑지만, 저도 별이라는 듯이.

다음 날 아침 9시 반경.
강현은 세안을 하고 화장실을 나와 자신의 방으로 들어갔다. 책상에 놓인 휴대폰을 집어 들어 은별에게 전화를 걸었다. 통화 연결음이 다섯 번쯤 울리자 은별이 전화를 받았다.
"오빠…… 잘 잤어?"

잠이 덜 깬 목소리였다.

"어. 아직 자고 있었나 보네? 미안. 더 자. 이따가 다시 전화할게."

"아니 괜찮아. 말해."

"어. 일단 더 자고, 이따가 반전셋집 알아보러 갈까?"

수 초간 침묵이 흘렀다.

"은별아?"

"나 지금 몸이 좀 안 좋은데 다음 주에 알아보면 안 될까?"

"몸이 안 좋아?"

"아니, 밤에 잠을 좀 설쳤더니 그러네. 뭐 아픈 건 아니야. 하루 푹 쉬면 괜찮아질 거 같아."

이런 적이 한 번도 없었기에 강현은 걱정이 됐다.

"병원에 가봐야 하는 거 아니야?"

"병원은 무슨. 정말 괜찮아."

"어……."

"그럼 오빠."

"응."

"이따가 밤에 만날까?"

"밤에?"

"응. 한 열 시 정도에."

"열 시에?"

"응. 아니 어쩌면, 그보다 더 늦게."

강현은 눈을 깜빡거렸다.

"그보다 더 늦게…… 몇 시에?"

"……아직 모르겠어. 이따가 내가 전화할게. 미안, 오빠."

강현은 영문을 모르겠다는 얼굴로 몇 초간 있다가 입을 뗐다.

"그래. 일단 푹 쉬어. 일어나면 밥도 챙겨 먹고."

"알았어, 오빠."

전화를 끊은 강현은 미간을 찌푸리며 고개를 갸우뚱했다.

"이상하네. 밤늦게까지 쉬어야 몸이 회복될 거 같아서 그런가?"

통화가 종료되자, 은별은 벽 쪽으로 돌아누우며 휴대폰을 가슴팍으로 가져왔다. 그러곤 침울한 얼굴로 말했다. "세상에 남자는 오빠만 있었으면 좋겠다."

은별은 이어 "조건. 내가 들어줄 수 있는⋯⋯. 나 때문에, 내가 조건을 들어주면 안 죽는다? 어쨌든 설마 죽지는 않겠지." 하고는 시나브로 눈을 감았다.

눈이 뜨였다. 은별은 벽 앞에 놓인 휴대폰을 집어 눈앞으로 가져왔다. 홈버튼을 눌러 문자가 왔나 확인하고 시간을 봤다. 12시 37분. 은별은 몸을 돌려 대자로 누웠다. 천장을 보는 그녀의 시선이 흔들리고 또 흔들렸다. 천장을 보는지, 천장 아래에서 아른거리는 무언가를 보는지, 그녀의 시선은 천장 한 부분에서 벗어나고 또 벗어났다.

잠시 후, 은별은 침대에서 내려와 책상 오른편에 서 있는 책장 앞으로 갔다. 책장 세 번째 칸에 꽂힌 책들을 눈으로 훑다가 '희극, 비극으로부터'라는 검은색 책에 눈길을 고정했다. 그녀는 그 책을 뽑아 보라색 책갈피가 꽂혀 있는 페이지를 열었다. 오른편 페이지 아래쪽 두 문장에 빨간 줄이 그어져 있었다. 그녀는 그 두 문장을 눈으로 읽었다. '비극이 없다면 희극은 희극이 될 수 없다. 반대로 희

극이 없다면 오로지 비극만 남는다.'

은별을 책을 덮으며 깊은 한숨을 내쉬었다.

"이제 희극만 쓸 차례인데……."

형광빛 없는 방 안, 오른편 창문으로 햇살이 쏟아져 내리고 있었다. 쏟아지는 햇살 뒤에 서서 암울한 표정을 짓고 있는 여자의 옆모습, 마치 암운暗雲에 가려져 있는 것 같았다. 희극 뒤에 가려져 있는 비극처럼.

오후 4시 13분.

책상에 앉아, 침대에 누워, 침대에 걸터앉아, 방 안을 서성이며 문자를 기다리던 은별은, 갑자기 "아, 안 되겠다." 하더니 잠옷을 벗어 침대 위에 던져놓고 화장실에 들어갔다. 20여 분간 샤워를 하고 화장실을 나온 그녀는 책상에 놓인 휴대폰을 집어 문자가 왔는지 확인했다. 그러고는 드라이기로 머리를 말리고, 옷장에서 속옷을 꺼내 입고, 평소 즐겨 입던 색상의 옷인 검정 슬랙스와 아이보리색 니트도 꺼내 입었다. 그런 뒤 곧장 집 밖을 나섰다.

골목을 나와 차가 다니는 도로 앞까지 온 은별은 걸음을 멈추고 혼잣말을 했다.

"뭐를 먹을까. 뼈해장국? 부대찌개? 아니면, 고기 왕창 들어간 김치찌개? 아."

은별의 눈이 커져 있었다. 그녀는 양쪽 바지 주머니를 두 손으로 훑고는 바로 몸을 틀었다.

집에 돌아온 은별은 책상으로 가 휴대폰을 집어 들었다. 곧장 현관으로 되돌아가 흰색 단화를 도로 신으며 홈버튼을 눌렀다. 문자가 와 있었다. 은별은 폰 화면을 터치하지 않은 채, 문자 발신인과 그 아래 메시지를 보았다. 표정이 묘하게 일그러졌다.

몸은 절대 안 건드릴 테니까 결혼······.

은별은 짧은 헛숨을 내뱉고는 휴대폰을 터치해 메시지 전체를 확인했다.

몸은 절대 안 건드릴 테니까 결혼 전까지 내 애인으로 살아주십쇼.

은별은 얼굴을 찌그러뜨리며 몹시도 황당해했다. 그러다가 순간적으로 눈에 힘을 주었다. 그녀는 신던 신발을 도로 벗고 방바닥에 올라서 휴대폰에 문자를 입력했다.

혹시 저와 오빠 사이를 찢고 저랑 사귀려고······. 솔직히 말해주
세요. 목숨 가지고 장난치지 말고요.

문자를 보낸 은별은 이를 악물며 침대에 걸터앉았다. 십여 초가 지나자 답 문자가 도착했다. 매우 짧은 문자였다.

하하하하하.

은별은 문자를 보자마자 양 눈꼬리를 잔뜩 찡그렸다. 마치 벌레를 한 움큼 씹은 듯한 표정이었다. 그녀는 눈을 사납게 뜨며 문자

를 입력했다.

　지금 저를 놀리시는 건가요, 저번처럼?

　문자를 보내고 2분여가 지나자 답 문자가 왔다. 문자를 기다리던 내내 식식댔던 은별은 가칠한 눈빛으로 메시지를 읽어 내려갔다. 그러다 점점 갑갑해하며 울상을 지었다.

　아닙니다, 절대. 내일 밤 12시에 답해주세요. 결혼 전까지 내 애
　인으로 살아줄지 말지. 답이 없거나 애인이 돼줄 수 없다고 하
　면 저 정말 죽을 겁니다. 죽을 장소와 시간을 알려주고 말이죠.

　은별은 왼손으로 가슴을 쥐어뜯으며 극도로 답답해했다. 민철에게 보내는 답 문자에 그 답답한 심정이 그대로 표출됐다.

　제발 이러지 마세요. 어떻게 그게 말이 돼요. 저를 괴롭히기 위해
　이러는 거라면 이미 충분히 괴로우니까 이제 제발 그만해 주세
　요. 제발 좀요. 정말 부탁드릴게요.

　문자를 보낸 은별은 땅이 꺼져라 탄식을 내뱉고, 옆으로 쓰러져 침대보에 얼굴을 파묻었다. 그러곤 두 손으로 침대보를 움켜쥐며 뭉그러진 목소리를 내었다.
　"이 인간 진짜 나한테 왜 이러는 거야."
　그러더니 몇 초 후, 상체를 벌떡 일으켰다. 눈이 휘둥그레져 있었다.

"설마, 그분들 아들?"

오후 7시 33분.

강현은 점심에 끓여놓은 김치찌개와 밥을 먹을까 하다가 말았다. 밤에 은별을 만나면 혹시라도 밥을 먹게 되지 않을까, 하는 생각 때문이었다. 밥이 아닌 간단한 간식거리라도 은별과 함께 먹게 된다면 맛있게 먹고 싶었다. 그렇게 그녀와 함께일 때는 최상의 상태로 있고 싶었다. 그녀와 무엇을 함께 나누든, 나누기에 충분한 상태가 되어 있고 싶었다. 몸도 마음도.

여덟 시가 되자 은별의 몸이 아직도 안 좋을까, 하고 걱정되었다. 강현은 잠시 망설이다 은별에게 전화를 걸었다. 통화 연결음만 이어졌다. 강현은 전화를 끊고 낮게 깔리는 숨을 내쉬었다. 뭔가 불길한 기운이 느껴졌다. 샤워할 때 빼고는 전화를 받지 않은 적이 이제껏 단 한 번도 없었다. 그러면 샤워를 하고 있는 걸까. 왠지 아닐 것 같았다.

순간, 몸이 굳은 채로 누워 있는 은별의 모습이 떠올랐다. 강현은 말도 안 된다고, 절대 그럴 리 없다고 속으로 외쳤다. 그러나 엄습한 불안감은 가슴에서 떨어져 나가지 않았다. 그 모습은 다시금 그려졌고, 강현을 더욱더 불안감에 빠져들게 했다. 문득 또 한 사람의 굳은 몸이 떠올랐다. 이어 자신은 볼 수 없었던, 저의 굳어갈 뻔한 모습까지 떠올랐다.

강현은 떠오르는 이미지를 지우고 불안감을 떨치려 애쓰며, 청바지와 베이지색 폴라티로 옷을 갈아입었다. 그러곤 책상에 놓인 휴대폰을 집어 들었다. 그때 휴대폰 화면이 켜지며 벨소리가 울렸다.

화면으로 고은별이란 이름이 보였다. 아니, '고은별'만 보였다. 가슴 깊은 곳으로부터 안도의 한숨이 터져 나왔다.

강현은 숨을 한 번 고르고 전화를 받았다.

"은별아."

"오빠."

목소리에 힘이 실려 있지 않았다.

"은별아, 아직도 몸 안 좋은 거야?"

"아니. 이제 괜찮아."

"근데 목소리가……."

"자다 일어나서 그래."

"에구, 내가 또 잠을 깨웠네."

"괜찮아. 좀 전에 전화 못 받아서 미안."

"미안하긴. 밥은 먹었어?"

대답이 바로 들려오지 않았다.

"아직……."

"오늘 한 끼도 안 먹은 거야?"

"응."

"에구, 안 되겠다. 나랑 뭐 좀 먹자. 내가 은별이 집으로 갈게."

잠깐 동안 침묵이 흘렀다.

"중간에서 만나도 되는데."

"내가 갈게. 그렇지 않아도 가려고 했어."

그 순간, 아까 느꼈던 불길한 기운이 가슴을 스쳤다. 움직이지 않는 은별의 모습이 곧 떠오를 것만 같았다. 그 당자와 통화하고 있으면서도.

은별이 "진짜?" 하고 묻자, 강현은 급히 불안감을 몰아냈다.

"응. 내가 맛있는 거 만들어 줄게. 은별이 집에서."

"정말? 그럼…… 고기 왕창 들어간 김치찌개 만들어줘, 오빠."

은별의 목소리가 어느새 또렷하고 밝아져 있었다.

"그래, 알았어. 고기 왕창 사갈게. 김치는 있지?"

"응. 김치만 있어."

"알았어. 금방 슈웅 달려갈게."

"응, 오빠."

전화를 끊은 강현은 잠시 고민하다 주방으로 나와, 싱크대 위 찬장에서 쇠고기 다시미를 꺼냈다. 그런 다음 냉장고를 열어, 다진 마늘이 담긴 원형 통과 청양고추 몇 개가 담긴 비닐 팩을 꺼냈다. 세 재료 다 슈퍼에 들러 살까 하다가 이렇게 집에 있는 걸로 대신하기로 했다. 은별의 배를 한시라도 빨리 채워주고 싶었고, 그만큼 그녀의 얼굴을 빨리 보고 싶었기 때문이다. 강현은 꺼낸 재료들을 하얀 종이가방에 담아 들고 집 밖을 나섰다.

도롯가로 나온 강현은 근처 정육점에 들러 깍둑썬 돼지목살 두 근을 구입하고, 택시를 잡아타 은별의 집으로 향했다.

24분 후, 강현을 태운 택시가 4차선 도로 위를 달리고 있었다. 강현은 미소를 머금은 채 은별의 웃는 얼굴을 떠올리고 있었다. 오른쪽 바지 주머니에서 휴대폰 벨소리가 울렸다. 강현은 휴대폰을 꺼내 들곤 방실 웃으며 전화를 받았다.

"어, 은별아."

"오빠 얼마나 왔어?"

목소리가 조금 흔들렸다.

강현은 이상한 느낌을 받으며 대답했다.

"이제 15분 정도 후면 도착해."

"오빠 정말 미안한데, 오늘 못 만날 거 같아."

목소리가 더욱 흔들렸다.

"뭐?"

"돌아가, 오빠. 미안해, 오빠."

울음을 참는 듯한 느낌이 들었다.

강현의 눈꺼풀이 떨려왔다.

"왜 그래, 은별아. 무슨 일이야."

"별일 아니야. 그냥, 그냥…… 일이 좀 있어. 진짜 별일은 아니야."

"별일 아닌데 왜……."

"아무것도 묻지 말고, 그냥 내 말대로 해줘. 부탁할게."

아무것도 묻지 말라는 말, 부탁한다는 말, 은별에게 처음 들어본 말이었다. 처음으로 몸이 안 좋다며 못 만나겠다던 말, 처음으로 받지 않은 전화, 처음으로 들은 떨리는 목소리, 오늘은 왜 이리도 처음 겪는 게 많을까. 그것도 모두 좋지 않은 느낌의 '처음'이. 강현은 불안했다. 아까 떠오른 끔찍한 이미지는 그려지지 않았지만, 불길하고 불안했다.

그러나 처음 하는 부탁을 들어주지 않을 순 없었다. 처음으로 부탁할 만큼 간절했기에. 목소리에서 간절한 무언가를 느꼈기에.

"그래. 돌아갈게. 근데 은별아, 어떤 말도 나한테는 해도 괜찮다는 거 알아줘."

"……응. 정말 걱정 안 해도 돼, 오빠. 나 정말 괜찮으니까."

"그래. 뭐라도 꼭 챙겨 먹고."

"알았어, 오빠."

통화를 종료한 강현은 택시 기사더러 그만 세워달라고 했다. 온 길로 되돌아가 달라고 하려다가 그리한 것이었다. 은별과 멀리 떨어져 있으면 왠지 안 될 것 같아서.

택시에서 내린 강현은, 바로 앞 편의점 건물 오른편 벽 옆으로 가섰다. 몸을 돌려 벽에 등을 기대며 떨리는 숨을 길게 내쉬었다. 왼손에 들린 종이가방이 간헐적으로 흔들렸다. 불안하고 초조했다. 은별에게 무슨 일이 있는 걸까. 무슨 일이 있기에 목소리가 그토록 흔들리고, 돌연 만날 수 없다고 한 것일까.

'뭘까. 나에게 말 못할 일이 대체 뭘까. 그 일에 관련된 것 말고는 내게 숨기는 거 없었는데. 도대체 뭘까.'

강현은 눈을 꾹 감았다. 찌푸려진 미간이 펴지지 않았다.

강현은 곧 눈을 뜨고 오른손에 들린 휴대폰을 내려다보았다. 은별에게 무슨 일이 있는지 알아야 한다는 생각이 강하게 밀려왔다. 내가 이러고 있으면 안 된다는 생각이 거세게 일어왔다. 간절한 부탁이라도 들어줄 수 없는 게 있다는 생각이 세차게 몰려왔다.

강현은 밀려온 그 생각들에 매몰돼 은별에게 전화를 걸었다. 통화 연결음이 한 번 울리고, 두 번 울리고, 세 번 울리고, 계속 울리기만 했다.

"또……."

강현은 불안감이 차오르는 걸 느끼며 전화를 끊고는, 바로 또 전화를 걸었다. 이번에도 통화 연결음만 이어졌다. 순간, 은별이 숨기고 있는 일이, 혹시 스스로의 생명을 해하는 일 아닐까 하는 생각이 뇌리를 때렸다. 강현은 급박하게 '절대 그럴 리 없어!' 하고 속으로 외쳤다. 숨소리가 거칠어져 있었다. 목소리로 크게 외친 듯이. 강현은 종이가방을 바닥에 떨어뜨리고 앞머리를 꽉 쥐었다. 그러자 다시금 떠올랐다. 몸이 굳은 채로 누워 있는 은별의 모습이. 강현은 눈을 부릅뜨며 또다시 속으로 외쳤다. '그럴 리 없어! 그럴 리 없다고!' 이건 공포였다. 불안감을 넘어선 공포였다. 불안감보다 몇 배는 더 짙고, 살이 에이는 고통보다 견디기 힘든 공포였다. 한데 그때, '오늘 아침에 못 만나겠다고 한 것도 그 이유 때문이 아닐까'라는 생각이 들더니, 아버지가 죽기 전날 밤에 한 말과, 아까 통화 중에 들은 은별의 말이 연달아 떠올랐다.

'그래, 괜찮다. 이제 걱정 마라.' '걱정 안 해도 돼, 오빠. 나 정말 괜찮으니까.'

입술이 파르르 떨렸다. 심장이 곧 터질 것만 같았다.

강현은 종이백이 바닥에 떨어져 있다는 것도 인식치 못하고, 도로 앞으로 황급히 걸음을 옮겼다. 그런 뒤 발갛게 충혈된 눈으로 택시를 기다리다가 멀리서 택시가 보이자, 손을 크게 흔들어 택시를 잡았다.

은별의 원룸은 혜화역 부근에 위치한 어느 5층짜리 건물 안에 있었다. 강현은 택시에서 내리자마자 그 건물 3층으로 뛰어올라갔다. 엘리베이터가 있었지만, 4층에 머물러 있는 엘리베이터를 내려올 때까지 기다릴 수 없었다. 3층엔 일곱 개의 원룸이 한 줄로 늘어서 있었는데, 은별의 원룸은 계단을 기준으로 세 번째 방이었다.

은별의 원룸 앞까지 온 강현은 문을 세게 두드리려다 멈칫하고,

약하게 두 번 두드렸다. 안에서는 아무런 응답도 기척도 없었다. 심장이 내려앉는 듯했다. 속으로 '그런 일 절대 없어.'라고 한 뒤, 좀 더 세게 문을 두드렸다. 이번에도 안에서는 아무 응답이 없었다.

"설마…… 아니야. 절대 그럴 리 없어."

작은 목소리였지만, 짙고도 짙게 부정하는 마음이, 새까맣게 타들어가는 심정이 그 목소리에 꽉 들어차 있었다. 강현은 문을 세게 두드렸다. 그래도 응답이 없자, 문을 쾅쾅 두드려대며 소리쳤다.

"은별아! 오빠 왔어, 은별아! 은별아!"

그때였다. 왼편 원룸의 문이 열리더니, 한 중년 남성이 고개를 내밀고 짜증 섞인 눈빛으로 강현을 쳐다봤다. 강현은 그 눈빛을 의식할 수 없었다. 목에 핏대를 세우며 계속 소리쳤고, 문을 무섭게 두드려댔다. 그때,

"여보쇼!"

고개를 내밀고 있던 남성이 더는 못 참겠다는 듯이 크게 소리쳤다. 강현은 울부짖음과도 같은 외침과, 수심 깊은 곳으로부터 떠오르고 싶어 몸부림치는 듯한 두드림을 멈추고, 왼편의 그를 곁눈으로 보았다. 그러자 그 남성이 답답하다는 얼굴로 말했다.

"전화를 해봐요. 그 사람은 전화기 없대요?"

"전화."

강현은 바지 주머니에서 휴대폰을 꺼내 들곤, 떨리는 손으로 화면을 만져 은별에게 전화를 걸었다. 통화 연결음만 계속해서 들렸다. 무언가 깨달은 강현은 휴대폰을 가슴께로 내리고, 현관문에 귀를 갖다 댔다.

'안 들려, 벨소리가. 진동음도 전혀…… 그렇다면……'

그렇다면 은별이 방 안에 없다는 것이다. 정확히는, 은별의 휴대폰이 방 안에 없거나, 휴대폰 알림 설정 모드가 무음으로 돼 있다는 것이다. 그런데 은별은 휴대폰을 무음으로 해놓았던 적이 없다. 적어도 강현과 함께 있었을 때만큼은.

심장을 터트릴 것만 같던 공포가 순식간에 사그라들었다. 어느 정도 안심이 되었다. 그러나 무자비한 공포에서 순간적으로 벗어나 느끼게 된 안심일 뿐, 불안감은 여전히 꿈틀거리고 있었다. 그럴 수밖에 없었다. 자신이 오늘 겪었던 은별과의 일은 여전히 실재한 일이었고, 은별은 계속 전화를 받지 않고 있고, 자신에게 오지 말라고 해놓고 저는 어딘가로 사라져 버렸다. 무슨 이유 때문인진 몰라도 오늘 아침부터, 혹은 어젯밤부터 고민에 빠져 있다가, 이제 그 고민을 끝내기 위해 어딘가로 향하고 있는지도 모른다. 또는 그 어딘가에 도착해 있는지도, 혹은 그 어딘가에서 끔찍한 일을 자행해 고민을 벌써 끝내버렸는지도 모른다. 그래, 방 안에서만 스스로를 해한다는 법은 없었다.

그렇게 생각이 이어지자, 강현은 다시금 강한 공포에 휩싸였다. 곧 '어제는 무척이나 밝은 모습이었는데 갑자기 그런다는 게 말이 되나' 하는 생각이 들었지만, 괜찮다고 한 다음 날 자결한 아버지의 얼굴이 떠오르며, 공포는 되레 입을 더 벌려갔다. 뾰족한 이빨을 드러내며 한입에 삼켜버릴 듯이.

강현은 떠는 듯이 머리를 뒤흔들고는, 부들거리는 손으로 휴대폰을 터치해 문자를 입력했다.

은별아, 지금 당장 전화해줘. 나 정말 미칠 거 같으니까 제발

전화 해줘. 제발. 제발!

　문자를 보낸 강현은 숨을 거칠게 들이 내쉬며 전화가 오기를 절
절히 기다렸다. 37초, 미치도록 길었던 그 시간이 지나자, 휴대폰 화
면이 켜지며 벨소리가 울렸다. 강현은 곧바로 충혈된 눈에 제 여자
의 이름을 담았다. 안도감이 짙게 서린 숨이 바로 토해져 나왔다.
　강현은 안도의 숨을 한 번 더 토해내고 전화를 받았다.
　"은별아."
　"오빠."
　목소리에 불안한 기운이 감돌았다.
　"은별아. 은별아."
　입에서 다른 말이 나오지 않았다.
　"미안해, 오빠. 전화 못 받아서 정말 미안해."
　목소리가 거의 울먹임에 가까웠다.
　강현은 가슴 한가운데가 허는 듯했다.
　"무슨 일이야. 도대체 무슨 일이 있길래……."
　"그게……."
　"지금 어디야."
　"지, 집이야."
　강현은 묘한 충격을 받았다.
　"집. 나 지금 네 집 앞에 있는데."
　은별이 숨을 삼키는 소리가 강현의 귀에 또렷이 들렸다.
　"아니, 그게……."
　"말해줘. 지금 어디 있는지."

강현이 애타는 심정으로 물었다.

은별은 떨리는 숨소리만 흘릴 뿐 아무 답도 못 했다.

"왜 말을 못 하는 거야."

그때, 자동차 주행음이 희미하게 들려왔다.

강현은 눈에 힘을 주며 다시 입을 뗐다.

"어디야. 도로야? 차 안이야?"

"그게…… 택시 안이야. 지금 길가에 세워놓고 있어."

"택시 안? 어딜 가고 있었는데?"

"산에. 아니 산이 아니라……."

은별은 급히 말을 고치더니 덧대지 못했다.

"산에?"

순간, 은별이 주연을 맡은 연극의 마지막 장 배경이 산에 있는 낭떠러지라는 게 떠올랐다.

"산은 왜. 산은 왜!"

강현은 자신이 염려했던 게 현실이 될 수도 있었다고 강하게 느끼며 덧붙였다.

"일단 너, 거기에 가만히 있어. 내가 그리로 갈게. 거기 어디야. 빨리 알려줘. 어, 택시 기사한테 거기 어디냐고 물어봐. 얼른."

"오빠…… 미안해."

은별이 울음 섞인 목소리로 말했다.

강현은 가슴팍이 떨어져 나가는 것만 같았다.

"얼른!"

"미안해. 정말 너무너무 미안해."

강현은 죽을 것 같이 고통스러워하며 자신도 모르게 이렇게 외쳤다.

"내가 다시 죽으려 해야 내 말 들을래!"

그러고는 헉, 숨을 삼켰다. 은별도 순간적으로 숨을 삼켰다.

둘은 잠시 아무 말도 못 했다. 써늘한 정적이 둘의 공간을 차갑게 얼리는 듯했다.

은별이 먼저 정적을 깨트렸다.

"알고 있었던 거야? 내가 일부러 오빠한테 다가갔다는 거? 내 과거랑 내 아빠가 누구인지도?"

강현은 약간 멍해진 채로 대답했다.

"어. 알고 있었어. 그래서 널 더욱 사랑할 수 있었고."

"……진, 짜?"

"응. 진짜."

"어떻게 그럴 수가, 있었어?"

강현은 요동치던 마음이 진정된 걸 느끼며 답했다.

"너는 네 아빠가 아닌 너일 뿐인데, 내게 다가와 날 안아줬으니까."

"……그랬구나. 근데 내가 나라는 건 어떻게 알았어?"

"너와 장모님이 함께 찍힌 사진을 보고."

"사진을 보고?"

"응. 누군가가 이 두 사람이 김동필의 부인과 딸이라면서 사진 한 장을 보내줬어. 그때가 아마, 너와 만난 지 며칠 안 돼서였을 거야. 잘은 모르겠지만, 사진은 그 사건이 일어난 직후에 찍힌 거 같았고."

"그럼 내가 엄마랑 같이 있어서…… 근데 누가 사진을…….

불현듯, 좀 전의 급박했던 상황이 뇌리를 스쳤다. 강현은 불식간에 두려움에 휩싸였다. 그런데 다음 순간, 은별에게 죽을 이유가 어떻게 있을 수 있나, 하는 생각이 들었다. 은별에겐 자신이 있는데. 지켜내야 할 '안강현'이 있는데. 그러나 모를 일이었다. 이유는 분명 있을 수 있었다. 은별이 오늘 내내 숨기고 있는 그 일처럼, 거짓말까지 하며 숨기고 있는 그 일처럼, 죽을 이유 또한 분명 있을 수 있었다. 더구나 이 시간에 자신을 속이고 산에 간다는 건 도무지 말이 안 되었다. 그 일 때문이 아니라면 그랬다. 그렇게, 어떤 이유든 간에 이유는 있을 수 있었고, 은별이 숨기고 있는 그 일은, 그 '얼마든지 있을 수 있는 이유'로 인해 '스스로를 해하는 일'이었다. 십중팔구.

"오빠?"

몰려온 생각과 두려움에 휩싸여 대화를 잊은 강현을 은별이 불렀다.

강현은 그 부름에 답하지 못하고, 간절한 바람을 단호한 목소리로 뱉어냈다.

"아무튼 넌 그러면 안 돼."

"응?"

"나처럼 그러면 안 된다고."

"뭐를?"

은별이 조금 심각한 목소리로 물었다.

"죽으면 안 된다고!"

강현이 소리 높여 외쳤다.

그 말을 토해놓기가 쉽지 않았다. 두려워서 그랬다. '죽음'이란 단어가 들어간 말이 은별과 교차되는 게 두려워서. 그러나 토해내야 했고 토해낼 수밖에 없었다. 은별을 속히 제 품으로 끌어당겨야만 했기에.

"응? 내가 왜 죽어, 오빠."

은별이 뭔 소리냐는 듯이 말했다.

"뭐?"

머리에 뜬 물음표가 이내 흐릿해지며 안도감이 밀려왔다. '그게 아니었어.'

"오빠 혹시 내가 죽을까 봐 그랬던 거야?"

강현은 갑자기 입이 굳어버렸다. 뭐라고 답해야 좋을지 떠오르지 않았다.

"아니, 그게……."

"그랬구나. 난 오빠가, 내가 무슨 일 있는지 숨기고 전화도 계속 안 받고 해서 그러는 줄만 알았는데. 미안, 오빠."

은별이 풀 죽은 목소리로 말했다.

"일단 네가 괜찮으니까 괜찮아."

강현이 진심으로 말했다.

"아까 오빠가 나 있는 데로 급하게 온다고 할 때, 뭔가 좀 이상하다는 느낌이 들었던 거 같긴 한데, 그땐 나도 너무 힘들어서 오빠가 그런 생각까지 하고 있는 줄은 몰랐네. 미안해, 오빠."

강현은 가지를 뻗쳐놓은 한 가지 이유로 가슴이 아리고 답답했다.

"괜찮아. 그런데 너를 그렇게 힘들게 하는 일, 왜 나한테 숨기고 있는 거니. 산에는 대체 왜 가는 거고."

강현은 그 일이 뭔지 꼭 알아야 했다. 은별이 산 구경을 하러 산에 갈 리는 없었다. 은별은 강현에게 산에 같이 가자고 한 적도 없었고, 혼자서 간다고 한 적도 없었다. 아니 그녀 입에서 '산'이라는 단어 자체가 나온 적이 없었다. 그녀가 주연을 맡은 '싸늘한 땅'이란 연극에서 말고는. 그녀는 극 중에 단 한 번 '산'을 입에 담는다. '산에 있는 낭떠러지요?'라는 대사를 통해. 그런데 그녀는 그 '산'에 가고 있다. 또한 그렇게 납득할 수 없는 행동을 하면서, 강현을 속여야 할 만큼 비밀스러운 일로 몹시 힘들어하고 있다. 그래서 강현은 '그 일'이 뭔지 꼭 알아야 했다. 무엇보다 그녀를 몹시 힘들게 하고 있는 일이었기에.

은별이 "그게……." 하며 답변을 망설이자 강현이 말했다.

"내가 아까 말했지. 어떤 말도 나한텐 해도 괜찮다고."

"응."

"정말 괜찮아, 난. 어떤 말이든 어떤 일이든 너만 살아 있다면 다 괜찮아."

'너만 살아 있다면', 용기를 내서 한 말이었다. 가정형이었기에 그랬다. 현재나 멀지 않은 미래에 살아 있지 않을 수도 있다는 가정 위에서 형성되는 말이었기에.

은별은 잠시 뜸을 들이다 불안정한 목소리로 말했다.

"어. 근데 고민하던 하나는 아까 오빠랑 얘기하면서 해결됐는데, 하나는, 아니 두 개는 말하기가 너무 무서워서…… 오빠가 혹시라도 오해할까 봐 걱정되기도 하고."

강현은 묘한 불안감을 느끼며 의아해했다. 곧 자기와 관련된 일인 것 같다고 느껴, 의아함은 증폭됐다. 더불어 은별을 안심시켜주고 싶은 마음이 크게 들었다. 증폭된 의아함보다 크게.

"오해 안 하면 되지. 아무 걱정 말고 말해줘. 나도 처음으로 부탁할게."

"부탁. ……알았어. 얘기할게. 충격도 받지 말고 무조건 이해해 주기야."

"당근 빠따지. 당근 빠따로 내 머릴 후려쳐도 이해해 줄게."

은별은 웃음을 참는 소리를 짧게 흘렸다. 그러더니 돌연 아무 소리도 내지 않았다.

"은별아?"

"근데…… 오빠가 막을까 봐 걱정이 돼. 막으면 난 어떡해야 하는지도……."

강현은 또 묘한 불안감을 느끼며 의아해했다.

"내가 막는다고?"

"응. 그럴 것 같기도 해. 아무튼 얘기할게. 어, 지금 시간이…… 20분 정도는 여유 있겠다. 기사님, 돈 따블로 드릴 테니까 잠시만 더 기다려 주세요."

58분 전.

은별이 침대에 누워 있었다. 오후 네 시 반경에 꺼내 입은 검정 슬랙스와 아이보리색 니트를 그대로 입은 채로. 십여 분 전 강현과 통화하며 밝아진 목소리와 다르게, 그녀의 얼굴은 어두웠다. 그녀는 한숨을 푹 내쉬고 침대에서 내려와 화장실을 향해 걸음을 뗐다. 몇 발짝 옮기자 침대에 놓인 휴대폰에서 문자 수신음이 울렸다. 그녀는 천천히 되돌아가 휴대폰을 집어 들었다. 김민철의 문자였다. 그녀는 휴대폰 화면을 보며 "계획이 바뀌었다고?" 하고는 문자를 열어보았다.

> 계획이 바뀌었습니다. 답을 빨리 주셔야겠습니다. 그리고 답은 만
> 나면 해주십쇼. 오늘 밤 11시까지 만골산 정상으로 오세요. 와서
> 전화 주시고요. 만약 오지 않으면 저는 거기서 죽을 겁니다. 와서

결혼 전까지 내 애인으로 살아줄 수 없다고 해도 죽을 거고요.

은별은 표정을 일그러뜨리며 침대 위로 휴대폰을 내동댕이쳤다. 휴대폰이 튕겨 올라 오른편 바닥으로 떨어졌다. 은별은 거친 숨을 몇 번 들이 내쉬고, 일그러진 얼굴을 양손으로 감쌌다.

"아아, 어떡해야 돼, 정말⋯⋯."

몇 초 뒤, 은별은 얼굴에서 손을 떼며 이를 꽉 깨물었다. 눈빛이 매서워져 있었다. 은별은 휴대폰을 주워 들고 민철에게 보낼 문자를 입력했다.

안 죽을 거면서 이러는 거죠. 저 괴롭히려고 이러는 거잖아요. 무
슨 이유 때문에 이러는 건진 몰라도 이제 그만두세요.

문자를 보낸 은별은 침대에 턱 걸터앉았다. 마음을 단단히 먹은 듯 눈빛이 계속 날카롭게 번뜩였다.

"그래, 안 죽어. 안 죽는다고."

그때였다. 손에 쥔 휴대폰에서 벨소리가 울렸다. 은별은 움찔하며 휴대폰을 내려다봤다. 김민철의 전화였다. 은별은 또 움찔하더니 눈에 힘을 주며 전화를 받았다.

"네."

"무슨 이유 때문인지 모르겠다고요?"

민철이 빈정대는 투로 물었다.

은별의 눈빛이 조금 흔들렸다.

민철이 말을 이었다.

"이제 감 잡았을 것 같은데. 아니, 감은 저번에 잡고 이젠 내가 누구인지, 또 누구 아들인지 궁금해하고 있을 것 같은데. 혹시 전에 나에 대해 알아봤다면 한 가지 들어맞지 않는 게 있어서, 그 두 분의 아들은 아닌 거 같다고 생각했을 테고. 뭐, 알아봤을 리 없겠지만. 난 그 시절에 자살을 시도한 적이 없으니까."

은별은 당혹스러운 얼굴로 그의 말을 들으며 숨을 몇 번이나 삼켰다.

은별이 대꾸를 못 하자 민철이 덧붙였다.

"내 예상이 적중한 건가요? 그럼 내가 자살할 만한 이유가 머릿속에 확 꽂혔겠네요. 아닐 거라고 부정하고 있다가 말이죠. 무슨 이유 때문에 이러는지 모르겠다고 한 것도 부정하고 싶어서였죠? 아니면 혹시 모를 1퍼센트의 확률이라도 잡고 싶어서였나? 아닐 수도 있다는? 대답을 해봐요, 어마무시한 사기를 치고 다섯 명이나 죽게 만든, 아니 여섯 명이나 죽인 살인자 겸 사기꾼 따님."

은별의 얼굴에서 핏기가 가셔 있었다.

"제, 제가 대신 용서를 빌게요. 백만 번이라도 무릎 꿇고 빌게요. 그러니 제발 죽으려 하지 마세요. 제가 빌고 또 빌 테니까."

은별이 신음 섞인 목소리로 말했다.

잠깐의 정적이 흐른 뒤, 민철의 목소리가 들려왔다.

"조건을 걸지 않았습니까. 조건만 들어주면 안 죽을 겁니다."

은별은 미간을 찡그리며 울 것만 같은 얼굴을 했다.

"그게 어떻게 말이 돼요. 어떻게 결혼할 사람을 두고……."

민철은 단호한 목소리로 은별의 말을 받아쳤다.

"말이 되든 안 되든 조건대로 하지 않으면 죽을 겁니다, 나는."

"저 좋아하는 거 아니잖아요. 아니, 좋아할 수 없잖아요. 그런데 왜……."

"나도 사랑 좀 받아보려고요. 잠시나마."

"제가 죽도록 미울 거 아니에요. 제가 그 몹쓸 사기꾼의 딸이라서 미치도록 미울 거 아니냐고요."

"살인자 겸 사기꾼의 딸이죠. 아직 어딘가에 살아 있을…… 아무튼, 미워도 사랑을 받을 수는 있죠. 내 쪽에선 못 줘도 받을 수는 있는 거 아닌가요?"

은별은 왼손으로 가슴을 움켜쥐고 몹시도 답답해했다.

"무슨 그런……."

"단순하게 생각하세요. 내가 죽기를 바라지 않는다면. 그런데 은별 씨, 은별 씨가 그 인간 딸이라는 거 강현 씨한테 말 안 해줬죠?"

"네."

"내가 물어보나 마나 한 걸 물어봤군요. 그 얘길 들었다면……."

민철은 쓴웃음 섞인 목소리로 말을 흐렸다.

그때 뭔가 떠오른 듯, 은별의 눈에 힘이 들어갔다.

"근데 우리 오빠 이름은 어떻게 알았죠? 또 제 존재에 대해서도……."

민철은 태연한 목소리로 대답했다.

"그런 거 알아봐 주는 사람이 어디 한둘인가요. 아무튼 이따 11시까지 만골산 정상으로 오세요. 입구에 내려서 한 시간 정도 올라오면 됩니다. 날 죽음으로부터 건지고 싶다면 꼭 와서, 결혼 전까지 날 사랑해 주겠다고 고백하세요. 그리고 혹시 오늘 누굴 만날 계획이 있었다면, 전활 끊는 즉시 전화해서 못 만나겠다고 하세요. 이건 뭐 말하지 않아도 알아서 하겠지만. 아무튼 그렇게 하고, 그 뒤엔 누구와도 통화하지 마세요. 특히 남친과는 더더욱. 이건 은별 씨를 위해 해주는 말입니다. 남친이랑 통화하면 괴롭기밖에 더하겠어요? 저와의 일 털어놓을 수도 없을 텐데 말이죠. 오늘 일 말하다 보면 어쩔 수 없이 그동안 속여 왔던 게 다 탄로 날 테니까. 그리고 어제 말했다시피 은별 씨가 혹시라도 이 일을 강현 씨한테 털어놓으면, 그래서 그걸 내가 알게 되면, 아시죠? 내가 어떻게 되는지."

은별은 떨리는 숨을 뱉어내며 어쩔 줄을 몰라 했다.

민철은 짧게 헛기침을 하고 덧붙였다.

"몰래 만나줄 테니까 너무 걱정 마세요. 몸은 절대 안 건드리고, 사랑도 한번 해보도록 노력해보죠. 저 이래 봬도 연극의 극본까지 쓴 로맨티스트입니다."

"제가 빌고 또 빌 테니까 제발……."

은별이 절절한 음성으로 말했다.

민철은 꺼칠한 목소리로 "됐고." 하더니, 잠시 침묵하다가 부드러운 목소리를 내었다.

"시간 여유 많으니까 예쁘게 단장하고 오세요. 무대 위에서처럼 예쁘게 차려입고 애인 될 사람을 만나러 와주세요. 비록 시한부 만남이지만 연인이 된 첫날, 애인에게 예뻐 보이면 좋잖아요? 알겠죠, 예뻐진 김이슬 씨?"

"……."

은별은 창백해진 얼굴로 꿈쩍도 못 했다.

"그럼 이따 봐요, 은별이 되어 사라진 김이슬 씨. 그냥 이슬 씨로만 지냈으면 좋았을 텐데, 왜 은별까지 되어 아무도 모르게 반짝이려 했나요. 떨어진 별들은 땅속에 묻혀 있고, 떨어진 별들 옆에 박혀 있던 별들은 궤도를 벗어나 한없이 헤매고만 있는데. 단 하나 잘한 건 있지만, 그걸론 턱없이 부족해요. 그럼."

부드러운 목소리는, 말을 할수록 거칠어지고 메말라 갔다.

은별은 수십 초간 가만히 앉아 있었다. 눈꺼풀과 입술과 오른손을 떨며.

얼마 후 강현에게 돌아가 달라 하고서 통화를 종료한 은별은, 눈물 한 방울을 바닥에 떨구고 휴대폰으로 만골산을 검색했다. 관악구 인헌동에 있는 산이었다. 집에서 산 입구까지 50분이면 갈 수 있는 거리였다. 민철의 말대로 입구에서 정상까지 한 시간 정도 걸린다면 45분가량의 여유 시간이 남아 있었다. 그런데 은별은 바로 밖을 나섰다. 이왕 결정한 것, 흔들리며 고통스러운 시간을 보내느니 차라리 빨리 가야겠다고 생각한 듯했다.

그렇게 은별은 단장을 하지 않고 밖을 향했다. '김이슬'로 지내던 때에 즐겨 입던 색상의 옷인 검정 슬랙스와 아이보리색 니트를 그대로 입은 채로.

1년 6개월여 전.

김이슬의 아버지 김동필은 건물 투자 사기 혐의로 공개 수배되어 있었다.

김동필은 닷새 전에 자취를 감추었다. 그의 사기를 도운 일당은 모두 구속되어 있었다. 검경은 며칠 전 합동 수사팀을 꾸려 여러 수단으로 그를 찾고 있었다. 그러나 아직까지 이렇다 할 수사 성과는 내지 못하고 있었다. 찾은 단서라고는, 김동필이 자신의 집 근처 도롯가에서 길쭉한 사각형 모양의 대형 백팩을 메고 걷는 모습이 찍힌 CCTV 화면밖에 없었다.

그가 건물 투자 사기로 챙긴 돈은 거의 천억 원에 가까운 978억 원이었다. 총 138명의 투자자에게서 긁어모은 액수였다. 사기 피해를 입은 사람들 대부분은 근래에 큰돈을 얻었거나, 본인은 경제 능력이 없음에도 자녀 덕으로 넉넉하게 살던 이들이었다.

김동필은 주식 투자 사기 전과가 한 차례 있는 자였다. 그는 6년여 전 주식 투자를 빌미로 총 열네 명에게서 24억 원을 갈취했다. 그때는 저 혼자서 자신의 지인들에게 사기를 쳤다. 그때 그가 받은 형량은 징역 1년이었고, 범죄수익금은 원 주인들에게로 돌아갔다.

징역살이를 마치고 나온 그는 정신을 차리고 새로운 다짐을 한 듯 보였다. 그는 한남동 어느 건물에 자리한 25평짜리 임대 사무실을 얻는다. 그런 뒤 건설 기술자들을 섭외하고 여러 건축 장비를 구입한다. 또 건설업면허증 취득에 필요한 서류들을 준비해 구청에 제출한다. 그리해서 정식 건설업자가 된 그는, 약 3년간 총 열네 채의 건물의 철근콘크리트 시공을 맡아 120억 원가량의 수익을 내고, 재산을 50억 원가량으로 불린다.

그 후 그는 자신의 자금을 들여 충무로역 부근에다 4층짜리 상가 건물을 지어 올린다. 철근콘크리트 공사는 그가 부리는 인부들이 맡고, 토목, 기계설비 등의 타 공사는 도급 계약된 다른 건설사가 맡았다. 그 건물을 짓는 데 그가 지출한 비용은 36억 원 정도였다. 건물이 완성되자, 그는 1층부터 4층까지 총 24개 호를 한 호씩 팔기 시작한다. 그리하여 3개월여 만에 건물 매각을 완료한다. 약 5퍼센트의 차익만 챙기고.

그 뒤 그는 자신의 부인과 딸에게 몇 개월간 나가 지내야 한다 하고는, 한남동 구석진 곳에 위치한 1층짜리 주택에 월세를 주고 들어간다. 그리고는 이번에 터진 건설 지분 투자 사기행각을 벌인다.

그는 먼저 징역살이 중에 만난 두 명의 사기 전과자와 그들의 지인들 총 열 명을 섭외해, 이번 일에 동참하면 들어오는 돈의 70퍼센트를 나눠주겠다고 한다. 그들이 동의하자, 그는 그들에게 몇 개의 동영상을 촬영토록 한다. 그가 매각한 건물에 미리 지분을 투자해 크게 수익을 낸 사람들과 그의 직원들인 척 연기하는 동영상들이었다. 동영상 촬영은, 그의 사무실과 매각이 완료된 건물 앞과 한 커피숍에서 진행되었다.

그 후 김동필은 한남동의 한 도로 옆 부지에 건물의 터를 닦기 위한 토목공사를 진행한다. 그러면서 복권 당첨 등으로 최근에 큰돈을 얻었거나 자녀 덕으로 넉넉하게 사는 이들에게 접근해, 그들의 투자 심리를 자극한다. 자신이 지은 건물에 지분을 투자한 사람들은 투자 원금 대비 160%에 가까운 수익을 챙겨갔다면서, 위조된 공사비용 장부와 실제 매각한 각 호의 매매계약서 등을 보여주는 식이었다. 실제 공사에 들어간 비용은 36억 원 정도인데, 위조된 공사비용 장부엔 24억 원가량으로 기재돼 있었다. 건물을 매각해 챙긴 차익이 5% 정도니, 위조된 장부대로라면 공사비용 대비 160%에 가까운 수익률을 기록한 셈이다.

김동필은 그렇게 자신의 자금으로 건물을 지었다는 것을 숨긴 채, 그리 조작된 정보로 잠재적 투자자들의 마음을 흔들어 놓는다. 그는 또 그들에게 자신은 시공 총괄과 철근콘크리트 공사를 맡아 건축 비용의 5%를 가져갔다고 하고는, 이번에 짓는 건물에는 자신도 공사비의 10%가량을 투자했다고 한다. 이어 이번 건물은 80억 원의 공사비가 들어가는 대형 건물로 40억 원은 이미 투자가 된 상태이고, 나머지 금액은 투자자를 더 모집해 충당하려 한다고 한다. 그러고는 그들을 건물 공사 현장으로 데려가, 건물이 어느 정도의 규모로 지어질지를 설명한다.

그런 뒤엔, 투자하기로 결정한 이들에겐 계약서에 사인을 받고 자신의 계좌로 투자금을 입금 받는다. 그리고 그들 중에서 자녀 덕으로 넉넉히 살던 이들에게는 건물이 매각되기 전까진 투자 사실을 자녀들에게 비밀로 하라 이른다. 아무 내색도 안 하고 있다가 갑자기 '나 이렇게 돈 벌었다' 하면서 투자 원금보다 훨씬 더 많은 돈이 입금된 걸 보여주면, 자녀들이 매우 기뻐하며 사장님을 자랑스러워할 거라면서.

그리고 투자를 망설이는 이들에겐 뭘 망설이냐면서 한 명 한 명씩 자신이 개설한 카카오톡 채팅방에 초대한다. 총 한 명에서 열댓명까지. 그러니까 40억이라는 금액이 다 채워질 때까지.

그 채팅방은 사기 조력자들이 들어와 있는 곳이었다. 김동필은 초대해 들어온 잠재적 투자자들에게 그들을 이렇게 소개한다.

"여기 들어와 있는 분들은 제 직원들이랑 제가 지은 건물에 지분을 투자해 160%에 가까운 수익을 챙겨간 분들입니다. 그런데 이분들 머리가 얼마나 비상한지, 단 한 분도 빠짐없이 지금 짓고 있는 건물에도 또 투자를 했네요."

그런 다음 그는 자신의 직원들이 투자자들을 만나 찍은 동영상이라며 미리 찍어놓은 동영상들을 하나하나 올린다. 그 와중에 사기 조력자 열 명은 이런 식의 글을 올려댄다.

"우리 사장님 잘 만나신 겁니다. 160퍼센트 가져가기가 어디 쉽나요." "저번엔 4억 투자하고 이번엔 7억 투자했는데, 돈만 많았으면 사장님 분량 빼고 나머지 다 투자했을 겁니다." "그러니까 말이죠. 사장님이 이렇게 빨리 또 공사에 들어갈 줄 알았으면 주식이라도 해서 더 모아놨을 텐데 무지하게 아쉽네요." "이번만 있나요. 다음도 있고 그다음도 있고, 투자는 언제든 하실 수 있습니다. 우리 사장님들은 그저 우리 김동필 사장님만 믿고, 그때그때 가지고 있는 돈만 투자해 주시면 됩니다. 그럼 돈은 계속 불어날 테니까요." "아무렴요."

그런 홀림에 넘어간 이들에게 김동필은 지분 투자 계약서에 사인을 받고 투자금을 입금 받는다. 그리고 그들 중 자녀 덕으로 넉넉히 살던 이들에겐, 채팅방에 들어오지 않고 투자를 결정한 사람들 중 일부에게 말한 것과 같이 자녀들에겐 비밀로 하라 이른다.

그리고 그때까지도 투자를 망설이는 이들에게는 이렇게 말하며 끝내버린다.

"참 오지게 답답하네요."

그런데 그가 개설한 카카오톡 채팅방은 당연하게도 하나가 아니었다. 방 하나에서 40억 원의 투자금이 다 채워지면 다른 방을 만들고, 또 그 방에서 투자금이 다 채워지면 또 다른 방을 만들고, 그런 식으로 방을 계속 늘려갔다.

그렇게 투자금을 긁어모으던 김동필은 자신의 인부들이 맡은 철근콘크리트 공사가 시작되자 며칠간 고심하는 듯하더니, 돌연 휴대폰을 집에 버려두고 종적을 감춘다.

그로부터 세 달여 전, 그는 사기 조력자들에게 범행을 끝내는 날 다 함께 잠적하자고 했었다. 그러면서 아직은 돈을 뜯어내고 있는 중이니 약속한 70%의 금액은 다 함께 잠적하는 날 나눠주겠다고 했다. 그러고 그들의 계좌로 1억 원씩 입금해 주었다. 그래 놓고 혼자 잠적해 버린 것이다.

그가 잠적한 다음 날, 한 투자자가 그에게 연락이 되지 않자 채팅방에 있던 가짜 직원들에게 김봉필이 왜 전화를 안 받느냐고 따져댔다. 가짜 직원들이 자기들도 잘 모르겠다고 하자, 그는 사기를 당한 것 같다며 경찰에 신고를 했다. 사기 조력자들은 김동필이 자기들의 전화도 받지 않자, "이런 개 사기꾼 새끼."라는 등의 욕설을 내뱉고, 한 명 한 명 도주할 준비를 한다. 그러다 그날 밤부터 그다음 날 새벽에 걸쳐 몇 명은 집에서, 몇 명은 도주 중에 경찰에 붙잡힌다.

김동필이 그때까지 개설한 카카오톡 채팅방은 총 스물여섯 개였다. 스물여섯 개 채팅방에 총 132명이 들어와 그중 97명이 1억에서

40억에 달하는 금액을 그의 계좌로 입금했다. 채팅방에 들어오지 않고 그의 혀 놀림에 바로 넘어가 계약서에 사인한 인원은 41명이었다. 총 138명이 그에게 놀아나 억대에서 수십억대의 금액을 날릴 위험에 처해 있는 것이었다.

사건을 맡은 검경 수사팀은 김동필의 행적 확보에 진전이 없자, 그가 국내에 숨어 있지 않고 중국이나 일본 등으로 밀항했을 확률이 높아 보인다고 밝혔다. 공항 출입국 기록도 없었고, 그가 국내에 있다는 어떠한 흔적도 찾아내지 못하고 있었기에 그리 추측할 수밖에 없어 보였다.

검경 수사팀은 투자자들의 돈이 입금된 김동필의 계좌도 열어보았는데, 계좌엔 고작 1,800만 원 남짓한 금액만 남아 있었다. 또한 계좌의 출금 내역도 살펴보았는데, 사기 조력자들의 계좌로 1억 원씩이 빠져 나갔고, 6개월여간 거의 사흘에 한 번씩 김동필이 은행에 들러 15억에서 18억 원가량을 인출해 갔다. 검경 수사팀은 그 사실과 김동필이 15억에서 20억 원가량만을 담을 수 있는 백팩을 메고 도주했다는 사실에 의거해, 국내 어딘가에 사기 피해액이 숨겨져 있다고 가정하고, 그가 은행을 나와 어디로 향했는지를 CCTV를 통해 추적하기 시작했다. 그리고 그의 부인과 딸이 살고 있는 집에 두 장의 참고인 출석 요구서를 보냈다. 이어 그의 사무실, 그가 7개월간 거처한 한남동의 1층 주택, 그의 부인 고은숙의 집을 압수 수색했다.

그러면서 검경은 포위망을 넓혀 갔다. 중국과 일본 경찰청에 연락해 수사공조를 요청했고, 밀항 알선 혐의로 전과가 있는 자들을 찾아가 김동필의 밀항을 도왔는지를 캐물었다.

그러던 중 첫 희생자가 나온다. 서울 관악구 신림동에 살던 '안영민'이란 사람이었다. 김동필이 개설한 채팅방에 들어가지 않고 그의 말만 믿고 투자금을 입금한 이였는데, 그이 아들의 이름은 '안강현'이었다.

그는 어느 중소기업 과장을 지내며 매주 오천 원어치의 로또복권을 구입했다. 그러다 어느 날 로또에 당첨되어 12억 원가량의 당첨금을 손에 쥐었다. 그는 그 당첨 사실을 자신의 아들에게만 말한 채 며칠을 지내오다 김동필의 연락을 받았다. 김동필은 그에게 자신이 짓는 건물에 지분을 투자하면 투자금 대비 최소 150% 이상의 수익을 가져갈 수 있다고 말했다. 이에 안영민이 관심을 보이자, 김동필은 그를 자신의 사무실로 불러들여 투자 심리를 자극하고, 위조된 공사비용 장부 등을 보여줘 그에게서 15억 원을 뜯어냈다. 15억은, 그가 그동안 모아 놓은 재산의 반쯤 되는 금액에 로또 당첨금을 더한 액수였다.

그가 세상을 등지기 전날 밤, 아들 '안강현'이 본 그의 모습은 평온해 보였다.

그날 밤 강현은 실의에 빠져 있는 아버지를 위로하기 위해 안방에 들어섰다. 그런데 가만히 선 채 저를 바라보는 아버지의 얼굴이 어딘지 모르게 평온해 보였다. 김동필이 잠적했다는 소식을 접하고 가슴을 치며 괴로워하던 모습과는 전혀 딴판이었다. 그 후 열흘 넘게 상심에 젖어 있던 얼굴과도 많이 달랐다. 그렇다고 환한 얼굴은 아니었지만, 뭔가 고민을 내려놓은 것만 같은, 그런 얼굴이었다.

"아버지, 이제 좀 괜찮으세요?"

"그래, 괜찮다. 이제 걱정 마라."

"네. 이제 밥도 잘 드시고, 어머니 걱정도 좀 내려놓으세요."

아버지는 코를 찡긋했다.

"그래, 알았다. 뭐, 다 내 탓이지. 네 엄마한테 당첨 사실만 숨기지 않았다면 적어도……."

아버지의 얼굴에 아쉬워하는 기색이 어려 있었다.

"이제 그런 생각도 마시고요."

강현은 아버지가 안쓰러웠다. 그래서 안아주고 싶었는데, 늘 그랬듯 안아주지 못했다.

다음 날 아침, 강현은 어머니 대신 아침 식사를 준비했다. 어머니는 아버지가 사기당했다는 걸 알고는 로또 당첨 사실을 왜 숨겼냐며, 왜 그렇게 멍청하게 벌어놓은 돈까지 날렸냐며 다섯 시간도 넘게 쏘아댔다. 그러더니 당분간 친구 집에서 지내겠다 하며 집을 나가, 열흘이 지난 지금까지 들어오지 않고 있었다.

"아버지 식사하세요. 오늘 아침은 순두부찌개예요."

식사 준비를 마친 강현이 안방 문을 향해 말했다.

방 안에서 아무 대답이 없자, 강현은 방 앞으로 가 문을 열었다. 방 안쪽 책상 위에 다 비워진 소주병 두 개가 놓여 있었다.

강현은 의아했다.

"술도 잘 못 드시는 분이……."

책상 왼편에 놓인 침대에 아버지가 누워 있었다. 강현은 "아버지 일어나세요." 하며 침대 가까이로 갔다. 그런데 아버지의 얼굴이 좀 이상해 보였다. 얼굴에 핏기가 없어 보였다. 아버지 얼굴색이 원래 이랬나, 싶었다. 마치 아버지를 똑 닮은 인형에 분칠을 해놓은 것 같았다. 몇 초가 지나자 싸한 기운이 느껴지며, 침대 안쪽에 놓여 있는 흰 원형 통이 눈에 들어왔다. 순간 숨이 멎는 듯했다. '아니야.' 강현은 자신이 느낀 게 현실일 리 없다고 부정하며 아버지의 코밑으로 손끝을 가져갔다. 느껴지지 않았다. 아버지의 숨결이. 그동안 한 번도 가까이에서 느껴보지 못한 아버지의 숨결이. 그동안 한 번도 가까이에서 느껴보지 못했든 어쨌든 그 순간만큼은 느껴야만 했던 숨결이.

책상 위,
두 개의 빈 소주병 옆으로 아버지의 유언이 적힌 하얀 A4지가 놓여 있었다.

> 아들아, 이 애비가 없어도 꼭 잘 지내야 한다.
> 한순간의 욕심이 너와 날 떨어뜨려 놓는구나.
> 끝까지 함께하지 못해서 미안하다, 아들아.
> 그리고 권 여사, 나 이제 그만 용서해줘.
> 이제는 당신 힘들게 할 사람 없으니
> 편안한 마음 가지고 살아줘.
> 아들 손 꼭 잡고 행복하게 살아줘.
> 끝까지 지켜주고 싶었는데 미안하네.

그가 그렇게 세상을 떠나고, 이튿날 두 번째 희생자가 나온다. 그이는 김동필이 개설한 채팅방에 들어가 사기꾼들이 나누는 대화에 홀려 18억 원을 빼앗긴 이였다. 그는 자신이 사기당했다는 걸 알고는 열흘 넘게 미친 듯이 괴로워했다. 그러다 피해자들 중 한 명이 자결했다는 뉴스를 보고는, 몇 시간 동안 혼이 빠진 듯한 모습으로 있다가 노끈에 목을 매달아 숨을 끊었다.

그는 투자하기로 결정했다 하며 채팅방에 이런 글을 남겼었다.

"제가 갖고 있는 돈 몽땅 다 투자하겠습니다. 기회는 왔을 때 잡아야죠."

그렇게 두 사람이 연달아 세상을 등지자 여론은 무섭게 들끓었다. 관련 인터넷 기사에는 'ㄱㅈㄱㅇ ㅅㄲ'라는 욕설 댓글로 시작해서 이런 놈은 몽둥이로 뚜드려 잡아 일주일 정도 고문한 뒤에 화형시켜 버려야 한다는 댓글까지, 욕지거리와 저주가 서린 댓글이 무수히 달렸다. 각종 SNS상에도 김동필에게 저주를 퍼부으며 죽은 둘을 추모하는 글이 속속 올라왔다.

한편 검경이 넓힌 포위망엔 아무것도 걸려들지 않고 있었다. 얼마 전 중국과 일본 경찰청으로부터 수사공조 수락을 받아냈지만, 김동필의 행방은 드러난 게 없었다. 밀항 알선 혐의로 전과가 있는 자들에게도 얻어낸 게 없었다. 김동필이 국내에 숨어 있을 것도 염두에 두고 그가 이동할 만한 곳들의 CCTV도 조사해 봤지만, 그의 흔적은 찾아내지 못했다. 또한 그가 사흘에 한 번씩 은행에 들러 인출해 간 사기 피해액의 행방도 오리무중이었다. 그가 은행을 나와 어디로 향했는지가 CCTV에 걸려들지 않았던 것이다. 다만 그가 은행을 나온 뒤 택시를 잡아탔다는 것과 밤늦게 집에 돌아오곤 했다는 것만을 알아냈을 뿐이었다. 또한 얼마 전에 압수수색한 세 곳에서도 숨겨진 사기 피해액은 없었다.

그런데 며칠 후, 일본 경찰청으로부터 김동필에 관한 소식이 날아든다. 일본 오카야마 현에 위치한 어느 시골 마을,

그 마을 외딴 곳에 있는 한 빈가에 불이 났다는 신고가 경찰서에 접수된다. 경찰은 곧 그곳으로 출동한다. 목재 건물이었던 빈가는 전소되어 있었고, 철 드럼통 하나가 잿더미에 덮여 있었다. 드럼통은 뚜껑이 열려 있는 상태였고, 안에는 누르면 바스러질 정도로 타버린 사람의 뼈가 들어 있었다. 그리고 빈가 마당가에 회색 SUV 한 대가 세워져 있었는데, 그 차량 운전석에 이런 글이 적힌 쪽지가 놓여 있었다.

인생이 허무해 죽는다.
딸아 잘 살아라.
보쿠와 김동필또 모시마스.

출동한 일본 경찰들은 한국어에 능통한 동료 경찰의 도움으로 쪽지의 내용을 알아낸다. 해서 쪽지를 남긴 자의 이름이, 자국 경찰청에 수사공조 요청이 들어온 사기 사건의 피의자 이름과 같다는 사실을 알게 된다. 결국 사건은 일본 경찰청으로 넘어가고, 일본 경찰청은 그 사실을 한국 검경에 알린 뒤 자체적으로 수사에 착수한다. 일본 경찰청이 조사한 결과에 따르면, 불에 탄 빈가에서 4㎞ 가량 떨어진 주유소에 어떤 자가 회색 SUV를 끌고 와 100L의 휘발유를 사갔다. 그는 "보쿠와 칸코쿠진데스. 가소링 햐꾸리타 구다사이."라고 말하며 휘발유를 구입했다. 그가 탄 회색 SUV는 불에 탄 빈가 마당가에 세워져 있던 차와 같은 차량이었다. 그의 인상착의는 대

한민국 검경이 보내준 사진 속 김동필의 모습과 일치했다. 불에 탄 빈가에서 반경 5㎞ 안에 거주하는 사람들 중 실종된 자는 없었다. 또 같은 반경 안에 달린 CCTV들을 조사한 결과, 김동필은 사건이 일어나기 13일 전에 그곳에 와, 단 한 번도 5㎞ 이상을 벗어난 적이 없었다.

　일본 경찰청은 위와 같은 사실을 한국 검경에 전하며 아래와 같은 자체 수사 결과도 함께 전달한다.

> 타버린 사체는 사기 사건의 피의자 김동필로 보임. 사체의 치아
> 와 뼈까지 거의 타버린 것으로 보아, 휘발유 100L를 드럼통에 붓
> 고 김동필 스스로 드럼통에 들어가 분신자살한 것으로 추정됨.

　그 같은 수사 결과가 언론을 통해 알려지자, 수많은 이가 관련 인터넷 기사 댓글과 SNS를 통해 믿을 수 없다는 반응을 보였다. 138명의 무고한 사람들에게서 천억 원에 가까운 돈을 가로채고, 사기 조력자들에게는 고작 1억 원씩만 넘겨준 채 저 혼자 잠적해 버리고, 유언장에조차 미안하다는 말 한마디 남기지 않은 자가, 그토록 무시무시한 방법으로 스스로를 죽였다는 게 말이 되느냐는 것이었다. 어떤 이는 관련 인터넷 기사에 '양심은 없지만 불에 타 죽을 용기는 있었나 보네'라고 비꼬는 댓글을 달기도 했다. 그런데 그와 반대 의견을 피력하는 이도 몇몇 있었다. 그들은 김동필이 만약 죽은 척 위장했다면, 유서에 사죄의 말을 적어 죄를 뉘우친 것처럼 속였을 거라고 주장했다.

　며칠 후 검경 수사팀은 몇 명의 인원을 일본으로 보내, 드럼통에

서 타들어간 유해와 회색 SUV 안에 놓여 있던 쪽지를 가져온다. 그런 뒤 그것들을 국과수로 보낸다.

그 와중에 또 한 명의 희생자가 나온다. 그이는 김동필이 개설한 채팅방에 초대된 후 40억 원을 투자한 이였다. 그가 투자를 결심하며 채팅방에 올린 글은 이랬다.

> 남은 지분 제가 다 가져가겠습니다. 돈 넣고 돈 먹기를 하려면 제대로 해야죠. 얼마 전에 땅 투기로 제대로 한 건 올렸는데, 곧 부자의 반열로 올라서겠군요. ㅎㅎ

그는 김동필이 잠적했다는 뉴스를 보고는 방을 뛰쳐나와 주방의 집기를 집어던지며 분노를 터트렸다. 그러다 갑자기 뒷목을 잡고 쓰러졌다. 평소 앓고 있던 고혈압이 발현됐던 것이다. 그는 곧 방 안에 앉아 괴로워하던 부인에게 발견되어 병원으로 옮겨졌다. 다행히 뇌출혈까지는 가지 않아 생명에는 지장이 없었으나, 의식이 바로 돌아오지 않아 응급실에 입원해야 했다. 또 다행히 다음 날 의식이 돌아와 일반병실로 옮길 수 있었다. 그 후 그는 이를 악물며 신음만 가끔 흘릴 뿐 극렬한 분노는 터트리지 않았다. 그러다 김동필과 같은 이름을 한 이가 일본의 어느 마을에서 불에 타 죽었다는 소식을 아내에게 전해 듣고는, 눈을 부릅뜨며 "내 돈 내놔, 이 씨발놈아!" 하고 소리쳤다. 그 바람에 또 뒷목을 잡고 의식을 잃고 말았다. 며칠 뒤 의식이 돌아온 그는 일본 경찰청의 수사 결과를 접하고, 잠시 얼이 나가 있다가 병실 창문을 열고 뛰어내렸다.

검경 수사팀은 유해와 쪽지를 국과수로 보낸 직후, 몇 명의 수사관을 일본으로 특파하며 그들에게 일본 경찰청이 밝힌 수사 전말에 틀린 부분은 없는지 확인해보고, 추가로 발견되는 단서가 있으면 즉시 보고하라고 했다.

2주 뒤, 검경은 언론 브리핑을 통해 수사 결과를 발표한다. 발표 내용을 간추려 보면 이랬다.

일본에서 가져온 유해는 열로 인해 심하게 손상되어 있었다. 모든 DNA가 소멸되거나 파괴돼 있었고 죽은 이의 얼굴형도 파악하기가 힘들었다. 다만 유해의 주인이 김동필과 키가 비슷하다는 것만 확인되었다. 하여 사건의 정황과 간접 증거만으로 유해의 주인을 가려낼 수밖에 없었다. 우선 차 안에 있던 유서의 필체가 김동필의 필적과 동일했다. 또 불에 탄 빈가 마당가에 세워져 있던 차량 안에서 김동필 외 다른 이의 DNA는 검출되지 않았다. 그 두 단서와 국과수의 감식 내용, 그리고 일본 경찰 측의 수사 내용을 종합해 본 결과, 유해의 주인은 김동필일 가능성이 높다.

수사 결과를 발표한 검사는 브리핑을 마치며 이렇게 덧붙였다.

"다만 직접 증거가 없고, 김동필이 빈가로 숨어들어가기 전에 누군가를 살해하고 비닐 같은 것으로 싼 뒤에, 차에 실어 빈가로 옮겨놨을 수도 있으니까 좀 더 범위를 넓혀 수사를 이어가겠습니다."

일본 경찰 측 수사 결과에서 크게 진전된 것 없는 발표 내용이었지만, 마지막 검사의 말로 김동필이 아직 죽지 않았을 수 있다는 기대를 해볼 수도 있었다. 그리고 그 기대가 현실이 된다면 사기 피해액 978억 원도 원주인들에게 돌아갈 수도 있을 듯했다. 그러나 그 발표가 있던 날, 또다시 목숨을 잃는 이가 나온다. 이번엔 두 명이.

죽은 두 사람 중 한 명은 채팅방에 있던 사기꾼들의 말에 흘려 19억 원을 투자한 이였고, 다른 한 명은 그의 아내였다. 그들은 강현의 부모와 같이 외아들이 있었는데 이름은 '김창남'이었다. 그들은 거실에 앉아 뉴스를 보다가 김동필이 잠적했다는 소식을 접하곤, 숨이 멎은 사람처럼 한동안 꿈적도 하지 못했다. 그러다 누가 먼저인지 모르게 서로의 손을 잡았다. 또 그 돈이 어떤 돈인데 찾지 못하겠냐며 서로를 다독였다. 그러면서 아들에게는 아직 비밀로 하자고 합의했다. 그 후 그들은 초연한 척하는 듯 보였다. 어느 날 아내는 주방 바닥에 접시를 떨어뜨리고 손끝을 파르르 떨더니, 이내 부자연스럽게 웃었다. 곧 방문을 열고 나온 남편은 바닥에 깨져 있는 접시를 보고 "접시 깨진 거였구나." 하고는, 어색하게 입꼬리를 올려 웃었다. 그렇게 둘은 초조한 마음을 숨기며 지내다가, 김동필과 같은 이름을 한 이가 일본에서 불에 타 죽었다는 소식을 TV 뉴스를 통해 접했다. 그때까지만 해도 그들은 크게 동요하지 않는 듯했다. 뉴스를 보고는 둘 다 넋 나간 얼굴이 되어 입술을 좀 달싹이긴 했지만, 이내 서로의 손을 잡고 김동필은 죽지 않았을 거라고, 죽지 않고 아들 돈을 꼭 돌려줄 거라고 얘길 주고받았다. 그러나 며칠 뒤 일본 경찰청의 수사 결과를 접하고는, 망연자실한 얼굴이 되어 서로의 손을 잡아주지 못했다.

아내와 함께 뉴스를 본 남편이 고개를 떨구고 말했다.

"이제 말해야겠네. 어차피 알게 될 텐데."

아내는 망연자실한 표정을 지우지 못했다.

"아무래도 그래야겠지."

"응. 우리가 그 돈 돌려받을 수 있다고 아무리 우겨도, 안되는 건

안되는 거겠지."

"어. 이제는 포기해야 할 것 같아."

잠시 후, 남편은 아들에게 연락해 할 말이 있으니 집에 들러달라고 했다.

팀원들을 30분 일찍 퇴근시키고 지하 주차장으로 내려온 김창남은 자신의 SUV에 올라타 곧장 부모의 집으로 향했다.

부부의 집 거실 바닥에 부모와 자식이 둘러앉아 있었다. 아버지는 이맛살을 잔뜩 찡그린 채 울상을 하고 있었고, 어머니는 아랫입술을 깨문 채 시선을 떨구고 있었다. 그리고 아들은 책망하는 눈빛으로 부모를 번갈아 보고 있었다.

"도대체 왜 그러셨어요. 두 분만을 위해서 차곡차곡 모은 돈인데, 왜 그걸 다른 인간한테……."

아버지는 죽을 듯이 괴로워했다.

"미안하다. 정말 나 같은 건 진짜 확……."

창남은 미간을 찌푸리며 눈에 힘을 주었다.

"그게 무슨 말이에요."

아버지는 눈을 내리떴다.

"아니다."

"쓸데없는 말 말아요."

창남은 시선을 흩트리며 덧붙였다.

"이왕 터진 일 어쩔 수 없죠."

그리고는 조금 침착한 표정을 지으며 말을 계속했다.

"그 돈 돌려받지 못해도 좋으니까 마음 추스르세요. 앞으로도 돈은 얼마든지 벌 수 있으니까."

아버지는 그 말을 희망과 위로의 말로 들을 수 없었는지 으어어, 하고 신음을 흘렸다. 어머니는 눈물 한 방울을 바닥에 떨구고, 남편의 오른팔을 두 손으로 붙들었다.

그날 밤 부부는 잠자리에 누워 싸늘한 이야기를 나누었다.

"나 같은 건 죽어야 돼. 그 돈이 어떤 돈인데……."

"죽으려면 같이 죽어."

아내가 약간 멍한 얼굴로 말했다.

남편은 인상을 찌푸렸다.

"뭘 같이 죽어. 당신은 잘못 없는데."

"나도 동의했잖아."

"동의했든 말든 둘 다 죽으면 안 되지. 아들이 불쌍하지도 않아?"

"그럼 당신도 살아야지."

남편은 긴 탄식을 내뱉었다.

"이러지도 못하고 저러지도 못하고, 피 같은 아들 돈은 날아가 버렸고……."

아내는 낮게 깔리는 한숨을 내쉬었다.

"아들 지금도 많이 벌고 있잖아. 우리가 완전히 거지가 된 것도 아니고."

"내 마음이 거지가 된 걸 어쩌겠어. 생 거지가 된 걸. 아들이 고생한 11년을 날려먹은 생 거지가 된 걸……."

그 후 남편은 푸념과 한탄으로 점철된 나날을 보냈다. 아내는 그런 남편을 보며 힘겨워하고 안타까워하는 매일을 보냈다. 그러다 두 사람은 검경 수사팀의 수사 결과 발표를 TV로 시청했다. 발표를 맡은 검사의 마지막 말이, 둘에겐 희망의 말로 들리지 않은 듯했다.

남편이 리모컨을 들어 TV를 끄고 암담한 얼굴로 말했다.

"이제 못 살 거 같아."

아내는 애처로운 눈빛으로 남편을 바라봤다.

"정말 못 살겠어?"

남편은 초점이 엇나간 시선으로 바닥을 내려다봤다.

"어. 못 살 거 같아. 죽어야 살 것 같아. ……나 갈게. 따라오지 마."

아내의 눈망울에 눈물이 어렸다.

"안 돼. 가려면 같이 가."

아내는 눈물 맺힌 눈에 힘을 주며 덧대었다.

"아니, 날 죽이고 가."

남편의 눈빛이 흔들렸다.

"뭐?"

"나를 죽이지 않고는 혼자서 못 간다고."

아내는 괴로운 표정을 지으며 말을 이었다.

"사실 나도 죽을 만큼 힘들어. 당신이 힘들어하는 거 보는 것만으로도 죽을 만큼 괴롭다고. 그러니 꼭 죽어야겠다면 같이 죽어. 아들 잘 만나 호강했으니 그걸로 됐어. 이젠 아무 미련 없어."

말하는 동안 얼굴에서 괴로워하는 기색이 가셨다.

남편은 잠시 멍멍한 얼굴을 하고 있다가 천천히 입을 뗐다.

"정말 나 따라 올래?"

"응. 따라 갈래."

남편은 고개를 조금 숙이더니, "가자." 하며 아내의 손을 잡았다.

김창남의 어머니와 아버지가 한강대교 난간 앞에 서 있었다.

"근데 이제 보니, 우리 유서도 안 남기고 왔네."

어머니가 말했다.

"그러게. ……그럼 문자로라도 남길까."

아버지가 물었다.

어머니는 대답했다.

"……어."

아버지와 어머니는 각자의 휴대폰으로 아들에게 보낼 문자를 입력했다.

아들에게 문자를 전송한 아버지와 어머니는 각자의 휴대폰을 강물에 던졌다.

"근데 엄마까지 죽으면 우리 아들 너무 슬프지 않을까?"

아버지가 물었다.

어머니는 대답했다.

"잠시 슬프겠지. 어차피 20년, 30년 후면 우리 죽을 텐데, 좀 더 빨리 죽는다고 아들이 느끼는 슬픔이 다르겠어? 지금 죽으나 그때 죽으나? 빨리 죽는 만큼 자기만을 위해서…… 돈도 더 쓸 수 있을 테고 말야."

"그럴까. 잠시 슬플까."

아버지가 말했다.

어머니는 대답했다.

"……아마도."

"……."

"그럼 우리 손잡고 갈까, 달링?"

"오랜만에 듣네, 그 소리. 그래. 손잡고 가자, 애기야."

아버지와 어머니는 손을 잡고 난간 위로 올라가 아래로, 아래로 몸을 떨어뜨렸다. 아들이, 궤도를 이탈해 헤매는 별이 되어 한없이 슬퍼할 줄 모르고. 아들이, 자신들의 죽음과 마주하여 느끼게 될 아픔의 깊이가 얼마나 깊을 줄 모르고. 자신들의 죽음의 무게가, 얼마나 무겁게 아들을 짓누를지 모르고. 아니,

어쩌면 그것들을 알고 있었을지도 모르겠다. 알고 있어서, 죽음을 그리 예쁘게 포장했을지도 모르겠다. 둘 다 어긋난 채로 손을 맞잡고…….

검경의 수사 결과 발표에 이어 두 명의 추가 희생자가 나오자, 여론은 전보다 더 격렬히 반응했다. 김동필을 향한 분노가 각종 SNS상에서 맹렬히 타올랐고, 희생자들을 추모하는 물결이 거세게 일어났다.

여러 인터넷 언론에서 두 희생자에 관한 내용을 보도했다. 보도 내용 중엔 두 희생자 아들에 관한 내용도 있었다.

……자결한 두 사람의 아들 김 모 씨는 현재 게임사 아이젠에서 게임 개발 팀장으로 일하고 있다. 그는 출중한 게임 개발 능력을 인정받아, 7년 전 메가팩토리란 게임사에서 스카우트된 인재다. 현재는 연봉 2억 원가량을 받고 있으며, 그가 개발한 게임으로는 쉐도우 맨, 퍼펙트 모션 등이 있다. 그는 자신의 부모가 한강대교에서 보낸 문자를 받고…….

한 달 후.

검경 수사팀은 17일 전, 김동필에 관한 추가 수사 결과를 발표했는데 내용은 이랬다.

첫 수사 결과 발표 말미에 언급한, 김동필이 빈가로 숨어들어가기 전에 누군가를 살해한 뒤 차에 실어 빈가로 옮겨놨을 수도 있다는 가정은 증명되지 않았다. 일본 경찰의 도움을 받아 김동필이 빈가로 숨어들어가기 전의 행적과 그의 차량 동선을 여러 CCTV와 탐문 수사를 통해 조사해봤으나, 그가 누군가를 살해해 차에 실은 흔적은 어디에서도 나오지 않았던 것이다.

그 발표 후, 김동필을 향한 분노가 각종 SNS상에서 다시금 거세게 타올랐다. 희생자들을 향한 추모의 물결도 또다시 세차게 출렁였다. 그리고 그로부터 2주가량이 지난 지금은, 끓는 물에 얼음덩어리가 들어간 듯이 식어 있었다. 김동필을 향한 분노도, 희생자들을 향한 추모도 확 사그라들어 있었다.

또 한 달 후.

김동필은 사망 처리되어 있었다. 공소권 없음으로 수사도 종결되어 있었다. 국민들에게도 김동필은 거의 죽은 존재, 혹은 잊힌 존재가 돼 있는 듯했다.

그때 검찰이 압수한 김동필의 재산은, 중고로 팔면 천만 원 남짓 받을 수 있는 승용차 한 대와, 그의 계좌에 들어 있던 천팔백이십칠만 사천삼백 원이 전부였다. 사기 피해자들에게 돌려줄 금액은 사실상 없는 것이나 마찬가지였다.

그때 그의 부인과 딸이 살고 있던 집의 전세금은 3억 5천만 원이었는데, 그 돈은 김동필의 것이 아니었다. 10개월여 전, 그가 그 집의 전세 명의를 자신의 명의에서 부인의 명의로 바꿔놓았기 때문이다.

✦

　강현은 아버지의 숨이 멎어 있다고 느낀 순간 아니라고 부정하며, 아버지 코밑에서 손을 떼지 못했다. 숨쉴 것 같았기에. 어제처럼 그제처럼 숨을 내쉬며, 눈을 뜨고 자신을 바라봐줄 것 같았기에. 빳빳이 굳은 채로 조금의 온기도 발하지 못하는 아버지였지만.

　아버지가 떠난 그날, 강현은 울고, 울고, 또 울었다. 점심녘에도 울고 저녁녘에도 울었다. 빈소에서 장례지도사와 장례에 관한 상의를 할 때도 눈물은 멈추지 않고 흘렀다. 늦은 밤에는, 빈소에 놓인 아버지의 영정 사진을 보며 몹시도 서럽게 울었다. 책상에 놓여 있던 유언장을 읽었을 때와 장례업체에서 아버지의 시신을 수습해 갔을 때인, 아침녘처럼.

　이튿날 아침에는 내리 울진 않았다. 불시에 밀려드는 아버지를 향한 그리움과 연민으로 때때로 매우 슬프게 울었다. 그러다 입관식이 진행되었고, 강현은 아버지 얼굴을 보자마자 터져 나오는 흐느낌을 억제하지 못했다. 안아주지 못해서 아버지가 그런 선택을 했을 수도 있다는 생각이 순간적으로 밀려와, 터진 흐느낌은 괴한 신음성과도 같이 돌변했다.

　아버지가 떠난 날, 어머니의 휴대폰은 꺼져 있었다. 강현은 어머니에게 문자를 보내 아버지의 부고 사실을 알렸다. 그러나 그날에도 다음 날에도 어머니의 연락은 오지 않았다. 그러다 그다음 날 새벽, 어머니가 드디어 연락을 해왔다.

　강현은 뭔지 모를 감정이 울컥 솟아오르는 걸 느끼며 전화를 받았다.

"네."

"그래 강현아, 핸드폰 계속 꺼놨다가 지금 켜서 이제야 봤다."

강현은 '뉴스 못 봤어요? 정말 지금 안 거예요?'라고 따져 묻고 싶은 마음이 불쑥 들었지만, 묻지 못했다.

"그랬군요. 아직 장례 중이에요. 한 시간 안에만 오면 돼요. …… 오셔야죠."

"어디 장례식장이니?"

"사당동에 있는 남향장례식장이에요."

"내가 지금 그 동네에서 좀 떨어져 있어서 장례식장엔 못 갈 것 같다, 아무래도. 장례식 뒤엔 화장하러 가는 거니?"

휴대폰을 쥐고 있는 강현의 오른손이 부르르 떨렸다.

"네."

"그럼 화장터 주소 카톡으로 보내 주렴. 그렇게 왜 로또 당첨된 걸 숨겨 가지고서는, 어이구……."

강현은 가슴에서 끓어오르는 분노를 밖으로 토해내지 않고는 견딜 수가 없었다.

"어머니, 아버지가, 아버지가 돌아가셨어요. 그딴 로또 따위가 뭐라고 지금……."

이 말에 답하는 어머니의 목소리는 담담하고도 가칠했다.

"나도 안다. 나도 마음 아프다고. 그래도 할 말은 해야지. 내가 뭐 틀린 말 한 것도 아니고."

강현은 어떠한 대꾸도 할 수 없었다. 휴대폰을 쥔 오른손이 더욱더 떨렸다.

"아무튼 화장터 주소나 보내렴."

서울추모원 화장장 안.

강현은 유족 대기실 의자에 앉아 아버지의 화장 차례를 기다렸다. 눈물은 나오지 않았다. 대신, 희뿌연 안개가 끼어 있는 것처럼 정신이 혼탁하고 멍멍했다.

아버지의 유일한 친형제인 고모가 강현의 옆자리에 와 앉으며 까라진 목소리로 말했다.

"엄마 언제 온다니."

가슴 한쪽이 쓰렸다.

"언젠간 오겠죠."

강현은 말하고 나서 정면 벽 위쪽에 달린 모니터 화면을 올려다보았다. 고인 성명란에 '안영민'이란 이름이 떠 있었다. 왠지 그 이름이 낯설어 보였다. 다정스러운 이름 같아 보이긴 했는데, 왠지 아버지의 이름 같아 보이진 않았다.

몇 초 뒤 어떤 이의 이름이 뇌리를 스쳤다. '김동필.' 일순 분노가 치밀었다. 며칠간 그 이름을 잊고 있었다. 아니, 잊고 있는 듯이 며칠을 지내왔다. 잊고 있지 않았지만, 아버지를 잃은 슬픔이 너무나도 커서…… 그 슬픔이 모든 걸 삼킨 채로 있었기에……. '그 쓰레기 같은 놈 때문에 우리 아버지가…….'

20여 분 후, 강현은 저도 모르게 멍멍한 상태로 돌아와 있었다. 건물 어딘가에서 고인 안영민 씨의 화장 시간이 임박했다는 안내방송이 흘러나왔다.

순간 믿기지 않았다. '아버지가…… 아버지가 죽었다니…….' 눈시울이 뜨거워졌다.

강현은 몇 명의 친척과 함께 고별실로 걸어가며 현실이, 현실이 되어오는 걸 느꼈다. 이제까지는 현실이 현실인 줄 몰랐던 것처럼. 한 발짝 한 발짝 걸음을 옮길 때마다, 짙어진 현실이 점점 더 짙어져왔다. 눈물 한 줄기가 왼쪽 뺨으로 흘러내렸다. 이어 오른쪽 뺨으로, 또 왼쪽 뺨으로 흘러내렸다.

고별실 안에 들어서자, 맞은편 철 미닫이문이 열리며, 검은 옷을 입은 이가 관을 실은 전동카트를 밀고 들어왔다. 하얀 천으로 덮여 있는 관. 아까도 운구 중에 보며 울컥 솟아오르는 슬픔을 몇 번이나 느꼈지만, 다시 그 관을 보자, 아까보다 몇 배는 더 짙은 슬픔이 배에서부터 솟구쳐 올라 목까지 차올랐다. 지난 삼 일간 응어리져 있던 슬픔이 응어리진 채로 차오르는 듯했다. 그렇게 흐느낌이 터져 나오기 직전, 열린 미닫이문 뒤편으로, 개방되어 있는 화장로가 보였다.

짙어질 대로 짙어진 현실이, 더는 짙어질 수 없을 것 같던 현실이 더 짙게 다가왔다.

캄캄한 관에 갇혀 타들어갈 아버지. 더는 어루만져줄 수도, 안아줄 수도 없는 아버지. 마구 어루만지고 마구 안아주고 싶은데⋯⋯ 단 한 번만이라도 꼬옥 안아주고 싶은데!

온몸이 부르르 떨렸다. 목구멍까지 차오른 슬픔이 광포한 현실과 만나, 울부짖음과도 같은 곡성이 되어 터져 나왔다. 곧 자책감까지 몰려들어 가슴을 헤집고 갈기갈기 찢어놓았다.

마음속 목소리가 부르짖었다.

'그때 왜 안아주지 못한 거야! 그럼 살 수도 있었는데 도대체 왜!'

관이 화장로로 향하자 자책감이 일시에 꺼지고, 어떤 말로도 형용 못 할 그리움이 몰아쳐왔다. '제발 가지 마요. 제발요. 제발요!'

그 부르짖음과 상관없이, 아버지가 누워 있는 관은 화장로 안으로 들어갔다.

관이 타들어가는 동안 강현은 관망실 구석에 쪼그려 앉아 작은 소리로 계속 흐느꼈다. 불일 듯 일어났던 감정은 수그러들어 있었지만 흐느낌은 좀체 멈춰주지 않았다. 그의 옆에는 고모가 와 앉아 있었다. 측은한 얼굴로 조카의 등을 다독이며.

강현과 그의 친척 다섯 명이 화장장 현관을 나왔다. 강현은 두 손에 든 유골함을 슬픈 눈으로 내려다본 뒤 친척들과 함께 계단을 내려갔다. 그러다 계단 중간쯤에서 멈춰 섰다. 40여 미터 앞에서 잠시 잊고 있었던 사람이 걸어오고 있었다. 권 여사였다. 그녀는 우두커니 서 있는 강현을 발견하고는 조금 빠르게 걸음을 옮겼다.

강현은 남은 계단을 천천히 내려왔다. 다 내려와, 친척들과 목례를 나누는 어머니를 처다보았다. 어머니, 하고 부르고 싶지 않았다. 왜 이제야 왔냐며 나무라는 말도 하고 싶지 않았다. 그냥 지나치고만 싶었다. 그 순간만큼은. 모진 어머니에게, 그 순간만큼은 모진 자식이고 싶었다.

어머니는 고모에게도 인사를 하려다가 고모가 굳은 얼굴로 시선을 피하자, 곧바로 강현에게로 걸어왔다. 강현은 그녀가 자신을 향해 발을 내딛는 순간, '그냥 오지 말죠. 내 앞으로도, 화장터에도.' 하고 생각했다.

"어떡하다 보니 좀 늦었다."

어머니는 말한 뒤, 강현의 두 손에 들린 유골함을 물끄러미 바라봤다. 강현은 그 눈빛이 너무 싫었다.

"장례는 다 잘 끝났니?"

어머니가 유골함에서 시선을 떼고 물었다.

강현은 눈을 내리뜨며 대답했다.

"네."

어머니는 아휴, 하고 한숨을 내쉬었다.

"죽긴 왜 죽어. 아들 생각해서라도 어떻게든 살아야지."

강현은 내리뜬 눈을 찌푸렸다. 틀린 말 같지는 않았지만 듣기가 매우 거북했다. 동시에 어머니에게 그런 말 할 자격이 있나, 하는 생각이 들었다.

"어머니……."

강현은 뭔가 거스르는 말을 하고 싶었지만 생각나지 않았고, 해봤자 뭐하나 싶기도 했다.

"뭐."

강현은 대답 없이 유골함을 한쪽 팔로 두르고, 양복 안주머니에서 두 번 접힌 A4지를 꺼냈다. 어머니가 "그게 뭐니?" 하고 묻자, 강현은 말없이 A4지를 건넸다.

어머니는 A4지를 펴고 눈썹을 올리며 글을 읽어 내려갔다. 그러다 자신에게 남기는 남편의 유언을 보며 어떤 표정을 지었다.

그리고 권 여사, 나 이제 그만 용서해줘.

이제는 당신 힘들게 할 사람 없으니

편안한 마음 가지고 살아줘.

아들 손 꼭 잡고 행복하게 살아줘.

끝까지 지켜주고 싶었는데 미안하네.

어머니는 한쪽 입꼬리를 살짝 비틀며 흐릿하게 웃었다. 쓴웃음 같아 보이기도 했고, 비웃음 같아 보이기도 했다.

강현은 슬픈 표정까지는 바라지 않았다. 약간의 애처로움, 약간의 미안함이 어린 표정이면 족할 듯했다. 한데 그런 비릿한 웃음이라니.

강현은, 어머니가 말만 죽긴 왜 죽냐고 했지, 실제로는 아버지가 죽기를 바란 건 아닐까 하고 생각했다. 정말 그렇게까지는 생각하고 싶지 않았지만.

김동필이 잠적한 다다음 날,

그의 딸 김이슬은 그가 사기행각을 벌이고 도주했다는 뉴스를 보곤 얼굴을 잔뜩 찡그리며 이렇게 말했다.

"대형 백팩을 메고? 몹쓸 인간. 나가서 한 짓이 결국…… 잘 벌고 잘 살고 있었는데 왜 또 그런 미친 짓을…… 978억, 그걸 어떻게 감당하려고. 또 그 사람들은 어떻게 살라고. 또 나는……."

김이슬은 두 손으로 머리칼을 마구 헝클며 몹시 괴로워했다.

배우로 데뷔하기 위해 연기 학원을 다니던 그녀는 다음 날부터 학원에 나가지 않았다. 그녀의 어머니 고은숙은 그래도 계속 다니는 게 좋지 않겠냐고 했지만, 이슬은 너무나도 괴롭고 수치스러워 누구와도 상대할 수 없을 것 같다며 의지를 꺾지 않았다.

그 후 며칠간 집안에 틀어박혀 지내던 그녀는, 김동필이 중국이나 일본 등으로 밀항했을 수도 있다는 인터넷 기사를 보고는 눈빛을 매섭게 번뜩이며 이렇게 말했다.

"나쁜 인간. 밀항을 해? 영영 떠나려고? 그래, 가는 건 좋은데 사기친 돈은 돌려주고 가야지, 이 못된 인간아!"

그러고는 쥐고 있던 휴대폰을 침대 위로 내동댕이쳤다.

그리고 이튿날 오후, 자신의 아버지가 사흘에 한 번씩 은행에 들러 15억에서 18억 원가량을 인출해 갔다는 것과, 현재는 그 계좌에 1,800만 원 남짓한 금액만 남아 있다는 사실을 TV 뉴스를 통해 접하곤 독기 서린 목소리를 툭 내뱉었다.

"아주 싹 긁어갔네. 이 못되고도 못된 인간."

그러더니 눈알을 휙 굴리고는, 거실 위 오른편 주방을 향해 크게 말했다.

"엄마, 엄마 자요?"

그러자 주방 왼편 방 안에서 당황한 목소리가 흘러나왔다.

"아, 아니."

몇 초가 지나자 은숙이 방문을 열고 나왔다. 그녀의 눈자위가 붉어져 있었다.

"왜 이슬아."

"엄마 울었어요?"

"그냥 조금."

은숙은 답하고 나서 이슬이 앉아 있는 소파 앞으로 걸어왔다.

이슬은 안타까워하는 표정을 짓더니, 이내 이를 꽉 깨물었다.

"정말 그 인간 때문에……."

"근데 엄마 왜 불렀어?"

은숙이 옅은 미소를 머금고 물었다.

이슬은 조심스럽게 입을 뗐다.

"그게…… 엄마 통장에 얼마나 들어 있어요?"

"칠천오백 정도 들어 있을 거야."

"칠천오백? 그럼 내가 가지고 있는 이천만 원이랑 합하면…… 일억이 안 되네."

이슬은 홈……, 하며 콧숨을 내쉬었다.

"이슬아."

은숙의 얼굴이 조금 어두워져 있었다.

"왜 엄마?"

"전세금 3억 5천, 그거 우리가 쓸 수 있어. 그 사람이 잡히든 안 잡히든."

이슬은 눈을 동그랗게 떴다.

"정말요?"

"응. 그 사람이 거처 옮기기 전에 전세 명의를 내 명의로 바꿔놨거든."

이슬은 동그랗게 뜬 눈을 왼쪽으로 굴리더니 고개를 갸우뚱했다.

"그럼 혹시, 우리를 위해서? 사기친 뒤에 잠적해버리면 자기 재산은 몰수당할 테니까, 미리 명의를 변경해 전세금만이라도 우리에게 넘겨주려 했다?"

"아마도."

이슬은 눈살을 찌푸리며 고개를 내저었다.

"자기 통장엔 겨우 이천만 원 정도만 남겨놓고 달아난 사람이?"

은숙은 은연한 눈빛으로 이슬의 눈을 바라봤다.

"널 위해서 그런 게 아닐까 싶은데, 나는. 네 아빠가 그래도 널 많이 아꼈잖니."

이슬은 벌레 씹은 표정을 지었다.

"아끼기는요. 아꼈으면 그러면 안 되죠. 딸을 범죄자의 자식으로 만들어놓고 말야. 그것도 아주 질 나쁜 범죄자의 자식으로."

은숙은 소파에 한 손을 얹으며 음울한 얼굴을 했다.

"아무래도 좀 찜찜해. 그 돈을 갖는 게."

"나도 그렇긴 한데……."

이슬은 착잡한 얼굴로 말하고 은숙을 올려다보며 덧붙였다.

"우리도 살아야죠, 엄마."

"그 사람 빨리 잡혀서 사기친 돈 다 돌려줄 수 있으면 좋을 텐데."

"그러게요. 제발 좀 빨리 잡혔으면 좋겠다."

은숙은 애석한 표정을 지었다.

"응. 사기 당한 사람들이 불쌍해서라도 빨리 잡혀야지."

다음 날 오후 2시경.

은숙의 집으로 등기 우편 하나가 도착했다. 참고인 출석 요구서 두 장이 동봉된 종이봉투였다. 봉투를 열어 요구서의 내용을 본 은숙은 몇 초간 어두운 얼굴로 서 있다가 방에 있는 이슬을 불렀다. 곧 방을 나온 이슬은 "이게 뭐예요?" 하며 요구서 한 장을 받아 들곤 거기에 적힌 내용을 읽어 내려갔다.

"엄마, 참고인 조사면, 기자들이 와서 막 사진 찍고 그러는 거 아니에요?"

이슬이 출석 요구서에 시선을 둔 채 나직한 목소리로 물었다.

"글쎄다. 안 그랬으면 좋겠는데. 무엇보다 네 얼굴이 언론에 알려지면……."

은숙은 심란한 표정을 지으며 말을 흐렸다.

이슬은 잠시 우울해하고 있다가 갑자기 눈을 번득였다. 그녀는 바지 주머니에서 휴대폰을 꺼내 출석 요구서에 적힌 검찰 수사과 전화번호로 전화를 걸었다. 상대가 "네, 수사과입니다." 하며 전화를 받자, 이슬은 침을 꿀꺽 삼키고 입을 열었다.

"저기, 저는……."

이슬은 눈을 깜박이며 말을 잇지 못했다. 얼굴이 벌게져 있었다.

"무슨 일이시죠?"

"아, 그게…… 제가…… 그 사기꾼, 아니, 김동필……의 딸인데요."

목소리가 딱딱 끊겼다. 보통 사람이면 3초도 안 걸려 했을 말을 10초도 넘게 걸려 했다. 얼굴이 더욱 벌게져 있었다.

"사기 피의자 김동필 씨의 딸이요?"

통화 상대가 태연한 목소리로 물었다.

"아, 네."

"그럼 혹시 참고인 조사에 관해 물어보려고 전화했나요?"

"네."

"그럼 물어보세요."

"그게…… 저랑 제 엄마가 검찰청에 도착하면 혹시…… 기자들이 나와 있을지……."

"아아, 걱정 마세요. 비공개로 진행되니까. 뭐 좀 꺼려지면 뒷문으로 들어오셔도 되고, 지하주차장에서 바로 올라오셔도 됩니다. 어…… 두 분 다 내일 중으로 오실 수 있을까요? 웬만하면 오전 중으로요."

이슬은 눈을 끔벅대다가 "아, 네." 하고 대답했다.

"그럼 내일 오전에 뵙죠."

"네."

전화를 끊은 이슬은 떨리는 숨을 길게 내쉬며 어깨를 축 늘어뜨렸다. 동공에 힘이 풀려 있었다.

43분 후.

현관에 달린 차임벨이 울리며 "경찰입니다." 하는 남성의 목소리가 들렸다. 거실 소파에 앉아 있던 은숙은 눈을 한 번 껌뻑이고 자리에서 일어나 오른편 현관문을 열었다. 곧 사복을 입은 네 명의 경찰이 한 명 한 명 안으로 들어섰다. 그중 맨 앞에 선 경찰이 종이 한 장을 펴 보이며 "압수수색 영장입니다. 협조 부탁드립니다." 하고는 신발을 벗고 거실 바닥에 올라섰다. 그러자 은숙이 서둘러 입을 뗐다.

"저기 잠깐만요. 딸이 누워 있는데 나오라고 할게요."

거실에 올라선 경찰은 무덤덤한 얼굴로 "네." 했다.

그때 이슬은 자신의 방문 앞에 서서 거실에서 나는 소리를 듣고 있었다. 곧 "이슬아, 경찰관님들 오셨다. 방에서 좀 나와야겠다." 하는 은숙의 목소리가 들리자, 이슬은 손에 쥐고 있던 아이보리색 야구모를 눌러쓰고 방을 나왔다.

이슬은 거실 안쪽으로 가 은숙과 함께 압수수색 광경을 지켜봤다. 경찰들은 안방과 이슬의 방에 차례로 들어가 방 안 구석구석을 샅샅이 뒤졌다. 거실과 주방도 샅샅이 훑었다. 수색은 20여 분간 진행됐고, 경찰들은 아무 성과 없이 빈손으로 철수했다.

5분 뒤, 이슬과 은숙이 거실 소파에 나란히 앉아 있었다.

이슬이 우울한 얼굴로 말했다.

"엄마, 아까도 그렇고 지금도 그렇고, 왠지 내가 범죄자가 된 기분이에요. 아빠가 범죄자면 자식도 범죄자가 되는 걸까요."

은숙은 천천히 고개를 가로저었다.

"범죄자가 될 수는 없지, 당연히. 그냥 힘들 뿐이지. 그리고 힘들어야…… 하고."

은숙의 얼굴이 아픔에 젖어 있었다.

이슬은 아린 표정을 지었다.

"왜죠? 왜 힘들어야 하죠?"

"……사람이니까."

"사람이니까?"

"응. 그래도 우리 딸은 너무 많이 힘들진 않았으면 좋겠다."

그러고서 은숙은 딸의 오른손을 꼭 쥐었다.

"근데, 내일도 많이 힘들 거 같은데."

이슬은 입술을 내밀고 턱에 주름을 잡으며 엄마의 어깨에 머리를 기댔다.

다음 날 오전 9시 반경.

아이보리색 야구모를 눌러쓴 채 도롯가로 나온 이슬은 은숙과 함께 택시를 잡아탔다.

두 사람은 목적지에 도착해 택시에서 내렸다. 목적지인 검찰청 후문엔 한 명의 기자도 나와 있지 않았다. 이슬은 손에 묻어나는 땀을 검정 바지에 비벼 닦고는 은숙과 함께 검찰청 안으로 들어갔다.

둘이 조사실에 들어서자, 테이블 오른편에 앉은 정장 차림의 남성이 "오셨군요." 하고 손을 뻗어 앞자리에 앉으라는 제스처를 취했다. 둘이 맞은편에 앉자 그가 이슬을 향해 말했다.

"모자는 좀 벗죠. 여기서는 벗어도 괜찮습니다."

이슬은 아랫입술을 지그시 깨물곤 야구모를 벗어 테이블에 내려놓았다.

정장 차림의 남성은 재킷 윗주머니에 꽂힌 만년필을 매만진 뒤 자신을 소개했다.

"저는 검찰청 수사 2부에 소속된 이민혁 검사입니다."

검사는 두 사람의 얼굴을 눈으로 쓱 훑고는 나긋한 목소리로 덧붙였다.

"조사는 한 분씩 진행될 겁니다. 그냥 맘 편히 임하시면 됩니다. 숨기지만 않으면 되죠."

나긋한 목소리는 마지막 말을 할 때 확 돌변했다. 매섭고도 묵직한 목소리로.

이슬은 눈을 내리뜨고 눈알을 좌우로 굴렸다. 가슴이 찔려온 양.

잠시 후 참고인 조사가 시작되었다. 조사는 좀 전의 검사가 아닌, 검찰 측 부장검사와 경찰 측 경위가 맡아 진행했다. 이슬과 은숙은 조사실과 휴게실을 번갈아 이동해가며 조사를 받았다. 조사 내용은 김동필이 숨어 있을 만한 곳과, 그가 범죄수익금을 은닉했을 만한 곳을 캐묻는 것이 전부였다. 그런데, "그 사람 중국이나 일본에 아는 사람 없나요?" "그럼 중국이나 일본 등에 가야겠다고 한 적은요?" "그럼 난 중국에서 살고 싶다, 일본에서 살고 싶다, 대만에서 살고 싶다, 뭐 이렇게 말한 적도 없나요?" "김동필 씨가 평소에 잘 다니던 곳 좀 알려주세요." "없다고요? 그럼 한 지역명을 지칭하며 그곳에 좀 다녀와야겠다고 한 적은요?" "그럼 또 한 지역명을 지칭하며 '그곳은 CCTV도 없고 살기에 참 좋은 거 같아'라는 식으로 말한 적도 없나요?" "없다고요. 그럼……." 이런 식으로 꼬치꼬치 캐물으며 비슷한 질문을 계속 던지는 바람에, 조사는 네 시간 가까이나 이어졌다.

조사를 받고 검찰청을 나온 두 사람은 도롯가에서 택시를 기다리며 잠시 얘기를 나누었다.

"괜찮니?"

은숙이 걱정스러운 얼굴로 물었다.

"네. 생각보다 많이 힘들진 않았어요."

이슬이 힘 빠진 목소리로 대답했다.

"정말?"

이슬은 서글픈 표정을 지었다.

"생각보다는요. 그런데 조사받으면서, 그 인간이 참 철저하게 숨겼다는 생각이 들었어요. 우리한테 말예요. 참 이상하죠. 내가 알던 사람과 전혀 다른 사람 같다는 느낌이 드는 게. 베일에 가려져 있었던 걸까요. 그 사람의 본모습이. 가족이라서 그 본모습을 보지 못했던 걸까요."

은숙은 착잡한 표정만 지을 뿐 아무 답도 해주지 못했다.

이튿날 저녁.

한나절 내내 침울한 얼굴로 누워 있다가 잠깐 잠에 들었다 깨어난 이슬은 머리맡에 놓인 휴대폰을 집어 들었다. 한숨을 길게 내쉬고 인터넷 앱을 열었다. 수 초 뒤, 네이버 뉴스 창 위쪽에 달린 기사 제목에 시선이 꽂혔다.

김동필 사기 피해자들 중 스스로 목숨을 끊은 이가 나왔…….

눈이 휘둥그레진 이슬은 윗몸을 벌떡 일으켜 세우고 기사를 열어 보았다. 눈꺼풀이 파르르 떨려오며 휴대폰을 쥔 오른손이 부르르 떨렸다.

"내 아빠 때문에 사람이……."

이슬은 엄청난 충격을 받은 듯했다. 그녀는 충혈된 눈으로, 기사 속 '자결'이란 단어를 뚫어지게 보았다. 그러다 얼굴을 일그러뜨리며 어어……, 하고 신음을 토해냈다.

"내 아빠 때문에, 내 아빠 때문에 사람이 죽다니……."

이슬은 다시 신음을 내뱉고는, 몸을 굽혀 얼굴을 이불에 파묻었다. 그러곤 두 손으로 이불을 움켜쥐며 악을 내질렀다.

"아아악!"

몇 초가 지나자 은숙이 황급히 이슬의 방문을 열고 들어왔다. 눈물을 쏟아낸 후였는지 눈이 많이 부어 있었다. 그녀는 이불에 얼굴을 파묻은 채 몸을 부르르 떨고 있는 딸을 보고 억장이 무너져 내리는 듯했다.

"이슬아."

은숙은 침대 옆으로 와 오른팔로 이슬의 등을 둘렀다.

"엄마, 그 인간 때문에 사람이 죽었대요. 내 아빠 때문에."

이슬이 부들거리는 목소리로 말했다.

은숙은 이슬의 상체를 조심스레 일으켜 세웠다. 그리고 이슬을 꽉 끌어안았다. 부은 눈에, 다시금 눈물을 채우며.

다다음 날 아침.

간헐적으로 신음을 흘리며 거의 뜬눈으로 밤을 새운 이슬은, 자신의 아버지로 인해 또 한 명의 희생자가 나왔다는 소식을 인터넷 기사를 통해 접한다. 그녀는 그제 저녁과 같이 윗몸을 벌떡 일으켜 세우고 얼굴을 잔뜩 일그러뜨렸다. 그런 뒤 "또, 또!" 하고 외치고는, 양손으로 앞머리를 움켜쥐고 몸을 앞뒤로 흔들며 고통스러워했다. 은숙은 그제처럼 급하게 문을 열고 들어와 이슬을 꼭꼭 안아주었다. 이슬은 울음보를 터트렸고, 은숙도 눈물을 펑펑 흘렸다. 마치 자신들의 혈육을 잃은 것처럼.

사흘 뒤, 이슬과 은숙은 멍멍한 얼굴로 TV 뉴스를 보다가 한 보도를 접했다. 일본의 어느 마을에서 김동필과 같은 이름을 한 이가 유서를 남겨놓고 불에 타 죽었다는 내용이었다. 뉴스 보도는, 일본 경찰청에서 해당 사건을 곧 조사할 거라며 그 외 자세한 내용은 다루지 않았고, 유서의 내용도 공개하지 않았다.

이슬은 그 보도를 접한 순간, 입을 조금 벌리며 눈을 끔벅거렸다. 이어 벌어진 입술을 미세하게 떨었다. 그러다 여러 감정이 섞인 듯해 뭐라 표현하기 힘든 표정을 지었다. 눈자위를 붉히며 미간을 살짝 찌푸렸고, 한쪽 입가를 간헐적으로 실룩였는데, 왠지 구슬퍼도 보였고, 불안해도 보였고, 노여워도 보였고, 혼란스러워도 보였다. 그리고 지금은 살짝 냉기가 흐르는, 무표정에 가까운 얼굴을 하고 있었다. 그녀와 다르게 은숙은 마음 상태가 바로 읽히는 표정을 지었다. 그녀는 보도를 접한 순간 심각한 표정을 지었고, 지금은 심란한 얼굴을 하고 있었다.

"엄마, 정말 그 인간이 죽은 걸까요."

이슬이 무표정에 가까운 얼굴을 한 채 말했다.

"글쎄다. 난 저 사람이 네 아빠가 아니었으면 좋겠다. 그리고 네 아빠 꼭 잡혔으면 좋겠다. 잡혀서 죗값 치르고, 사기친 돈 모두 돌려줬으면 좋겠다. 늦었지만 이제라도."

은숙은 말을 마치며 음울한 표정을 지었다.

이슬의 눈에 독기가 서려왔다.

"나는 저 죽은 사람이 아빠였으면 좋겠어요. 사기친 돈만 어떻게든 찾아낼 수 있다면."

"진심이니?"

은숙이 조금 놀란 얼굴로 물었다.

이슬의 눈동자가 미세하게 흔들렸다. 그녀는 눈을 내리깔고 대답했다.

"모르겠어요. 나도 내 마음을."

닷새 뒤 오후 세시 경.

거실 소파에 누워 멍하니 천장을 바라보던 이슬은, 왼팔을 늘어뜨려 바닥에 떨어뜨려놓은 휴대폰을 집어 들었다. 그녀는 심란한 표정을 지으며 "잡혔다는 소식이 올라왔으면……." 하고는 인터넷 앱을 열었다. 곧, 네이버 뉴스란 첫 기사 제목에 그녀의 눈길이 꽂혔다.

김동필, 죽었을 수도, 누군가를 죽였을 수도…….

이슬은 벌떡 일어나 앉아 기사를 열어보았다. 기사는 닷새 전 보도된 사건에 관한 일본 경찰청의 수사 내용과, 그로 인해 배어 나온 의혹을 전하고 있었다. 기사에 따르면, 김동필이 누군가를 죽여 불태웠을 수도 있었다. 자신을 대신할 누군가를.

심각한 표정으로 기사를 읽어 내려가던 이슬은 김동필이 남긴 유언을 보고는 양미간을 찡그렸다.

인생이 허무해 죽는다.
딸아 잘 살아라.
보쿠와 김동필또 모시마스.

"뭐, 잘 살라고?"

이슬은 소파 앞 바닥에 휴대폰을 떨궜다. 그러면서 믿을 수 없다는 표정을 지었다.

"어떻게…… 그 인간이 자기 손으로 사람을 죽였다고? 내 아빠가? 내 아빠가? ……아빠, 죽었죠. 미안하다는 말 한마디 남기지 않았지만, 이렇게 내가 알던 아빠 같지 않지만, 죽은 거 맞죠. 말해줘요. 자기 손으론 아무도 안 죽였다고. 만약 당신이 자기 손으로 누군가를 죽였다면 난 절대 잘 살 수 없어. 잘 살 수 없다고!"

그러고는 두 손으로 가슴을 움켜쥐고 울음소리 같은 신음을 토해냈다.

몇 초 뒤, 은숙이 바닥에 눈물을 떨구며 방문을 열고 나왔다. 그녀는 안타까운 눈빛으로 이슬을 바라보다 소파 앞으로 와 무릎을 꿇고 앉았다.

이슬은 고통스러운 얼굴로 은숙의 얼굴을 마주했다.

"엄마 기사 봤어요?"

은숙은 이슬을 애처로이 바라보며 고개를 끄덕했다.

"그 인간이 정말 누군가를 죽였으면 어떡하죠? 죽지 않고 죽였으면."

은숙은 이슬을 더욱 가엽게 바라봤다.

"엄마, 아빠가 살아 있으면 안 된다고 생각하는 나, 못되지 않은 거 맞죠?"

은숙은 젖은 눈가에 엷디엷은 미소를 머금었다.

"그럼. 그렇게 생각한다는 건, 아빠가 그 정도로 나쁜 사람은 아니라고 생각해서 그러는 거잖니. 나도 그 사람이 죽은 게 맞았으면 좋겠다."

은숙은 말하고, 떨리는 숨을 짧게 삼키며 미간에 주름을 세웠다.

이슬은 쓰라린 표정을 지었다.

"근데 엄마, 아빠가 죽지 않았기를 바라는 마음이 내 속에 있는 거 같아요. 그런 못된 마음이."

이슬은 눈썹을 치올리며 덧붙였다.

"정말, 그 인간이 죽었으면 사기친 돈 찾기 힘들 거잖아요. 죽지 않고 잡혀야 그 돈 피해자들한테 돌아갈 수 있을 거잖아요."

이슬은 고통에 겨운 얼굴로 은숙의 눈을 보았다.

"정말 난 뭘 바래야 하죠? 그리고 희생자가 다시 또 나오면 어떡하죠?"

은숙은 한없이 아픈 얼굴을 하며 이슬을 와락 끌어안았다.

"에고, 울 애기."

"나 너무 힘들어요, 엄마."

은숙은 딸의 등을 쓰다듬고 도닥여주었다. 한없이 아픈 표정을 한 채 오래오래.

그날 밤, 은숙이 제 방 침대에 옆으로 누운 채 침대보를 눈물로 적시고 있었다.

"왜 그랬나요. 왜 그래서 그렇게나 많은 사람들을 힘들게 하고 두 사람이나 죽게 했나요. 자기 딸도 이렇게 힘들게 하고……. 죽지 않았다면 지금이라도 돌아와 자수해요. 누군가를 죽였더라도, 그럴 리 없겠지만 그랬더라도 빨리 와서 자수해요. 제발 좀요. ……내가 막았어야 했는데. 어떻게든 막았어야 했는데……."

"꼭 나가 살아야겠어요? 그리고 전세 명의는 왜 또……."

아내가 염려 섞인 목소리로 물었다.

남편은 차분한 얼굴로 대답했다.

"사업 잘 굴러가게 하려면 어쩔 수 없어. 그리고 전세 명의야, 가족 명의로 돼 있기만 하면 되지, 뭘 또 그걸 가지고……."

"네. 전세 명의는 그렇다 쳐도, 나가 사는 건 도무지 이해가 안 돼요. 당신 회사 우리 집에서도 멀지 않잖아요."

"멀지 않은 정도로는 안 되고, 무조건 최대한 가까워야 해."

"정 가야겠다면 어쩔 수 없지만, 딴 생각 가지면 안 돼요, 절대. 알았죠?"

남편은 인상을 찌푸렸다.

"뭘 딴 생각. 사기 안 치니까 걱정하지 마."

아내는 입을 다물며 결연한 표정을 지었다.

"명심하세요. 죄 없는 사람 나락으로 떨어뜨리는 게 제일 나쁜 짓이란 거."

남편은 얼굴을 이지러뜨렸다.

"사기 안 친다고 했잖아."

그러고는 눈을 내리뜨며 누그러진 어투로 덧붙였다.

"이슬이나 잘 챙겨."

사흘 후.

이슬은 또 한 번 광포한 고통에 휩싸여야 했다. 사기 피해자들 중한 명이 병실 창문을 열고 뛰어내렸다는 기사를 접하고. 그녀는 가슴을 쥐어뜯으며 악을 내질렀고, 고한苦恨이 서린 신음을 연신 토해냈다. 또 침대 매트를 두 주먹으로 내리치며 "제발 그 돈 좀 찾아 돌려줘요!" 하고 소리쳤다. 그리고, 눈물을 흩뿌리며 제 방으로 달려온 은숙의 품에 안겨 울음을 터트렸다.

그 후 며칠간 이슬은 거의 모든 시간을 침대에 누워 지냈다. 밥도 하루에 한 끼밖에 먹지 않았고, 시시때때로 침울해하며 눈에 눈물을 머금었다. 은숙은 하루에도 몇 번씩 딸의 방에 찾아와 딸의 등과 얼굴을 어루만져 주었다. 그녀의 그런 노력이 빛을 발했는지, 이슬은 차츰 기력을 찾아갔다. 침대에서 일어나 있는 시간이 늘어갔고, 밥도 하루에 두 끼 이상 먹기 시작했다.

그러던 어느 날 오후, 이슬은 은숙과 함께 거실 소파에 앉아 검경 수사팀의 수사 결과 발표를 지켜봤다.

"엄마, 죽은 사람이 아빠가 아니라는 증거가 없는 걸 보니까, 정말 아빠가 죽었나 봐요. 그렇게 믿고 싶은 건지, 뭔지 잘 모르겠지만.

죽었어야 하는지, 살아야 했는지, 아직도 잘 모르겠지만."

꺼진 TV 화면을 멀거니 바라보며 이슬은 그렇게 말했다.

그리고 그날 밤,

이슬은 또다시, 사람 마음이 얼마만큼 고통스러울 수 있는지 시험하는 시험대에 올라야 했다. 두 사람의 죽음, 자신의 아버지로 인해 두 사람이 동시에 죽었다는 사실은, 지난 몇 번에 걸쳐 느꼈던 고통보다 더욱 가혹한 고통을 그녀에게 안겨준 듯했다. 또한 죽은 두 사람의 아들이 겪어야 했던 일까지 더해져, 고통은 그야말로 흉악무도하게 그녀를 집어삼키는 듯했다. 그녀는 몸부림치며 울어댔고, 빠져나올 수 없는 수렁으로 미끄러져 내려와 '제발 날 좀 꺼내달라'고 울부짖는 듯한 괴성을 질러댔다. 은숙이 달려와 안아줬을 때도 그녀는 몸부림을 멈추지 못하고 괴성과 곡성을 계속 토해냈다. 그리고 얼마간의 시간이 지나 심신이 조금 진정됐을 때, 그녀는 이렇게 말했다.

"제발 더는 죽지 않았으면 좋겠어요. 단 한 사람도."

이튿날 오후 2시경, 이슬의 집에 한 경찰이 찾아왔다. 그는 필적 감정을 마친 김동필의 유서라며 손바닥만 한 쪽지를 이슬에게 건넸다. 멍한 얼굴로 쪽지를 받아 든 이슬은 몇 초간 가만히 서 있었다. 그러다 경찰이 그만 가보겠다고 하자, "그 사람이 사기친 돈 꼭 찾아주세요."라고 말했다. 경찰은 "그쪽 아버지 아무래도 죽은 거 같아요. 지금 열심히 찾고는 있는데 모르겠네요, 찾을 수 있을지." 하고는 문밖을 나섰다.

이슬은 쪽지에 적힌 글을 풀린 눈으로 내려다보다가, 쪽지를 구겨 소파 옆 휴지통에 던졌다.

그날 밤 은숙의 방 안. 두 사람이 침대에 나란히 누워 있었다.
이슬이 무표정한 얼굴로 말했다.
"이제 그 사람 내 안에서 몰아냈어요. 이제 없는 사람이에요, 그 사람은. 아니, 쓰레기예요. 완전히 타버린 쓰레기."
그 말에 은숙은 암울하고도 암울한 표정을 지었다.

다음 날 새벽, 은숙이 잠옷 바지를 내리지 않은 채로 좌변기에 앉아 눈물을 뚝뚝 떨어뜨리고 있었다.
"이 나쁜 사람. 이 나쁘고도 나쁘고도 나쁘고도…… 나쁜 사람."

제 부모에게 사기당한 돈을 돌려받지 못해도 좋으니 마음 추스르라 했던 김창남은, 자신의 집으로 향하는 차 안에서 몇 분간 독기 서린 눈빛을 발하고는, 집에 도착할 즈음 인상을 풀며 이렇게 말했다.
"그래, 돈이야 얼마든지 계속 벌 수 있어. 부모님도 다시는 안 그럴 거야. 그래, 다시 시작하면 되는 거야."
이튿날 그는 평소와 같이 출근했다. 평소와 같이 말하고 행동했고, 평소와 같이 팀원들의 사기를 북돋으며 게임 개발에 매진했다. 다음 날에도 그다음 날에도, 그는 그렇게 예전과 같이 행동했다. 그러다 검경의 수사 결과 발표가 있던 날 오후 3시경, 아버지로부터 이런 문자를 받고,
'정말 미안하다, 아들아. 이 못난 애비 용서해 다오.'
어머니로부터 이런 문자를 받았다.

'아들, 이젠 자신만을 위해 살아보렴. 못난 우리는 잊고.'

어머니의 문자를 보고 눈이 휘둥그레진 창남은 곧바로 119에 연락했다. 119 대원이 전화를 받자, 그는 부모의 집주소를 불러주며 부모님이 자살할 것 같으니 최대한 빨리 출동해 달라 요청했다. 그러곤 부리나케 사무실을 빠져나와 엘리베이터를 향해 달렸다.

엘리베이터에 탄 그는 B3 버튼을 누르고, 덜덜 떨리는 손으로 아버지에게 전화를 걸었다. 휴대폰이 꺼져 있다는 멘트가 흘러나왔다. 급히 전화를 끊고 키패드 2번을 꾹 눌러 어머니에게 전화를 걸었다. 어머니의 휴대폰도 꺼져 있었다. 얼굴이 하얗게 질려갔다.

엘리베이터가 지하 3층에 멈추자, 열리는 문틈으로 승강기를 빠져 나와 자신의 SUV가 세워져 있는 왼편 구석을 향해 달렸다. 그러다 제 차량 근처까지 와 뚝 멈춰 섰다. 눈에 힘이 들어가 있었다. 그는 바로 휴대폰을 터치해 119에 전화를 걸었다. 대원이 전화를 받자, 그는 부모의 폰 번호를 불러주며 두 핸드폰의 위치를 추적해 달라 했다. 119 대원은 요청대로 하겠다고 한 뒤 대원들이 곧 현장에 도착할 거라고 했다. 이에 창남은 현관문이 닫혀 있으면 문고리를 부수고 들어가 달라 하고는, 위치추적이 완료되면 추적된 곳으로도 대원들을 보내 달라 했다.

전화를 끊은 창남은 몹시도 불안한 얼굴로 혼잣말을 했다.

"제발 죽지 마요. 절대 죽으면 안 돼요."

잠시 후, 차를 운전해 부모의 집으로 향하던 창남은 현장에 출동한 119 대원으로부터 연락을 받았다. 119 대원은 현관문은 열려 있고 집안엔 아무도 없다고 했다. 순간적으로 숨을 삼킨 창남은 핸드폰 위치추적은 어떻게 됐냐고 물었다. 119 대원은 아마 아직 추적

중일 거라며 위치추적은 통신사에 의뢰해 진행되기 때문에 자기들도 언제 완료될지 알 수가 없다고 했다.

창남은 고통 어린 얼굴을 일그러뜨렸다.

"빨리, 어떻게든 빨리 좀 추적해 주세요. 근데 지금 핸드폰 꺼져 있는데 꺼져 있어도 추적되나요?"

"꺼져 있어도 추적은 됩니다. 다만 핸드폰을 끈 다음에 어딘가로 이동했다면, 이동한 곳까진 알 수 없습니다. 핸드폰이 꺼졌을 때 계셨던 위치, 그 위치까지만 추적됩니다."

창남은 "아무튼 빨리 추적해 주세요." 하고는 휴대폰을 조수석에 내려놓았다. 그러고는 급브레이크를 밟아 차를 세웠다. 뒤에서 끼익, 하는 마찰음이 들리더니 빵— 하는 클랙슨 소리가 울렸다. 이어 "미쳤어, 새꺄!" 하고 외치는 소리가 들렸다. 창남은 그 소리들에 반응하지 못했다. 그저 얼음 조각처럼 굳어 있을 뿐이었다.

뒤에서 급브레이크를 밟은 차량이 왼편 차선으로 이동해 창남의 SUV 옆에 멈춰 섰다. 차량의 운전자가 조수석 쪽 창문을 내리고 거친 목소리를 내뱉었다.

"사람 죽이려고 환장했나, 이 엿 같은 새끼가."

창남은, 그 소리엔 반응했다. 매우 격렬하게.

"죽으면 안 돼! 죽으면 안 된다고!"

왼편 차량의 운전자는 한쪽 입아귀를 비틀며 "미친놈." 하고는 액셀러레이터를 밟았다.

약 3분 뒤, 창남은 비상깜박이도 켜지 못한 채, 고통과 불안에 휩싸인 표정을 짓는 것 외에는 아무것도 하지 못하고 있었다. 조수석에 놓인 휴대폰에서 벨소리가 울렸다. 발신인이 119였다. 창남은 급히 휴대폰을 집어 들어 전화를 받았다. 119 대원은 두 핸드폰의 위치가 파악됐다며 두 사람은 현재 한강대교에 있을 거라고 했다. '만약 이동하지 않았다면'이라는 조건을 달면서.

휴대폰을 쥔 오른손이 퍼르르 떨렸다. 창남의 두 눈에 믿고 싶지 않은 현실이 보여 오는 듯했다. 커진 두 눈에 실핏줄이 서오며 눈물이 고였다.

창남은 흔들리는 숨을 짧게 내뱉고 황급히 물었다.

"그쪽으로 대원들 보냈나요?"

"네. 아마 곧 도착할 겁니다. 구명 장비 가지고."

두 눈에 고인 눈물방울이 한순간에 커지더니, 양 뺨을 타고 흘러내렸다. '구명 장비', 그 말이 창남의 가슴을 일순간에 찢어놓은 듯했다.

그는 휴대폰을 뚝 떨어뜨렸다. 눈꺼풀이 떨리며, 눈물 맺힌 눈의 초점이 어긋났다 돌아왔다를 반복했다. 그는 곧 달달 떨리는 손으로 차량 내비게이션을 터치해 한강대교를 목적지로 설정했다. 예상 소요 시간 26분. 그는 가속페달을 꾹 밟았다. 계기판 바늘이 140㎞를 가리킬 때까지. 차가 앞을 가로막으면 차선을 바로 변경했고, 신호에 걸리면 끼익, 하는 마찰음을 내며 급정거를 했다. 그런 식으로 18분 만에 한강대교에 도착했다.

대교 아래에서 119 대원들이 구명 작업을 시작하고 있었다. 한 대의 구명보트 위에서 잠수복을 입은 세 명의 대원이 강물로 입수하고 있었다.

강 물결은 잔잔했다. 오후의 햇빛이 물결에 비치어 강은 은색 빛으로 반짝이고 있었다. 그런 강과 어울리지 않는 검은색 구명보트,

검은 잠수복을 입은 대원들, 그리고 차에서 내린 창남의 얼굴. 빛이라곤 티끌만큼도 찾아볼 수 없는 모습이었다. 새카만 강에 빠져 있는 모습이었다.

창남은 난간을 붙들고 지독히도 고통스러운 얼굴로 외쳤다.

"여기 있는 거 아니죠! 아니라고 말해줘요, 제발! 여기 있으면 안 돼! 여기 있으면 안 된다고!"

이어 그는 "아—악! 아아악—!" 하고 소리치며 몸부림을 쳐댔다. 주체할 수 없는 고통과 슬픔이 그의 온몸을 파고들고, 또 파고드는 듯했다.

얼마 후, 강가로 내려와 있던 창남은 두 사람의 사체가 구명보트에 실리는 장면을 보고는, 누군가 화염에 휩싸이는 장면을 본 듯한 얼굴을 하며 "안 돼. 안 돼!" 하고 소리쳤다.

구명보트가 강가를 향해 다가오자, 창남은 몸을 부르르 떨며 오열을 하기 시작했다. 보트가 자신과 가까워질수록 점점 더 큰소리로 오열했다. 강이 떠나가라 오열했다. 실신을 할 때까지.

창남은, 구명보트가 강가 시멘트 바닥에 닿기 직전 실신했고, 잠시 후 구급차에 실려 병원으로 이송됐다.

강남의 어느 병원 일인실 안이었다.

창남이 눈을 떴다. 그는 눈을 두 번 깜박이더니 순간적으로 어떤 감정이 차올라온 듯, 얼굴을 한없이 찌그러뜨렸다. 빨리도, 눈에 눈물이 맺혔다. 곧 일그러진 양 눈꼬리에서 눈물이 흘러내려 두 귓바퀴에 떨어졌다. 그는 속에서 울렁이는 응어리를 토해내는 듯한 울음을 뱉어내다가 뭉그러진 목소리를 내었다.

"왜 그런 거예요. 내가 괜찮다고 했잖아요. 괜찮다고 했잖아요. 괜찮다고…… 했잖아요. ……나 이제 어떡해. 어떡해, 정말……."

그날 밤 병원을 나온 창남은 충남 부여에 있는 어느 시골 마을로 내려가 장례를 준비한다. 장례는 텅 비어 있던 한 기와집에서 진행됐다. 그 집은 어머니의 옛집이기도 했고, 11년 전에 세상을 떠난 외할머니의 집이기도 했다. 창남은 장례를 준비하고 치르는 내내 단식하다시피 하며, 구슬픈 얼굴과 고통스러운 신음과 짠 눈물로 점철된 시간을 보냈다. 그러다 깊게 판 하나의 무덤에 두 개의 관이 묻히기 직전, 미친 듯이 통곡했다.

사흘 후, 창남은 서울로 돌아와 다니던 회사에 사직서를 냈다.

이튿날 아침, 그는 부모의 집에서 두 사람의 유품을 챙겨 자신의 집으로 가져왔다.

그날 오후, 그는 세 사람의 짐이 섞여 있는 파란 상자들을 이삿짐 트럭에 쌓아 올렸다. 그런 다음 이삿짐 트럭을 먼저 보내고 저도 자신의 차에 올라타, 죽은 외할머니 집에서 50m가량 떨어진 곳에 있는 낡고 허름한 기와집으로 향했다. 그 집은 10여 년 전부터 비어 있던 집이었다. 집의 주인은, 칠일 전 세상을 등진 아버지와, 각각 13년 전과 11년 전에 죽은 친조부모였다.

그렇게 주인이 모두 떠나간 집에 도착한 창남은 트럭에서 짐을 내려 마루 위에 하나하나 올려놓았다. 트럭이 마당을 빠져나가자, 한 박스에서 수건 몇 개를 꺼내 들고 안방 왼편에 있는 부엌으로 들어갔다. 부엌 오른편으로 먼지가 뿌옇게 쌓인 구식 싱크대가 보였다.

그는 그 싱크대로 가 수도꼭지를 돌렸다. 퍼버벅, 하고 공기가 주입되는 소리가 났다. 몇 초가 지나자 수도꼭지에서 연한 흑갈색 물이 터져 나왔고, 이내 깨끗한 물이 흘러나왔다. 그는 수건들을 물에 적셔 부엌을 나왔다.

그는 안방과 작은방에 차례로 들어가 방바닥을 닦았다. 그런 뒤 짐들을 안방으로 옮겨놓고, 천천히 짐을 풀었다. 집에 도착해서부터 끊임없이 흐르고 있는 눈물이 두 사람의 유품에 떨어지지 않게 조심하며.

11년 전, 당시 스물네 살이었던 창남은 모 대학 국어국문학과를 차석으로 졸업한 뒤 한 게임사에 입사했다.

고교 시절 그는 틈틈이 산문 등의 글짓기를 하며 컴퓨터 프로그래밍을 공부했다. 그러다 고3 수능시험을 치르곤, 국어국문학과와 컴퓨터프로그래밍학과 중 어느 과에 지원할지 저울질하다가 고려대학교 국어국문학과를 지원해 합격했다. 그 후 그는 학과 공부에 열중하다 2학년 1학기 말부터 때때로 '인크레더블 워'라는 온라인게임을 했다. 더불어 게임프로그래밍을 짬짬이 공부했고, 4학년 1학기 말에 게임프로그래밍 전문가 자격증을 취득했다. 그러면서 학과 공부도 열심히 해 과를 차석으로 졸업하고, 조금의 망설임도 없이 '메가팩토리'란 게임사에 이력서를 냈다. 그가 그렇게 대학 전공과 전혀 관련 없는 회사에 이력서를 낸 이유는, 그가 게임과 게임프로그래밍에 맛을 들였기 때문이기도 했겠지만 더 큰 이유는, 각각 2개월여 전과 3개월여 전에 자신들의 어머니를 잃고 실의에 빠져 있던 저의 부모 때문이었던 듯했다. 그때 그는 제 부모를 하루빨리 서울로 데려와 외로움도 달래주고 효도도 하고 싶어 했다. 그런데 그러려면 그만한 돈이 필요했는데, '국어국문학'과 관련된 일자리는 바로 구할 수 있는 곳도, 임금을 많이 주는 곳도 없었다. 하여 급여도 높고 취업도 빨리 되는 게임사에 지원한 것이었다.

입사 후 그는 첫 월급으로 300만 원을 받았고, 다음 달에는 320만 원을 받았다. 입사한 지 6개월이 된 달에는 월급 500만 원에 보너스 6,000만 원을 받았다. 월급이 그렇게 급상승한 이유와 거액의 보너스를 받을 수 있었던 이유는, 그가 입사한 지 5개월여 만에 게임 하나를 거의 저 혼자서 개발했는데 그 게임이 대박을 터트렸기 때문이다.

그 후 그는 몇 개월간 자금을 더 모아 서울 금천구 독산동에 있는 방 두 칸짜리 반전셋집을 구했다. 그러곤 그 집으로 자신의 부모를 데려왔다.

주인 없는 기와집의 주인이 된 창남은 굶어죽지 않을 만큼만 밥을 해 먹으며 대부분의 낮 시간을 혼이 나가 있는 듯한 모습으로 지냈다. 외출은 슈퍼마켓에 갈 때만 했다. 고기류와 채소류까지 파는 슈퍼마켓에 가려면 차로 10여 분을 가야 했다. 그런데 그는 쌀과 햄, 참치 등까지만 팔고 차로 2분이면 갈 수 있는 동네 어귀 슈퍼마켓에만 갔다. 그것도 축 처진 모습으로. 차로 이동했지만, 밖에서의 시간은 단 1분조차 길게 느껴지는 듯했다.

날이 어두워지면, 어두워진 작은방에 새우처럼 누워 눈물을 흘렸다. 때론 소리 없이 울었고, 때론 흐느껴 울었고, 때론 바닥에 닿아 있는 머리카락이 젖을 때까지 울었고, 때론 콧물이 늘어져 바닥에 닿을 때까지 울었다.

그렇게 보름여를 지내다가, 갑자기 부엌으로 가 싱크대 도어에서 식칼을 뽑아 들었다. 그때는, 거먹구름에 가려 달도 별도 보이지 않던 캄캄한 밤이었다. 식칼을 든 그의 손은 미세하게 떨리고 있었고, 두 눈은 초점이 약간 어긋나 있었다.

그는 왼쪽 팔목에 식칼을 갖다 댔다. 칼을 든 손이 점점 더 떨려 왔다. 다음 순간, 그의 눈빛이 매섭게 번뜩였다.

그때 그의 입에서 제일 먼저 나온 말은 욕이었다.

"개새끼."

그다음에 나온 말은 누군가의 이름이었다.

"김동필."

이어 나온 말은 예리하게 갈린 회칼로 허공을 마구 찔러대는 듯한 욕설, 또 욕설이었다.

"개만도 못한 새끼. 목을 확 꺾어 똥통에 처넣어버려야 할 새끼. 눈알을 확 파버려도 모자랄 새끼."

번뜩이는 그의 눈에 살기가 가득했다. 그는 아까처럼 칼을 든 손을 떨고 있었지만, 떨고 있는 이유는 좀 전과 전혀 다른 듯했다. 칼날은 그 순간에도 그의 왼 손목에 닿아 있었다. 서늘한 느낌이 들었을까. 검붉은 피가 칼날에 묻어나며 손목을 반 바퀴 두르고 아래로 떨어졌다. 그는 손목에서 칼을 뗐다. 손목 틈새에서 새어 나온 피가 다시금 바닥으로 떨어졌다. 그는 칼자루를 거꾸로 돌려 잡고, 돌로 된 부엌바닥에 칼을 꽂았다. 챙, 소리가 나며 부러진 칼끝이 앞쪽으로 튕겨나갔다. 그는 식칼을 바닥에 떨구고, 피를 뚝 뚝 떨어뜨리며 작은방으로 향했다.

방 오른편 구석에 은색 핸드폰이 놓여 있었다. 거처를 옮긴 후 내내 꺼 놓았던 휴대폰이었다. 그는 휴대폰을 집어 들고 전원을 켰다. 직사각형 모양의 불빛이 캄캄한 방 안 구석을 밝혔다. 그는 인터넷 앱을 열어 네이버에 들어갔다. 그러곤 김동필에 관한 기사를 하나하나 찾아 읽었다. 매섭디매서운 눈으로.

그가 그전까지 본 김동필에 관한 기사는 단 하나밖에 없었다. 자신의 부모에게 사기당했다는 말을 듣고 난 뒤 집으로 향하던 중, 눈에 독기를 품고 찾아본 기사였다. 평소 뉴스나 인터넷 기사를 거의 보지 않던 그였기에, 그전엔 그 사건이 일어난지도 모르고 있었다.

기사를 다 찾아 읽은 그는 눈을 살벌하게 뜨며 입을 열었다.

"이 개새끼. 살아 있지, 너. 다섯 명을 죽인 것으로 모자라 또 한 명을 직접 죽이고. 너를 찢어놓지 않고는 나 못 죽는다, 절대."

이어 그는 으으……, 하며 사납고도 음산한 표정을 지었다. 그러더니 한쪽 눈을 찌푸리며 고개를 갸웃했다.

"근데 이 새끼를 어떻게 찾지. 검경도 못 찾았는데."

휴대폰 화면이 꺼져 다시 캄캄해진 방 안 구석 바닥에서, 검은 피 몇 방울이 굳어가고 있었다. 창남은 그 핏방울들을 내려다보며 아아……, 하고 긴 탄식을 내뱉었다.

화장장 계단 아래에서 어머니와 냉하고도 씁쓸한 만남을 가진 강현은, 고모와 함께 인천의 어느 납골당으로 가 유골함을 안치했다.

그 후 강현은 실의에 빠진 모습을 한 채 하루하루를 버티며 지냈다. 제 동생의 부고 소식을 전해 듣고 캐나다에서 날아와 장례를 함께 치른 고모는 며칠간 강현과 함께 있다가 캐나다로 돌아갔다. 그녀는 강현의 집에 머물던 그 며칠간, 슬픔에 젖어 있는 제 조카를 위로하고 다독여줬다. 꿋꿋이 살아야 한다고, 내게는 네 아빠만큼 네가 소중하다 하며. 강현은 그 위로의 말을 들으며 약간의 힘은 얻을 수 있었지만, 가슴에 들어찬 슬픔과 상실감은 조금도 떨쳐낼 수 없었다. 고모가 캐나다로 돌아가자, 얻은 약간의 힘마저 푹 꺼져버렸다. 그리고 수일 만에 연 인터넷 앱으로 아버지가 죽은 다음 날 또 한 명의 희생자가 나왔다는 기사를 접하고, 배가되는 슬픔을 느끼며 쓰라려했다.

고모가 캐나다로 돌아간 다음 날부터 강현은 다시 직장에 나갔다. 그러나 전처럼 즐겁게 일할 순 없었다. 늘 밝은 얼굴로 직원들을 대하며 자기만의 유머로 그들을 웃겨 주곤(?) 하던 그였는데, 이제 그에게서 그런 모습은 찾아볼 수 없었다. 일을 끝내고 집에 돌아와서는, 일하던 중 불쑥불쑥 솟아올랐던 슬픈 감정을 한순간에 쏟아내곤 했다. 가끔씩 김동필이 떠오를 땐, "다 네놈 때문이야."라는 등의 말을 내뱉곤, 자신 때문일 수도 있다는, 자신이 안아주지 못해서 아버지가 돌아가셨을 수도 있다는 생각이 몰려와 이내 울먹이곤 했다.

그리 지내다가 세 번째 희생자가 나왔다는 뉴스를 보고는, 두 번째 희생자가 나왔다는 기사를 봤을 때처럼 가슴 쓰라려하며 눈물을 흘렸다. 또 그로부터 보름여 뒤엔, 동시에 두 명의 희생자가 나왔다는 기사를 접하고 가슴이 허물어지는 듯한 느낌을 받으며 울고, 또 울었다. 죽은 두 사람의 아들이 실신할 때까지 오열했다는 사실에 더욱더 아파하며.

어머니는 화장장에서 헤어진 뒤 다시 볼 수 없었다. 아버지의 장례가 끝난 다음 날 밤, 어머니는 강현에게 연락해 조만간 집에 들어가겠다고 했다. 그래 놓고는 20일이 지나도, 30일이 지나도 집에 들어오기는커녕 연락조차 안 했다. 어머니는 그렇게 자기가 한 말을 곧이 지키지도 않고, 제멋대로 하는 게 몸에 밴 사람이었다. 또 하고 싶은 말이 있으면 어떤 말이든 거침없이 내뱉는 사람이었다. 제 남편이었던 '안영민'이란 사람에게는 특하나 더.

강현은 10년도 넘게 그런 어머니를 이해하려 노력했었다. 자신의 어머니였기에 그랬던 것도 있지만, 다른 더 큰 이유가 있었다. 그녀는 강현이 세 살 때 교통사고로 부모를 잃었다. 그때 그녀의 나이는 스물세 살이었다. 강현은 그리 젊은 나이에 부모를 여읜 어머니가 측은하게 느껴져, 어떻게든 그녀를 이해하려 했던 것이다. 그녀가 아무리 모나고 모질고 제멋대로이고, 아버지에게 못되게 굴어도. 그런데 한계에 다다랐는지, 어느 때부턴가 그런 어머니가 조금도 이해되지 않았다.

아버지가 죽고 두 달여가 지난 날이었다.

강현은 꽤 괜찮아져 있었다. 때때로 슬픔과 그리움이 복받쳐 올라오긴 했지만, 그 횟수는 불과 일주일 전과만 비교해도 확연히 줄어들어 있었다. 아버지가 죽은 게 자신 탓일 수도 있다는 자책감도 자주 밀려오지 않았다. 김동필도 거의 떠오르지 않았다. 그가 아버지를 죽음으로 내몰았다는 것도, 그가 자기를 대신할 누군가를 죽이고 살아 있을 수 있다는 것도, 그자 때문에 몇 명이 죽었는가도 아주 가끔만 떠올랐다. 그래서 아주 가끔만 분노했다. 아버지가 그에게 빼앗긴 돈은 애초부터 돌려받을 수 있을 거라 생각지 않았기에, 돈을 찾아내야 한다는 생각은 아예 들지 않았다. 상실감은 여전히, 마음 한구석을 옭아매고 있었지만.

그런데 그날 저녁, 강현은 뜻밖의 메시지를 받았다. 어머니가 보낸 카카오톡 메시지였다. 강현은 그 메시지를 보며 분노와 함께 어떤 감정을 느꼈다.

잘 지내니? 나 지금 태국에 있다. 여행차 왔는데, 아마 당분간 이곳에서 지낼 것 같다. 혼자 있어서 적적하겠지만 어떻게든 잘 지내렴. 엄마 너무 미워하지 말고.

어머니가 미웠다. 미워하지 말라고 해서 더 미웠다. 어떻게 이런 사람을 미워하지 않을 수가 있나. 어머니가 그립지도, 보고 싶지도 않았지만, 아버지를 잃은 자식을 아무렇게나 버려둔 채 먼 타국으로 가 있다는 게 도무지 이해가 안 됐다. 문득, 미워하는 거 알면서 왜 이러는 거냐는 생각이 들었다. 탄식이 절로 터져 나왔다.

강현은 '권 여사'와의 채팅 창에 매우 짧은 메시지를 띄워 자신의 심정을 표현했다.

네.

그로부터 47일 후.

강현은 47일 전과 비슷하게 지내면서도 다르게 지내고 있었다. 가끔씩 아버지를 그리워하며 눈물을 글썽였고 자신을 자책하며 작게 울먹였다. 김동필도 전처럼 아주 간간이 떠올리며 소리 없이 증오했다. 그리고 시시때때로 어머니를 향한 원망을 품었고, 밤만 되면 외로워했다. 상실감이 옅어진 대신.

밤 9시경, 책상에 놓인 휴대폰에서 카카오톡 통화 연결음이 울렸다. 침대에 모로 누워 눈물짓고 있던 강현은 천천히 일어나 책상 앞으로 갔다. 휴대폰 화면에 '권 여사'란 닉네임이 떠 있었다. 강현은 미간을 확 찌푸렸다. 받고 싶지 않았다. 정말 받고 싶지 않았다. 그런데 갑자기, 뭔지 모를 감정이 울컥 솟아올랐다. 그 감정에 이끌려 휴대폰을 집어 들었다.

강현은 들어온 감정을 애써 억누르며 통화 아이콘을 눌렀다. 그러곤 순간적으로 마음을 독하게 먹고 냉랭한 목소리를 뱉어냈다.

"네."

"아들 잘 지내니?"

"아니요."

"……너 왜 그래? 엄마가 그렇게 밉니?"

강현은 얼굴이 달아오름을 느꼈다. '네.'라고 답하고 싶었으나 입이 떨어지지 않았다. 그랬지만 금방 "아니요." 하고 답했을 때처럼 용기를 냈다.

"네."

막상 대답하고 나니 이상하게 가슴이 시렸다. 강현은 다시 마음을 다잡았다.

어머니는 기가 찬 듯 헛웃음을 흘렸다.

"내가 말없이 외국으로 간 게 그렇게 싫었니? 내가 네 아빠 장례식에도 참석 안 하고, 아니 못 하고, 집에서 나가 있었던 게 그렇게 싫었어?"

강현은 어머니가 일부러 장례식에 참석하지 않았다는 확신이 들었다. 치가 떨릴 정도로 비참하고 괴로웠다.

"네. 싫었어요. 어머니, 아버지가 돌아가셨다는 거 보셨죠? 뉴스나 기사로."

"참 나, 못 봤다. 좀 전엔 말이 헛나온 거다. 아무튼 엄마 너무 미워하지 마라."

믿어야 하나. 강현은 지금껏 어머니가 당당하게 하는 말을 거짓말이라고 느껴본 적이 없었다. 이번에도 거짓말이 아닐까. 아니, 이번에도 거짓말이 아닌 것 같다고 느꼈으니까 거짓말이 아닐까. 어쨌든, 어머니의 말이 거짓말이든 아니든 크게 달라질 건 없었다.

"어쨌든 간에 저는 어머니가 미울 수밖에 없어요. 로또 당첨된 거 숨겼다고, 그래서 사기당했다고 아버지를 그렇게나 깔아뭉개시고…… 아니 늘 그랬죠, 어머니는. 어머니, 솔직히 말해보세요. 아버지 좋아한 적 있어요? 어머니한텐 돈이 백 배, 천 배 더 중요하죠, 아버지보다?"

평소 같았으면 이런 말을 하지도 못하고, 설령 했다 해도 가슴이 쓰리거나 아팠을 텐데, 지금은 그렇지 않았다.

어머니는 기분이 많이 상한 듯했다.

"뭔 말을 그따위로……. 그깟 돈 때문이 아니다. 너도 알다시피 나는 속마음을 숨기지 못해. 그렇다고 숨기는 게 전혀 없는 건 아니지만, 아무튼 그렇다, 엄마는. 네 아빠 좋아한 적 있지, 왜 없겠니. 없으면 결혼했겠니? 그런데 몇 년 살다 보니까 막 짜증나고 싫어지더라. 그래서……."

그때 강현이 어머니의 말을 끊었다.

"뭐가 그렇게 짜증나고 싫었는데요."

"그냥 네 애비가 하는 짓이. 처음엔 애미 말도 잘 들어주고 뭔 일이 있으면 나랑 상의도 잘 하고 그랬는데, 어느 때부턴가 말을 안 하는 거야, 뭔 일이 있어도. 또 잠자리도 같이 안 하려고 하……."

그때 또 강현이 어미의 말을 잘라냈다.

"왜 그랬겠어요. 말하면 자꾸 쏘아대니까 그랬겠죠."

"허, 참 나. 그래, 네가 네 아빠 끔찍이 아꼈던 건 아는데, 그래도 엄마한테 이러면 안 되지. 쏘아댈 만하니까 그렇게…… 아, 그래. 엄마가 그냥 모자란 탓이라고 하자. 근데 있잖니, 엄마도 사람이다. 이런 사람도 있고 저런 사람도 있는데, 난 이렇게 좀 까칠한 사람일 뿐이라고. 나를 엄마로서가 아닌 그냥 사람으로 봐주는 게 어떻겠니."

'좀 까칠한…….'

"그 정도라면 제가 이렇게 말을 안 하죠. 그리고 사람으로 봐달라고요? 네, 사람으로 보고 있어요. 근데 제대로 된 사람이라면 좀 사람다워야 하지 않나요? 남 생각은 전혀 안 하고, 그냥 내키는 말하고 내키는 대로 살면서 그냥 사람으로 봐달라고 하면 안 되죠."

어머니는 하, 하고 실소를 터트렸다.

"네가 그런 말까지 하고…… 그러다 확 자살까지도 해버릴 수 있겠……."

어머니는 말하다가 흠칫 놀란 듯했다.

"……."

강현은 엄청난 충격을 받았다. 순간, '어머니가 맞나' 하는 생각이 들었다.

"끊어요. 끊으라고요."

강현이 격앙된 목소리로 말했다.

"강현아."

강현이 먼저 끊어버렸다. 더는 듣고 싶지 않았다. 어머니가 아니었던 사람의 목소리를.

강현은 분노에 휩싸인 가운데, 어딘가로 떨어져 나와 있는 것 같은 기분을 느꼈다. 음울하고 스산하고 캄캄한 어딘가에 혼자만 뚝 떨어져 나와 있는 것 같은.

잠시 후, 책상에 놓인 휴대폰에서 '카톡' 소리가 울렸다. 강현은 휴대폰을 보지 않았다. 어머니가 아니었던 사람의 그 어떠한 글도 보고 싶지 않았다.

소리 없이 눈물을 흘렸다. 슬픈 감정이 몰려와 우는 게 아니었다. 한순간에 '몸만 큰 고아'가 되어, 한순간에 어딘가로 내쳐져 우는 것이었다.

강현은 침대로 가 새우처럼 누웠다. 그리고 매우 긴 밤을 지새웠다. 눈물, 그리고 외로움과 함께.

다음 날 오전 11시 반경.

눈이 뜨였다. 강현은 눈을 뜬 채 가만히 있었다. 그러면서 처음으로 어떤 생각을 했다. 죽고 싶다는 생각을. 무로 돌아갈 수 있다면 죽는 것도 괜찮을 것 같았다. 외로움과 고통에서 벗어날 수 있다면, 아무것도 아닌 상태가 되는 것도 괜찮을 것 같았다. 아무것도 아닌 상태, 아무것도 아니게 된다는 건, 어떤 '상태'로도 존재하지 않게 된다는 거겠지만. 문득 그럴 수 있을까,라는 생각이 들었다. 무가 되어 사라져 버릴 수 있을까. 만약 사라지지 않는다면…… 그래, 아버지를 만날 수 있지는 않을까? 사라지지 않은 채 어딘가에 있을 아버지를. 그럴 수 있을까. 만약 그럴 수 없다면……. 갑자기 몸에 소름이 돋았다. 자신의 존재가 사라진다는 것도, 사라지지 않은 채 어딘가에 있을 아버지를 만난다는 것도, 혹은 만나지 못 한다는 것도 돌연 무섭게 느껴졌다.

겨드랑이가 식은땀에 젖어 있었다. 짧은 시간 밀도 높은 공포를 느꼈다. 왜 그런 공포를 느꼈는지는 알 수 없었다.

강현은 천천히 몸을 일으켜 침대에서 내려왔다. 책상에 놓인 휴대폰을 물끄러미 바라보곤 방을 나왔다. 주방 왼편 냉장고에서 물통을 꺼내 물을 들이켰다. 꽤나 시원했다. 살아 있다는 느낌이 들었다. 곧, 살아서 뭐하나, 하는 생각이 밀려들었다. 저라는 존재가 확 쪼그라드는 듯했다. 가슴이 시렸다. 온몸으로 한기를 느꼈다.

강현은 차디찬 물통을 싱크대에 내려놓고 방에 들어왔다. 침대에 다시 누울까 하다가 3미터여 앞에 있는 책상을 바라봤다. 정확히는, 책상 위에 놓여 있는 자신의 흰색 스마트폰을. 시간이 정지된 듯, 몸이 움직여지지 않았다. 어떤 감정이 일순간에 몰려와 있었다. 벼랑 끝에서 손을 내뻗어 뭐라도 붙잡고 싶어 하는 듯한 감정이었다. 붙잡을 게 없었지만…… 이상하게 붙잡을 만한 게 있는 듯했다. 또 이상하게, '어머니가 아닌 사람'의 메시지가 그 붙잡을 만한 것으로 느껴져 왔다. 강현은 인상을 팍 일그리며 들어온 느낌과 감정을 찌그러뜨려 버렸다. 그러자 한 사람이 떠올랐다. '고모.' 그래, 고모가 있었다. 붙잡을 만한 건 그이밖에 없었다.

강현은 책상 앞으로 가 휴대폰을 집어 들었다. 어머니의 메시지는 절대로 보지 않겠다고 다짐하며 홈버튼을 눌렀다. 다음 순간, 눈

살이 찌푸려졌다. 정말 보고 싶지 않았는데, 화면에 떠 있는 한 줄
의 메시지에 시선을 고정하고 말았다.

어쩌다가 나온 말이었다. 오해 마렴. 네가······

찌푸린 인상을 펼 수 없었다. 휴대폰을 터치해 메시지 전체를 보
고 싶었다. 왜 봐야 하냐며, 볼 필요 없다며 마음을 억누르고 억눌
러도, 보고 싶다는 생각이 계속 삐죽삐죽 솟아올랐다. 이젠 어머니
가 아닌데 왜······.
강현은 결국, 그 한 줄의 메시지를 터치해 메시지 전체를 보고야
말았다.

어쩌다가 나온 말이었다. 오해 마렴. 네가 자꾸 엄마를 몰아붙이
니까 나도 모르게 나온 말이었어. 그리고 이 말도 너한테 좀 충격
적일 것 같긴 한데, 계속 숨기고 있기도 뭐하니 그냥 말하마. 나
어떤 남자랑 같이 지내고 있다. 나이는 많지만 그럭저럭 괜찮은
사람이다. 너도 괜찮은 여자 빨리 만나렴. 네가 그토록 미워하는
이 엄마 같은 사람 만나지 말고. 그리고 네 아빠 통장에 들어있던
돈 반은 내가 가졌고 나머지는 네 통장에 입금했다. 꽤 오래 전에
입금했는데 확인 안 해봤니? 아무튼 잘 지내라. 또 연락하마.

어쩌면 다정스러운 메시지 같아 보일 수도 있었다. 메시지에서 한
가지 내용만 빼면. 그런데 그 한 가지 내용 탓에 다정스러워 보이기
는커녕 매우 추해 보였다. 메시지 전체가.

'아버지가 돌아가신 지 얼마나 됐다고. 아니, 돌아가시기 전부터……'

그랬다. 아버지가 죽기 전부터 어머니는 그 '나이 많은 남자'를 만나고 있었을지도 모른다. 아버지가 죽기 전 열흘 동안 집을 나가 있었을 때도, 아버지의 장례가 치러지고 있었을 때도.

'어떻게 이렇게나 모질 수가 있나. 아버지한테도 나한테도. 이러면서 사람으로 봐달라고? ……그래, 분명 뉴스나 기사로 봤을 거야. 근데 장례식장엔 안 오고……'

강현은 생각을 이을 수 없었다. 너무나도 치욕스럽고 괴로워서 다음 말을 차마 떠올릴 수 없었다.

'이런 사람이 내 어머니라니. 그래, 아니야. 아니라고.'

강현은 휴대폰을 책상 위로 떨어뜨리고, 상체를 웅크리며 두 주먹을 꽉 쥐었다. 목이 터져라 악을 질러대고 싶었다. 가슴을 쥐어뜯으며 '아악!' 하고 소리치고 싶었다. 그러나 입에서는 악 대신 신음이 새어 나왔다. 치욕감과 비참함이 짙고도 짙게 서린 신음성이.

그러고 있었는데, 어떤 생각이 번뜩 떠올랐다. 분노를 동반하며.

'그래, 어머니가 아버지를 죽음으로 내몬 거야. 그래, 나보다 어머니 잘못이 훨씬 더 커. 어쩌면 김동필이 그놈보다도. 조금만, 조금만 잡아줬더라면…… 그렇게 모질지 않았더라면……'

거친 원망이 목 끝까지 차올랐다. 미치도록 괴로웠다. 죽을 만큼 비참했다. 정말이지 확 죽어버리고만 싶었다. 강현은 두 손으로 얼굴을 감싸 쥐며 침대 위로 엎어져 버렸다.

그때 붙잡을 만한 사람 '고모'는 떠오르지 않고 있었다. 비참한 고아가 된 채로, 머릿속도 가슴속도 갈기갈기 찢겨 있었기에.

끝내버리고 싶었다. 외로움에, 괴로움에, 비참함에, 치욕스러움에, 원망에 파묻혀 있는 자신을 끝내버리고만 싶었다. 끝내버려야 살 것 같았다.

문득 아까 떠올랐던 '무가 되어 사라져 버릴 수 있을까'라는 생각이 뇌리를 스쳤다. 그러나 그 생각은 바로 묻혀버렸다. 외로움과 괴로움과 비참함과 치욕스러움과 원망에 곧바로 제압당해.

강현은 이를 악물며 엎어져 있는 몸을 일으켜 세웠다. 죽어야겠다는 생각이 머리끝까지 차 있었다. '그래, 죽어버리자. 어떻게 죽을까. 죽을 만한 약이……' 이때, 안방 침대 안쪽에 놓여 있었던 하얀 통이 떠올랐다. '나도 아버지처럼……' 아버지와 같이 죽는 게 좋을 것 같았다. 그런데 강현의 아버지는 병원에서 처방받은 수면제와 소주를 먹고 자결했다. 소주야 근처 편의점에만 가도 살 수 있지만, 수면 유도제가 아닌 수면제는 병원 처방이 없으면 약국에서도 구매할 수 없다. 강현도 그걸 알고 있었기에 고민이 되었다. 그렇다고 병원까지 가서 처방을 받고 싶진 않았다. 한시라도 빨리 모든 걸 끝내버려야 했기에.

강현은 두 주먹을 불끈 쥔 채 방 안을 돌아다녔다. 죽음에 몰두한 자의 모습이었다. 죽고 싶어 환장한 자의 모습이었다.

4분여를 돌아다니며 죽을 방법을 떠올리던 그는 마침내 몇 년 전 누군가에게 들었던 얘기를 떠올렸다. 아스피린을 과다복용하면 죽을 수 있다는 얘기를.

강현은 책상 가에 놓인 지갑을 집어 들고는, 눈에 힘을 주며 재빨리 몸을 돌렸다. 약해지면 절대 안 된다는 듯이.

밖을 나와 약국 앞까지 온 강현은 "사서 먹기만 하면 끝나." 하고는 문을 열고 약국 안에 들어섰다.

"어서 오세요. ······뭐 드릴까요?"

약사가 머뭇대고 있는 강현을 보며 물었다.

강현은 머뭇대며 눈을 끔벅이고 있었다.

"그게······."

불현듯, 약국 안에 들어와 서 있는 사람이, 왠지 자신이 아닌 것 같다는 느낌이 들었다. 강현은 급히 정신을 차렸다.

"아스피린 주세요. 통으로 나와 있는 것도 있나요?"

"네, 있습니다. 한 통 드리면 될까요?"

"네."

4분 뒤, 하얀 아스피린 통을 손에 쥐고 집에 돌아온 강현은 주방 냉장고에서 물통을 꺼내 들고 제 방으로 들어갔다. 황급히 앞으로 가 아스피린 통과 물통을 책상에 내려놓았다. 그러곤 숨을 크게 내쉬었다.

언뜻 한 사람이 떠올랐다. 손을 내뻗어 붙잡고 싶었던 사람이. 강현은 책상 위에 떨어뜨려놓은 휴대폰을 내려다보았다. 마음이 허물어지는 듯한 느낌이 들었다. 미안했다. 그 한 사람에게만큼은 미안했다. 아버지만큼 자신이 소중하다 했던 그이에게만큼은. '내가 죽으면 분명 슬퍼하실 텐데.' 하지만 죽지 않으면 언제 끝날지 모르는 고통 속에 지내야 한다. 어머니를 미워하고 원망하며, 혼자서 죽도록 외로워하며······. 어차피 그분은 옆에 있어 줄 수 없는 사람이다. 아무리 미안해도 선택을 바꿀 순 없다. 운명과도 같아진 죽음과 이제 마주해야만 한다.

강현은 휴대폰을 집어 들어 고모와의 카카오톡 채팅 창을 열었다. 잠시 망설이다 채팅 입력창에 글을 입력했다.

고모 죄송해요. 부디 너무 슬퍼하지 마시고 행복하게 살아주세
요. 고모님만큼은요.

강현은 입력한 글을 채팅 창에 띄우고 휴대폰 전원을 껐다. 그러
자 눈가가 뜨거워지며 눈에 눈물이 어렸다. 구슬펐다. 손을 뻗어
붙잡을 수도 있었던 사람에게서 눈을 떼고, 바로 뒤돌아서 벼랑 아
래로 자신을 떨어뜨려야 한다는 게.

강현은 미세하게 떨리는 손으로 물통 마개를 열고, 아스피린 통
뚜껑을 열었다. '이렇게 죽는구나, 내가.' 하는 생각이 들었다. 구슬
픔에서 좀 더 나아간, 미련이라는 감정을 일으키며. 강현은 그 감정
을 꺾으려 했다. 잘 꺾이지 않아, 죽어야 한다는 의지를 억지로 부
풀렸다.

그래도 자꾸 주저가 되자, 아스피린 통을 집어 들고 알약 전부를
왼손에 부었다. 200개의 둥글납작한 알이 둥글게 말린 왼손을 채
웠다. 미세하게 떨리던 오른손이 점점 더 떨려왔다. 강현은 '먹기만
하면 돼. 먹기만 하면 끝난다고.' 하고 생각했다. 끝내야만 하기에
먹어야 한다고도 생각했다. 그는 심장이 쿵쿵 뛰어대는 걸 느끼며
왼손을 입으로 가져갔다. 여전히 망설여졌지만 30알쯤을 입으로
물어 입안에 넣었다. 곧이어 물통을 들고, 물과 함께 알약들을 삼
켰다. 그는 "먹었어. 이제 망설일 이유가 없어졌어. 다 먹고 얼른 끝
내야 해."라고 하고는, 아스피린 몇십 알을 다시 물과 함께 삼켰다.
그리고 그렇게 몇 번을 더 해 200개의 알약을 몸 안으로 다 밀어

넣었다.

수 초 후, '내가 죽는다니……' 하는 생각이 들며 서글픈 감정이 밀려왔다. 아까 느꼈던 구슬픔과는 농도가 확연히 다른, 혹은 차원이 다른 감정이었다.(약을 먹기 전에 했던 '이렇게 죽는구나, 내가.'라는 생각과, 약을 먹은 후에 한 '내가 죽는다니…….'라는 생각의 차이만큼 다른.) 한쪽 뺨을 타고 눈물이 흘러내렸다. 죽으면 끝날 거라고 생각했는데, 그렇게 끝나버린다는 게 몹시 서러웠다. 외로움과 괴로움과 비참함과 치욕스러움과 원망에서 벗어나기 위해서 죽음을 택했는데, 왜 서글퍼하며 눈물을 떨궈야 하나. 그런 이유들로 죽음을 택했기 때문일까.

서서히 묘한 두려움이 밀려들었다. 처음 느끼는 두려움이었다. 죽음의 문 앞에서만 느낄 수 있는 두려움일까. 그렇다고 엄청난 두려움은 아니었다. 잡을 게 있다는 희망이 사라진 채 느끼는, 허공에 붕 떠 있는 듯한 두려움이었다.

몇 분이 지나도 몸에 이상 반응이 나타나지 않았다. 몇 년 전에 들었던 바로는 중독 증상이 일어나 죽는다고 했는데, 그 증상은 언제 나타날까. 많이 고통스러울까. 핸드폰을 켜서 한번 알아볼까. 그런데 휴대폰은 켤 수 없었다. 고모에게 연락이 오면 어찌해야 할지 모를 게 뻔했기 때문이다. 또 그런 것들을 알아서 뭐하나 싶기도 했다. 죽음의 문은 이미 열려 있는데 말이다.

문득 '죽는 방법을 제대로 알아봐야 했을까'라는 생각이 떠올랐다. 뒤이어 '살 수도 있지 않을까' 하는 생각이 들었다. 다음 찰나, 죽는 방법을 제대로 알아보지 않은 게 어쩌면 잘한 일일 수도 있다는 생각이 밀려들었다. '죽어야 된다는 생각'이 뇌리에 아직 박혀 있었지만, '살 수도 있다는 기대감'이 가슴을 뒤흔들어왔다.

그런데 곧 속이 메슥거려왔다. 5초, 10초 시간이 갈수록 메슥거림은 심해져갔다. 순간, 약을 토해내면 살 수 있지 않을까, 하는 생각이 머리를 강타했다. 그 짧은 순간에, 뇌리에 박혀 있던 '죽어야 된다는 생각'이 뿌리째 뽑혀나갔다.

강현은 곧장 방을 나와 주방 왼편에 있는 화장실에 들어갔다. 급히 좌변기 앞으로 가 무릎을 꿇고 오른손 검지를 입에 집어넣었다. 바로 구역질이 나며 누르스름한 액체와 희끄무레한 알갱이들이 입에서 쏟아져 나왔다. 위액과 반 정도 녹은 알약들이었다. 그 뒤에도 메슥거림은 멈추지 않았다. 다시금 속에 있는 것들을 토해냈고, 십여 초 뒤 또 한 번 토해냈다.

강현은 쓰라린 배를 한 손으로 움켜잡고 생각했다.

'살 수 있을까.'

강현은 다시 한 번 검지를 입에 넣었다. 헛구역질이 나왔다. 30초도 넘게 구토를 시도했으나 계속 헛구역질만 나왔다.

강현은 입에서 손가락을 빼며 생각했다.

'나올 건 다 나왔나. 정말 나 살 수 있을까.'

강현은 좌변기 물도 내리지 않고 화장실을 나와 제 방으로 들어갔다. 속도 계속 쓰리고 기력도 없어 일단 좀 눕고 싶었다.

곧 침대에 누운 그는 여러 생각을 이어 했다.

'약이 몸에 얼마나 흡수됐을까. 구토와 속 쓰림 증상이 중독 증상의 전부일까. 자면 일어날 수 있을까. 만약 못 일어나면……'

눈에 눈물이 괴었다. '만약 못 일어나면'이라고 가정하고 싶지 않았다. 일어나고 싶었다. 내일도 모레도. '일어나려면……' 이때 눈이 번쩍 뜨였다.

"119."

강현은 황급히 침대에서 내려와 책상 앞으로 갔다. 그런데 그때, 귀에서 삐이— 하는 소리가 났다. 바로 옆에서 총소리라도 들은 것처럼. 그러더니 이내 숨이 가빠왔다. '이게 중독 증상인가.'

마음이 급해진 강현은 재빨리 휴대폰을 집어 측면 버튼을 꾹 눌렀다. 전원이 켜지는 동안 좀 전보다 큰 이명이 들리더니 숨이 더욱 가빠왔다.

머리가 핑 도는 느낌이 들며 정신이 아득해져왔다. 그 순간 강현은 소리 없이 부르짖었다.

'살고 싶어. 제발 누구라도 와서 저 좀 살려주세요!'

그러고는 휴대폰을 떨구며 의식을 잃고 쓰러졌다.

눈이 반쯤 뜨였다. 하얀색 천장이 흐릿하게 보였다. "위세척은 잘됐는데 아직 의식이……." 하고 말하는 여성의 목소리가 작게 들렸다. 그 위세척 탓인지 배가 많이 아프고 거북했다. 하지만 좋았다. 너무나도 좋았다. 고개를 오른쪽으로 조금 돌리니 링거액이 걸린 거치대가 보였다. 그리고 그 너머로, 문밖을 향해 서서 누군가와 얘기를 나누는 여성 간호사가 보였다.

'누군가 나에게 와줬군요. 정말 고마워요. 근데 어떻게 알고 왔나요. ……고모?'

고모는 캐나다에 있었지만 강현을 위해 전화는 해줄 수 있었다. 그녀는 강현이 보낸 카카오톡 메시지를 보자마자 사색이 되어 강현에게 전화를 걸었다. 강현의 휴대폰이 꺼져 있자, 그녀는 급히

82112에 연락해 한국 경찰에 도움을 요청했다.

강현은 일주일간 입원해 있으면서 치료를 받았다. 아스피린의 독성으로 손상된 위와 간을 집중적으로 치료받았다. 강현이 퇴원하던 날, 그의 담당의는 이런 말을 남겼다.

"만약 치료가 조금이라도 늦었다면 목숨이 위태로웠을 수도 있습니다. 그리고 장내 출혈이 발생했다면 목숨이 더욱 위태로웠을 거고 정말 많이 아팠을 겁니다. 또 그런 시도를 하려 한다면, 엄청나게 아플 각오 먼저 해야 할 겁니다."

그리고 퇴원하기 전날 오후, 강현은 캐나다에서 자신을 찾아온 고모를 만났다. 두 사람은 짙은 감사와 정이 묻어나는 얘기를 나눈 뒤, 이런 대화를 했다.

"이제 고모가 자주 연락할게. 그런데 무엇보다 너 스스로 힘을 내는 게 중요해. 정 힘이 안 나면 옆에 있어줄 누군가를 찾아보렴. 여자 친구 말야."

"알았어요. 무조건 힘내서 잘 살아볼게요. 여자 친구도 만들어보고요. 그리고 고모."

"어."

"이제 저…… 어머니 잊으려고 해요. 제가 잘 살아가기 위해선 그수밖에 없을 거 같아요."

고모는 강현을 안쓰럽게 바라봤다.

"그래. 그러렴."

창남의 부모가 세상을 등진 다음 날 밤 '아버지는 이제 없는 사람이자 쓰레기'라고 말한 김이슬은, 그 후로 수일 동안 얼이 나간 얼굴을 한 채 지냈다. 밤만 되면 안방으로 가 은숙과 함께 잠을 청했고, 때때로 불안해하거나 손을 떨며 눈시울을 붉히고, 적셨다.

거의 열흘간을 그리 지내던 이슬은 차츰차츰 생기를 띠어갔다. 어느 날은 TV 예능 프로를 보며 한 차례 웃기도 했고, 어느 날은 저를 안타까이 바라보던 은숙에게 "이제 힘내볼게요, 엄마."라고 말하며 밝은 표정을 지어 보이기도 했다.

그렇게 조금씩 생기를 찾아가던 어느 날 오후, 그녀는 은숙과 함께 거실 소파에 앉아 검경 수사팀의 추가 수사 결과 발표를 지켜봤다.

검사가 발표를 마치자, 은숙이 리모컨으로 TV를 끄고 말했다.

"이슬아, 네 말대로 저 사람 이제 없는 걸로 치자. 아니 정말 죽었나봐. 자기 손으론 아무도 죽이지 않고."

은숙은 말하고서 얼굴에 짙은 그늘을 드리웠다.

이슬은 시선을 떨구며 입술을 뗐다.

"그런 것 같아요. 근데 왜 죽는 순간까지 미안해하지 않았을까요. 그렇게 죽을 거면서 사기친 돈은 왜 안 돌려줬고. ……정말 죽어야 마땅한 인간이긴 한데. 불에 타 고통스러워하며……."

이슬은 미간을 찡그리며 말을 흐렸다.

은숙은 눈을 꾹 감더니, 천천히 눈을 뜨며 힘겹게 옅은 미소를 지었다.

"이슬아, 이제 네 인생도 생각하렴. 그 사람은 잊고."

이슬은 눈에 힘을 주며 입을 앙다물었다.

"그래야죠. 그 사람은 잊었어요. 오늘부로 완전히 끝이에요."

"그래. 그럼…… 연기 학원 다시 나가는 건 어떻겠니."

이슬의 얼굴에 불안한 기색이 어렸다.

"학원."

은숙은 고개를 돌려 이슬의 옆얼굴을 애처로이 바라봤다.

"힘들 것 같니? 시간이 더 필요할 것 같아?"

"시간으로 해결될까요. 내가 그 몹쓸 인간의 딸이라는 사실은 시간이 아무리 지나도 변하지 않을 텐데."

은숙은 아린 표정을 지으며 한쪽 팔로 이슬의 등허리를 감쌌다.

"엄마."

"응."

"나 며칠 전에 생각해 봤는데, 나 성형하는 건 어떨까요? 이름도 가명 쓰고."

은숙은 눈살을 살짝 찌푸리더니, 콧숨을 내쉬며 차분한 얼굴을 했다.

"그래. 그 방법밖에 없다면 해야지."

그러고는 이슬을 돌아보며 웃음 지었다. 어색하게 입꼬리를 올려.

이슬도 은숙을 돌아보며 어색하게 웃었다.

"그런데 어떻게 고치고 싶어?"

"글쎄요."

나흘 뒤, 두 사람은 강남에 위치한 어느 성형외과의원을 찾았다.

둘은 남성 원장과 몇 분간 상담을 나눴다. 이슬은 어디를 어떻게 고치고 싶냐는 원장의 말에 얼굴 대부분을 고치고 싶다고 했다. 원장은 그렇게 모호하게 말하면 시술이 불가능하다면서 어디를 어떻게 고치고 싶냐고 재차 물었다. 그러자 이슬은 곁눈질로 은숙을 슬

쩍 보고는, 콧대는 적당히 높여주고, 콧방울은 축소해주고, 광대뼈
와 턱뼈는 자연스럽고도 예쁘게 깎아주고, 입꼬리는 살짝 올려주
고, 쌍꺼풀은 더 진하게 해달라고 했다. 이에 원장은 눈썹을 올리며
음……, 하고는 견적을 곧 뽑아주겠다고 했다.

40여 분 뒤, 성형 견적서를 받아 들고 의원 밖을 나온 두 사람은
도롯가에서 택시를 기다리며 잠시 이야기를 나누었다.

"천육백만 원. 이건 내 돈으로 할게요, 엄마."

이슬이 성형 견적서를 내려다보며 말했다.

"돈도 없으면서 무슨…… 그냥 엄마 돈으로 해."

"괜찮은데. 근데 엄마, 내가 너무 욕심부린 걸까요?"

"이왕 고치는 거 예쁘게 고치면 좋지."

이런 말을 하면서 얼굴은 조금도 밝지 않았다.

"아무튼 삼 일 뒤면 난 다른 사람이 되네요."

이슬의 얼굴도 밝지 않았다. 40여 분 전부터 내내.

사흘 뒤, 이슬은 다시 성형외과의원에 들러 성형 수술을 받았다.
그녀의 콧대, 코끝, 콧방울, 광대뼈, 턱뼈, 입꼬리, 쌍꺼풀이 각각 높
아지고 날렵해지고 좁아지고 깎이고 올라가고 진해졌다.

열흘 뒤 은숙은 검찰 관계자로부터 연락을 받았다. 검찰 관계자
는 김동필에 관한 수사가 종료됐으니 주민센터로 가 사망 신고를
하라 했다. 은숙은 "네, 그럴게요." 하며 애석한 표정을 짓다가 이내
지웠다.

그날 오후, 사망 신고를 하고 돌아온 은숙이 집에 들어서자, 이슬

이 황급히 자신의 방문을 열고 나왔다. 그녀의 얼굴이 많이 달라져 있었다. 안면 군데군데가 조금씩 부어 있어 살짝 어색하게 예쁜 얼굴이었다. 그녀가 검정 구두를 벗고 있는 은숙을 향해 말했다.

"엄마, 나 가명 만들 필요 없이 개명하면 어떨까요?"

"개명을?"

은숙이 구두를 벗다 말고 되물었다.

"네. 인터넷으로 알아봤는데, 개명 얼마든지 가능하고 성도 바꿀 수 있대요. 엄마 성으로. 그래서 생각해봤는데, 고한별 어때요?"

은숙은 고개를 갸웃했다.

"한별, 한별…… 아, 이건 어떻니? 은별."

이슬은 눈알을 데굴 굴리더니, 몇 초 뒤 눈을 동그랗게 떴다.

"딱이네요, 엄마. 엄마 이름이랑 비슷하기도 하고, 또 엄청 예쁘고. 고은숙, 고은별."

이슬은 말하고 나서 환하게 웃었다.

딸의 웃는 모습이 보기 좋았는지, 은숙도 밝게 웃었다.

"그래, 네가 좋으면 됐지. 그럼 그 이름으로 하럼."

"응, 엄마. 이슬도 예쁜 이름이긴 한데, 은별은 훨씬 더 예쁜 것 같아요. 엄마가 지어줘서 그런가?"

"같이 지은 거잖니. 그래, 이제 은별이 되어 엄마랑 같이 잘 지내보자. 가능하다면…… 그 사람 때문에 힘들어하고 있는 분들과도."

은숙의 얼굴이 금세 어두워져 있었다. 곧 새 이름을 가질 김이슬의 새 얼굴도.

닷새 뒤.

지난 며칠간 이슬은 성본 변경과 개명에 필요한 여러 서류를 인터넷에서 내려 받아 작성을 마쳐놓았다. 성본 변경에 필요한 서류는 개수도 많았고 기입해야 할 내용도 많았다. 어떤 서류엔 성본 변경 사유를 상세히 적어야 했는데, 이슬은 그 사유를 기입하면서 많이 곤욕스러워했다. '파렴치한 아버지의 성으로 살아갈 순 없습니다.'라고 썼다가, '제 아버지는 많은 피해자들과 여러 희생자들을 만들어 낸 천하의 몹쓸 인간입니다. 그런 몹쓸 인간의 성으로는 도저히 살 수가 없어 성본 변경을 신청합니다.'라고 고쳐 적었다. 그러고는 세 번 더 수정했고, 이어 쓴 문장들도 지우고 수정하고를 몇 번이고 반복했다. 그런 뒤 그날 대한민국법원 전자소송 사이트에 들어가 작성한 서류들을 첨부하고, 성본 변경과 개명을 신청했다.

그리고 13일 뒤, '고은별'이 되었다.

며칠 뒤 그녀는 전에 다녔던 연기 학원이 아닌 다른 연기 학원에 수강을 신청했다.

그녀의 얼굴과 표정은 어느새 자연스러워져 있었다. 자연스럽게 예뻤고, 자연스럽게 웃었고, 자연스럽게 눈물지었다.

그날 밤 그녀는 은숙과 함께 누운 자리에서 이렇게 말했다.

"엄마, 나 탤런트나 영화배우 말고 연극배우 할래요. 그리고 주연은 안 맡을래요. 왠지 그래야 할 것 같아서요. 조금 두렵기 때문이기도 하지만."

엿새 뒤, 새 연기 학원에서 수업을 받고 집에 돌아온 고은별은 제 방에 들어서자마자 침대로 가 드러누웠다. 조금 멍한 표정으로 천

장을 보다가 흑청바지 주머니에서 휴대폰을 꺼내 눈 위로 가져왔
다. 홈버튼을 누르고 화면을 두 번 터치했다. 열린 네이버 뉴스 창
에 여느 때와 마찬가지로 여러 기사 제목이 달려 있었다. 그런데 은
별의 눈엔 하나의 기사 제목만 들어와 있었다.

　김동필 사기 사건 희생자의 아들 안 모 씨 자결……

"안 돼. 제발…… 안 돼."
　하얗게 질린 얼굴로 그렇게 말한 은별은 부들거리는 손으로 기사
제목을 터치했다. 그러곤 곧 안도의 한숨을 내뱉었다. 기사 제목
끄트머리에 '시도'라는 단어가 붙어 있는 걸 보고는. 은별은 기사를
읽어 내려갔다. 안도의 눈물인지, 슬픔의 눈물인지, 고통의 눈물인
지 모를 눈물을 흘리며.
　은별은 손등으로 눈물을 훔치고 침대에서 내려와 어머니의 방으
로 향했다. 방 앞으로 와 문을 두드리자, 미리 대기하고 있었던 양
은숙이 바로 문을 열었다. 그녀의 눈가에 눈물 자국이 선명했다.
　"엄마."
　은숙은 말없이 한 발짝 다가와 은별을 그러안았다.
　"엄마, 희생자 분 아들이 약을 먹고 죽을 뻔했대요."
　"그래, 그랬더구나. 근데 이제 괜찮다니까 너무 걱정 마렴. 곧 퇴
원도 할 거 같다니까."
　"근데…… 또 그럴 수도 있잖아요. 만약에 또 그러면 나는……."
　은별은 말을 잇지 못하고 눈물을 글썽였다.
　은숙은 은별의 등을 조심스레 토닥였다.

"에구, 울 애기."

"내가 그분 지켜주고 싶어요. 어떻게 해서든."

은숙은 안은 팔을 풀고 침착한 표정으로 은별의 눈을 바라봤다.

"그럼 우리, 그 사람 어떻게 지켜줄지 생각해볼까?"

은별은 입을 다물며 고개를 끄덕였다.

은숙은 푸근히 미소 짓고는 다시 입을 뗐다.

"지켜주려면 가까워져야 할 텐데…… 그래, 어떤 방법으로든 다가가 친한 친구가 되어주면 지켜줄 수 있을 거 같은데, 우리 딸 생각은 어때?"

"친한 친구가 되어준다."

은별은 입을 앙다물며 고개를 끄덕했다.

"좋아요. 지켜줄 수만 있다면 뭐라도 돼주고 싶어요. 날 받아주기만 한다면. 일단은……."

그때 은숙이 딸의 말을 잘랐다.

"그래 일단은, 어떻게 다가갈지부터 생각해보자. 뭐 어떻게든 친구는 돼줄 수 있겠지."

은별은 고개를 끄덕거렸다.

"알았어요, 엄마. 그런데 그분 어떻게 만나죠? 주소라도 알아야……."

"주소는 엄마가 알아봐 줄게."

사흘 뒤 은숙은 어느 흥신소에 연락해, 자결을 시도한 김동필 사기 사건 희생자 아들의 집주소를 알아봐 달라 요청했다.

그로부터 나흘 뒤, 은숙은 흥신소로부터 연락을 받아 강현의 집

주소와 이름, 그리고 나이까지 알아냈다. 그녀는 어떻게 나이까지 알아냈냐는 은별의 물음에, "그냥 어떻게 알아냈어."라고만 답하고 흥신소를 통해 알아냈다는 건 비밀로 했다.

다음 날 오후, 둘이 주방 식탁에 마주 앉아 얘기를 나누고 있었다.

"나보다 네 살 많으니까 나이로만 따지면 딱 좋긴 한데……."

"뭐가?"

은숙이 피식 웃으며 물었다.

은별은 살짝 겸연쩍게 웃었다.

"아니 그냥…… 혹시 엄청 친해질지도 모르니까……."

은숙은 차분히 콧숨을 내쉬고 옅은 눈웃음을 지었다.

"그래, 어떻게 다가갈진 생각해봤어?"

"네. 생각해봤어요. 좀 진부한 방법이긴 한데, 그래도 그 방법이 제일 나을 것 같아요."

은별은 다음 날 아침 일찍 강현의 집으로 향했다.

김창남은, 김동필에 관한 기사들을 찾아 읽은 다음 날부터 멍하니 있거나 슬퍼만 하며 지내진 않았다. 멍해 있다가도 돌연 눈빛을 매섭게 번뜩였고, 슬피 울다가도 순간적으로 얼굴에 살기를 띠곤 했다. 하루에 한 끼 정도밖에 먹지 않던 밥도 매일 두 끼씩 챙겨 먹었다. 그런데 그는 때때로 거친 한숨을 토해낸 뒤 이런 식의 푸념을 하곤 했다.

"일본으로 가 찾아본다 한들, 그렇게 치밀하게 자신을 숨긴 놈을 내가 어떻게…… 또 그놈이 일본에 있으리란 보장도 없고. 아아······."

그렇게 그는 복수의 칼날을 가는 듯하면서도 이따금 초조해했다. 그리고 얼마 안 가, 전처럼 멍하니 있거나 쪼그려 누워 눈물을 떨구는 시간을 조금씩 늘려갔다. 그러다 김동필에 관한 기사들을 찾아본 지 47일이 되는 날 아침, 잠에서 깨어나 눈을 한 번 깜박이더니 이렇게 말했다.

"그 새끼 가족들은 어떻게 살고 있을까. 괴로워하고 있을까? 지금까지? 아니, 처음부터 괴로워하지 않았을 수도 있지. 그 새끼의 가족이라면."

창남은 눈빛을 번뜩거리며 잠깐 더 누워 있다가 머리맡에 놓인 휴대폰을 집어 들었다. 그러곤 인터넷으로 흥신소를 찾기 시작했다.

그날 오후 2시경.

창남은 고추참치와 밥으로 끼니를 때우고 '홈즈 사무소'라는 흥신소에 연락을 했다. 그는 그곳 직원에게 김동필 가족의 인적 사항을 알아봐 달라 요청하며 그들의 모습을 사진으로 찍어 보내 달라 했다. 의뢰비는 200만 원이었다. 그때 그의 통장엔 1억 5천만 원가량이 들어 있었기에 몇 번을 더 의뢰해도 생활하는 데엔 지장이 전혀 없을 듯했다.

사흘 뒤 그는 김동필 가족 두 명의 인적 사항과 그들의 모습이 담긴 사진 아홉 장을 문자로 전송받았다. 다섯 장은 은별이 찍힌 사진이었고, 나머지 네 장은 은별과 은숙이 함께 찍힌 사진이었다. 그 아래 인적 사항엔 두 사람의 이름과 나이, 집 주소, 은별이 다니는 연기 학원명이 입력돼 있었다.

창남은 첨부된 사진들을 보다가 눈썹을 찡그리며 헛웃음을 흘렸다.

"웃기도 하네."

사진들 속 두 사람의 표정은 대부분 무표정이거나 살짝 밝은 표정이었다. 연기 학원 건물에 들어가는 모습이 찍힌 은별의 표정만 빼고는.

창남은 이어 두 사람의 인적 사항을 훑어보았다. 그러다 은별이 다니는 연기 학원명을 보고는 눈을 사납게 떴다.

"연기 학원을 다녀? 쓰레기의 딸 주제에 스타가 돼보려고? ……그 딴 데만 안 다녔으면 그냥 넘어갔을 텐데……."

창남은 눈을 사납게 뜬 채 콧잔등에 주름을 세웠다.

잠시 후 그는 흥신소 직원에게 연락해, 매달 한 번씩 은별의 사진을 전송해 달라 요청하고, 그녀에 대해 알아낼 수 있는 건 다 알아내 달라 했다.

"알겠습니다. 한 명이니까 매달 100만 원씩 입금해 주시면 되겠네요."

"네, 그러죠."

그 후로 창남은 어둠 속에서 휴대폰을 켠 직후인 얼마 전보다, 눈빛을 살벌하게 번뜩이거나 얼굴에 살기를 띄울 때가 더 많았다. 또한 멍한 얼굴이나 구슬픈 얼굴로 지내는 시간보다, 냉하고도 냉철한 얼굴로 지내는 시간이 더 많았다. 비록 반찬은 부실했지만 밥도 그때보다 더 잘 챙겨 먹었다. 한 달여를 그리 지내던 창남은 흥신소 직원으로부터 두 번째 MMS 문자를 받는다. 문자엔, 은별이 어떤 남성과 함께 번화가를 거니는 모습이 찍힌 사진 두 장과, 그 둘이 카페 안에서 얘기를 나누는 모습이 담긴 사진 세 장이 첨부돼 있었다. 사진들 속 은별의 얼굴은 하나같이 매우 밝았다. 함께 찍힌 남성의 얼굴도 그랬다. 그리고 그 사진들 아래로, '알아봤더니 애 원래 이름 김이슬이더군요. 얼마 전에 개명했더라고요.'라는 글이 달려 있었다.

창남은 첨부된 사진들을 보며 헛웃음을 몇 번이나 터트렸다. 그러더니 그 아래 메시지를 보고는 한쪽 입꼬리를 비틀며 미간을 잔뜩 찌푸렸다.

"뭐, 개명을 해? 뭐야, 이 여자."

다음 순간 눈에 힘이 들어갔다.

"아, 그렇지. 그걸 생각 못 했네. 지 애비와 성이 다르다는 걸 생각 못 했어. 아무튼 연기 학원에 개명까지 했다. ……이거 아주 저만 잘 살아보겠다고 지랄발광을 하는구만. 못된 년 같으니라고. 하긴, 그 애비에 그 딸이겠지."

창남은 쓴웃음을 흘리곤 첨부된 사진들을 다시 훑어보았다. 그러면서 말했다.

"이 남자랑 사귀는 건가? 참 불쌍한 인간이네, 이 인간도. 어디 만날 사람이 없어서 이런 여자를…… 얼굴 좀 예쁘다고 눈 돌아갔나? ……그래, 분명 속이고 있을 거야. 애인 애비가 그런 쓰레기라는 걸 알면서 만나줄 린 없지. 몹쓸 년."

창남은 눈을 가늘게 뜨며 콧방귀를 뀌더니, 갑자기 눈알을 휙 굴리고 흥신소 직원에게 전화를 걸었다.

흥신소 직원은 명랑한 목소리로 전화를 받았다.

"오우, 사장님."

"네, 사장님. 중요한 정보 캐내주셔서 감사합니다. 그런데 사진 속 남자에 대해 좀 알고 싶은데, 알아봐줄 수 있나요? 사례금은 추가로 드리겠습니다."

"물론 알아봐드릴 수 있죠. 추가되는 금액은…… 그냥 공짜로 해드릴게요. 고객 서비스 차원으로다가. 근데 그 둘 사귀는 거 같더라고요. 카페 안에서 개들이 하는 얘기 잠깐 들어봤는데, 별 희한한 농담해가면서 엄청 잘 놀더라고요."

창남은 떨떠름한 표정을 지었다.

"그랬군요. 아무튼 부탁드립니다."

"하잇! 아니 알겠습니다."

다시 떠름한 표정을 지으며 전화를 끊은 창남은 한쪽 뺨을 씰룩이며 혼잣말을 했다.

"끼리끼리 논다는 건가."

이튿날 오후 2시경.

햄 볶음밥으로 점심을 때운 창남은 밥상을 그대로 둔 채 방 뒤편으로 가 벽에 기대앉았다. 콧등까지 내려온 앞머리를 쓸어 올리며 긴 한숨을 내쉬었다. 밥상 앞에 놓인 휴대폰에서 문자 알림음이 울렸다. 창남은 덥수룩한 턱수염을 매만지며 "벌써 알아본 건가." 하고 밥상 앞으로 가 휴대폰을 집어 들었다. 저장돼 있지 않은 번호로 문자가 와 있었다. 창남은 "뭐야, 이거." 하고는 문자를 열었다. 문자엔 사진 한 장이 첨부돼 있었고, 그 아래에 이런 메시지가 달려 있었다.

보내드리는 사진은 검찰청 경비로 일하시는 제 작은아버지가 입수한 건데, 사진 속 인물들은 김동필의 아내와 딸입니다. 지난 몇 달 동안 보낼까 말까 망설이다가 최근에 사진 속 여자애가 개명했다는 사실을 알고 보내드립니다. 미움받아야 할 사람들은 미움받아야 하니까요.

첨부된 사진엔, 몇 달 전 검찰청 조사실에서 참고인 조사를 받기 직전의 은숙과 이슬의 모습이 담겨 있었다. 창남은 눈살을 찌푸리며 사진을 본 뒤 메시지를 읽어 내려갔다. 그러다 눈에 힘을 주며 다시 사진을 보았다. 뚫어지게, 은별의 옛 얼굴만을.

창남은 눈을 부릅뜨며 입을 열었다.

"성형까지. 그것도 예쁘게. 너 정말 안 되겠다. 쓰레기의 자식인 걸 완전히 숨긴 채 반짝반짝 빛나보겠다는 거 아냐, 이거. 이럼 결국 타깃을 바꾸는 수밖에. 김동필이 대신 널 찢어발겨줄게."

이튿날 오후, 창남은 흥신소 직원에게서 이 같은 문자 메시지를 받았다.

그 남자 얼마 전에 자살 시도했던 사람인데, 김동필한테 사기당해 자결한 사람의 아들이더라고요. 이름은 안강현이고요. 그런데 신기하네요. 둘이 사귄다는 게.

메시지를 읽으며 심각한 얼굴이 된 창남은, 휴대폰에서 시선을 뗀 뒤에도 심각한 표정을 지우지 못했다. 그러다가 잠시 후, 미간에 주름을 세우며 눈을 내리떴다.

"설마……."

창남은 천천히 고개를 내저었다. 수일 전 그는 안 모 씨가 자결을 시도했다는 인터넷 기사를 보았다. 그 기사 내용과 금방 본 메시지의 내용이 뒤얽혀 그를 혼란스럽게 하는 듯 보였다.

"그래. 우연히 만났다는 건 말이 안 돼. 시점을 보면 더더욱. 그럼……."

창남은 다시금 고개를 내저었다.

그날 밤.

약간 멍한 얼굴로 방바닥에 누워 있던 창남은, 일어나 전등을 끄고 앞쪽 벽에 기대앉았다. 어둠 속에서 그의 눈이 조금씩 빛을 발했다. 점점 더 날카롭게.

"어쨌든 그 여자가 자신의 존재를 숨긴 채 스타가 되려 한다는 사실은 바뀌지 않아. 은별…… 그래, 은별이 되어 반짝이려 하고 있다고. 슬픔과 고통에 휩싸여 헤매고 있는 다른 수많은 별은 다 외면한 채."

병원을 나와 집에 돌아온 강현은 삼 일 동안 고모와 함께 지내며 몸을 추슬렀다. 고모는 여러 야채 반찬을 만들어 식탁에 올렸고, 강현은 그 반찬들과 밥을 꼭꼭 씹어 목으로 넘겼다. 일주일간의 병원 치료로 많이 회복된 상태였지만, 기름진 음식을 먹으면 속이 울렁거릴 만큼 몸은 그때까지도 약의 독성에 젖어 있었다.

고모와 함께 있는 동안 강현은 어머니에 관한 얘기는 꺼내지 않았다. 병원에서 퇴원하기 전날 "어머니 잊으려고 해요."라고 말한 뒤부터 단 한 번도.

"감사해요, 고모. 소중히 기억할게요. 고모님 마음을요. 잊어야 할 것들은 완전히 잊고."

인천국제공항 로비에서 고모와 작별하며 강현은 그렇게 말했다.

그때 고모는 온화하게 미소 지으며 고개를 끄덕하고 강현을 안아 주었다. 그 순간 강현은 어떤 감정이 울컥 솟아오름을 느꼈다. 떠날 사람, 잊어야 할 사람, 그리고 떠난 사람이 외롭고도 서러운 감정을 일으키며 눈시울을 뜨겁게 했다.

고모를 배웅하고 집에 돌아온 강현은 주방 식탁에 앉아 집안을 둘러보았다. 집이 유난히 휑해 보였다. 가슴에 허한 감정이 스며들었다.

강현은 식탁에서 일어나 자신의 방으로 들어갔다. 양말을 벗어 방 한구석에 던져 놓고 침대에 걸터앉았다. 그때였다. 카카오톡 통화 연결음이 귓가를 때렸다. 강현은 설마, 하며 바지 주머니에서 휴대폰을 꺼내 들었다. '권 여사.' 강현은 그 닉네임을 다시는 보고 싶지 않았다. 이미 잊었지만, 가슴에서 완전히 들어내어 온전히 잊어야 했기에. 전에 어머니로 여겼던 '권정하'란 사람을. 그런데 이상하게 가슴 한쪽이 시렸다. 싫었다. 어머니가 아니었던 사람의 연락에 가슴이 반응한다는 게 싫었다. 이 사람에게는 아무 감정도 느끼지 않아야 하는데. 이 사람은 이제 없는 존재가 돼야 하는데. 평생을 '몸만 큰 고아'로 산다 해도.

수 초간 갈등하다가 휴대폰을 침대에 엎어놓았다. 통화 연결음이 그치자 숨을 짧게 내뱉었다.

'더는 내 가슴 건드리지 마요.'

강현은 고개를 푹 숙이며 눈을 감았다. 자신이 처한 현실이 야속하게 느껴졌다. 고아로도 살기 힘든 현실이. 몇 초 뒤, 엎어져 있는 휴대폰에서 '카톡' 소리가 났다. 강현은 감은 눈을 더욱 꾹 감았다. 다음 순간, 답을 주고 끝내야겠다는 생각이 들었다. '그래, 답 주고 차단해 버리자.'

강현은 휴대폰을 집어 들어 권 여사와의 채팅방에 들어갔다.

> 소식 들었다. 왜 그런 몹쓸 짓을 했니. 엄마는 어떻게 살라고. 다시
> 는 그러지 마렴. 몸은 이제 괜찮은 거지? 몸 잘 추스르고 밥도 잘
> 챙겨먹고 웬만하면 전화도 좀 받으렴. 걱정되니까.

"왜 이래요, 진짜."

강현은 괴로웠다. '권정하'란 사람이 자신을 걱정해주는 게 싫은데, 자꾸만 가슴이 시려와 괴로웠다. 또 '엄마는 어떻게 살라고'라는 말이 이해가 안 되고 싫었는데, 그 말마저 가슴을 시리게 해 더욱 더 괴로웠다.

'나는 어떻게 살아야 하는데요. 아버지가 아닌 딴 남자랑 그렇게 잘 살아놓고, 내가 없으면 어떻게 사느냐고 하면 난 어떻게 해야 하냐고요. 그냥 나한테도 아버지한테처럼 해버릴 순 없나요?'

강현은 그리 괴로워하다가 여기서 끝내지 않으면 안 된다고 생각하곤, 마음을 독하게 먹으며 채팅 입력창에 글을 입력하기 시작했다.

곁에 괜찮은 남자 있잖아요. 그 사람이랑 잘 살아보세요. 저는 이제 없는 사람 취급하고요. 저도 이제 어머니를 없는 사람으로 여길 테니까요. 그러니까 이제부터 연락하지 마요. 연락해도 못 받을 거예요. 카톡이든 뭐든 다 차단해 놓을 테니까.

강현은 글을 입력하면서 독한 마음을 유지하려 노력했다. 그리고 독한 마음이 허물어지기 전에 입력한 글을 채팅 창에 띄웠다. 그런 뒤 잠깐 망설이다가 '권 여사'를 차단하기 위해 채팅 창을 나오려 했다. 그런데 그때, 채팅 창에 글이 올라왔다. 그리고 또, 또 올라왔다.

안 된다.

엄마가 잘못했다.

제발 그러지 마렴.

엄마도 외로운 사람이다. 남자 따윈 없어도 괜찮지만 네가 없으면 안 된다. 내가 정말 잘못했으니 제발 그러지 마렴.

너한테도 잘못했고 네 아빠한테도 잘못했다. 용서하렴. 한 번만 용서해주렴.

마음이 허물어져 내렸다. 독한 마음은 어느새 다 녹아내려 버렸고, 미움도, 원망도, 잊겠다 한 다짐도, 속절없이 허물어져 갔다.

어머니는 지금껏 잘못했다는 말을 한 적이 없었다. 그런데 그 말을 몇 번이나 하고, 용서해 달라고까지 했다. 자기도 외로운 사람이라 하며.

눈에서 눈물이 새어 나오더니, 두 뺨으로 하염없이 흘러내렸다.

갑자기 '엄마' 하고 불러보고 싶었다. 더 이상 고아가 아니고 싶었다. 손을 뻗어 '엄마'를 붙들고 싶었다. 엄마도 저도 외롭지 않게.

어머니를 잊겠다 한 다짐이 가슴에서 떨어져 나가 있었다. 아직도 미움과 원망의 찌꺼기가 가슴 어딘가에 달라붙어 있었지만, 어쨌든 이제는 어머니를 잊을 수도, 외면할 수도 없었다. 그러나 한 가지는 꼭 짚고 넘어가야 했다. 답변에 따라 자신이 할 선택이 달라지진 않을 것 같았지만.

강현은 코를 훌쩍이며 채팅 입력창에 글을 입력하기 시작했다.

알았으니까 솔직히 말씀해주세요. 아버지가 돌아가셨다는 뉴스 정말 못 보셨어요?

거기까지 입력하고는, 잠시 망설였다. 그러다, '뉴스 봐놓고 지금 같이 지내는 남자랑 함께 있지 않았나요, 그때? 그렇게 내내 같이 있다가 태국으로 간 거 아니에요, 둘이 함께?'라고 입력하고는, 그 두 물음을 바로 삭제했다. 차마 그리 물을 순 없었다. 그런 치욕스러운 물음을 채팅 창에 띄워놓을 순 없었다. 무엇보다 어머니의 답변이 두려워서였지만…….

강현은 먼저 입력한 두 문장을 채팅 창에 띄웠다.

약 2분 뒤, 어머니의 메시지가 채팅 창에 달렸다.

> 왜 엄마 말을 못 믿니. 정말 못 봤다. 그땐 어떤 여편네 집에 틀어
> 박혀 포커 치고 있었다. 핸드폰도 꺼놓고 배달 음식 시켜 먹으면
> 서 일주일도 넘게 그러고 있었어. 그리고 네가 오해했을 수도 있
> 을 거 같아 얘기하는데, 그 나이 많은 남자랑은 네 아빠가 죽은
> 뒤에 만났다. 태국으로 여행 가기 직전에 만났어. 아무튼 엄마가
> 잘못했으니까 그런 얘기 다시는 하지 마렴.

"포커."

거짓말 같지 않았다. 거짓말이 아니라고 믿고 싶기도 했지만, 믿
기기도 했다.

'그래요. 믿을게요.'

어머니의 말이 사실이라고 해서 어머니가 좋은 사람이 될 수는
없었지만, 그래도 다행이었다. 어머니를 이제 수치스럽게 여기지 않
아도 되니까. 수치스럽게 여겨질 정도로 나쁜 사람은 아니었으니까.

강현은 답변을 입력해 채팅 창에 올렸다.

> 알았어요. 이제 안 좋은 생각도 안 하고 어머니 잊으려고도 안
> 할게요. 제가 곧 연락드릴 테니까 건강하게 잘 지내세요.

이번에도 어머니의 글은 빨리 올라왔다.

> 그래, 고맙다.

강현은 그 짧막한 답변을 보고 옅은 미소를 지었다. 그러곤 이내 얼굴에 그늘을 드리웠다. 속이 편한 건 아니었다. 기쁘거나 행복한 건 더더욱 아니었다. 그저 수치스러움과 원망에서 풀려나 비참하기까지 하진 않은 존재가 되어 있고, '몸만 큰 고아'의 자리에서 벗어나 직전까지보다는 덜 외로운 존재가 되어 있을 뿐이었기에. 여전히 홀로 남겨진 채로.

이틀 뒤 오전 여덟 시경.

열흘여간 나가지 못한 일터로 가기 위해 분주히 출근 준비를 마친 강현은, 현관 옆 거울을 곁눈으로 보며 어색하게 웃음 짓고서 현관문을 열었다. 좁은 뜰 왼편으로 아침햇살이 드리워져 있었다. 강현은 크게 심호흡을 하고 대문으로 향했다. 대문을 열고 나오자, 길 왼편에서 누군가의 헛기침 소리가 들렸다. 강현은 왼편을 힐끔 보았다. 한 여성이 열 권도 넘어 보이는 책을 두 손으로 받쳐 든 채 걸어오고 있었다. 강현은 오른쪽으로 몸을 틀며 걸음을 뗐다. 몇 초가 지나자 뒤쪽에서 누군가 총총 걷는 소리가 들리더니, 좀 전의 그 여성이 강현 옆을 지나치다 앞으로 고꾸라져 버렸다. 그 바람에 여성의 손에 들려 있던 책들이 길바닥에 널브러져 버렸다.

강현은 "아이고." 하며 걸음을 멈추었다. 다치지 않았나 걱정되었다.

"괜찮으세요?"

그리 묻고는 아직 엎어져 있는 여성 앞으로 가, 바닥에 한쪽 무릎을 대고 앉았다.

은별은 눈을 내리뜨며 천천히 상체를 일으켜 앉았다. 얼굴이 발그레해져 있었다.

강현은 은별의 얼굴과 몸을 살피다가 길바닥에 흩어져 있는 책들을 하나하나 주워, 앉은 그녀 앞에 내려놓았다. 그러자 그녀가 입을 열었다. 처음으로 강현의 얼굴을 응시하며.

"정말 감사해요."

"아니 뭐…… 몸은 괜찮으신 거예요?"

"네, 괜찮아요."

은별은 답하고 나서 여린 미소를 머금었다.

예뻤다. 미소 어린 얼굴이 예뻤다. 심장 박동이 조금 빨라졌다.

강현은 시선을 내리며 "이제 일어나시죠." 하고는 은별 앞에 놓은 열두 권의 책을 집어 들고 몸을 일으켰다. 은별도 천천히 몸을 일으켰다. 강현은 그녀에게 책 더미를 건네주고 뒤돌아섰다. 그 순간 은별이 그의 등에 대고 말했다.

"잠깐만요."

강현은 "네?" 하고 되돌아섰다.

은별은 온화한 눈길로 강현을 바라보았다.

"오늘 저녁에 시간 되세요?"

"예?"

얼굴이 달아올랐다.

"너무 감사해서 식사 대접해 드리고 싶은데, 만나주시겠어요?"

강현의 얼굴이 어느새 벌게져 있었다.

"그렇게까지 감사하실 필요는……."

"그렇게까지 감사한 걸 어떡해요. 오해는 마세요. 저 아무 남자한테나 이러진 않아요. 아니, 단 한 번도 이래본 적 없어요. 정말이에요."

'내가 마음에 든다는 얘긴가.' 강현은 좋으면서도 얼떨떨했다.

"네, 그럼……."

그때 은별이 책 더미를 한 손에 받쳐 들더니, 바지 주머니에서 휴대폰을 꺼내 강현에게 건넸다.

"여기요. 여기에 핸드폰 번호 찍어주세요."

강현은 들릴 듯 말 듯한 목소리로 "네." 하고는, 받아 든 휴대폰에 자신의 폰 번호를 입력했다. 그러고서 고개를 들었는데, 은별이 맑고도 환한 미소를 짓고 있었다. 가슴이 녹아내리는 것 같았다. 그 미소, 정말 예뻤다. 계속, 아니 계―속 보고 싶을 만큼. 강현은 저도 모르게 '이렇게 예쁜 여자가 나를……' 하고 생각했다. 휴대폰을 돌려받곤 "그럼 이따가 전화할게요." 하고 뒤돌아가는 그녀의 뒷모습을 보면서도.

그날 저녁 6시 반경, 강현이 어느 한식 전문점 구석 테이블에 앉아 은별을 기다리고 있었다.

강현은 낮 12시경에 은별의 전화를 받았다. 그는 어떤 음식을 좋아하냐는 은별의 물음에, 한식류는 다 좋아한다고 답했다. 그러자 은별은 "나랑 똑같네요. 완전 좋다."라고 말했다. 그 말에 강현은 무진장 설렜다. 자기가 완전 좋다고 말해준 것만 같아서.

강현은 들뜬 얼굴을 한 채 손에 묻어나는 땀을 바지에 비벼 닦았다. 고목나무 쓰러지듯 고꾸라졌던 그녀. 다시 떠올려 보니 고꾸라지던 그 모습이 조금 우습게 느껴졌다. 하나 귀엽게 느껴지기도 했다. 문득 여자 친구를 찾아보라던 고모의 조언이 떠올랐다. '고모,

정말 귀엽고 괜찮은 여자가 저를 찾아왔어요. 그래서 굳이 찾지 않아도 될 것 같아요. 왠지.'

강현은 방그레 웃고는 두 손을 테이블 위에 올려놓았다. 한데 그때, 바로 뒤에서 누군가의 헛기침 소리가 들렸다. 강현은 뒤통수가 서늘해지는 느낌을 받으며 뒤를 돌아보았다. 동시에 "어." 하며 움찔 놀랐다. 은별이 몸을 숙인 채 강현 앞으로 얼굴을 들이밀고 있었다. 그녀는 몇 초간 더 그러고 있다가 익살스럽게 웃으며 강현 맞은편 자리에 앉았다.

"많이 놀랐어요?"

웃음이 나왔다.

"조금요."

은별은 방긋 웃고는 자신을 소개했다.

"저는 고은별이라고 해요. 나이는 스물다섯 살이고요."

"저는 안강현이라고 합니다. 나이는 스물아홉 살이고요."

은별이 눈을 크게 떴다.

"오, 그럼 우리 네 살 차이네요. 궁합도 안 본다는. 혹시 우리, 만날 인연이었나?"

강현은 조금 당황스러웠다. '진도가 이렇게 빨라도 되나.'

"뭐, 그럴 수도……."

무슨 말을 어떻게 이어야 할지 감이 잡히지 않았다. 어쨌든 좋긴 했지만.

그때 식당 직원이 둘의 테이블 앞으로 와 주문을 요청했다. 둘은 잠시 상의한 뒤 순두부찌개 2인분을 시켰다. 직원이 주문을 받고 돌아가자, 은별이 강현을 가만히 응시했다. 그러다 이렇게 물었다.

"저 어때요?"

"네?"

강현이 눈을 깜박이며 되물었다.

은별은 미간을 살짝 찌푸리며 눈을 내리뜨더니, 어색하게 미소 지으며 시선을 바로 했다.

"아니, 저 어떤 사람 같아요?"

"음…… 좋으신 분 같아요. 웃는 얼굴도 예쁘시고."

강현은 은별의 눈길을 피하며 생긋이 웃었다.

"정말요?"

은별은 강현을 애틋이 바라보며 그리 묻고는 이내 표정을 바꿨다.

강현은 애틋했던 그 눈빛을 보지 못하고, 은은히 미소 짓는 그녀와 시선을 마주했다. 그는 심장이 빨리 뛰는 걸 느끼며 대답했다.

"네. 정말요."

"그럼……"

다음 말이 귀에 들려오는 것만 같았다. 그때,

"우리 사귈까요?"

귀에 들려오는 것 같던 그 말을, 그녀가 하고야 말았다.

강현은 그 순간, 너무 기쁠 때도 몸에 소름이 돋을 수 있다는 걸 깨달았다. 그는 속으로 '네.'라고 답했다. 곧이어 입으로도 "네." 했다. 이상하게, 아까와 달리 진도가 빠르다고 느껴지지 않았다. 왠지 사귀기로 정해진 사람과 만나 사귀게 된 것만 같았다. 아까 은별의 말처럼 서로가 만날 인연이었던 것만 같았다.

은별은 활짝 웃음 지었다.

"고마워요, 오빠."

'오빠.'

"제가 고맙죠."

둘은 두 시간여를 더 함께하며 첫 데이트를 즐겼다. 웃고 웃으며, 묻고 답하며 서로에 대해 조금씩 알아갔다. 가끔은 마주친 눈에 살짝 부끄러워하다가도 이내 생긋 웃었고, 때론 싱글벙글 웃어댔다. 그렇게 둘은 말하기보다 웃기를 더 많이 했다.

데이트가 끝나갈 무렵이었다. 은별이 방실 웃으며 말했다.

"주말에 만나면 말 놓기로 해요, 오빠. 아니, 지금부터 말 편하게 할게. 괜찮지, 오빠?"

"당근히 괜찮죠. 당근 빠따로 제 뺨에 싸대기를 날려도 괜찮아요. 아니 괜찮아."

은별은 피식 웃으며 "응?" 하더니 돌연 킥킥대며 웃었다.

강현은 자신의 농담에 격한 반응을 보이는 그녀가 귀여웠다. '언젠가 또 써먹어야겠다.'

사흘 뒤 밤 열 시경, 강현과 은별이 도롯가에 서서 택시를 기다리고 있었다.

둘은 오후 네 시에 만나 인사동 길거리 데이트와 쇼핑을 즐기고, 순대국밥집에서 뼈해장국을 먹고, '블랙 문'이란 커피숍에서 재미난 시간을 보냈다. 둘은 길거리 데이트를 즐기면서도, 뼈해장국을 먹으면서도, 커피숍에서 아이스티를 마시면서도, 시종일관 환한 얼굴로 서로를 대했다. 또 서로의 말에 맞장구를 치며 사귄 지 몇 달은 된 연인들에게서나 볼 수 있을 법한 합을 보여줬다. 거기에 더해 은별은, 안강현의 농담에 익살스러운 표정과 키드득거리는 소리로 화답하며 그를 기쁘게 해주었다. 그런데 강현은, 그녀와 옷가게에 들러 쇼핑을 할 땐 당혹감을 느껴야 했다. 은별이 강현더러 옷을 먼저 고르라고 한 뒤 그가 한 티셔츠를 집어 들자, 그 옷을 급히 낚아채 자기가 계산을 해버렸기 때문이다. 그것도 138,000원짜리 옷을. 강현은 그 옷을 골랐다기보다는 마음에 들어서 한 번 들어본 거였을 뿐이었다. 그렇게 비싼 옷인 줄 알았더라면 그냥 지나쳤을 텐데 말이다. 강현은 그때 "은별아, 나 그거 안 살 거야."라고 했고, 은별은 "그냥 사줄게, 오빠. 나도 베이지색 좋아하니까." 하고는 천진난만한 미소를 지어 보였다.

그리고 지금은, 서로가 아쉬움을 느끼며 뒤돌아서야 할 시간이었다. 둘은 6차선 도로를 옆에 두고 아쉬운 눈빛을 교환했다.

"헤어지기 싫다, 오빠."

"나도."

정말 보내고 싶지 않았다. 그저 옆에서 보고만 있어도 좋을 듯했다. 무척이나 안고 싶고, 안기고 싶기도 했지만.

은별은 어떤 간절함이 어린 눈빛으로 강현을 바라보았다.

"오빠 나 오늘…… 오빠랑 같이 자면 안 될까? 오빠 집에서."

듣고 싶은 말이었음에 틀림없었다. 그런데 가슴 어딘가로 쓸쓸함이 내려앉는 것 같았다. '오빠 집에서'라는 말을 듣자마자. 갑자기, 아버지가 세상에 없다는 게 뚜렷한 현실이 되어왔다.

강현은 눈에 눈물이 어리려 하자 표정을 밝게 고쳤다.

은별이 다시 입을 뗐다.

"집에 혹시 엄마…… 아니 부모님 계셔서 안 돼?"

"어머니는 외국에 계셔."

강현은 시선을 떨어뜨리며 덧붙였다.

"아버지는 돌아가셨고. 얼마 전에."

은별의 눈자위가 붉어지며 입술이 미세하게 떨렸다. 강현은 시선을 올려 그녀의 눈을 보았다. 은별은 숨을 삼키며 눈을 내리떴다. 스치듯 본 그녀의 눈망울에서 어떤 감정을 읽었다. 슬픔, 혹은 아픔이었다. 남자 친구의 아픔에 슬퍼하거나 아파하는 마음이었다. 자신의 눈길을 왜 피했는지는 알 수 없었지만. 슬퍼하는 모습을 보이는 게 잘못된 거라고 느껴서였을까.

"그랬구나."

은별이 눈을 내리뜬 채로 말했다.

"응."

강현은 의도적으로 마음을 밝게 하고 만면에 미소를 머금었다.

"가자. 우리 집에."

은별을 시선을 올리고 따듯이 웃음 지었다.

"응, 오빠."

강현의 방 안.

문 앞에서, 두 사람이 서로의 눈망울에 서로를 담고 있었다. 세상에서 가장 예쁜 것을 보고 있는 듯, 둘의 눈망울이 반짝거렸다. 강현이 은별의 왼뺨을 어루만졌다. 은별은 고개를 왼쪽으로 기울이고 강현을 포근히 바라봤다.

둘은 누가 먼저인지 모르게 침대 앞으로 몸을 옮겼다. 먼저 누운 사람은 강현이었다. 은별이 밀어 자빠뜨렸기에 본의 아니게 먼저 누울 수밖에 없었다. 은별은 강현 위로 올라와 방긋 웃고는 그의 이마와 코끝과 입술에 차례로 입을 맞췄다. 그러곤 강현의 와이셔츠 단추를 하나하나 풀고서 그의 가슴을 천천히 애무했다.

가만히 눈을 감았다. 보드라운 감촉이 가슴 안으로 스며드는 듯했다. 가슴 안에서 웅크리고 있는 나를 어루만져주는 것 같았다. 미세한 긁힘도 생기지 않게 보드라이, 보드라이……. 시나브로 녹아내리는 듯했다. 가슴 저 아래에 응어리져 있던 아픔이 녹아내리며, 웅크리고 있던 내 안의 내가 조금씩 어깨를 펴는 듯했다.

사흘 전 아침 아홉 시 반경.

은별이 제 집 현관문을 열고 들어와 책 더미를 앞쪽에 내려놓고 은숙을 불렀다.

"엄마, 저 왔어요!"

몇 초가 지나자, 은숙이 방문을 열고 나와 기대 섞인 눈빛으로 은별을 바라봤다.

은별은 급히 신발을 벗고 거실로 올라섰다.

"드디어 만났어요, 엄마."

은숙의 얼굴이 환하게 빛났다.

"정말?"

은별은 생글생글 웃었다.

"네. 드디어 자빠질 수 있었어요."

지난 이틀간 은별은 아침 일찍 강현의 집 가까이로 가 그가 대문을 열고 나오기를 기다렸다. 한쪽 무릎을 바닥에 대고 앉은 자세로 열두 권의 책을 허벅지에 올려놓은 채. 그러나 두 차례 모두 강현이 대문을 나서지 않아, 그녀는 두 시간가량씩이나 그러고 있다가 풀이 죽은 모습으로 집에 돌아가야 했다.

은숙이 하듯한 얼굴로 말했다.

"얼굴 보니까 잘 된 모양이네. 친한 사이로 지내기로 한 거야? 벌써?"

"음……."

은별은 눈망울을 반작이며 대답에 뜸을 들였다.

"그게…… 오늘 저녁에 만나기로 했는데, 그냥 친한 사이 말고 아주 가까운 사이로 지내려고요. 그 오빠가 좋다고만 하면. 근데 좋다고 할 것 같아요."

은별은 잇몸을 드러내며 헤벌쭉 웃었다.

은숙은 눈썹을 올리며 웃음을 흘렸다.

"그렇게 좋아? 그 오빠가 맘에 든 거야? 어땠는데 그 사람?"

"뭐랄까. 되게 순수해 보였어요. 매너도 좋고. 생긴 것도 순수하게 멋지다고 해야 하나? 아무튼 그랬고요."

은숙은 소리 없이 웃었다. 그 웃는 얼굴에서 '다행이구나.'라는 말이 읽히는 듯했다.

그날 오후 네 시경, 은별과 은숙이 주방 식탁에 마주앉아 있었다.

"엄마, 이 집 몇 달 뒤에 계약 만료되잖아요. 그러면 돌려받는 전세금, 그 오빠를 위해 쓰는 건 어떨까요? 반만이라도. 우리는 월세방으로 이사 가고 말예요."

은별이 은숙의 얼굴을 살피며 물었다.

은숙은 신중한 표정을 지었다.

"반이라…… 사분의 일. 그래, 사분의 일만 그 오빠를 위해 쓰자.

나머지는……."

은숙은 몇 마디를 더 했고, 은별은 애틋한 얼굴로 "알았어요, 엄마." 하고 답했다.

강현과 은별이 인사동에서 데이트를 즐겼던, 사흘 뒤 저녁.

순대국밥집에서 뼈해장국을 먹고 나온 강현과 은별은 몇 분간 돌아다니며 괜찮은 커피숍을 찾았다. 그러다 은별이 '블랙 문'이란 커피숍을 발견하곤 강현을 데리고 그곳으로 들어갔다. 둘은 복숭아 아이스티 두 잔을 주문하고 창가 테이블에 가 앉았다. 복숭아 아이스티는, 강현이 좋아한다고 해서 은별이 시킨 음료였다.

강현은 자기만 좋아하는 것 같은 음료를 은별도 먹게 된 게 미안쩍었다.

"그냥 커피 마셔도 되는데."

"나 아이스티도 좋아해, 오빠. 전부터 좋아했는데, 오빠가 좋아하는 거라서 지금 훨씬 더 좋아졌어."

'어쩜 이렇게 말도 예쁘게 할까. 완전 귀염둥이.' 강현은 은별을 어여삐 바라보며 이렇게 생각했다. 그 생각이 보였는지, 은별은 깜찍하게 미소 지었다.

20여 분 뒤, 두 사람은 얘기와 농담을 주고받으며 웃음꽃을 피우다가 몇 초간 가만히 앉아 있었다. 그런데 갑자기, 강현이 은별의 입을 주시하며 이렇게 말하는 것이었다.

"찰나의 쾌락에 눈멀어 이빨 까고 있네."

은별이 풋, 하고 웃음을 터트렸다.

"그게 뭐야."

강현은 씨익 웃음을 흘렸다.

"내가 지은 옛날 에로영화 제목. 그리고 또 있어. 지리는 애무를 생략한 자, 지퍼 내리다 오지게 처맞았네."

은별은 어색하게 웃음 짓더니 인상을 살짝 찌푸렸다. 그리고는 눈을 한 번 깜빡이며 표정을 밝게 고쳤다.

"그건 좀 덜 재밌는 거 같은데?"

"그래? ……그럼 이건 어때?"

강현은 눈을 게슴츠레하게 뜨며 자기만의 에로영화 제목을 다시 한 번 읊었다.

"흑심에 눈먼 자, 말발 없음을 한탄하며 홀로 외로이 씻나락 까먹고 있네."

은별은 흐흐, 웃었다.

"뭐가 그렇게 길어. 씻나락은 왜 까먹고."

"심심하니까."

그 순간 두 사람이 동시에 킁, 하더니 낄낄거리며 웃기 시작했다. 십 초도 넘게 낄낄대던 둘은 상기된 얼굴로 서로를 바라보았다. 풋 풋한 복숭아 향처럼 달금한 애정이 어린 눈빛으로.

강현은 은별이 어색하게 웃고 인상을 찌푸렸을 때 서운함을 느꼈다. 그래서 마음이 조금 움츠러들었다. 그랬지만 다시 용기를 내었다. 그녀가 그런 유의 반응을 연달아 보이진 않을 거라는 믿음이 불쑥 솟아났기 때문이다. 가슴에 옅게 끼어 있던 섭섭한 감정은 그녀가 웃는 모습을 보며, 또 그녀와 함께 키드득거리며 전부 날려버릴 수 있었다.

둘은 두 시간여를 더 함께하며 자기들만의 시간을 보냈다. 커피숍 안에 둘만 있는 듯, 다른 이들의 시선은 의식치 않고 오로지 서로에게만 집중했다. 커피숍 직원이 둘에게 마뜩잖은 시선을 보냈을 때도, 옆 테이블에 홀로 와 앉아 있던 남성이 둘의 테이블 앞에서 잠시 멈췄다가 화장실로 향했을 때도.

다음 날 오전 열 시경.

지난밤을 강현과 함께 보내고 집에 돌아온 은별은, 거실에 나와 있던 은숙에게 강현과 어떤 데이트를 즐겼는지 대강 들려주었다. 그러자 은숙은 "복숭아 아이스티를 좋아하는구나." 하고는, 잠자리까지 함께했으니 서로가 서로를 책임져야 한다며 자신도 강현을 만나보고 싶다고 했다. 이에 은별은 들뜬 얼굴이 되어 "그럼 오늘 저녁에 만나보는 건 어때요?" 하고 물었다.

"그래. 이왕 만나는 거 빨리 만나보는 게 좋겠다, 이슬아. 아니 은별아."

그날 저녁, 두 모녀와 강현은 어느 갈비찜 전문점에서 저녁을 함께했다. 은숙은 얘기를 나누거나 갈비를 뜯다가 강현과 눈이 마주치면 푸근한 미소를 머금었다. 그리고 강현의 시선에서 자신이 비켜나 있을 땐, 때때로 그를 애처로이 바라봤다.

강현은 그녀의 미소를 보며 평온함을 느꼈다. 그리고 그 미소가 아리따워 보였다. 곱게 핀 목련화가 연상되는 미소였다. 은별의 미소가 예쁜 이유를 그 미소를 보아 알 수 있었다.

만남을 파할 시간이 가까웠을 때였다. 은숙이 또 푸근히 미소 지으며 말했다.

"우리 딸이 곁에 있으면 외롭지 않을 거예요. 은별이도 총각처럼 얼마 전에 아버지를 잃어서 외로워, 아니……."

은숙은 당황해하며 눈을 내리깔더니 '아니…….' 다음에 덧붙여야 할 말을 하지 못하고, 표정을 밝게 고치며 "아무튼 둘이 잘 지냈으면 좋겠네요."라고 덧대었다.

"네…… 그럴게요, 어머님."

강현은 의아했다. 어젯밤 그는 자신의 집으로 향하는 택시 안에서, 은별에게 제 아버지도 얼마 전에 죽었다는 얘기를 들었다. 그래서 가슴 아파하며 그녀의 손을 꼭 잡아주었고, 얼마나 힘들었을까 하고 생각했는데, '아니…….'라니. 그 '아니'라는 말에 어떤 의미가 담겨 있는지 알 수가 없었다. 아버지가 죽지 않았다는 건지, 아버지를 잃긴 잃었는데 그 때문에 딸이 외로운 건 아니라는 건지, 좀체 알 수가 없었다. 그 '아니'란 말을 하며 은숙이 당황해한 이유도.

'아니라…… 뭐, 무슨 이유가 있겠지.'

두 사람을 보내고 집에 돌아온 강현은 휴대폰을 만져 '권 여사'와의 카카오톡 채팅 창을 열었다. 잠깐 망설이다가 '어머니, 저 어떤 여자랑 사귀게 됐어요. 웃는 얼굴도 예쁘고 참 괜찮은 여자예요. 언젠가 한국에 오시면 보여드릴게요. 건강하게 잘 지내세요.'라고 입력해 채팅 창에 띄웠다. 약 3분 뒤, '권 여사'의 메시지가 채팅 창에 달렸다.

그래, 알았다. 최소한 엄마보다는 괜찮은 여자겠지. 너는 네 아빠

보다도 괜찮은 남자니까 사랑 많이 받을 수 있을 거야. 잘 사귀어

보렴. 오래오래.

메시지를 본 강현은 달가움을 느끼다가 이내 씁쓸해했다.
"아버지도 괜찮은 남자라고 생각하긴 했나 보네요. 그런데 왜 그러셨어요."

이틀 뒤 오후 2시경.
일터 화장실에서 용변을 보고 지퍼를 올리던 강현은 바지 주머니에서 나는 문자 알림음을 들었다. 지퍼를 마저 올리고 휴대폰을 꺼내 들었다. 저장돼 있지 않은 번호로 문자가 와 있었다. 고개를 갸웃하곤 문자를 열어보았다. 메시지 위에 사진 한 장이 첨부되어 있었다. 강현은 첨부된 사진을 먼저 보았다. 보자마자 눈에 힘이 들어갔다. 사진엔 두 사람이 담겨 있었는데, 한 사람은 은별의 어머니 같았고, 한 사람은…… 은별과 조금 닮은 사람 같았다. 그런데 은별처럼 예쁘다곤 할 수 없는 사람이었다. 강현은 그 은별과 조금 닮은 여성의 눈을 뚫어지게 보았다. 조금씩 은별이 보여 왔다. "뭐지. 은별이?"
강현은 눈에 힘을 준 채, 사진 아래에 달린 메시지를 읽었다.

보내드리는 사진은 검찰청 경비로 일하시는 제 작은아버지가 입수한 건데, 사진 속 인물들은 김동필의 아내와 딸입니다. 지난 몇 달 동안 보낼까 말까 망설이다가 최근에 사진 속 여자애가 개명했다는 사실을 알고 보내드립니다. 미움받아야 할 사람들은 미움받아야 하니까요.

"이게 무슨…… 그 김동필의 딸이라고?"

믿기지 않는 말이었다. 은별이 그 인간의 딸이라니. 강현은 몹시도, 몹시도 혼란스러웠다. 은별이 성형했다는 게 확실해진 것만으로도 혼란스러운데, 그녀가 그 원수라 할 수 있는 자의 딸이라니. 게다가 개명까지…….

불현듯, 은별이 길에서 고꾸라진 후에 했던 말이 떠올랐다. '너무 감사해서 식사 대접해드리고 싶은데 만나주시겠어요?'

"그럼 일부러……."

그 순간, 이틀 전 은숙에게 들었던 말이 뇌리를 스쳤다. '은별이도 총각처럼 얼마 전에 아버지를 잃어서 외로워, 아니…….'

"그래, 확실해. 그럼 다 설명이 돼. 정말 죽지 않았다고 생각해서 그랬을 수도 있고, 또 죽었다고 생각하고 있다 해도, 그런 인간이 죽었다고 외로워한다는 건 말이 안 되니까. 내 앞에서는 더더욱. 그래, 그분이라면 그렇게 얼버무릴 수밖에 없었겠지. 아무튼 은별이는 나를 위해…… 그래, 나를 위해 날 찾아온 거야. 어."

순간 퍼즐이 맞춰지는 듯했다.

"그럼 자신의 존재를 들키지 않고 나를 지속적으로 만나기 위해 성형과 개명을…… 어."

맞춰지는 듯했던 퍼즐이 일시에 어긋나 버렸다.

"내가 그 짓을 저지른 건 불과 보름여 전이야. 그사이에 개명을, 아니 개명은 할 수 있었더라도, 성형을 하고 성형 부위가 완전히 회복되는 건 시간상 불가능해."

문득, 은별과의 첫 데이트 중에 들었던 얘기가 떠올랐다. 그때 은별은 연극배우가 되기 위해 연기 학원에 다니고 있다고 했었다. 그렇다면…….

'범죄자의 자식인 걸 숨긴 채 자신의 꿈을 이뤄보려고…… 그랬을까. 정말 그랬을까.'

조금 혼란스러웠다. 그녀가 그런 이유로 성형과 개명을 했다 하더라도 그 선택이 잘못됐다고는 생각되지 않았지만, 왠지 그 선택과 그녀가 어울리지 않아 보였다.

"걔가…… 그래, 그랬다 하면……."

강현은 그녀가 자신의 꿈을 이루길 절실히 원했다면 그랬을 수도 있다고 생각했다. 곧이어 그렇게라도 해서 꿈을 이뤄가는 게 오히려 더 맞는 게 아닐까, 하고 생각했다. 잠시 오해했던 바대로, 자신의 어머니 '권정하'가 쓰레기에 가까웠다 해서, 자식인 본인까지 쓰레기에 가까워져 이루고픈 바를 포기해야 하는 건 아니니까. 그래, 인격은 다 제각각이고 잘못한 사람에게만 비난과 제약이 따라야 하니까.

'그리고, 아니 그럼에도 은별이는 나를 찾아와줬어. 날 지켜주려고. 갖지 않아도 될 책임감과 측은지심을 가지고. 그래, 걔답게. 그래 걔는 분명 피해자들이 죽는 걸 보며 많이 힘들어했을 거야. 우리 아버지가 돌아가셨을 때도 똑같이.'

강현은 은별의 아파했을 마음이 가슴에 와닿는 듯했다. 아팠고 고마웠다. 그리고 그녀가 더욱 사랑스럽게 느껴졌다.

문득 은별이 성형했다는 사실이 머릿속을 스쳤다. 강현은 휴대폰을 만져 그녀의 옛 얼굴을 보았다. 다시 봐도 예쁘다곤 할 수 없는 얼굴이었다. 사진 속 그녀는 웃고 있지 않았다. 혹시 웃는 얼굴이 아니어서 예쁘다고 느끼지 못하는 걸까. 어쩌면 그럴지도 몰랐다.

길에서 그녀의 얼굴을 처음 봤을 때 예쁘다는 느낌은 받았지만, 그걸로 끝이었다. 끌리지도 않았고 매력도 못 느꼈다. 다시 만나고픈 마음도 일지 않았다. 그러나 그녀가 환하게 웃는 순간, 그녀는 너무나도 예쁘고 매력적인 여자가 되어버렸다. 그랬다. 강현은 그녀의 웃는 얼굴에 반했었다.

그런데 만약 지금의 그녀가 그랬던 것처럼, 사진 속 그녀가 강현에게 다가와 환한 미소를 지어 보였다면 어땠을까. 그랬다 해도 한눈에 반했을까. 강현도 그게 궁금했다.

'어땠을까. 속은 지금과 똑같았을 텐데. ……그래, 속이 예쁘니까 웃는 얼굴도 예뻐 보인 게 아니었을까? 만약 그렇다면, 성형 전 얼굴도 똑같이 예뻐 보이지 않았을까? 예쁜 마음이 어린 그 환한 미소에 반해. 그래. 설령 네가 예전 모습으로 내게 다가왔다 해도 난 네게 반했을 거야. 네 마음은 그만큼 예쁘니까. 그 예쁜 마음이 웃는 얼굴에 그대로 드러났을 테니까. 틀림없이.'

강현은 강한 바람을 섞어가며 그렇게 생각했다. 그렇다 답을 내리고 싶었다. 지금 더욱더 좋아하게 된 그녀를, 보이는 외모 하나로 좋아하지 않았을 수도 있다고 생각하고 싶지 않았다. 또한 그러한 가정을 더는 하고 싶지 않았다. 뭐가 어쨌든 지금은, 그녀를 그저 사랑하고 아껴주고만 싶었기에. 그녀가 지금 자신에게 하고 있는 것처럼.

몇 초 뒤 '나를 남자로 좋아하고 있을까?' 하는 의문이 들었다. 답은 바로 나왔다. 은별이 저를 바라보던 눈빛을 떠올리자마자. 그 눈빛에 비친 감정은 아침이슬이 송골송골 맺힌 하얀 들꽃과도 같은 감정이었다. 싱그럽고도 순전한 연애 감정. 측은지심만으로는 절대 표출될 수 없는 여인의 감정.

그녀의 예전 이름은 궁금하지 않았다. 어떤 이름으로 불리든 그녀는 그녀였기에. 그리고 예전에도 따뜻했을 그녀라고 여기는 것만으로 충분했기에.

강현은 지독한 혼란에 빠진 순간부터 지금까지 분노의 감정은 느끼지 못했다. 미운 감정이나 거부감도 느끼지 못했다. 심지어 원수라 할 수 있는 자의 이름을 봤을 때도 그랬다.

그 후 강현은 그날 알게 된 사실을 은별에게 숨겼다. 그러면서 더욱 사랑하게 된 그녀와 행복한 연애를 이어갔다. 그는 그녀가 있어 외롭지 않았고, 슬프지 않았다. 아주 가끔씩만 외로워하고 슬퍼했다. 세 사람이 살았던 집이 빈가처럼 횅해 보이거나, 아버지의 웃는 얼굴이 선명히 떠오를 때만. 그녀와 만나고 있을 때는 그녀만 보였고 그녀만을 느꼈다. 그녀와 통화할 때도 딴 생각은 들지 않았다. 그리고 그녀의 입술이 제 가슴을 스칠 때마다, 가슴 깊이 서려 있는 무언가가 녹아내림을 느꼈다.

그렇게 2개월여가 지나고, 가을이 무르익어 가던 어느 날 밤이었다. 은별을 만나고 집에 돌아온 강현은 제 방 책상에 앉아 카카오톡 앱을 열었다.

지난 몇 주간 강현은 한 가지 문제로 가끔 고민을 했었다. 자신의 여자 친구가 김동필의 딸이라는 사실을 어머니에게 들려줘야 하나 하고. 어머니가 그 사실을 듣고 큰 충격을 받을 것 같진 않았다. 반대 또한 심하게 하진 않을 것 같았다. 아버지가 죽었을 때 눈곱만큼도 슬퍼하지 않았을 만큼 어머니는 아버지에게, 조금의 애정도 가지고 있지 않았기 때문이다. 물론 김동필로 인해 로또 당첨금과 아버지의 재산 반 가까이를 잃어 어머니가 그를 미워하고 있을 건 뻔했다. 그래도 왠지 계속 사귀어도 된다는 허락은 받아낼 수 있을 것 같았다. 더 큰 걸림돌은 따로 있었다. 어머니에겐 아니겠지만 자신에겐 원수일 수밖에 없는 김동필인데, 그의 딸과 사귀고 있다고 하면 어머니는 어떻게 생각할까. 아버지를 그렇게나 아끼고 사랑했으면서, 어떻게 아버지의 원수의 딸과 사귈 수 있느냐고 생각하지 않을까. 혹시 그렇게 생각하지 않는다 해도 사실대로는 밝히고 싶지 않았다. 그러는 게 상당히 께름칙했다. 아이러니하게도. 자신은 '원수의 딸'과 사귀는 게 아무렇지 않고, 오히려 '원수의 딸'이 자신에게 다가와 줘 고맙고, 그래서 '원수의 딸'을 더욱 사랑하게 됐는데 말이다. 께름칙한 기분이 왜 드는지 본인도 잘 알 수 없었지만, 어쨌든 강현은 그런 연유로 자신이 김동필의 딸과 사귀고 있다는 사실을 어머니에게 숨기고 싶었다. 그래서 그는 고민 끝에 이렇게 하기로 결정했다. 어머니에게 사귀고 있던 여자와 헤어졌다고 말하기로. 단 한 번의 거짓말로 고민을 끝내기로 한 것이다. 은별과 결혼할 때가 되면 어떻게 해야 하나, 하는 고민도 됐지만 일단은 그리하기로 마음먹었다.

강현은 '권 여사'와의 채팅 창을 열고, '어머니, 저 오늘 사귀던 여자랑 헤어졌어요. 걱정은 마세요. 저 혼자서도 잘 지낼 수 있으니까요.'라고 입력해 올렸다. 거짓말이자 마음에 전혀 없는 말이었다. 강현은 글을 올리자마자 씁쓸함과 죄책감을 느꼈다. 미안했다. 은별에겐 특히나 더.

27일 뒤.

은숙과 은별은 전셋집을 나와 각각 다른 곳으로 거처를 옮겼다. 은숙은 자신의 고향인 전라남도 광주로 내려가 월세 25만 원짜리 원룸에 들어갔고, 은별은 자신이 다니는 연기 학원 근처에 있는 월세 45만 원짜리 원룸에 들어갔다.

사흘 뒤 밤 아홉 시경, 은별의 원룸 안이었다.

침대 위에서, 은별과 강현이 서로를 향해 누운 채 애정 어린 눈빛을 반짝이고 있었다.

"오빠."

"응."

"내가 차 사줄게."

강현은 속으로 설마, 했다.

"무슨 차? 설마, 다함께 차차차?"

은별은 익살맞게 강현을 째려보았다.

"이 오빠가 또……."

그러더니 눈알을 살짝 굴리고 이렇게 말했다.

"오빠랑만 타타타."

강현은 웃음을 흘렸다.

"그게 뭐야."

은별은 보드라운 눈빛으로 강현을 응시했다.

"오빠랑 나만 탈 차, 오빠에게 사주고 싶어."

고맙긴 했지만, 이건 아니다 싶었다. 은별이 가진 돈이 얼마나 되는진 몰라도, 그런 고가의 선물을 받는다는 게 용납되지 않았다.

더구나 왜 그랬는지는 모르지만 은별과 은숙 둘 다 월세방으로 들어갔는데, 천만 원 단위의 물건을 선물로 받는다? 용납될 수 없는 일이었다. 옷 정도면 몰라도. 강현은 지난 3개월여간 은별에게 많은 옷을 선물 받았다. 티셔츠부터 시작해서 가을 재킷까지 무려 열세 벌의 옷을 선물 받았다. 둘이 데이트를 즐기던 중에 은별이 강현을 옷가게에 데리고 들어간 적이 몇 번 있었는데, 그때마다 그녀는 강현이 마음에 들어 하는 옷을 사주려고 했다. 3개월여 전, 인사동의 한 옷가게에서 강현이 집어 든 티셔츠를 사줬을 때와 같은 패턴으로. 처음 두 번은 거의 어쩔 수 없이 그녀가 그러는 걸 지켜볼 수밖에 없었지만, 그다음 번부터는 그녀가 그러지 못하게 막았다. 그러자 그녀는 강현이 좋아할 만한 옷을 혼자 옷가게에 가서 사와, 그의 품에 안기고 또 안겼다.

강현은 포근한 눈빛으로 은별을 바라봤다.

"차는 내가 살게. 나중에."

은별은 새무룩한 표정을 지었다.

강현은 왠지 가슴이 뭉클했다.

"아니면, 우리 결혼하게 되면 그때 사자."

은별은 입술을 삐죽 내밀었다.

강현은 속으로 '이런 귀염둥이.' 하고는 말을 조금 바꿨다.

"그럼 결혼하면 그때 사줘."

은별은 흠……, 하더니 장난스럽게 웃었다.

"그럼 나 오빠랑 빨리 결혼해야겠다. 우리 내일 결혼할까?"

'그냥 오늘 하자.' 강현은 은별의 얼굴에서 무언가를 읽었다. 자신을 향한 천진하고도 따뜻하고도 애틋한 사랑을.

다음 날 아침.

김동필 사기 사건 희생자들의 가족 중, 두 번째 희생자의 딸, 세 번째 희생자의 아내, 네 번째, 다섯 번째 희생자 아들의 계좌에 각각 8천만 원이 입금된다. '백만장자의선물'이라는 이름으로.

약 4개월 후.

은별은 어느 극단에서 주최한 오디션에 참가한다. 오디션엔 총 스물일곱 명이 참가했고, 극단 단원으로 뽑힌 사람은 은별 포함 단 두 명뿐이었다.

강현과 은별이 사귀기 시작한 지 엿새가 지난 날 밤,

캄캄한 방 안에서 점점 더 날카롭게 눈빛을 번뜩이고는, "어쨌든 그 여자가 자신의 존재를 숨긴 채 스타가 되려 한다는 사실은 바뀌지 않아. 은별…… 그래, 은별이 되어 반짝이려 하고 있다고. 슬픔과 고통에 휩싸여 헤매고 있는 다른 수많은 별은 다 외면한 채."라고 독백한 김창남은,

이렇게 덧붙였다.

"그러니까 넌 깨지고 부서져야 돼. 반짝일 수 없게."

그날 이후 창남은 눈물을 떨구는 일이 거의 없었다. 잠들기 직전에만 가끔씩 구슬픈 얼굴이 되어 눈물짓곤 했다. 그는 깨어 있는 대부분의 시간을 냉하고도 비장한 얼굴을 한 채 지냈다. 반찬은 변변찮았지만 매일 세 끼씩 챙겨 먹었고, 몇 달 동안 깎지 않아 덥수룩했던 수염도 말끔히 민 뒤 사흘에 한 번씩 깎았다. 거의 꺼놓았

던 방 전등도 자기 전까지 계속 켜놓고 지냈다. 멀리 외출하는 일은 전과 같이 없었지만 때때로 동네를 산책하기도 했고, 마당에 나와 몇 분씩 몸을 풀기도 했다. 그런데 '홈즈 사무소' 직원이 보내준 은별과 강현이 찍힌 사진들을 볼 때면, 눈빛을 매섭게 번뜩이다가도 이내 고개를 갸웃하거나 한쪽 눈을 찌푸리곤 했다.

두 달여를 그리 보내던 창남은 서서히 기를 잃어갔다. 냉했던 얼굴이 푸석해져갔다. 비장했던 얼굴이 그늘져갔다. 다시 방 전등을 꺼놓기 시작했다.

그러던 어느 날 밤, 그는 캄캄한 방 벽에 기대앉아 이렇게 말했다.

"그냥 지금 올라갈까. 아냐. 기다려야 해. 어느 궤도까지 올라설 때까지. 그런데 걔가 그럴 만한 능력이 될까? 어쩌면 학원만 다니다가 때려치울 수도……. 최소한 데뷔는 해야 할 텐데 말야. 안 그러면 나는……."

창남은 깊은 한숨을 토해낸 뒤 거친 눈빛을 발했다.

"김동필이 그 십새끼만 찾을 수 있다면…… 아아……."

어둠 속에서 빛나는 그의 눈빛이 매우 초조해 보였다.

창남은 계속해서 힘을 잃어갔다. 날이 갈수록 멍하니 앉아 있는 시간이 늘어갔고, 눈의 초점을 잃은 채로 누워 있는 시간이 늘어갔다. 다시 끼니를 거르기 시작했고, 어느 때부터 수염도 깎지 않았다. 동네 산책도 드문드문 하는가 싶더니 어느 날부터 하지 않았다. 한 달에 한 번 은별과 강현이 찍힌 사진들을 보고도 인상을 찌푸리기만 할 뿐, 별다른 반응은 보이지 않았다.

그러던 어느 날 아침, 그는 한 통의 문자 메시지를 받는다. 자신이 거래하는 은행에서 보내온 입금 알림 문자였다. 멍한 얼굴로 방벽에 기대앉아 있던 그는 휴대폰을 들어 그 문자를 보고는, 눈에 힘을 주며 고개를 갸우뚱했다.

"뭐야, 이거. 팔천만 원?"

곧이어 입금자명을 보곤 미간을 찌푸렸다.

"백만장자의 선물?"

그는 잠시 인상을 찌푸린 채로 있다가 눈알을 휙 굴렸다.

"희생자 가족들한테 보낸 건가?"

그러더니 헛웃음을 흘렸다.

"근데 백만장자의 선물이 뭐냐. 돈 보내줬다고 자랑질하는 것도 아니고. 아니, 자랑하려고 했으면 익명으로 보내진 않았을 텐데. 또 일억도 아니고…… 모르겠다. 아무튼 잘 쓰마. 별 필요도 없고, 쓸 수 있을지도 잘 모르겠지만."

창남은 한숨을 푹 내쉬고, 휴대폰을 쥔 손을 바닥에 떨구며 시선도 함께 떨궜다.

이튿날 그는 흥신소 직원에게서 LMS 메시지를 받았다. 메시지의 요점은, 얼마 전 은숙과 은별이 각각 다른 곳으로 거처를 옮겼다는 것이었다.

메시지를 본 창남은 눈살을 찌푸리며 고개를 갸웃했다. 그러곤 이내 어제처럼 한숨을 푹 내쉬고 시선을 뚝 떨어뜨렸다.

창남은 계속 더 힘을 잃어갔다. 그러다 얼마 후엔, 눈물만 많이 흘리지 않을 뿐 처음 주인 없는 기와집의 주인이 됐을 때와 비슷한 상태가 되어 있었다. 대부분의 시간을 혼이 나가 있는 듯한 모습으

로 보냈고, 종종 구슬픈 얼굴을 하며 눈에 눈물을 머금었다. 밥은
굶어 죽지 않을 만큼만 먹었고, 샤워는 안 하다시피 했다.

몇 개월을 그리 지내던 창남은 흥신소 직원으로부터 여덟 번째
MMS 문자를 받는다. 첨부된 사진들에는 그동안 받아온 사진들과
같이 활짝 웃거나 환한 표정을 짓고 있는 은별과 강현의 모습이 담
겨 있었다. 그리고 그 아래에 이런 메시지가 달려 있었다.

> 얘 극단에 들어갔더라고요. 해오름이라는 극단인데, 그냥 어느
> 정도 이름 있는 극단 같더라고요.

메시지를 본 창남은 갑자기 활기가 차오르는 듯 눈빛을 강렬히
번뜩였다.

"극단이라. 좀 안전하게 가보겠다는 건가? 어쨌든 넌 걸려들었어.
들어서지 않아야 할 길에 들어서는 바람에 말야. 은별, 기다려라.
내가 널 밤하늘 아래로 떨어트려줄 테니."

창남은 눈을 게슴츠레하게 뜨며 음……, 하고는 흥신소 직원에게
전화를 걸었다. 흥신소 직원이 "오우, 사장님." 하며 전화를 받자, 창
남은 정보를 알아봐줘 감사하다 하고는, 은별이 앞으로 극단에서
어떤 역을 맡고 무슨 일을 하는지 알아봐 달라 요청했다.

"의뢰비 더블로 드릴 테니까요."

"아이고, 떠블씩이나. 공짜로도 해드릴 수 있는데. 여하튼 감사드
립니다, 사장님. 아주 그냥 퍼펙트하게 알아봐드리지요. 그런데 사
장님, 전부터 궁금했는데, 혹시 사장님 아버지가 그 김동필이한테
사기를 당했던 건가요? 아니면, 사기당해 죽은 분들 중에 사장님

아버지가⋯⋯."

창남의 미간에 주름이 서 있었다.

"아버지만이 아닙니다."

"예? 그럼 혹시 그⋯⋯ 두 사람이 한꺼번에 한강대교에서 자⋯⋯ 가 아니고, 투신⋯⋯."

그때 창남이 눈을 질끈 감으며 그의 말을 잘랐다.

"네. 그 두 사람이 제 부모님입니다."

"아이고, 그랬군요."

흥신소 직원은 안타까워하는 목소리로 덧붙였다.

"우리 사장님 어쩌면 좋아. 어이고⋯⋯ 사장님 심정 잘은 몰라도 웬만큼은 이해할 수 있어요. 아이고, 정말 어쩌면 좋아."

창남은 대꾸 없이 전화를 끊었다.

그는 눈을 꾹 감은 채로 가만히 있었다. 그러다 갑자기 비통한 얼굴을 하더니 흐느껴 울기 시작했다. 점점 더 서럽게.

그날 밤.

창남이 팔짱을 낀 채 방 한가운데에 앉아 있었다. 형광빛이 그의 얼굴을 훤히 비추고 있었다. 썰렁한 기운이 짙게 서린 얼굴을.

"어떻게 떨어뜨릴까. 쓰레기로 만들어 버릴까? 지 애비처럼 숨어 살 수밖에 없도록? 아니면⋯⋯."

눈빛에 살기가 서려왔다.

"자살하고 싶어질 때까지 괴롭혀줄까? 그러다 죽어버리면⋯⋯ 죽는 거지, 뭐."

다음 순간 동공이 미세하게 흔들렸다. 그는 이내 이를 꽉 깨물었다.

"죽어야겠다면 죽게 해줘야지. 그래, 궁지로 몰아넣는 거야. 더 이상 발을 내디딜 수 없는 낭떠러지 같은 곳으로. ……낭떠러지?"

눈에 힘이 들어가 있었다.

"그래, 연극에 낭떠러지가 나온다면……"

낭떠러지에 관한 생각이 연이어 떠오르는 듯, 그는 잠시 눈알을 이리저리 굴렸다.

"죽어야만 하는 여주인공이 낭떠러지로 향한다. 실제로도 낭떠러지로 향한다. 낭떠러지에서 떨어지고 안 떨어지고는 그녀의 선택에, 아니 그녀가 얼마나 죽고 싶어 하냐에 달렸다. 내가 해야 할 건 그녀를 죽고 싶게 만드는 일이다. 음…… 괜찮은데. 내가 그렇게 만들 수만 있다면."

이어 그는 눈 밑 살을 두툼히 하며 "가능해."라고 말했다.

다음 날 아침 창남은 안방으로 들어가 한 이삿짐 박스에서 노트북을 꺼냈다. 노트북을 들고 작은방으로 건너온 뒤 휴대폰으로 연극 대본집을 검색했다. 몇 개의 대본집을 골라 주문하고는 노트북 플러그를 방 콘센트에 꽂았다. 그러곤 노트북을 밥상에 올려놓고 한숨을 내쉬었다.

"음…… 죽고 싶어 하는 여자. 그런 여자를 더 죽고 싶게 만드는 남자. 아아, 암만 봐도 이건 좀 아닌 것 같다. 일단 재미가 있어야 하는데. 그래, 감동도 있어야겠지. 죽고 싶어 하는…… 남자? 근데 남자로 가면 여자는……"

창남은 탄식을 내뱉으며 눈을 감았다. 그러더니 잠시 후 눈을 번쩍 떴다.

"그래, 실제로 죽고 싶어지기만 하면 되니까…… 그래 일단, 감동적이고도 재밌는 내용으로 가보자. 음……."

창남은 생각에 잠기는 듯 보였다. 20여 초 후, 그는 고개를 끄덕거리며 독백을 이었다.

"죽고 싶어 하는 남자를 살려내야만 하는 여자. 그래, 걔가 그 사람한테 했던 것처럼……."

그는 말을 흐리더니 눈을 가늘게 뜨며 스읍, 하고 숨을 들이켰다.

"그럼 걔가 좋은 애가 돼버리는데. 실제로는……."

그는 말을 멈추며 머리를 뒤흔들었다.

"아냐. 걔는 그 사람한테만 좋은 년일 뿐이야. 나와 부모님한테는, 그리고 다른 희생자들한테는 그저 못된 년일 뿐이라고."

그는 독기 서린 눈빛을 내뿜었다.

"어떻게, 그 못된 년을 어떻게 찢어놔 줄까. 그래, 마지막에 죽도록 괴롭히는 거야. 웬만하면 지 애비를 대신해 죽어줄 수 있게."

그는 바로 노트북 전원을 컸다.

창남은 4개월여 동안 극본 집필에 몰두했다. 가끔씩 대본집들을 읽으며 이야기가 어떤 식으로 진행되는지 살펴봤고, 아침부터 밤늦게까지 대부분의 시간을 노트북 앞에서 보냈다. 그러던 중 흥신소 직원의 연락을 받아 은별에 관한 소식을 전해 들었다. 흥신소 직원은 은별이 한 연극의 조연을 맡아 일주일에 한 번씩 무대에 선다고 했다. 그 얘기를 들고 전화를 끊은 창남은 "웬만하면 주연을 맡지 그랬냐." 하더니 으으……, 하며 잇몸이 드러나게 윗입술을 뒤틀어

올렸다.

　그 후 그는 극본을 계속 집필하면서 때로 눈물을 머금었고, 때론 표정을 일그러뜨리며 "못된 년일 뿐이야."라는 등의 말을 뱉어냈다. 한데 어떤 이유로 눈에 눈물이 고이는지는 본인도 잘 모르는 듯했다. 물론 죽은 부모로 인해 그랬을 때는 빼고.

　초고 작업은 세 달여 만에 끝냈는데, 그때 그는 노트북 화면에 떠 있는 마지막 대사를 보며 이렇게 중얼거렸다.

　"쓰다 보니까 이렇게 돼버렸네. 뭐 그래도 잘 나왔어. 뭐가 좀 달라지긴 했어도. 그래, 이걸로 된 거야. ……어차피 죽일 테니까." 이때 그의 눈은 초점이 어긋나 있었다.

　극본을 완성한 그는 부여 시내 미장원으로 가 1년 넘게 기른 머리를 상고머리로 잘랐다. 그런 뒤 서울에 있는 해오름 극단을 찾아갔다. 그는 그곳 단장을 만나 자신을 '김민철'이라고 소개하며 극본 파일이 담긴 USB를 건넸다.

　그리고 7일 뒤, 서울 관악구 신림동에 있는 한 원룸으로 이사했다. 생활하는 데 필요한 물건들만을 가지고.

3부

너
에
게
별
이
되
기
를

은별에게 자신이 산으로 향하게 된 자초지종을 들은 강현은 지독한 혼란과 두려움에 휩싸였다.

'산 정상으로 오라 했다면…… 그곳에 혹시 낭떠러지가 있어서……. 어쩌면 은별이를 낭떠러지로 유인해…….'

소름이 끼쳤다. 도저히 이을 수 없는 생각이었다. 떠올리는 것만으로도 너무나 끔찍했다. 은별의 얘길 듣는 중에 김민철을 향한 안타깝고도 아픈 마음을 느꼈는데, 그 마음은 어느새 사그라들어 있었다. 은별이 '결혼 전까지 애인 사이로 지내주겠다'고 민철에게 고백해야 한다 했을 때 느꼈던 안타까움도 푹 꺼져 있었다. 눈사태처럼 덮쳐온 창백한 공포에 깔려.

"안 돼. 가면 안 돼, 은별아."

"오빠……."

은별의 목소리에 고통이 서려 있었다.

"안 가면 그 사람 죽을지도 몰라."

강현은 깊고도 짙은 갈등을 했다. 그러나 다른 답을 내놓을 순 없었다.

"그래도 안 돼."

"오빠 제발…… 그 사람 죽으면, 그 사람 죽으면 난……."

목소리에 울음과 신음이 섞여 있었다.

강현은 몹시도 고통스러웠다.

"은별아."

"나 꼭 가야 돼, 오빠. 제발 가라고 해줘. 가서 그 사람 살려달라고 해줘."

살갗이 찢겨나가는 듯이 고통스러웠다. 한데 그때, 본 적 없는 그 '김민철'이라는 자가 낭떠러지에서 떨어지는 장면이 떠올랐다. 소스라치게 무서웠다. '안 돼. 그럼 나처럼 다시 살 수도 없잖아.'

"오빠?"

그 순간, 어떤 생각이 번뜩 떠올랐다.

강현은 급하게 입을 열었다.

"은별아, 지금 있는 곳까지 가는 데 얼마나 걸렸어?"

"응? 그게 한…… 25분?"

강현은 입속말로 "25분." 하고는 황급히 원룸 복도를 내달렸다. 그러면서 물었다.

"시간 여유 얼마나 돼?"

"응? 한 5분 안에 출발하면 될 것 같은데 왜? ……설마."

"어. 나도 그리로 갈 테니까, 내가 네 뒤에 붙기 전엔 정상까진 올라가지 마."

강현이 계단을 뛰어내려오며 말했다.

"오빠……."

"걱정 마. 그 사람 앞에 나타나진 않을 테니까."

그때, 산 정상까지 시간 내에 갈 수 있으면서 모습도 숨길 수 있는 방법이 뇌리를 스쳐 지나갔다.

"안 들킬 수 있는 방법 있어."

말하다가 건물 밖으로 나온 강현은 30여 미터 앞 도로를 향해 내
달렸다.

그 와중에 은별이 걱정 어린 목소리를 내었다.

"어떻게 하려고. 그러다 그 사람한테 들키면 왜 약속 안 지켰냐면
서 죽으려고 할……."

"방법 있다니까."

이제 막 도롯가로 나온 강현이 은별의 말을 끊고 물었다.

"그 산 만골산이라고 했지? 인헌동에 있는."

"으, 응. 근데 정말 방법 있어?"

"응."

"정말 괜찮을까? 나 지켜주려고 하는 건 너무 잘 아는데……."

은별은 움츠러든 목소리로 말꼬리를 흐렸다.

"괜찮을 거야, 꼭. 괜찮아야 하고. 무조건."

강현은 가슴에서 꿈틀대는 불안감을 억누르며 그렇게 말했다.

"어. 그런데 오빠 시간 맞춰 올 수 있을까?"

"갈 수 있어. 내려서 달리면 돼."

"괜히 나 때문에……."

"그런 말 마. 어, 잠깐만. 전화 끊지 말고 있어."

"응."

강현은 다가오는 택시를 향해 손을 흔들었다. 택시가 서자 서둘
러 앞좌석에 올라타, 10만 원을 줄 테니 인헌동에 있는 만골산으로
최대한 빨리 가달라고 했다.

택시 기사가 "어이고, 좋습니다요." 하고는 내비게이션에 목적지를
입력하고 차를 출발시키자, 강현이 휴대폰을 귀에 대고 말했다.

"지금 출발했으니까 너도 대충 시간 맞춰 출발하고, 어…… 일단 택시에서 내리기 전엔 전화 끊지 말고, 아니 내가 뒤에 붙을 때까진 전화 끊지 말고 내 말 듣고 있어줘."

"오빠, 혹시라도 그 사람이 내가 통화하는 거 보면……."

"정상에서 말고는 마주칠 확률 얼마나 되겠어. ……그래, 차에서 내리면 핸드폰 주머니에 넣어둬. 전화는 끊지 말고."

"알았어. 아 근데, 그 사람이 전화하면 어떡해? 약속 시간 가까워지면 나한테 전화할 수도 있을 것 같은데."

강현은 머릿속이 텅 비는 것 같았다. 답은 이미 나와 있었지만.

"어쩔 수 없어. 그래도 전활 끊을 순 없어. 네가 내 시야에 들어오기 전까진."

은별은 잠시 침묵하다가 심란한 목소리를 내었다.

"알았어, 오빠. 그럼 일단 나도 출발할게. 기사님, 다시 가주세요."

차 출발음이 아스라이 들렸다. 침이 삼켜졌다. 강현은 속에서 삐죽 튀어나오려 하는 불안감을 안으로 밀어 넣었다. '괜찮아. 침착하자.'

"오빠 아까 그 방법이 뭐야? 산 정상에 큰 나무라든가 바위라든가 그런 것들 없어도 숨어 있을 수 있어? 그 방법으로?"

"응. 숨어 있을 수 있어. 그게……."

강현은 아까 떠오른, 산 정상까지 시간 내에 갈 수 있으면서 모습도 숨길 수 있는 방법을 은별에게 들려주었다. 그런 뒤 몇 마디를 더 해 그녀를 안심시켜 주었고, 자신이 뒤에 붙으면 어떤 신호를 할 거라고 했다.

십여 분 뒤, 강현을 태운 택시가 6차선 도로 위를 질주하고 있었다. 예상 도착 시간까지는 41분이 남아 있었다. 지금 속도만 유지한다면 35분 안에 목적지에 도착할 수 있을 듯했다.

둘은 아무 문제가 없을 때에 하던 얘기와 같은 얘기를 나누고 있었다.

"나 에로영화 제목 또 하나 지어봤어. 금일도 여인네 앞에서 지퍼를 내리지 못한 자, 헛간에 쭈그려 앉아 코를 후비고 있네."

은별이 흐흐, 웃었다.

"코를 왜 후벼."

"심심하니까."

"맨날 심심하니까래."

은별이 웃음기 가득한 목소리로 말했다.

"원래는 '헛간에 쭈그려 앉아 김밥 옆구리 파먹고 있네'였는데, 그 시절에는 김밥이 없지 않았을까 싶어서 바꿨지."

그때 택시 기사가 콧소리를 내며 웃었다.

"생각하니까 재미나네요. 가시나 앞에서 바지 내리려다 귓방맹이 제대로 한 대 얻어맞고 뒷간에 쭈그려 앉아 김밥 옆구리 파먹어대는 장면."

아마 그도 강현처럼 저질 유머를 좋아하는 사람인 듯했다.

강현은 그를 곁눈으로 보며 실실 웃어댔다.

"도대체 연애 성공은 언제 하는 건데?"

은별이 장난기 어린 목소리로 물었다.

"시도만 하다가 끝나는 에로영화야."

"그게 무슨 에로영화야. 자빠뜨리지도 못하고 사귀지도 못하고, 그리고……"

은별은 급격히 목소리를 낮추며 말을 흐렸다.

강현은 이상한 느낌을 받았다.

"오빠."

"응."

"아까 오빠가 괜찮다고 하긴 했는데, 그래도 난 마음에 걸리네."

"뭐가?"

무슨 얘기인지 알아챘지만 물었다. 안타까워하며.

"그 얘기. 오빠랑 결혼하기 전까지 사귀는 사이로 지내주겠다고 그 사람한테……."

"정말 괜찮아, 난."

강현은 은별이 힘들어하는 게 안쓰러워 말을 잘라냈다. 그러고는 은별이 아까 토설한 얘기를 떠올리며 덧붙였다.

"그리고 그 사람이 네 몸엔 손대지 않는다고…… 아무튼 괜찮아, 난. 만나면 그렇게 말해. 사귀겠다고. 그다음은 그다음에 생각하자. 앞으로 한 달밖에 안 남았으니까, 내일부터 전화도 잘 받아주고 밥도 사주고, 그리고……."

강현은 어떤 미묘한 감정을 느낀 다음, 두려움을 느꼈다. 미묘한 감정은, 비록 가짜 연애라 해도 은별이 다른 남자와 사귄다는 게 갑자기 현실로 받아들여지지 않아, 연기처럼 스며든 감정이었다. 그리고 두려움은, 김민철이 은별과 따로 만났을 때 그녀에게 해를 가할지도 모른다는 생각이 들어, 순간적으로 치고 들어온 감정이었다. 그래, 산에서만 남을 해할 수 있는 건 아니었다. 김민철이 은별과 어디서 만나든, 그녀를 위험한 곳으로 유인하지 않으리란 법도 없었다. 스며들었던 미묘한 감정은 푹 꺼져 있었다. 점점 더 입을 벌려가는 두려움에 짓눌려.

"은별아, 그 사람과……."

"오빠, 그 사람은 나랑 사귀려는 게 목적이 아냐. 날 괴롭히려는 게 목적이지. 오늘은 그냥 지나가더라도 다음에 또 죽는다고 할지도 몰라. 어쩌면 내일 또 그럴지도……."

강현은 '그 사람과 전화로만 사귈 순 없을까?' 하고 물으려 했었다. 그런데 은별의 말을 듣고 나니 도무지 무슨 말을 해야 할지, 무엇을 어떻게 해야 할지 감이 잡히지 않았다.

은별이 덧붙였다.

"근데 난…… 그 사람이 그런다 해도, 그런다 해도……."

은별도 무엇을 어떻게 해야 하는지 감이 잡히지 않는 듯했다.

"미안해, 오빠. 괜히 나 때문에……."

아파하는 그녀의 얼굴이 보이는 듯했다. 아팠다. 두려움과 혼란함 위로 아픔이 두껍게 내려앉았다.

"너 때문이 아냐. 절대로. 아무튼 너무 힘들어 말고, 오늘 일부터 같이 해결하자. 너를 믿는 나처럼 너도 나를 믿고."

강현은 해결할 수 있을 거라 믿으며, 아니 믿어가며 말했다. 은별을 위해.

"알았어, 오빠. 그럴게."

그때였다. 어떤 한 생각이 강현의 뇌리를 스쳤다.

"은별아."

"응."

"그 사람, 내 집 주소 알고 있는 거 아닐까? 어쩌면 내 얼굴도. 하필 내가 네 집으로 가고 있을 때 연락한 걸 보면…… 또 누굴 만날 계획이 있었다면 바로 취소하라고 한 걸……."

그때 "도착했습니다."라고 말하는 남성의 목소리가 강현의 귀에 들렸다.

"오빠 도착했어. 음…… 내려서 바로 가야 할 것 같은데 어떡하지? 걸어서 한 시간 정도 걸린다고 했는데 지금 58분 남았어."

황량한 밤거리에 은별도 저도 홀로 서 있는 것 같은 기분에 휩싸이며 강현은 입을 열었다.

"그럼 핸드폰 주머니에 넣고, 뭔 일 있으면 말해. 내가 네 뒤에 붙기 전까진 전화 절대 끊지 말고. 알았지?"

"어, 알았어. 근데 오빠 정말 시간 맞춰 올 수 있겠어? 만약에 늦으면 그 사람이 왜 안 오냐고 전화할 수도 있을 거 같은데. 몇 분 늦는 건 괜찮다 해도 말야."

"시간 맞춰 갈게. 어떻게 해서든. 근데 혹시나 내가 늦더라도, 내가 신호 보내기 전까진 절대 정상까지는 가지 마. 전화가 오든 말든. 알았지?"

"……알았어. 그럼 나 내릴게."

은별이 음울한 목소리로 말했다.

강현은 희뿌연 안개 같은 게 가슴에 내려앉는 것 같았다.

"그래."

강현의 오른쪽 귀로, 은별이 택시비를 지불하는 소리와 차문 닫히는 소리가 작게 들려왔다. 강현은 차에 달린 내비게이션을 내려다보았다. 예상 도착 시간이 눈에 들어왔다. 10시 36분.

"기사님, 최대한 빨리 가주세요. 가다가 편의점 나오면 세워주시고요."

"아까 전화로 얘기한 거 하려고요?"

"네."

"알겠습니다. 여튼 겁나게 빨리 가볼게요. 겁나게 급하신 거 같은데."

"감사합니다."

택시 기사는 가속페달을 깊게 밟았다. 계기판 바늘이 120㎞에서 130㎞까지 올라갔다.

잠시 후 택시가 긴 터널에 들어서자, 강현은 휴대폰을 귀에 댄 채 다짐했다.

'오늘로 끝내야 돼. 어떻게 해서든지.'

몇 초 뒤, 절망감이 가슴을 파고들었다.

'그런데 어떻게 끝내지. 무슨 수로. 자칫 내가 잘못 나섰다가는……'

다음 순간 경찰에 신고할까, 하는 생각이 일었다. 강현은 곧바로 고개를 뒤흔들었다. 은별에게 들었다. 오늘 일을 자신에게 알리거나 경찰에 신고하면, 그래서 그걸 김민철이 알게 되면 그가 자결한다 했다고. 둘 중에 한 명을 선택하라면 당연히 은별을 택할 터기에, 그에게서 전화가 오든 말든 자신이 뒤에 붙기 전에는 정상까진 가지 말고 전화도 끊지 말라 했지만, 그랬다 해서 그가 죽는 게 조금 두려운 건 아니었다. 많이, 아니 몹시도 두려웠다. 말 그대로, 둘 중에 한 명을 선택해야 한다면 은별을 선택할 수밖에 없을 뿐. 김민철은 충분히 자결을 시도할 수 있다. 아버지를 떠나보낸 후 어머니까지 삶에서 지워버려 생을 끝내려 한 자신처럼. 그가 자신과 다를 수 있는 게 있다면, 높은 곳에서 뛰어내려 삶을 이어가지 못할 수도 있다는 것뿐이었다.

'일단 이 밤만 넘겨보자. 은별이는 내가 지킬 수 있어. 내일도 모
레도. 근데 그러려면 계속 붙어 있어야 하는데.'

강현은 순간 독한 마음을 먹었다. '정 안 되면 신고하는 수밖에.'
곧 가슴이 쓰렸다. 자신이 그러지 않기를 바랐다.

밤 10시 15분, 6분여가 지난 시각이었다.

강현이 탄 택시가 한 편의점 옆에 멈춰 섰다. 강현은 급히 차에서
내려 편의점 안으로 들어갔다.

"마이크 달린 이어폰이랑 목까지 내려오는 산악용 마스크 있나요?"

강현이 안에 들어서자마자 카운터에 서 있는 남직원에게 물었다.

남직원은 마이크 달린 이어폰은 있는데 마스크는 일회용밖에 없
다고 했다.

"다른 편의점에도 없을까요?"

"없을 거 같은데요."

실망할 겨를이 없었다. 강현은 바로 왼쪽으로 고개를 돌려 안쪽
에 있는 현금지급기를 발견했다.

"제가 좀 급해서 그런데, 제가 돈 뽑는 동안에 마이크 달린 이어
폰이랑 마스크 가져와서 바코드 찍어놔 주세요. 마스크는 검정색
있으면 검정색으로요."

남직원은 심드렁한 얼굴로 알았다고 하고는 강현의 요청대로 하
기 시작했다. 그사이 강현은 현금지급기 앞으로 가, 총 두 번에 걸
쳐 140만 원을 인출했다. 그러곤 카운터 앞으로 가, 사각 케이스에
담긴 흰색 이어폰과 비닐 팩에 담긴 검정 마스크 값을 카드로 계산
했다. 그런 뒤 곧장 편의점을 나와 택시에 올라탔다.

"돈 많이 뽑았네요."

강현이 5만 원권 뭉치를 지갑 안에 넣는 걸 본 택시 기사가 그렇게 말했다.

"빨리 출발하죠."

택시 기사는 "알겠습니다요." 하며 차를 출발시켰다.

강현은 사각 케이스에서 이어폰을 빼내 두 귀에 꽂고 잭을 휴대폰에 연결했다. 검정 마스크도 비닐 팩을 뜯어 꺼내놓았다.

16분 뒤, 예상 도착 시간이 1분 남아 있었다.

강현은 5만 원권 두 장을 손에 쥔 채 초조한 마음을 억누르고 있었다.

택시 기사가 "이제 다 왔네요." 하더니 이렇게 덧붙였다.

"한 장만 더 쓰심이……."

"네?"

택시 기사는 5만 원권 두 장이 들린 강현의 왼손을 힐끔 봤다.

"아, 네."

기분이 언짢을 겨를도 없었다. 강현은 바지 주머니에서 지갑을 꺼내 5만 원권 한 장을 빼냈다. 곧 택시가 서자, 지폐 세 장을 기사에게 건네주고 황급히 차에서 내렸다.

밤 10시 36분.

산 입구는 조금 어두침침했다. 입구 왼편으로 작달막한 가로등 하나가 서 있었다. 입구 오른편으로는 크고 작은 소나무 몇 그루가 심겨 있었다. 그나마 달이 밝아 달리는 데 큰 어려움은 없을 듯했다. 오르는 길에 가로등이 아주 띄엄띄엄 서 있어도 달빛을 받으며 충분히 잘 달릴 수 있을 듯했다. 강현은 검정 마스크를 바지 주머니에 넣어놓을까 하다가, 구겨지면 부자연스러워 보일 것 같아 그냥 손에 들고 달리기로 했다. 은별은 어디쯤에 있을까. 강현은 오른손에 들린 휴대폰을 내려다보며, 이어폰으로 들려오는 소리에 몇 초간 집중했다. 은별의 걸음 소리가 바스락거리는 소리와 섞인 채 들려왔다. 바로 달렸다.

입구 근처여서 그런지 경사가 완만했다. 이 정도 경사만 계속 이어진다면 숨이 쉽게 가빠오진 않을 듯했다. 좌우로 늘어서 있는 나무들은 눈에 들어오지 않았다. 사람만 눈에 들어와야 해서 그랬다. 길이 조금씩 가팔라지기 시작했다. 그러나 달리는 속도를 늦출 순 없었다.

3분여를 달리다 보니 등산복을 입은 몇 명의 여성이 내려오는 게 보였다. 그들을 지나쳐 2분여를 더 달렸다. 그러면서 몇 번이고 생각했다. '남자는 왜 안 나타나.' 어느새 겨드랑이와 가슴에 땀이 차기 시작했다. 생각보다 빨리 숨이 가빠왔다.

숨이 급격히 가빠왔다. 속도를 조절하지 않으면 반도 못 올라가 쓰러질 것 같았다. 강현은 달리는 속도를 조금 늦추었다. 그랬는데도 숨이 계속 차올랐다. 그래도 달려야 했다. 늦출 순 있어도 멈출 순 없었다.

약 3분 뒤, 멈추면 안 된다는 생각이 멈추고 싶어 하는 몸과 치열하게 싸우고 있었다. 적당한 사람과 만나기 전까지는 계속 뛰어야 했다. 미치도록 힘들어도 계속 달려야 했다. 그런데 그 적당한 사람은 왜 이리 안 나타나는 걸까. 늦은 밤이라지만 산을 타는 사람들은 왜 이리도 없고. 1분 전쯤에 남녀 두 쌍이 내려왔는데, 그들 중에도 적당한 사람은 없었다. 계획에 차질이 생기지 않을까 두려웠다.

그때였다. 멀리서 등산 스틱을 든 채 산길을 내려오는 한 중년 남성이 보였다. 한 가지만 빼면 딱 적당한 사람이었다. 살았다 싶었다. 강현은 힘을 꾹 짜내어 좀 더 빨리 달렸다. 이윽고 내려오던 남성 앞에 다다른 강현이 그의 앞을 막아섰다.

중년 남성은 움찔하며 멈춰 서더니 험궂은 표정을 지었다.

"뭡니까."

강현은 휴대폰과 마스크를 쥔 두 주먹을 허벅지에 받치고 몇 초간 헥헥거리다 용건을 말했다.

"저기…… 아저씨 옷 제가 살게요."

중년 남성은 턱에 주름을 잡으며 미간을 찡그렸다.

"뭐요?"

"시, 시간이 없어요. 아저씨 옷이랑 신발."

강현은 거친 숨을 두 번 들이 내쉬고 덧붙였다.

"그리고 모자까지, 제가 살게요. 백만 원 드릴 테니까요."

중년 남성은 한쪽 입아귀를 비틀며 고개를 갸우뚱했다.

"뭐 때문에 남의 옷을……."

중년 남성은 회색 벙거지모를 쓴 채 주황색 등산복과 남색 트레이닝 바지를 입고 있었고, 갈색 등산화를 신고 있었다. 키는 강현보다 8㎝ 정도 작은 170㎝쯤 돼보였는데, 꽤 덩치가 있어 그의 옷이 강현에게도 얼추 맞을 듯했다.

"제발 부탁드릴게요. 저랑 바꿔 입어요. 제발요."

중년 남성은 한쪽 눈썹을 치올리며 음……, 했다. 살짝 찝찝해하면서 망설이는 듯했다. 그도 그럴 것이 강현이 입고 있는 옷이 자기

취향일 리도 없었고, 강현의 얼굴에 맺힌 땀방울들도 본 터라 쉬이 내킬 리 없는 게 당연했다.

강현은 속이 탔다.

"사람이 어떻게 될 수도 있어요. 자세한 건 설명할 시간 없어요. 저 지금 옷 벗을 테니까, 제발요."

강현은 곧장 귀에서 이어폰을 빼고 휴대폰과 마스크를 바닥에 내려놓았다. 그러곤 청바지 버클을 풀었는데, 중년 남성이 강현을 빤히 쳐다보며 물었다.

"백만 원 지금 주는 거요?"

"아, 네."

강현은 바지 주머니에서 지갑을 꺼내 오만 원권 전부를 빼냈다. 이어 25만 원을 제한 나머지를 중년 남성에게 건네고 흰색 단화를 벗었다. 청바지와 베이지색 폴라티도 벗어 단화 옆에 내려놓았다. 그사이 중년 남성은 등산 스틱을 바닥에 내려놓고, 건네받은 돈을 느긋하게 세었다. 그러더니 대뜸 이렇게 말했다.

"신발이 좀 비싸니까 120만 원 주면 팔게요."

갈등할 겨를이 없었다. 강현은 "알았어요. 그럼 빨리 옷 벗어주세요." 하고는, 5만 원권 한 장만 따로 들고 나머지 돈 전부를 그의 손에 쥐어주었다.

중년 남성은 엄지를 비벼 오만 원권 네 장을 펼쳐보곤, 바지 주머니에서 지갑을 꺼내 받은 돈 전부를 집어넣었다. 그리고는 전혀 급한 감 없이 벙거지모를 벗어 바닥에 내려놓았다.

강현은 속이 타들어가는 듯했다. 그는 참지 못하고 꺼칠한 목소리를 내뱉었다.

"빨리요."

마음 같아선 '내가 벗겨줄까요?'라고 묻고 싶었다.

중년 남성은 부루퉁한 얼굴을 하며 바지를 홀러덩 내렸다.

강현은 곧장 몸을 굽혀 휴대폰을 집어 들고 이어폰을 귀에 꽂았다. 그런 뒤 귀로 들려오는 소리에 집중했다. 은별이 바스락거리는 소리를 내며 계속 걷고 있었다.

강현은 팬티 차림으로 서서 그 소리를 들었다. 누가 내려올까 두렵지 않았다. 정확히는, 누가 내려올 수도 있다는 생각을 하지 못했다.

중년 남성이 속옷 차림이 되자, 강현은 귀에서 이어폰을 빼고 휴대폰과 지폐를 바닥에 내려놓았다. 이어 주황색 등산복과 남색 트레이닝 바지를 입고 갈색 등산화를 신었다. 등산화에 발이 꽉 끼었다. 아마도 강현의 신발 사이즈보다 5㎜가 작은 듯했다. 강현은 어쩔 수 없다고 생각하며 휴대폰을 집어 들었다. 회색 벙거지모와 검정 마스크도 주위 들었다. 지갑과 지폐도 집어 트레이닝 바지 주머니에 넣었다. 그리고서 이어폰을 귀에 꽂았는데,

중년 남성이 벙긋이 웃으며 말했다.

"5만 원 더 주면 지팡이까지 줄 수 있는데."

강현은 "괜찮습니다." 하며 다시 달리기 시작했다.

강현은 벙거지모를 쓸까 하다가 아직까진 쓸 필요가 없어 보여 그냥 손에 쥔 채 달렸다. 달리면서 휴대폰 화면을 켜 시간을 보았다. 10시 47분.

'충분히 시간 내에 갈 수 있어. 10분 정도 달렸으니까 이제 반도 안 남았을 거야.'

몇 분 동안 쉬어서인지 숨이 별로 가쁘지 않았다. 그래도 속도 조

절이 필요했다. 곧 엄청 가빠질 게 뻔했기에.

문득, 눈 바로 아래부터 목까지 가릴 수 있는 등산용 마스크가 떠올랐다. 자신의 얼굴을 알고 있을지도 모르는 김민철에게 저를 완전하게 숨기려면 그게 있어야 했다. 없어도 괜찮을 수 있지만, 있으면 더 안전하게 은별을 보호할 수 있다. 좀 더 가까이에서.

강현은 숨이 가빠오는 걸 느끼며 생각했다.

'한 명만 나타나라. 남자든 여자든. ……그래, 5만 원이면 되겠지. 안 된다면 계좌로 후딱 이체하면 되고.'

약 4분 뒤, 강현은 숨을 거칠게 내쉬어가며 산길을 계속 뛰어오르고 있었다. 그의 이마와 목덜미에 땀이 송골송골 맺혀 있었다. 가슴과 겨드랑이에도 땀이 흥건했다. 또 다리는 많이 아팠고, 꽉 끼는 등산화 탓에 발가락과 뒤꿈치도 꽤나 아팠다. 그동안 산길을 내려온 사람은 없었다. 강현은 염려가 됐지만 다른 수를 떠올릴 수 없었다. 아프든, 숨이 차든, 염려가 되든 말든, 계속 달리는 수밖에 없었다. 1분여를 더 달리다 보니 이렇게 계속 달리다가는 쓰러질 수도 있겠다 싶었다. 속도는 5분여 전보다 많이 떨어져 있었고, 점점 더 떨어지고 있었지만, 숨은 계속 더 차올라만 갔다. '어!' 30여 미터 앞, 고부라진 길을 끼고 내려오는 남녀 한 쌍이 보였다. 강현은 그들의 얼굴을 보자마자 속으로 탄식을 내뱉었다.

두 사람과 가까워지자, 그들이 하는 얘기가 이어폰을 낀 귀로 들려왔다.

"아, 짜증나. 일요일 날 쉬지도 못하고 이게 뭔 짓거리야."

"백수 주제에 염병을 하네."

"뭐? 이 여편네가 그냥……."

강현은 헉헉대면서도 그들의 대화를 똑똑히 들었다. 목소리와 내용이 워낙 강렬해 귀에 쏙쏙 들어왔다. 강현은, 길에 멈춰 서 여자의 뒤통수를 노려보는 남자를 스치듯 보고는, 느려진 달음질을 이어갔다. 가슴이 터질 것만 같았다. 다리는 끊어질 것만 같았다. 단 몇 초라도 멈춰 쉬고 싶었다. '십 초만 쉴까.' 그런데 그때, 한 험악한 인상을 가진 자가 뒤에서 달려들어 은별의 입을 틀어막는 장면이 떠올랐다. 심장이 터지는 것 같았다. '안 돼. ……그런 일 없어. 절대로.' 강현은 달리면서도 머리를 뒤흔들 수밖에 없었다.

두 다리가 저절로 빨리 움직였다. 터질 것 같던 가슴이 더 터질 것 같았지만, 두 다리는 그와 상관없이 자꾸만 더 빠르게 발을 뻗어갔다.

20여 초간을 점점 더 빨리 달리던 강현은 더 이상 속도를 높이지 못하고 조금씩 달음질을 늦춰갔다. 그러다 1분여가 더 지난 시점에서 육체의 한계에 다다랐다고 느꼈다. 여전히 뛰곤 있었지만 뛸 수 있어 뛰는 게 아니었다. 끊어질 것만 같은 두 다리가 아직도 제가 알아서 뛰고 있는 것이었다.

온몸이 땀범벅이 되어 있었다. 턱으로 땀이 줄줄 흘러내렸다. 땀엔 식은땀도 섞여 있었다. 아까 떠오른 장면은 머릿속에서 거의 걷어낸 상태였지만, 그때 밀어닥쳤던 공포심은 반도 걷어내지 못하고 있었다. 강현은 다시금 머리를 뒤흔들었다. 땀방울들이 얼굴에서 떨어져 나가 사방으로 흩어졌다. 언뜻 산악용 마스크가 떠올랐다. 결국 그걸 착용한 사람은 산 위에 없단 말인가. 강현은 약간의 절망감을 느꼈다. 그게 없다고 해서 은별을 지켜낼 수 없는 건 아니었다. 은별보다는 그 '김민철'이라는 자가 걱정되었다. 스스로의 목숨을 해할 수도 있는 그가. 어쩌면 뒤에서 달려들어 은별을 해할 수도 있는…… 강현은 속으로 '말도 안 돼!' 하고 외치며 또다시 머리를 뒤흔들었다.

숨이 턱 끝까지 차올랐다. 가슴이 터지려다 못해 타들어 가는 듯했다. 더는 달릴 수 없을 것 같았다. 정말 한계에 다다른 듯했다. 다리는 여전히 뛰려 했지만.

일단 달리는 속도를 많이 늦췄다. 가까스로 견뎌가며 10여 초를 더 오르다 시선을 추어올렸다. 산과 밤하늘이 맞닿아 있는 지점이 꽤 가깝게 보였다.

'거의 다 온 건가. 은별아.'

은별과 가까워져 있다고 느끼니, 아픈 발도, 끊어질 듯한 다리도, 타들어 가는 듯한 가슴도 자신이 이겨낼 수 있을 것 같았다. 강현은 학학대며 휴대폰 화면을 켰다. 은별과 통화 중인 것을 확인하고 달리는 속도를 조금 높여봤다. 다행히 다리가 원하는 대로 움직여줬다. 아직도 반쯤은 저 스스로 움직이는 듯했지만. 아니, 제가 알아서 속도를 높이는 듯도 했지만.

수 초간 빨라진 속도를 유지하다 경사가 점점 가팔라지는 걸 느꼈다. 강현은 위쪽에 뻗쳐 있는 길을 올려다봤다. 지금 오르고 있는 길보다 경사가 조금 더 져 있었다. 한데 이상하게도, 까마득해 보임과 동시에 멀어 보이지도 높아 보이지도 않았다.

'저 고비만 넘기면 은별이를……'

은별의 뒷모습을 이토록 보고 싶어 했던 적이 있었던가. 강현은 숨을 거칠고도 거칠게 토해내면서도 걷고 있는 그녀의 뒷모습을 떠올릴 수 있었다. 그런데 순간, 은별의 뒷모습이 사라지며 아까 떠올랐던 그 무시무시한 장면이 공포 영화의 한 컷처럼 펼쳐졌다. 김민철과 닮았을 리 없는 험악한 인상을 가진 이가 뒤에서 달려들어 은별의 입을 틀어막는 장면이.

혼이 빠져나가는 것만 같았다. 이번에는 머리를 뒤흔들며 강력하게 부정하지 못했다.

강현은 남아 있는 모든 기력을 짜내어 좀 전보다 빠르고 세차게 발을 뻗고, 또 뻗었다. 이제는 절로 움직이려는 다리보다 더 빨리 힘을 쏟아부어 위를 향해 나아갔다. 엄청나게 힘들었다. 가슴뿐 아니라 목까지 타들어 가는 듯했다. 심장이 견디다 못해 멈춰버릴 수도 있을 것 같았다. 그러나 그의 의지도 다리도 꺾이지 않았다. 휘청이지 않았다. '두 무언가'가 일으킨 공포로 인해. 그리고 두 무언가 중 '한 무언가' 그 자체로 인해.

'한 무언가'와 공포의 힘으로 20여 초간을 달려 가파른 길을 지나쳤다. 그런데 갑자기 정신이 혼미해져 왔다. 곧 다리에 힘이 풀리더니, 몇 발자국 못 가 털썩 주저앉듯 몸이 무너져 내렸다. 그리고 오른쪽 무릎이 무언가에 닿는 순간, 정신이 번쩍 들었다.

"으윽…… 아아…… 하아, 하아, 아아…… 하아……."

주저앉을 때 떨어진 벙거지모와 검정 마스크, 휴대폰 그 사이로 밤톨만한 돌멩이가 박혀 있었다. 강현은 무조건 일어나야 한다고 생각했다. 그는 바닥에 떨어져 있는 것들을 양손에 나눠 쥐고, 온 힘을 쏟아 몸을 일으켰다. 거의 일으켰을 때, 돌멩이에 찧었을 때와 맞먹는 통증을 느꼈다.

"아아……."

강현은 무조건 이겨내야 한다고 생각하며 다시 뛰려 했다. 그런데 다리가 생각처럼 움직여주지 않았다. 다친 오른쪽 다리뿐 아니라 왼쪽 다리도 잘 움직여주지 않았다. 두 다리에 다 힘이 들어가지 않았다. '트라우마와 한 무언가'가 일으킨 공포와, '한 무언가'인 '극렬한 사랑'이 가슴에 그대로 박혀 있음에도, 제가 알아서 움직이지 못할 만큼 한계에 다다라 있는 걸까. 다리는 분명 그리 돼 있는 듯했다. 강현은 아직 아니었지만. 적어도 그의 의지만큼은.

강현은 없는 힘까지 강제로 짜내어 몸을 움직였다. 절뚝이는 걸음걸이로 최대한 빠르게. 이제는 다리가 아닌 그의 의지가 몸을 움직였다. 공포와 같은 선상에 놓인, 제 수호자를 지켜내야 한다는 의지가.

십삼 초간 강제로 몸을 옮겨놓던 강현은 순간적으로 눈에 힘을 주었다. 이어폰에서 새어 나온 은별의 목소리를 듣고는.

"오빠 다쳤어?"

울음 섞인 목소리였다.

쓰라린 감정이 울컥 솟아올랐다. '은별아.'

계속 절뚝이며 뛰는 듯이 걷고 있는 데다 숨도 턱 끝까지 차 있어서 말하기가 쉽지 않았다.

"난 괜찮아. 하아, 일단 최대한, 하아아, 천천히 걸어."

"응."

강현은 그 짧은 답변에 무한한 아픔이 서려 있는 것 같았다. '은별아.'

광대뼈를 타고 흘러내리는 땀줄기 옆으로 눈물이 흘러내렸다. 강현은 휴대폰 화면을 켜 시간을 봤다. 10시 55분이었다. 문득, 왜 시간에 쫓기며 은별을 위험하게 하고 있어야 하나, 하는 생각이 들었다. 본인 스스로도 김민철이 뒤에서 달려들어 은별의 입을 틀어막을 린 없다고 생각했지만, 가슴에 들러붙어 있는 공포심은 그럴 수도 있다고 끊임없이 일러댔다. 그렇다면 어쨌든 그런 일이 일어나지 못하도록 봉쇄해놓아야 한다. 극렬한 사랑 때문이 아닌, 틀어진 공포심만으로 발현된 느낌과 생각이라 해도, 그 느낌과 생각대로 될 것 같으면 그리해야 한다.

강현은 계속 뛰는 듯이 걸으며 숨찬 목소리를 뱉어냈다.

"은별아, 하아, 한 30초만 내려와."

"응? 왜?"

"그게……"

강현은 말할까 말까 고민하다가 그냥 말해버렸다.

"그 사람이…… 정상 아래에서 기다리고 있다가 ……너를 어떻게, 할지도 모르니까."

"응?"

"정상 바로 아래에서…… 기다리고 있다가, 너를……"

"오빠."

은별이 안쓰러운 목소리로 강현의 말을 막았다.

"그럴 것 같았으면 벌써 어떻게 했겠지. 그 사람 극단에 들어온 지 벌써 몇 달이나 지났는데. 안 그래?"

숨차고 힘든 가운데서도 정신이 번쩍 났다. 은별의 말이 맞았다. 그런 식으로 은별을 해할 것 같았으면 벌써 그러고도 남았어야 했다. 공포심이 흔적만 남기고 떨어져 나가 있었다. 그전부터 달라붙어 있던 불안감은 그대로 붙어 있었지만.

"알았어."

숨도 계속 가쁜 데다 현기증까지 나는 듯해 말을 길게 할 수 없었다. 몇 초 뒤, 어떤 생각이 퍼뜩 떠올랐다. 현기증이 나든 말든 말해야 했다.

"그 사람이 볼 수도 있으니까 핸드폰 주머니에 넣어."

"아, 응."

"하아…… 잠깐만."

"응?"

저 멀리, 나무가 우거진 길가 가로등 불빛 아래에서 매우 천천히 산을 오르고 있는 한 여인의 뒷모습이 보였다. 아이보리색 니트와 검정 슬랙스를 입은 여인이었다. 가장 보고 싶고, 가장 보고 싶었던 여인이었다. 시선을 조금 더 올리니, 여인으로부터 80여 미터 위로 밤하늘과 맞닿아 있는 산길의 끝이 보였다.

"일단 핸드폰 넣고…… 계속 천천히 걸어."

"알았어, 오빠."

은별이 휴대폰을 바지 주머니에 넣자, 강현은 거친 숨을 더 거칠게 몰아쉬곤 힘껏 헛기침을 했다.

"크흐음."

은별이 걸음을 멈추더니 뒤를 돌아보았다.

강현은 급하게 목소리를 뱉어냈다.

"돌아보지 말고 걸어. 천천히."

은별은 고개를 앞으로 돌리며 오른쪽 바지 주머니께를 내려다본 뒤, 좀 전처럼 매우 느리게 걷기 시작했다. 강현은 그녀를 올려다보며 회색 벙거지모를 쓰고 검정 마스크를 착용했다.

은별과의 거리가 40미터 가까이로 좁혀져 있었다. 더는 빨리 걸을 필요가 없었다. 아니 오히려 빨리 걷지 않는 게 여러모로 나은 순간이었다. 한데도 자꾸만 몸이 빠르게 전진하려 했다. 숨이 계속 가쁘면서도. 다리를 절뚝이면서도. 오른쪽 무릎과 두 발에 통증을 느끼면서도. 강현은 의지를 발동해 걷는 속도를 확 늦추었다. 그러곤 생각했다. '통화 종료해야지.' 강현은 홈버튼을 눌러 시간을 봤다. 10시 58분. 숨을 고를 시간이 필요했다. 1분 정도는 늦어도 될 것이다. 그러나 통화는 지금 종료하는 게 나을 것이다. 불안했지만,

강현은 크게 소리 내어 말했다.

"은별아."

"응?"

은별의 목소리가 작게 들렸다.

"전화 끊을 테니까, 그 사람 보이기 전까진 천천히 걸어."

"알았어. 사랑해, 오빠."

아스라이 들렸다. 그 작디작은 소리로 들려온 마음이 강현의 품에 폭 안겼다. 그건 말이 아니라 마음이었다. 세상에서 가장 품고 싶고, 읽고 싶고, 듣고 싶은 마음이었다. 그 어떤 마음보다 위로가 되는…….

강현은 입속말로 "나도." 하고는 통화를 종료했다. 그러고서 바로 후회했다. 나도 내 마음을 들려줘야 했는데, 하고. 강현은 은별의 뒷모습을 향해 시선을 올렸다. 그런데 은별을 향해야 할 시선이 그녀 옆을 향했다. 트레이닝복 차림을 한 젊은 여성 둘이 은별을 지나쳐 내려오고 있었다. 두 팔을 내저으며 씩씩한 걸음걸이로. 두 여성다 목까지 내려오는 산악용 마스크를 쓰고 있었다. 한 여성은 산악용 선글라스도 끼고 있었다. 강현은 '드디어 나타났다.' 하며 반가워

하다가 곧바로 고민에 빠졌다. 벌써 둘이 30여 미터 앞으로 다가와 있었기에 고민은 7, 8초 안에 끝내야만 했다. 두 사람을 막아선 후 마스크를 사는 시간까지 못해도 30초는 걸릴 것이다. 어쩌면 그 배 이상이 걸릴지도 모른다. 그러면 그만큼 은별과 멀어질 수밖에 없다. 만약 1분 30초 이상 걸린다면 은별이 산길 끝을 넘어가 시야에서 사라질 수도 있다. 그렇다고 은별에게 전화해 가만히 서 있으라고 하는 것도 위험한 짓이다. 가만히 서 있는 것도 조금은 위험할 수 있지만, 그보다 은별이 바지 주머니에서 휴대폰을 꺼내 들어 귀에 대는 행동과, 약속 시간이 다 되어 혹시라도 올지 모르는 김민철의 연락이 더 위험하다. 어쩌면 꽤나 큰 은별의 휴대폰 벨소리까지도. 은별은 지금 산길 끝으로부터 60여 미터 아래 지점에 있다. 그렇게 '있다'고 말해도 될 정도로 아주 느린 걸음으로 산을 오르고 있긴 하지만, 위험하다. 두 여성을 막아서는 것도, 은별에게 전화해 서 있으라 하는 것도.

강현은 5, 6초간 그런 예측들의 핵심만을 떠올리고는, 속으로 '그냥 지나치는 게 좋을까.' 하고서 한 가지 방법을 생각해냈다. 동시에 이어폰과 휴대폰을 바지 주머니에 넣고, 걸음을 멈추며 두 여성을 막아섰다.

두 여성은 움찔 놀라며 멈춰 섰다. 아직까지 숨이 차고 가슴 한가운데가 찌르는 듯이 아파 빠르게 말하는 것이 쉽지 않을 게 뻔했지만,

강현은 그들이 입을 떼기 전 최대한 빠르게 말했다.

"지금 쓰고 계신 마스크 팔아주십쇼. 5만 원 드릴 테니까요."

그러고는 숨을 거세게 한 번 들이 내쉰 뒤, "20초만 다시 천천히

산에 오르면서 마스크 팔아주십쇼."라고 말했다. 그러면서 왼편 여성의 팔을 잡아 발길을 돌리도록 유도했다. 왼편 여성은 당황한 목소리로 "이게 무슨……." 하며 반강제로 몸을 돌려 강현과 함께 걸음을 뗐다.

"뭐 하는 거예요, 지금?"

오른편 여성이 뒤따라 걸음을 떼며 따지듯이 물었다.

"마스크 팔아 달라고요."

"마스크 쓰고 있으면서 무슨……."

왼편 여성이 강현이 낀 마스크를 힐끔 보고 말했다. 그녀는 아직 강현의 손에 팔이 붙들려 있었고, 양편 둘과 함께 천천히 걸음을 옮기고 있었다.

강현은 고민할 시간이 없다고 느껴, 일단 생각나는 말을 내뱉었다.

"제가 죽을 수도 있어서요."

"죽는 거랑 마스크랑 뭔 상관이죠?"

산악용 마스크에 선글라스까지 착용한 오른편 여성이 이해할 수 없다는 투로 물었다.

강현은 머릿속이 하얘지는 것 같았다. 그랬지만 마스크를 속히 쟁취해야 했기에, 즉시 또 생각나는 말을 뱉어냈다.

"여자 냄새 밴 마스크 끼면 살 수 있을 거 같아서." 이 부끄럽고도 어처구니없는 말을 발음 하나 흘리지 않고 말했다. 수치심에 얼굴이 확 달아올랐다. '내가 뭔 말을…….'

그때였다. 선글라스까지 낀 오른편 여성이 걸음을 딱 멈추었다. 얼굴이 거의 가려져 있어 잘은 보이지 않았지만, 벙한 표정을 지으며 멈춰 선 듯했다.

강현은 고개를 뒤로 휙 돌려, 멈춰 선 여성을 쳐다봤다. 그 순간, 팔이 붙들려 있던 여성이 강현의 손을 세게 뿌리치더니 그대로 멈춰 섰다.

덩달아 걸음을 멈춘 강현은 짧게 갈등했다. '그냥 놔두고 갈까.' 강현은 고개를 앞으로 돌려 은별의 뒷모습을 올려다봤다. 은별은 여전히 느릿느릿 걸어 정상을 향하고 있었다. 산길 끝으로부터 40여 미터 아래에서.

삼사십 초 정도의 여유는 있을 듯했다. 강현은 마스크만 쓴 여성의 등에 손을 얹었다. 그러곤 '일단 걸으면서.'라고 말하려 했는데,

"몸에 손대지 마요. 마스크 줄 테니까."

마스크만 쓴 여성이 둔탁한 목소리로 말했다.

기분 나쁠 겨를이 없었다. 강현은 그녀의 등에서 손을 떼고 황급히 말했다.

"그럼 지금 바로 주세요."

말하고 곧장 바지 주머니에서 5만 원권을 꺼냈다.

"내가 왜 바로 줘야 하죠? 당신 같은 인간한테 왜."

마스크만 쓴 여성이 강현을 같잖이 쳐다보며 말했다.

강현은 충격을 받았지만 더는 지체할 수 없었기에 "그럼 걸으면서 주세요. 20초 안으로만." 하고 요청했다.

마스크만 낀 여성은 헛웃음을 흘렸다.

"저는 걸어야 돼요, 정상을 향해."

강현이 절박한 심정으로 말했다.

마스크만 낀 여성은 기가 차다는 듯 크게 실소를 터트렸다.

"정말 제대로 정상이 아니네."

그러더니 눈썹을 치키며 덧붙였다.

"네, 걸어요. 걸어 줄게."

그러면서 발을 떼 보통 걸음으로 걷기 시작했다.

강현도 걸음을 떼며 산길을 올려다봤다. 은별이 50미터가량 떨어져 있었다. 10초에서 15초 정도는 마스크만 쓴 여성의 걸음에 맞춰 걷는 게 좋을 듯했다. 그리고 25초에서 30초 안에는 산악용 마스크를 손에 넣어야 할 듯했다.

두 사람이 몇 발자국 옮기자, 선글라스까지 낀 여성이 급히 움직여 마스크만 쓴 여성 옆에 붙었다.

강현의 마음은 헐고 문드러져 있었다. 그러나 저의 마음 상태를 신경 쓸 여유 따윈 없었다. 강현은 조금씩 절룩이며 마스크만 쓴 여성 앞으로 5만 원권을 내밀었다.

"이제 마스크 벗어 주시죠."

마스크만 낀 여성은 손끝으로 지폐를 툭 쳤다.

"돈은 필요 없어요, 땀 흘리는 요상한 변태 아저씨."

그러더니 목까지 내려오는 검정 마스크를 벗어 앞쪽으로 휙 내던졌다.

충격적이었다. '이게 무슨……'

"주워요."

마스크를 벗은 여성이 걸음을 멈추고 명령하듯 말했다.

강현은 '빨리요.'라고 말하는 목소리가 들릴 것 같은 느낌을 받으며 앞으로 가 마스크를 집어 들었다. 그러곤 어떤 감정이 울컥 솟아오르는 것을 느끼며 급히 걸음을 뗐다. 그때,

"서요!"

마스크를 벗은 여성이 날카로운 목소리로 매우 크게 소리쳤다.

강현은 눈을 내리뜨며 멈춰 섰다.

"내 용무 아직 안 끝났어요."

마스크를 벗은 여성은 냉랭한 음성으로 그렇게 말하고, 선글라스도 낀 여성을 곁눈으로 보았다.

"네 마스크도 던져줘. 저 여자 냄새에 환장한 사람한테."

선글라스를 낀 여성은 강현의 뒷모습을 측은히 바라보는 듯하더니, 마스크를 벗어 강현 뒤편으로 던졌다. 그러자 같은 마스크를 먼저 벗어 던진 여성이 선글라스녀의 손에 들린 생수팩을 낚아채 강현 앞쪽으로 던졌다. 물이 반쯤 담긴 생수팩이 뱅글뱅글 굴러 내려와 갈색 등산화에 걸려 멈췄다.

"주워 마셔요. 지금. 여자가 입 댄 거예요. 뒤에 떨어져 있는 마스크도 챙기고요."

강현은 앞을 향해 튕겨나가고 싶었다. 처절하고 숨 막히는 지금의 공간에서 뛰쳐나가고 싶었다. 그러나 뒤에 있는 여성이 다시금 소리칠 것 같아 그러지 못했다. 그녀의 외침이 산에 또 울려 퍼지면, '대체 무슨 일이야.' 하며 김민철이 내려와 볼 수도 있으니까. 강현은 허리를 굽혀 생수팩을 집어 들었다. 그 찰나, 김민철이 이미 내려오고 있진 않을까, 하는 생각이 뇌리를 때렸다. 강현은 급히 위쪽을 올려다봤다. 은별의 뒷모습만 보였다. 순간 아차 싶었다. 수십 초간 잊고 있었다. 은별이 산길 끝과 얼마나 가까워져가고 있는가를. 그런데 조금 이상했다. 은별의 뒷모습을 마지막으로 본 게 못해도 30초는 된 것 같은데, 그녀는 아까 위치에서 3, 4미터밖에 올라가 있지 않았다. 당연하게도 아까보다 더 천천히 걷고 있었고. 정지

해 있는 것처럼 보일 정도로.

'돌아봤나.'

그때 뒤편에서 싸늘한 여성의 목소리가 들려왔다.

"빨리 마셔요. 입 대고."

강현은 싸늘한 여성의 목소리가 울린 그 짧은 순간에, 은별을 향한 어떤 감정을 느꼈다. 복잡한 감정이었다. 모호한 여러 느낌과 얽혀 있어 설명하기도 해석하기도 어려운 감정이었다. 굳이 그 감정을 크게 나누고 두 단어로 표현하자면, '아픔'과 '뜨거움'이었다. 그런데 왠지 그 감정이 자신에게 힘을 불어넣어주는 듯했다. 그리고 다음 순간, 강현은 0.1초도 머뭇댈 이유가 없다고 느꼈다. 뒤에 있는 이들이 자신을 오해하든 말든, 요상한 변태라고 여기든 말든 신경 끄고, 싸늘한 여성이 시키는 대로 후딱 해버려야겠고 생각했다. 위에 은별이 있고, 그 위에 김민철이 있기에.

강현은 생수팩 뚜껑을 열어 아가리를 물고 물을 들이켰다. 갈증이 났었는데 오히려 잘 됐다 생각하며 3초 만에 팩을 비웠다. 몸을 돌려 마스크도 집어 들었다. 그러곤 몸을 되돌렸는데, 싸늘한 여성의 목소리가 귓가를 때렸다.

"선글라스도 벗어서 던져줘."

"이거 비싼 거잖아."

"내 거잖아. 내 거 내 맘대로 하겠다는데 뭐. 난 지금 저 사람 갱생시켜야 해. 얼른."

"알았어."

곧 날렵하게 각진 산악용 선글라스가 사선으로 날아와 강현 앞에 떨어졌다.

"주워요."

강현은 바로 몸을 굽혀 선글라스를 집어 들었다.

"그거 코에 대고 한번 킁킁거려 봐요. 여자 냄새 나는지 안 나는지. 여자 냄새에 환장한 아저씨라면 혹시라도 맡을 수 있을지 모르니까."

강현은 선글라스를 코에 대고 킁킁거렸다.

"정말 환장을 했구만, 했어. 아저씨, 그렇게 정신 이상한 상태로 변태 짓 하는 거 부끄럽지 않아요?"

"부끄럽습니다."

"부끄러운 거 알면서 그래요? 정말 한 대 때려줄 수도 없고. 아무튼 이번으로 끝내요. 다시는 그 따위 변태 짓거리 하지 말라고요. 알겠어요?"

"알겠습니다. 명심하죠. 그럼 가 봐도 될까요?"

"변태 짓 안 하고 정상적으로 살 자신 있으면 가세요."

"네, 그러죠."

강현은 은별을 올려다보며 발을 뗐다. 조금씩 절뚝이며 살짝 빠르게 걸음을 옮겼다. 15초 정도만 빨리 걸으면 은별과의 거리가 40미터 가까이로 좁혀질 듯했다. 은별은 걷는다고 느껴지지 않을 만큼 매—우 천천히 걷고 있었다. 강현은 그녀를 계속 올려다보며 생각했다. '네가 날 돌아보는 모습, 이젠 놓치지 않을게. 그런데 더는 돌아보지 않았으면 좋겠어. 혹시 모르니까. 아까는 돌아봐서 다행이었지만.'

강현은 쓰고 있던 마스크를 벗어 바지 주머니에 넣고, 자신을 괴롭히진 않았던 여성의 산악용 마스크를 착용했다. 그러자 뒤편에서 듣기 싫은 목소리가 어렴풋이 들려왔다.

"기어코 끼고야 마네. 저 요상한 변태. 어쩌겠어. 저렇게 살다가 죽어야지."

매우 작은 소리였는데 이상하게 또렷이 들리는 듯했다. 충격에 무뎌져 있어서인지 상처가 되진 않았지만.

강현은 은별의 뒷모습에 시선을 둔 채 걷는 속도를 급격히 늦추었다. 그러면서 싸늘한 여성의 마스크를 바닥에 떨어뜨렸다. 그러곤 잠시 고민했다. 선글라스까지 길에 버릴까 하고. 벙거지모와 산악용 마스크로 눈 말고는 전부 가려져 있었기에 굳이 선글라스까진 필요치 않아 보였다. 둘에게로 아주 가까이 접근할 일은 없을 테니까. 그런데 생각해 보니 굳이 버릴 필요가 있을까 싶었다. 도움이 되면 됐지, 방해가 될 물건은 아니니까.

강현은 선글라스를 손에 쥔 채 아주아주 느리게 걸었다. 약 4초 간격으로 발을 내디뎠고 보폭은 20㎝ 정도였다. 거북이보다 느리게 걷는 느낌이었다. 은별은 산길 끝으로부터 15m 정도 아래 지점에 있었다. 문득 약속 시간이 지났을 것 같다는 생각이 들었다. 강현은 바지 주머니에서 휴대폰을 꺼내 시간을 봤다. 11시 3분. 지났다. 어쩌면 3분'씩이나.' 이제는 은별이 빨리 걷기를 바라야 하는 상황이었다. 강현은 침착해야 한다고 생각했다. '괜찮겠지. 몇 분 늦는다고 설마……' 다음 순간, 왜인지 은별이 빨리 걸으면 안 될 것 같다는 느낌이 들었다. 그러더니 불현듯, '내가 너무 불안에 떨고 있나' 하는 생각이 일었다. 곧이어 싸늘한 여성이 마지막으로 뱉은 말이 뇌리를 스쳤다. '저렇게 살다가 죽어야지.' 일순간 공포감을 느꼈다. '내가 잘못되어 있나. 난 은별이가 걱정돼서, 또 그 사람도 걱정돼서 이러는 건데, 이게 잘못된 건가. 갱생되어야 하는 건가.' 이렇게 생각하자 짧은 문장 하나가 떠올랐다.

'저를 감춰야 해서요.'

강현은 그 문장대로 두 여성에게 말했다면 수모 당하는 일 없이, 또 신속하게 마스크를 얻을 수 있었으리라고 생각했다. 그리고 그렇게 쉬운 방법을 생각해내지 못한 이유가, 자신이 불안에 떨고 있었기 때문이 아닐까,라고 생각했다.

강현은 밀려드는 생각에 몰입되는 바람에 은별의 뒷모습을 수 초간 눈에 담지 못했다. 그는 바로 시선을 치켜올렸다. 산길 끝으로부터 5m 남짓 아래에 은별이 있었다. 그녀는 여전히 느릿느릿 걷고 있었지만, 좀 전처럼 거북이보다 느리게 걷고 있진 않았다.

강현은 그때 깨달았다. 은별이 자신의 시야에서 벗어나는 순간이 올 수밖에 없다는 것을. 삽시에 두려움에 휩싸였다. 은별과의 거리를 40여 미터로 맞추려 노력했는데, 이 시점에서는 그러면 안 될 것 같았다. 아니, 안 되었다.

강현은 뛰는 듯이 걷기 시작했다. 아까부터 계속 무릎 통증을 느끼고 있었다. 맞지 않는 등산화 탓에 발도 계속 욱신거렸다. 아까보다는 덜했지만 다리도 꽤 아팠다. 이제 호흡이 가쁘진 않았지만 숨을 들이쉴 때마다 가슴에 쓰리고 싸한 통증을 느꼈다. 아까도 그런 고통들을 무시하며 달리고 걸었지만, 지금은 더욱더 무시하고 달리듯 걸어야 했다. 고통 따위, 아무것도 아니어야만 했다. 마음 같아서는 최대한 빨리 뛰어가 은별 뒤에 바짝 붙고 싶었다. 하지만 그럴수는 없었다. 강현은 10여 미터를 달리듯 걷다가 생각했다. '일단 20미터만 붙자.' 김민철이 정상 어디쯤에 있는지는 몰라도 최소한 그만큼은 가까워져야 할 듯했다.

곧이어 강현은 자신의 눈길이 닿지 않는 정상 어딘가에서 '김민철이 저를 내려다보고 있을 수도 있다'고 생각했다. 은별이 정상에 올라서면 그가 자신을 내려다볼 일은 없겠지만 '그녀가 위험해질 수도 있다'고도 생각했다. 강현은 그렇게, '내가 너무 불안에 떨고 있나.'라고 생각했던 좀 전의 자아를 잊은 채, 10초도 되지 않을 시간 동안 그런 일이 벌어질 수도 있다고 느꼈다. 그리고 은별과의 거리가 20여 미터로 좁혀지고 그녀가 시야에서 벗어나자, '그녀가 위험해질 수도 있다'는 생각에만 휩싸였다.

은별이 마지막 발을 내디뎌 정상에 올라섰다.

"왜 이렇게 천천히 올라와요."

은별은 흠칫 놀라며 왼편에 서 있는 김민철을 향해 고개를 돌렸다. 그러곤 이내 침착한 기색을 띠며 그에게 다가가 물었다.

"저 올라오는 거 봤어요?"

민철은 피식 웃었다.

"지금 봤잖아요."

"아, 네."

민철은 다시 피식 웃고는, 오른편 사선 방향으로 30미터쯤 떨어진 곳에 솟아 있는 사다리꼴 모양의 바위를 보며 말했다.

"일단 절로 가죠."

그러고는 그곳을 향해 걸음을 옮겼다.

강현은 산길 끝 위로 올라서기 직전, 걸음을 딱 멈추었다. 45도 방향으로 걷고 있는 남자의 뒤 측면 얼굴이 그의 시선에 잡혀 있었다. 불과 5미터여 앞이었다. 다음 찰나, 남자를 따라 걸음을 옮기는 은별의 얼굴이 눈에 들어왔다. 은별은 몇 발자국 걷다가 고개를 조금 돌려 강현을 흘끔 보았다. 강현은 반사적으로 고개를 짧게 흔들었다. 은별은 눈을 똥그랗게 뜨며 고개를 원위치했다.

손에 식은땀이 나 있었다. 강현은 멈춰 있던 숨을 토해내며 더 빨리 올라왔으면 들켰을지도 모른다고 생각했다. 등산복을 입고 있고 벙거지모와 목까지 내려오는 마스크를 쓰고 있었지만, 움찔하는 제 모습을 그가 봤다면, 당연히 이상하게 여기며 제 얼굴을 뜯어봤을 것이다. 그랬다면 거의 들킨 거나 마찬가지인 상황이 되었을 테고. 그가 자신의 얼굴을 알고 있다면 거의 확실히.

강현은 긴장감에 휩싸인 가운데 좀 전에 엄습했던 두려움이 사그라들어 있음을 느꼈다. '역시 과도한 불안감이었어.'

문득, 혹시라도 김민철이 뒤를 돌아봐 가만히 서 있는 자신을 발견할지도 모른다는 생각이 들었다. 그래서 일단 걸음을 옮겼다. 왼편 사선 방향으로 미세하게 절룩이며 걸었다. 그러면서 손에 쥔 선글라스를 착용했다. 시야가 조금 어두워졌지만 쓰고 있는 편이 나을 듯했다. 아니 훨씬 나은 듯했다. 둘의 모습을 곁눈질로 얼마든지 볼 수 있었으니까. 깊은 밤이었지만 달이 밝아 자기가 어디를 보는지 김민철이 눈치챌 수도 있었는데 잘 됐다 싶었다. 갑자기 자신을 변태 취급한 여성이 고맙게 느껴졌다.

강현은 바위 앞에서 멈춰 서는 두 사람을 곁눈질로 보고는 잠시 고민했다. 계속 걷고 있을 수는 없었다. 울퉁불퉁한 땅 위에서 앞뒤로 계속 걸어 다니는 모습, 아무래도 부자연스러워 보일 것이다. 자칫 돌출돼 있는 돌이나 불퉁한 땅에 걸려 고꾸라져 버릴 수도 있다. 멈춘 채로 두 사람을 지켜볼 적당한 장소가 필요했다.

강현은 걸음을 멈추고, 고개를 조금 돌려 두 사람을 유심히 살펴
봤다. 바위에 등을 기댄 채 서 있는 민철의 옆모습이 은별의 뒷모습
에 반쯤 가려져 있었다. 때문에 그의 눈, 코, 입은 보이지 않았다.
그가 은별에게 뭐라고 말하는 듯했는데, 잘 들리지 않아 무슨 말을
하는지는 알 수 없었다. 강현은 둘에게서 시선을 떼고 주위를 둘러
봤다. 정상 가를 뱅 둘러 납작하거나 뭉툭한 바위가 군데군데 박혀
있었다. 두 사람 뒤편으로 크고 작은 소나무 몇 그루가 심겨 있었
다. 산로가 나 있는 곳 오른편으로 작은 정자 하나가 놓여 있었다.
그리고 그 오른편으로 없을 것 같던 사람이 있었다. 검은색 추리닝
차림을 한 노년의 남성이었는데, 구부정하게 선 자세로 상체를 좌우
로 돌리고 있었다.

수 초를 더 둘러봐도 몸을 숨길 만한 데는 없었다. 설령 있더라도
몸을 숨긴 채로는 있지 않는 게 좋을 듯했다. 그러고 있다가 혹시라
도 발각되면 낭패일 수밖에 없을 테니 말이다. 앉아 있든 서 있든
자연스러운 모습으로 있는 게 가장 좋을 듯했다. 강현은 다시 곁눈
질로 두 사람을 잠시 살펴보았다. 그런 뒤 노인과 함께 상체를 돌릴
까 하다가, 좀 아니다 싶어 정자로 걸어가 앞쪽 기둥에 기대어 섰다.

두 사람과의 거리는 40미터쯤 돼 보였다. 둘은 좀 전과 같은 자세
로 서 있었다. 보는 각도가 아까와 조금 달라져 있어 거의 은별의
뒷모습만 보였다. 민철이 계속 무슨 얘기를 하는 듯했는데, 좀 전보
다 멀어져 있어 무슨 말을 하는지도 알 수 없었고, 목소리도 거의
들리지 않았다. 몇 초가 지나자 노인의 탁한 음성이 귀에 울리며 등
으로 미세한 진동이 느껴졌다. 고개를 뒤로 돌려 보니, 아까 그 노

인이 "허이. 허이." 하며 정자 뒤편 기둥에 등을 쳐대고 있었다. 강현은 잠깐 망설이다 노인의 템포에 맞춰 기둥에 등을 쳐댔다. 그러고 있자니 마음이 조금씩 안정돼왔다. 아무 일 없이 지나갈 것 같았다. 은별이 민철에게 사귀겠다고 해 오늘 밤을 넘기고 그다음엔…… 다시금 불안감이 밀려들었다. '당장 오늘부터 은별이랑 함께 지내야 하나.'

곧 아차 싶었다. '또 이러네, 나. 그래, 괜찮을 거야.' 강현은 마음을 진정시키며 둘에게로 시선을 고정했다. 불현듯 연극 '싸늘한 땅'의 마지막 장 배경이 떠올랐다. 가파르게 깎인 낭떠러지 모형이. 강현은 천천히 몸을 돌려 정상의 둘레를 죽 내다보았다. 낭떠러지가 될 만한 곳은 눈에 들어오지 않았다. 정상 아래에는 나무들만 우거져 있는 듯했다. 물론 예측일 뿐이었지만. 정자 뒤편까지 내다본 강현은 고개와 몸을 원위치했다. 그 순간, 김민철과 눈이 마주쳤다. 아니 눈길이 마주쳤다. 민철은 은별 오른편에 서서 강현을 보고 있었다. 강현은 그가 자신의 눈빛을 읽을 수 없다는 걸 잊은 채 얼음처럼 굳어 있었다. 몇 초가 지나자 민철이 몸을 틀어 바위 앞으로 돌아갔다. 강현은 곧바로 숨을 뱉어냈다.

이제 민철의 모습은 은별의 뒷모습에 가려 거의 보이지 않았다. 어쩐지 불안했다. 자신이 선글라스를 끼고 있다는 사실을 바로 알아차렸고, 얼굴 전체가 가려져 있다는 것과 중년 남성에게 어울리는 등산복을 입고 있다는 사실도 알아차렸지만, 왠지 불안하고 초조했다. 잘은 보이지 않았지만, 김민철은 자신이 누구인지 알아챈 것만 같았다. 알아채고 굳은 표정을 짓고 있는 것만 같았다. 괜한 걱정일까. 저를 보고 있는 모습을 갑자기 보게 되는 바람에 그리 보였던 걸까. 뭔가 묘한 불안감이었다.

강현은 자신이 또 괜한 걱정에 휩싸인 게 분명하다며 불안감을 뭉개려 했다. 뭉개지지 않아 억지로라도 뭉개려 했다. 그러다 자신이 엄청난 실수를 저질렀다는 사실을 순간적으로 깨달았다. 어리석은 수였다. 크나큰 패착이었다.

'왜 그 생각을 못했을까. 그래, 분명히 봤을 거야. 그 사람도. 이제 어떡하지.'

불안과 두려움을 넘어선 공포가 강현의 목을 졸라왔다. '제발 그러지마. 절대 그러면 안 돼.'

강현은 앞으로 달려 나갈 태세를 취하며 은별 뒤에 가려져 있는 민철을 주시했다. 거의 보이지 않았지만 거의 보이는 듯이 주시했다. 약 5분간. 피가 마르는 것 같던 그 시간이 지나고, 살짝 드러나 보이던 민철의 옆통수가 앞으로 조금 이동해 은별의 뒤통수에 완전히 가렸다. 곧이어 은별의 오른쪽 허리춤 옆으로, 회색빛이 도는 무언가가 삐죽 튀어나왔다.

"!"

8분 전.

은별이 민철의 뒤를 따라 걸음을 옮겼다. 시선을 내리고 걷는 그녀의 눈빛이 미약하게 떨리고 있었다. 높이가 2m쯤 되는 사다리꼴 모양의 바위 앞에서 멈춰 선 민철은 바위에 등을 기대며 입을 열었다.

"아까 통화할 때 올 것 같다는 생각이 들긴 했는데, 진짜 와버렸네요. 왔다는 건, 나와 사귀겠다는 거겠죠?"

은별은 아랫입술을 지그시 깨물더니 망설이는 눈빛으로 민철을 쳐다봤다. 그러다 "네." 하며 입을 뗐는데 민철이 그녀의 말을 가로막았다.

"잠깐, 고백은 좀 이따 받을게요. 달구경 좀 하고요."

민철은 고개를 들어 둥근달을 바라보았다.

"오랫동안 달도 별도 못 보고 살았어요. 달구경 별구경 하기 딱 좋은 곳에 내려가 살면서도. 서울에 있을 땐 바빠서 못 봤고, 내려가 살 땐 사는 게 사는 게 아니어서 못 봤죠."

은별은 턱에 주름을 잡으며 아파하는 표정을 지었다.

민철은 고개를 조금 돌려 은별의 얼굴을 봤다. 그의 한쪽 눈 밑이 꿈틀했다.

그는 고개를 바로 하고 덧붙였다.

"나는 오늘 몹쓸 짓을 할 거예요."

은별의 눈에 힘이 들어갔다.

"네?"

민철은 씨익 웃었다.

"당신의 애인이 되는 짓. 부모님을 죽인 살인자 겸 사기꾼의 딸의 애인이 되는 짓."

민철의 눈빛이 금세 날카로워져 있었다.

은별은 눈을 내리뜨며 들릴 듯 말 듯한 신음을 흘렸다.

민철은 엷은 미소를 지으며 말을 이었다.

"결혼을 다음 달 며칠에 하는진 몰라도 그때까지 잘 부탁드릴게요. 곧 내 여친이 될 예뻐진 김이슬 씨."

민철은 입꼬리를 올려 웃더니, 은별의 얼굴을 향해 눈알을 휙 굴렸다.

"근데 아까 누가 '서요' 하고 외치는 소리 들리던데, 은별 씨가 그런 건 아니죠?"

"네."

"하긴, 은별 씨가 그럴 리 없죠. 혼자서 산길 오르면서 버럭 소리나 질러대는, 그런 이상한 사람은 아니죠, 우리 은별 씨가. 못된 사람이긴 하지만."

민철은 마지막 말을 둔탁한 목소리로 뱉어냈다.

괴로움이 밀려오는 듯, 은별은 눈을 내리뜬 채 미간을 찡그렸다.

민철은 시선을 흩트리며 다시 입을 뗐다.

"좀 이따가 여기보다 경치 좋은 곳으로 갈 거예요. 은별 씨 고백 받으러."

은별은 의문스러운 눈빛으로 민철을 쳐다봤다.

"어디로……."

"좋은 곳으로요. 걱정은 마세요. 거기에서도 달은 잘 보일 테니까. 금별, 은별도 잘 보일 테고. 어쩌면 떨어지는 유성도 볼 수 있을지 모르고요."

은별은 눈을 깜박이며 입술을 미세하게 떨었다.

민철은 은별의 얼굴을 슬쩍 보더니 빙긋이 웃었다.

"걱정 마세요. 은별은 안 떨어질 테니까. 하늘 위에서 발을 헛디디지만 않으면."

은별의 눈꺼풀이 한차례 경련하듯 떨렸다.

민철은 바위에서 등을 떼며 은별 앞을 지나쳐 정자를 향해 돌아섰다.

은별은 당황한 얼굴이 되어 눈을 두 번 깜빡였다.

민철은 돌아서자마자 입을 열었다.

"저기 있는 아저씨만 내려가면 그리로 갈 거예요."

목소리가 점점 느려지며 작아졌다. 그는 곧, 정자 뒤편까지 내다보고 몸을 돌린 강현과 눈길을 마주했다. 그는 굳은 표정으로 강현을 뚫어지게 쳐다봤다. 그러다 다시 바위로 가 등을 기댔다. 그의 눈에 힘이 잔뜩 들어가 있었다.

"저 사람이 왜 여기에 있죠."

은별의 눈망울이 크게 흔들렸다.

"네?"

민철은 매서운 눈빛으로 허공을 노려보았다.

"당신 남자 친구가 왜 여기에 있냐고요."

은별은 숨을 헉 삼켰다.

"아니……."

"내가 자살하길 바랐나요."

은별은 눈을 휘둥그레 뜨더니 황급히 입을 뗐다.

"아니에요. 절대 아니에요. 어쩔 수 없었어요. 제가 이리로 오는 중에 오빠가 우리 집에 찾아왔어요. 근데 내가 집에도 없고 전화도 계속 안 받으니까, 문자로 왜 전화 안 받냐고, 안 받아서 지금 미쳐버릴 것 같다고 해서 어쩔 수 없이 제가 전활 걸었어요, 오빠한테. 근데 오빠가 무지하게 힘들어하면서 무슨 일이냐고 계속 캐묻는 바람에……."

민철은 눈을 질끈 감고 긴 탄식을 내뱉었다.

"이런 실수를……. 근데 저를 위해 얘기하지 말라고 한 건데 왜……."

민철은 눈을 꾹 감은 채로 그렇게 말하곤, 천천히 눈을 뜨며 허탈한 표정을 지었다.

"근데 우리 오빠인지는 어떻게……."

민철은 헛웃음을 흘렸다.

"둘 다 바보 아니에요. 강현 씨가 착용한 옷이랑 모자, 또 마스크랑 선글라스, 이 산에 올라왔던 사람들이 착용했던 거잖아요. 두 명이나 세 명이."

은별의 입이 쩍 벌어졌다.

민철은 시선을 내리며 독백으로 말을 이었다.

"이제 보니 아까 강현 씨한테 소리친 거였나 보네. 맞아. 그 여자들 친구 사이로 보였는데 서로 존댓말을 쓸 린 없지. 근데 왜 서라고 했을까. 마스크, 아니 선글라스를 빼앗아 달아나서? 설마……. 잠깐만."

민철의 눈살이 찌푸려져 있었다. 그는 은별을 향해 고개를 돌리며 물었다.

"그럼 강현 씨 산길 달려 올라왔겠네요?"

은별은 입술을 비죽 내밀며 고개를 끄덕했다.

민철은 쌉싸래한 표정을 지었다.

"그랬군요. 어쨌든 간에 노력은 가상하네요. 다 쓸데없는 노력이됐고, 또 쓸데없는 노력이 되겠지만. 오늘 밤만큼은 내가 당신의 애인 겸 금별이 될 테니까."

은별의 동공이 불안정하게 흔들렸다.

민철은 냉한 얼굴을 하며 덧붙였다.

"저 사람이 올라온 이유, 뭔가요."

"네?"

"저 사람한테, 오늘 일 털어놓은 사실을 내가 알게 되면 내가 어떻게 할 거란 거 당신이 들려줬을 텐데, 왜 여기에 와 있냐고요, 저 사람이. 내가 죽는 걸 감수하면서라도 애인을 지키려고? 뭐, 나한테 들키지 않으려고 나름 노력은 했지만 말예요. 아니, 난 당신을 해치거나 어떻게 한다는 말은…… 단 한 번도 입 밖으로 꺼내지 않았는데. 혹시 그렇게 말한 건가요, 강현 씨한테?"

은별은 '단 한 번도 입 밖으로 꺼내지 않았는데.'라는 말이 민철의 입에서 나온 순간, 눈을 한 번 껌뻑이며 침을 꼴깍 삼켰다. 그리고 그의 마지막 물음엔 고개를 짧게 흔들었다.

"아니요. 오빠는 불안해서……."

"그냥 불안해서?"

민철이 은별의 말을 자르고 말했다.

"네, 그럴 수도 있죠. 내가 두려웠을 수도 있죠. 나는…… 아니 당신은 내 부모님을 죽인 놈의 딸이니까. 그런데 나는 그 이유보다 다른 더 큰 이유가 있어 보이는데 어쩌죠? 잠시라지만 자기 애인과 내가 사귀는 게 도저히 용납이 안 돼서, 또 은별 씨가 나랑 사귀겠다고 한 것도 용납이 안 되고, 내가 그렇게 하도록 강요한 건 더더욱 용납이 안 돼서, 그래서 내가 죽든 말든……."

"잠깐만요."

은별이 미간에 주름을 세우며 민철의 말을 끊었다.

"죽든 말든이라뇨. 오빠가 작가님 얼마나 걱정했는데. 힘들게 선글라스를 얻은 이유도, 빨리 달려 올라온 이유도 작가님을 걱정해서였는데. 물론 나를 걱정했기 때문이기도 하지만. 아무튼 오빠는 작가님 무지하게 걱정하고 있어요. 그래서 작가님이랑 내가 사귀는 것도 허락했고요."

민철은 입가에 가느다란 미소를 띠었다.

"아까 강현 씨한테, 몸은 절대 안 건드린다 했다고도 말해줬나요?"

은별은 눈을 내리뜨며 대답했다.

"네."

"은별 씨 말이 맞네요. 죽든 말든이라는 말은 틀렸네요. 어쨌든 다행이네요. 그깟 결론 상처받지 않아서 다행이에요. 조금이라도 상처를 덜 주고 싶었는데."

다음 순간, 민철의 눈빛이 날카롭게 번뜩였다.

"벌써부터 많이 힘들면 안 되니까. 당신이."

민철의 매서운 눈길이 은별의 얼굴을 향하고 있었다. 눈길로 은별의 얼굴을 찌르는 듯했다.

은별은 그의 얼굴을 힐끔 보고는 다시금 눈을 내리떴다.

민철은 이내 표정을 바꿔 생긋 웃음 지었다.

"농담이에요. 은별 씨는 곧 내 애인이 될 사람인데, 내가 왜 힘들길 바라겠어요. 안 그래요?"

은별은 눈살을 찡그리며 흔들리는 숨을 내쉬었다.

민철은 또 생긋 웃더니, 갑자기 눈을 크게 뜨며 "아." 했다.

"아까 강현 씨한테 본인이 누구 딸인지 들려줬겠네요, 어쩔 수 없이."

"들려줄 필요 없었어요. 오빠가 이미 알고 있었거든요."

민철은 충격을 받은 듯했다.

"이미?"

"네."

"아."

민철의 눈에 힘이 들어가 있었다.

"나도 바보네. 사진을 나한테만 보냈을 리 없는데. 그런데 알면서……."

민철은 잠시 심각한 얼굴로 있다가 다시 입을 열었다.

"그동안 강현 씨랑 사귀면서 강현 씨가 그 사실을 알고 있다는 느낌 받은 적 없나요?"

은별은 고개를 살짝 갸웃하고 대답했다.

"없는 거 같아요."

민철은 믿을 수 없다는 얼굴로 고개를 내저었다.

"알고 있으면서 아무 내색을 안 했다. 그렇게 계속 환한 얼굴로 원수의 딸을 대했다. 나 같으면 최소 몇 개월은, 아니 사귀는 거 자체가 아예 불가능."

민철은 말을 뚝 멈추더니 능청스레 웃었다.

"곧 사귀게 될 여자 앞에서 이런 아이러니한 소리하면 안 되겠죠?"

그러더니 인상을 굳히며 이렇게 말했다.

"가라고 해서 갈 린 없을 테니까, 전화해서 이리로 오라고 하세요."

"저 전화 못 해요. 핸드폰 밧데리가 나가서. 아까 산 거의 다 올라와서 꺼졌어요."

은별이 기죽은 목소리로 말했다.

민철은 씁쓸한 표정을 지으며 바위에서 등을 떼고, 바지 주머니에서 휴대폰을 꺼내 은별의 오른쪽 허리춤께로 쭉 내밀었다.

"제 걸로 하세요."

은별은 불안정한 목소리로 "네." 하고는 그의 은색 휴대폰을 받아 들었다. 그러곤 눈을 크게 뜨며 뒤를 돌아보았다. 정자에서 십여 미터 떨어진 지점에 강현이 멈춰 서 있었다. 공포에 질려 있다 순간적으로 안심한 얼굴로. 은별은 그 얼굴을 볼 수 없었겠지만.

은별은 아파하는 기색을 띠며 강현에게 와달라는 손짓을 했다.

강현은 입을 꾹 다물고는 조금씩 절룩이며 은별에게로 걸어갔다.

은별 앞까지 온 그는 애틋한 눈빛으로 그녀의 얼굴을 훑어보았다. 미치도록 보고 싶었던 얼굴이었다. 눈앞에 붙박아 놓고 싶은 얼굴이었다. 그의 눈길과 눈빛을 은별은 볼 수 없었을 터, 그러나 보이는 듯했다. 그의 마음이 읽히는 듯했다. 은별은 그의 눈빛처럼 애틋한 눈빛으로 고개를 끄덕하고는 그의 두 다리를 내려다보았다.

"오빠 다리 어디 다쳤어?"

"무릎 조금. 괜찮아. 별로 안 아파."

"올라오다가 넘어진 거예요?"

바위 앞에 서 있는 민철이 물었다.

"네."

강현은 은별에 가려 보이지 않는 그의 얼굴이 궁금하지 않았다. 그를 향한 미운 감정이 일어서였기도 했지만, 그보다는 그의 얼굴이 무언가에 찌들고 상해 있을 것 같았기 때문이다.

"그러게 왜 왔어요, 바보같이."

민철이 투박한 목소리로 말했다.

강현은 약간의 분노를 느낌과 동시에 가슴이 허는 듯한 느낌을 받았다.

"와야 했으니까요."

"안 와야 했어요."

민철이 단호하게 말했다.

강현은 가슴이 아리고 갑갑했다.

"민철 씨 마음 다는 몰라도 어느 정도는 알 수 있어요. 얼마나 힘들었을지도요. 그런데 이건 좀 아니지 않나요. 제가 어떻게든 힘이 돼드릴게요. 그러니까……"

그때 민철이 강현의 말을 잘랐다.

"날 설득하려고 하지 마세요. 마음 안다면. 은별 씨와 이렇게나 잘 사귀고 있는 걸 보면 얼마나 알고, 얼마나 알 수 있을까 싶지만. 그리고 저는 민철이 아니라 창남이에요. 김창남. 다른 인생으론 살 수 없는 인간 김창남."

'김창남.' 난감했다. 벽 앞에 서 있는 것 같았다. 무슨 말로 이 김창남이자 김창남이었던 사람을 달랠 수 있을까. 무슨 수로 이이의 마음을 바꿔놓을 수 있을까.

김창남이 무표정한 얼굴로 말을 이었다.

"허락했다면서요. 은별 씨가 나랑 사귀는 거. 강현 씨는 이제 어쩔 수 없이 그 장면을 봐야 해요. 은별 씨가 내게 고백하는 장면을."

가슴속으로 불안감이 밀려오다 가슴 아래로 떠내려갔다.

"네. 꼭 그래야겠다면 고백받으세요. 원한다면 조금 떨어져 있을게요."

뒷말을 말하는 데는 용기가 필요했다.

"오빠."

괴로운 표정으로 둘의 대화를 듣고 있던 은별이 입을 뗐다.

"좀 이따 다른 곳으로 간대. 내 고백받으러. 저기 있는 아저씨 내려가면."

"다른 곳."

강현은 그 '다른 곳'이, 지금 자신의 머리에 떠오른 '그곳'과 닮은 곳이 아니기를 바랐다.

"네. 저 아저씨만 내려가면 바로 갈 거예요. 그곳으로."

창남은 시선을 내리며 덧붙였다.

"돌아가고 싶으면 돌아가요. 은별 씨도요. 제가 죽어버려도 된다면."

정말 듣기 싫은 말이었다. 참으로 끔찍한 말이었다. 하여 돌아갈 수 없었다. 그 끔찍한 말대로 끔찍한 그 일이 일어나버릴 것만 같아서. 설령 그곳이 '그곳'과 닮은 곳이라 할지라도 돌아갈 수 없었다. 아니, '그곳'과 닮은 곳이라면 더더욱……. 은별은 어떨까. 강현은 은별의 눈에 시선을 고정했다. 은별은 시린 눈을 한 채 보일 듯 말 듯하게 고개를 가로젓고 있었다. 그녀의 눈과 고개는 분명 돌아가면 안 된다고 말하고 있었다. 입에서는 이런 말이 새어 나왔지만.

"오빠 얼굴 보고 싶어."

강현은 고개를 끄덕하곤 모자와 마스크, 선글라스를 차례로 벗었다. 선글라스까지 벗어 강현의 눈이 드러나자, 은별은 한순간에 서러워하는 얼굴이 되어버렸다. '은별아.' 커다란 바위가 가슴에 내려앉는 듯했다. 짧은 순간, 눈물이 어린 채 흔들리는 그녀의 눈망울에서 불안감이 읽혔다. '은별아.' 내려앉은 바위가 가슴을 짓누르는 듯했다. 그의 그런 심정이 보였는지, 은별은 그를 그러안고 이렇게 말했다.

"나 괜찮아. 오빠가 옆에 있으니까."

"그래. 내가 옆에 있으니까 다 괜찮을 거야."

강현이 은별의 등을 쓰다듬으며 말했다. 창남의 얼굴을 아직 눈에 담지 않은 채.

바위 앞에 선 채 냉랭한 얼굴을 하고 있던 창남은 강현의 말을 듣고 씁쓰레한 표정을 지었다. 그러곤 오른쪽으로 고개를 돌려, 강현의 어깨에 뺨을 묻고 있는 은별의 옆얼굴을 쳐다봤다. 그러다 강현과 눈이 마주쳤다.

강현은 왼쪽 가슴이 쓰렸다. 아픈 얼굴이었다. 아픔에 망가져 있는 얼굴이었다. 행복이란 감정이 싹 빠져나가 있는 얼굴이었다. 기쁨, 즐거움, 이런 유의 단어가 그의 사전엔 지워져 있을 것 같았다. 머리에도, 가슴에도. 낯빛에도, 눈빛에도 아픈 과거만 서려 있는 듯했다. 현재형으로. '웃는다고 웃는 얼굴이 될 수 있을까.'

창남은 시선을 떨어뜨려 강현의 눈길을 피하고 고개를 앞으로 돌렸다. 그런 다음 앞으로 몇 발짝 걸어가 정자를 향해 돌아섰다. 아까 그 노인이 정자 뒤편에서 상체를 좌우로 돌리고 있었다.

은별이 강현의 몸에서 떨어져 창남을 향해 돌아섰다. 그녀의 오른손에 창남의 휴대폰이 들려 있었다. 강현은 그녀 옆에 서서 창남의 비스듬한 옆얼굴을 안타까이 바라봤다. 세 사람은 지금 그 자세로 몇 분간 가만히 서 있었다.

노인이 정자를 지나쳐 산 아래로 향하자, 창남이 반대편으로 돌아서며 입을 열었다.

"핸드폰 주시죠."

은별은 "아, 네." 하고 걸음을 옮겨 창남에게 휴대폰을 건넸다. 강현도 걸음을 때 창남 곁으로 다가갔다.

창남은 휴대폰 화면을 몇 번 터치한 후 정면을 보며 말했다.

"잠깐 핸드폰 좀 맡길게요. 강현 씨한테."

강현은 이상한 느낌을 받으며 "아, 네." 하고서 그의 휴대폰을 받아 들었다.

"핸드폰 주머니에 넣고 열어보지 말아주세요."

"그럴게요. 그런데 왜……."

창남은 나직한 목소리로 대답했다.

"이유는 이따가 알려드릴게요. 그럼 가시죠."

창남은 입을 닫으며 앞을 향해 걸음을 뗐다. 강현은 은별과 함께 그의 뒤를 따랐다. 스산한 기운이 가슴에 스며오는 걸 느끼며.

20여 미터를 걸으니, 납작한 바위가 박힌 곳 옆으로 아래로 뻗은 샛길이 보였다. 풀숲과 나무들이 우거져 있는 곳을 향해 나 있는 길이었다.

2분 후.

두 사람이 나란히 걸을 수 없을 만큼 폭이 좁은 길이 계속 이어졌다. 사람이 많이 오르내리지 않았는지 길은 그리 단단하지 않았다. 강현은 오른발을 땅에 디딜 때마다 무릎에 통증을 느꼈다. 작은 등산화 탓에 두 발도 아팠다. 하지만 아프지 않은 것처럼 걸었다. 실제로도 그다지 아프지 않았다. 아픔이 제대로 느껴질 여유 따윈 없었기에.

계속해서 주위로 나무와 풀들만 보여, '그곳'이 나올 것 같다는 느낌은 들지 않았다. 강현은 제 뒤를 따라 내려오는 은별의 숨소리를 들으며, '그곳과 조금이라도 닮은 곳'조차 나오지 말아달라고 빌었다. 그러곤 오른손을 뒤로 내뻗었다. 초조한 낯빛을 띠고 있던 은별이 미소를 지으며 그 손을 잡았다.

조금 더 내려가자 길이 오른쪽으로 휘어왔다. 휜 길을 20초가량 돌아내려가자 길이 조금씩 넓어져왔다. 그러더니 곧, 바깥 면이 가파르게 깎인 암벽이 왼편 먼 시야에 들어왔다. 강현은 가슴이 철렁 내려앉는 듯했다. 다음 순간, 오른손이 꽉 조임을 느꼈다. '은별아.' 강현은 뒤를 돌아볼까 하다가 말았다. 대신 오른손을 당겨 은별을 제 옆으로 오게 했다.

40여 미터를 더 돌아내려오자, 80평 남짓 돼 보이는 땅이 눈앞에 펼쳐졌다.

땅은 대체로 평평했는데 아래가 대부분 암석으로 이루어져 있는지, 땅 군데군데에 갈라지고 납작한 돌이 낮게 낮게 돌출되어 있었다. 땅 왼편으로는 비스듬히 경사진 넓적바위가 흙을 뚫고 드러나 있었다. 암벽의 윗면이었다. 좀 전과 보는 위치와 각도가 달라져, 암벽의 가파르게 깎인 면은 보이지 않았다. 땅 위편으로는 길이 나 있지 않았고, 풀들과 크고 작은 나무들이 우거져 있었다.

창남은 길이 끝나는 지점에 멈춰 서 잠시 가만히 있었다.

은별은 강현의 오른팔을 왼손으로 붙들었다. 강현은 고개를 돌려 은별의 옆얼굴을 봤다. 그녀는 불안한 눈빛으로 창남의 다리를 내려다보고 있었다. 많이 불안해 보였다. 어쩌면 자신보다 더. 문득, 정자 앞에서 자신이 둘을 지켜봤을 때 창남이 무슨 얘기를 했을까 궁금해졌다. '혹시 죽음을 암시하는 말을 했나. 아니면 은별이를……' 소름이 끼쳤다. '아니야. 은별이한테도 이 사람한테도 아무 일 없을 거야. 그래, 아무 일 없이 지나갈 거야. 틀림없이.'

강현은 그렇게 불안감을 억누르고 조심스레 입을 뗐다.

"왜 이런 곳에서 고백을……."

창남은 차분한 목소리로 대답했다.

"이곳이 어때서요. 저는 고백받기 딱 좋은 곳으로 보이는데. 두 분은 잠시 여기에 계세요. 나는 저쪽으로 좀 갈 테니까."

창남은 말을 마치며 왼편 대각선 방향에 있는 암벽의 윗면을 향해 걸음을 뗐다.

"어디 가세요."

"작가님 안 돼요."

강현과 은별이 크게 당황한 얼굴로 동시에 말했다.

강현은 황급히 발을 옮겨 창남의 몸을 붙들고 싶었다. 붙들고 이러지 말라고 소리치고 싶었다. 강현은 그 마음에 이끌려, 은별의 손을 떼어내고 급히 두 발짝을 옮겼다. 그 순간 창남이 걸음을 멈췄다. 넓적한 바위 끄트머리를 10여 미터 앞두고.

"안 떨어지니까 걱정 마세요. 극적으로 고백받고 싶을 뿐이니까. 혹시라도 내 몸 붙들어야겠다고 생각했다면 당장 내려놓으세요, 그 생각. 괜히 위험해질 수도 있으니까. 내가 갑자기 달려버릴 수도 있으니까."

그러고는 다시 걸음을 뗐다.

강현은 숨이 목에 턱 걸리는 듯했다. 한 발짝도 더는 뗄 수 없었다.

은별은 떨리는 숨을 삼키더니, 미간을 찡그리며 짧은 신음을 흘렸다.

창남은 걷는 속도를 조금도 늦추지 않고 넓적한 바위 끝을 향해 계속 나아갔다.

그가 바위 끄트머리와 가까워질수록, 두 사람의 얼굴엔 애타는 심정이 점점 더 짙게 박혀갔다.

발을 디딜 수 없는 허공을 3미터여 앞두고도, 창남은 계속 같은 속도로 걸었다. 한 발짝, 또 한 발짝. 그러다 바위 끄트머리를 50㎝쯤 남겨두고서야 걸음을 멈췄다.

강현은 쉴 수 없었던 숨을 토해냈다. 겨드랑이가 식은땀으로 젖어 있었다. 은별도 안도의 숨을 토해내고는 입술을 내밀며 울 것만 같은 얼굴을 했다.

바위 끄트머리 앞, 뒤편의 땅보다 40㎝가량 높은 지점에 멈춰 선 창남은, 고개를 쳐들어 둥근달을 바라보았다.

"여기서도 역시 달은 밝군요. 딱 좋은 곳, 딱 좋은 밤하늘 아래에서 혼자서 반짝여야만 했던 여인의 고백을 받을 수 있어서…… 좋네요."

창남은 그렇게 말하고 두 사람을 향해 돌아섰다. 뒤에서 내리비치는 달빛으로 인해, 강현은 그의 표정을 제대로 읽을 수 없었다. 어찌 보면 평온한 얼굴을 하고 있는 것도 같았고, 어찌 보면 쓸쓸한 얼굴을 하고 있는 것도 같았다. 강현은 표정 따윈 어때도 좋으니 제발 그 끔찍한 짓만 하지 말아달라고 빌었다. '혼자서 반짝여야만 했던 여인'이라는 표현이 거슬릴 틈도 없이. 또 평온한 표정을 지은 다음 날 생을 달리한 아버지를 떠올릴 틈도 없이.

"작가님, 이제 제 고백 받으실래요? 작게나마 반짝이려고 했던 여자의 고백이긴 하지만요."

은별이 강현 옆으로 와 풀 죽은 목소리로 말했다.

"고백은 조금만 더 있다가 받을게요, 작게나마 반짝이려 했던 은별 씨. 많이 반짝이려 했으면…… 어떻게 됐을지도 모르는 은별 씨."

창남의 눈빛이 어느새 매서워져 있었다.

가슴속으로 섬뜩한 공포가 밀려오더니, 강한 반감이 일었다. 그러나 강현은 아무 말도 뱉어내지 못했다. 갑갑한 중에 은별에게 미안했다.

창남이 덤덤한 목소리로 덧붙였다.

"사귀려면 상대에 대해 잘 알아야겠죠. 상대가 어떤 마음과 생각을 가지고 있고, 또 어떻게 살아왔는가를. 이미 어느 정도는 알고 있고 예상도 되지만, 나는 더 제대로 알고 싶어요. 내가 먼저 물어볼게요. 은별 씨는 지금 자기 아버지를 얼마나 저주하고 있죠?"

"저주할 가치나 있나요. 그런 인간 따위."

은별은 눈에 힘을 주며 한 치의 망설임도 없이 말하더니, 이내 눈살을 살짝 찌푸렸다.

창남은 씁쓰름한 표정을 지었다.

"이상하네요. 가치가 없어서 저주를 안 한다? 가치가 없는 건 맞는데 저주는 해야죠, 그래도. 아니 혹시, 지 애비라고 불쌍하게 여기고 있는 거 아니에요?"

"아니에요, 절대. 원한다면 저주할게요. 평생토록."

은별이 단호한 어투로 말했다.

창남은 눈을 가늘게 뜨며 흐릿한 미소를 지었다.

"평생토록이라…… 뭐, 그렇게 오랫동안 저주할 필욘 없어요. 오늘 밤 나와 사귀기 전까지만 저주해주면 돼요. 사귀는 여자 얼굴 쳐다보면서까지 그 구역질 나는 놈의 얼굴 떠올리고 싶진 않으니까. 아니, 떠올릴 수밖에 없나?"

은별은 시선을 떨어뜨리며 미간에 주름을 세웠다.

"미안하네요. 자꾸 비꼬는 소리만 해대서. 그래도 어쩌겠어요. 요 정도는 지랄을 해줘야 은별 씨와 사귈 수 있을 거 같은데."

창남은 이어 아아……, 하고 탄식을 내뱉었다.

"내가 이렇게 입이 더러운 놈이 아니었는데 어쩌다가…… 어쩌다 가 이렇게 됐을까요, 강현 씨."

창남의 눈길이 은별처럼 시선을 떨구고 있는 강현에게로 향해 있었다.

강현은 무슨 말을 해야 할지, 무슨 말로 이 상황을 깨트릴 수 있을지 매우 고민스러웠다. 그리고 은별에게 이래야만 하는 창남이 밉고 야속하게 느껴졌다.

강현이 대답을 못 하자 창남이 말을 계속했다.

"그래요. 강현 씨는 내가 어쩌다가 이렇게 됐는지 모르겠죠. 난 이해가 안 돼요, 강현 씨가. 난 지난 수개월 동안 강현 씨 얼굴을 봐왔어요. 은별 씨와 같이 찍힌 사진을 통해. 그런데 강현 씨는 늘 활짝 핀 얼굴을 하고 있더군요. 아까 알았지만, 은별 씨가 누구의 딸인지 알았을 때도 똑같이. 뭐, 자기를 위해 와준 게 고마워서 조금은 웃어줄 수도 있죠. 나 같으면 오히려 인상을 팍 쓰고, 분노가 이글거리는 표정을 짓고 또 지었겠지만."

창남은 말을 멈추며 은별을 매섭게 노려봤다. 은별은 그의 얼굴을 슬그머니 보더니, 바로 또 눈을 내리떴다.

창남은 작게 콧방귀를 뀌고 강현을 향해 눈길을 돌렸다.

"아무튼 그렇게 고마웠다고 해도, 최소 한두 달 정도는 분노도 좀 느끼고 괴로워해야 하는 게 맞지 않나요? 아무 내색 없이 웃고 희희덕거리는 게 어떻게 가능하냔 말이죠. 원수의 자식이란 걸 알았는데. 죽은 아버지를 위해서라도 그건 좀 아니지 않나요?"

강현은 자신과 은별을 오랜 기간 감시해왔다는 창남의 말에 약간의 충격을 받았었다. 그러나 그 충격은, 은별을 대변해야 한다는 마음과 창남을 설득하고 이해시켜야 한다는 생각에 곧바로 가셨다.

"말씀하신 것처럼 은별이는 저를 위해 제게 다가와 줬어요. 자기는 아무 잘못이 없는데도."

창남은 한쪽 눈을 찡그렸다.

"아무 잘못이 없는데도?"

강현은 그를 가만히 응시했다.

"네. 은별이는 은별이일 뿐이니까요. 다른 누구도 아닌."

은별이 고개를 돌려 강현의 옆얼굴을 쳐다보았다. 염려와 고마워하는 마음이 섞인 눈빛으로.

창남은 고개를 갸우뚱하고 눈썹을 추켜올렸다.

"뭐, 나름 일리는 있네요. 계속 말해보세요. 잘 한번 들어볼 테니까."

창남은 말하고 나서 눈가에 조소를 머금었다.

"제가 그때 은별이 앞에서 웃고 희희덕거릴 수 있었던 이유는, 좀 전에 말한 그게 전부입니다."

창남은 얼굴을 확 찡그렸다.

"그게 전부?"

"네. 아무 잘못 없는 사람이, 자신도 책임이 있는 것마냥 내게 다가와 줬다는 사실 하나만으로, 그때도 그렇게 밝을 수 있었다고요. 아니 더욱더 밝을 수 있었죠. 얘를 더욱더 좋아할 수 있게 됐고요."

창남은 한쪽 입가에 주름을 잡으며 고개를 저었다.

"더욱더 좋아할 수 있게 됐다? 자신을 위해 다가와 줬다는 사실이 그렇게 대단하나요? 그게 은별 씨가 원수의 딸이라는 사실을 묻어버리고 더욱더 좋아할 수 있게 할 만큼 대단한 거냐고요."

창남은 비웃음 섞인 콧숨을 뿜어내고 말을 이었다.

"뭐, 그럴 수도 있다고 치죠. 근데 아버지는요? 아버지한테 미안한 마음 들지 않았었나요, 그때?" 이때 은별은 입술을 조금 내민 채 눈을 끔벅거리고 있었다.

강현은 잠시 생각을 해봐야 했다. 그 무렵 아버지에게 미안한 마음이 들었었는가를. 생각해 본 결과, 자신도 조금 이해가 안 됐지만 아버지에게 미안해한 적이 없었다. 한데 곧, 왜 미안해야 하나, 하는 생각이 들었다. 아버지를 많이 사랑했고 지금도 사랑하고 있지만, 그렇다고 그 문제로 아버지에게 미안해할 필요는 없을 듯했다. 아니, 미안해야 할 건 아닌 듯했다. 그런데 강현은 떠오른 생각과 어긋난 답변을 했다. 창남을 설득해야 했기에.

"조금은 미안한 마음이 들기도 했지만, 아버지도 허락해주실 거라고 믿었습니다. 어찌됐든 은별이는 저를 지켜주려 온 사람이니까요. 아버지의 아들인 저를."

창남은 시큰둥한 표정을 지었다.

"일리가 좀 있어 보이기도 하는데 별로 와닿진 않네요. 그런데 중요한 건 그게 아니에요. 은별 씨가 지 애비 땜에 여섯 명씩이나 죽어나가는 걸 보며 얼마나 괴로워했었느냐지. 사람이라면 당연히 엄청나게 괴로웠어야 했겠죠. 지금도 많이 괴로워하고 있어야 하고."

은별은 입을 꾹 다물며 침울한 표정을 지었다. 조금은 억울해하는 표정 같아도 보였다.

강현은 반감을 느끼면서도 창남의 말을 인정하지 않을 수 없었다. 상황을 타개하기 위해 어쩔 수 없이.

"네. 힘들어야 하죠. 그래서 힘들어했었죠. 엄청나게."

창남은 피식 웃었다.

"엄청나게?"

"네, 엄청나게요. 죽으려 한 나를 어떻게든 지켜주려고 저를 찾아와 줬던 만큼."

창남은 냉정한 어투로 강현의 말을 받아쳤다.

"그것만으론 은별 씨가 그렇게 힘들었을 거라고 단정 지을 수 없어요. 아무리 봐도 그것만으론 턱없이 부족해요. 어쩌면 은별 씨는 희생자가 한 명씩 나올 때만 눈물 한 번 찔끔 흘리고 말았을 수도 있어요. 그러다 강현 씨가 자결하려 했다는 기사를 보곤 갑자기 죄책감 같은 걸 느껴, '이 남자는 내가 한번 지켜줘 볼까?' 하고 생각했을지도 모르죠. 그렇게 '내가 한번 지켜줘 볼까?' 할 만큼, 지켜주려는 마음은 그다지 크지 않았을 테고. 은별 씨가 그때 한 짓들을 보면 그렇게밖에 판단이 안 되죠. 음, 은별 씨한테 두 번째로 물어보고 싶었던 거였는데 마침 잘 됐네요."

창남은 눈썹을 살짝 올리며 은별을 향해 물었다.

"그때 얼마나 힘들었죠? 정말 엄청나게 힘들었나요?"

은별의 눈망울에 아픔이 서려 있었다.

"죽을 만큼 힘들었어요. 사는 게 사는 게 아닐 만큼요."

창남의 한쪽 뺨이 꿈틀했다.

"그렇게 힘들었는데 개명하는 걸로도 모자라 성형까지 이—쁘게 했나요? 지 애비 땜에 수억, 수십억을 날린 사람이 백 명이 넘고, 죽은 사람은 여섯 명이나 되고, 일본 사람 한 명은 살해당한 걸로 모자라 뼈까지 불에 타버렸는데, 개명하는 걸로도 모자라 성형까지 이쁘게 했냐고요. 살인자 겸 사기꾼의 딸인 걸 숨긴 채 스타가 돼 보려고 말예요. 예? 근데 그러면서도 엄청나게 힘들어했다? 하, 이게 말이 된다고 생각하세요, 은별 씨는?"

창남은 다시 하, 하고 실소를 터트리더니, 돌연 이를 꽉 깨물었다.

은별은 눈에 눈물을 머금은 채 슬픔과 고통에 젖은 얼굴을 하고 있었다.

"정말, 정말 힘들었어요. 성형할 때도 그분들 생각지 않았던 건 아니고요. 정말로요. 그리고 스타까지는 될 생각 없었어요. 그래서 극단에 들어가서도 조연이나 단역만 맡으려고 했고요. 그리고 일본 사람은……"

은별은 눈을 깜박이며 말을 흐렸다.

강현은 가슴이 허는 듯했다.

창남은 은별이 말하던 중에 눈을 질끈 감았다. 그런 뒤 그녀가 말을 잇지 못하자, 눈을 번쩍 뜨며 이해할 수 없다는 표정을 지었다.

"그 인간이 죽었다고 생각하는 거예요, 은별 씨는?"

은별은 눈을 내리뜨고 머뭇거렸다.

"그게…… 모르겠어요."

"마음 편하려고 일부러 죽었다고 생각하는 거 아니에요?"

창남이 떠름한 표정으로 물었다.

은별은 턱에 주름을 잡으며 고개를 미세하게 가로저었다.

창남은 의도적으로 보이는 헛기침을 했다.

"크음, 알았어요. 그렇게 생각할 수도 있죠. 마음 편하려고."

창남은 말하고서 웃음기 어린 눈빛을 번뜩였다.

강현은 곁눈으로 은별의 얼굴을 보았다. 은별은 눈물이 그렁그렁 맺힌 눈으로 허공조차 쉬이 보지 못하고 있었다. 그 눈물 맺힌 눈에서 짙은 아픔과 서러움이 읽혔다. 가슴이 아렸다.

창남이 밉고 못마땅했다. 그리고 그가 처음부터 자결할 생각이 없었다고 느껴져 왔다. 단지 은별을 괴롭히고, 그녀에게 살인자 겸 사기꾼의 자식은 굉장히 힘들어야 한다고 가르치기 위해, 그가 자신의 목숨을 무기 삼아 이러는 거라고 생각됐다. 그렇게 생각되니, 그가 참 못된 사람으로 여겨졌다. 아무리 은별의 아버지로 인해 자신의 부모를 잃었다 하지만, 이건 아니었다.

강현은 눈에 힘을 주며 창남을 주시했다.

창남은 피식 웃고서 덧붙였다.

"그건 그렇다 치고, 나도 은별 씨가 극단에서 주연 맡지 않으려고 했다는 거 알고 있어요. 그런데 그건 자신이 배우로 확 뜨면 자기가 누구 딸인지 밝혀질 수도 있을 거 같아서 그랬던 거 아닌가요?"

은별은 아랫입술을 조금 내밀며 구슬픈 표정을 지었다.

"그게…… 솔직히 말하면 그런 이유도 있었어요. 근데 미안해서, 희생자분들에게 미안해서 그랬던 것도 있어요. 정말로요."

"미안했다면 그러면 안 됐어요. 차라리 난 김동필의 딸입니다, 하고 밝히고서 극단에 들어가 주연이든 뭐든 맡겠다고 했다면 조금은 나았을 거예요. 뭐 그랬으면 극단에 아예 못 들어갔을 수도 있지만, 어쨌든 그래야 했어요. 아니, 아니죠. 그랬다 해도 은별 씨가 못된 사람이라는 사실은 조금도 바뀔 수 없죠. 내가 잠시 헷갈릴 뻔했네요. 예뻐진 김이슬 씨를 잊을 뻔했어요. 게다가 개명까지 하고 스파이처럼 극단에 침투한 못—된……."

"은별이도 피해자입니다."

강현이 참다못해 거친 목소리로 창남의 말을 잘라냈다.

은별은 놀란 눈으로 강현의 옆얼굴을 쳐다봤다.

창남은 눈살을 확 찌푸렸다.

"뭐라고요?"

"피해자라고요, 은별이도. 은별이가 왜 피해자인지 지금부터 하나하나 알려드리죠."

창남은 기가 차다는 얼굴로 헛웃음을 터트렸다.

강현은 마음을 굳게 먹고, 단단한 목소리로 은별이 입은 피해를 열거했다.

"은별이는 자신이 김동필의 딸이라는 이유로 힘들어야 했어요. 또, 그 인간에게 사기를 당한 피해자들을 보며 괴로워야 했고, 희생자가 나오는 걸 보면서는 더더욱 괴로워야 했어요. 제가 아는 은별이라면 분명히. 또 은별이는 꿈을 이뤄가면서 많은 제약을 받아야 했어요. 개명도 해야 했고, 성형도 해야 했죠. 또한 인기 배우가 되려 했던 마음도 접어야 했고요. 이 모든 게 은별이도 피해자라고 말해주는 증거들이자 은별이가 받아야만 했던 피해들입니다. 자신은 아무 잘못이 없는데도 받아야만 했던 피해들."

"오빠."

은별은 커진 눈으로 강현을 보며 보일 듯 말 듯하게 고개를 저었다. 창남이 걱정되는 듯했다. 강현의 말에 수긍하지 못하는 듯도 했고.

강현은 은별을 곁눈으로 볼까 하다가, 그러는 대신 "괜찮아."라고 말했다.

창남은 황당해하는 얼굴로 헛웃음을 연신 토해냈다.

"지금 그걸 말이라고 했나요?

강현은 창남의 얼굴을 똑바로 쳐다보며 대답했다.

"네."

"하, 무슨 그런 거지 같은……. 개명도 성형도 꿈을 이루려고 한 것도 해서는 안 될 짓이었어요. 그런데 그게 어떻게 받아야만 했던 피해가 될 수 있죠?"

강현의 마음이 답답함으로 요동쳤다.

"왜 꿈을 이루려고 하는 게 해서는 안 될 짓이 될 수 있죠?"

"뭐요? 그걸 몰라서 물어요, 지금!"

창남이 눈알을 부라리며 소리쳤다.

은별은 움찔하며 시선을 뚝 떨어뜨렸다.

강현은 조금 당황스러웠지만 이내 마음을 다잡았다.

"압니다. 희생자들과 그들의 가족을 생각하면 그래선 안 된다고 여기는 창남 씨 마음. 하지만 저는 조금 다르게 생각합니다. 세상에 소중하지 않은 꿈은 없죠. 어떤 이의 꿈이라도 말이죠. 그런데 왜 은별이는 이루려 하면 안 된다는 건가요. 누구에게나 이렇게 소중한 꿈을, 왜 범죄자의 자식이라고 이루려 하면 안 된다는 거냐고요."

창남은 투박한 목소리로 응수했다.

"그냥 범죄자의 자식이 아닌, 여섯 명씩이나 죽인 살인자의 자식이니까. 거의 모든 사람의 꿈이 소중한 거지, 김동필 같은 놈이나 그런 놈의 자식의 꿈까지 소중할 순 없다는 거죠."

강현은 몹시도 답답한 가운데, '어떻게 이렇게나 생각이 다를 수 있나' 싶었다. 효과적인 말이 필요했다. 창남의 의견을 꺾어낼 효과적인 말이. 그런데 곧 어떤 말을 떠올리긴 했는데, 그의 의견을 꺾어낼 효과적인 말이 되지는 못할 듯했다. 그래도 일단 뱉어냈다.

"피해자들 가족 모두가 아무것도 못 하고 그저 괴로워하고만 있을까요?"

창남은 험악한 인상을 지었다.

"뭐요?"

강현은 괜히 그의 속만 긁어놓은 거 같았지만, 바로 다음 말을 이었다.

"피해자들과 희생자들 가족 중에는 아픔을 딛고 일어나."

그렇게 말을 멈춘 강현은, 뱉어낸 말을 고치고, 이을 말에서 '꿋꿋이'란 단어를 빼기로 했다. 조금이라도 설득력을 얻기 위해.

"아니 비록 계속 힘들긴 하지만 자기만의 삶을 이어가는 분들도 분명 있을 겁니다. 저처럼요. 은별이도 그중에 한 명이고요."

창남의 눈에 힘이 잔뜩 들어갔다.

"그중에 한 명?"

"네. 좀 전에 말했다시피 은별이도 피해자니까요."

강현은 그리 말해놓고 보니, 꼭 이래야 할 필요가 있을까 하는 의문이 들었다. 아까도 몇 분간 그랬고, 금방도 잠시 설득력을 얻기 위해 노력했는데, 굳이 그리 어렵게 설득해야 할 필요가 있을까 싶었다. 강제로 꺾어내면 꺾어냈지. 창남은 분명 자결할 생각이 없고 은별을 괴롭히기 위해 이러고 있는 것일 뿐인데, 그렇다면 이제 자신이 할 일은 그와 은별의 고통스러운 만남을 끊어내는 일, 그것 하나밖에 없을 터이니 말이다.

창남은 눈에 힘을 준 채 기막혀하는 헛숨을 연달아 내뱉었다.

은별은 고통 어린 얼굴을 일그리며 고개를 내저었다.

강현은 곁눈으로든 고개를 돌려서든 은별의 얼굴을 보지 않았다. 여기서 약해질 순 없었기에 그랬다. 창남을 꺾어내는 건 고사하고 되레 판만 커질 것 같다는 우려가 들기도 했지만 어쨌든.

창남은 평정심을 되찾으려는 듯 깊은숨을 들이 내쉬었다. 그러고서 말했다.

"강현 씨, 정말 진심으로 물어볼게요. 강현 씨는 정말 은별 씨가 무진장 괴로워하면서도 개명에 성형까지 해가며 꿈을 이루려 했다는 게 말이 된다고 생각하세요?"

"네, 된다고 생각합니다. 무엇보다 은별이가 그랬으니까요."

"하, 무슨 은별이가 답인가? 은별이가 했으면 다 옳고 맞는 거예요? 은별 씨는 무조건 착하고, 은별 씨는 무조건 남의 고통을 모른 척 못 하고, 은별 씨는 뒤에서 뭔 짓을 해도 실제로는 너무나도 선한 사람이라서 피해자들의 고통을 절대 나 몰라라 할 수 없었을 거다, 이거예요?"

강현은 그의 말에 거부감을 느끼며 '그건 아닙니다.' 하고 말하려했다. 그러나 자신이 정말 '그건 아니라고' 생각하는지 확신이 서지 않아 입을 열 수 없었다. 바로는.

"……그건 아닙니다. 다만 은별이는 굉장히 힘들어하면서도 어떻게든 버텨내며 자신의 꿈도 이뤄보려 했다는 거죠. 제가 아는 은별이라면 분명히."

창남은 강현의 얼굴을 씁쓸히 바라봤다.

"분명히라…… 암만 봐도 강현 씨 눈에 콩깍지가 씌어 있는 거 같네요. 그래서 애인의 본모습을 못 보고 있는 거 같아요. 강현 씨 혹시, 은별 씨가 저리 예뻐서 그렇게 사리분별 못 하고 있는 거 아니에요? 근데 아시잖아요. 은별 씨 저렇게 예쁜 여자가 아니었다는 거."

그러자 고통스러워하고 있던 은별이 떨리는 콧숨을 들이쉬며 쓰라린 표정을 지었다.

강현은 분노가 솟구침을 느꼈다.

"그만해요."

창남은 눈을 사납게 떴다.

"뭐라고요?"

"그만하라고!"

강현이 눈을 부릅뜨며 소리쳤다. 그러곤 바로 움찔했다. 위험 수위를 넘긴 말과 행동이라고 느꼈다. 창남이 자결하지 않을 게 확실하다고 느끼고 있으면서도.

은별은 강현과 같이 몸을 움찔하더니, 작고 불안한 목소리로 "안 그래도 돼, 오빠." 하고 말했다.

창남은 눈을 찌푸리며 쓴웃음을 지었다.

"답변을 못 하고 성질을 드러냈다. 그랬다는 건, 내 말을 인정한 거라고 봐야겠죠?"

강현은 은별만 들을 수 있게 "괜찮아." 하고는 침착한 어투로 답했다.

"아닙니다. 단지 답답하고 화가 나서 나도 모르게 욱했던 것뿐입니다. 창남 씨가 은별이 속을 볼 수 없다는 게 답답하고 화가 나서. 그리고 은별이가 예뻐졌든 말든 그건 얘 본모습과는 아무 상관이 없는데, 그런 식으로 말해대는 창남 씨가 못마땅해서."

창남은 눈을 반쯤 감으며 고개를 절레절레 저었다.

"예쁘게 성형한 게 본모습과는 아무 상관이 없다. 어떻게 그런……."

창남은 한숨을 푹 내쉬고 덧붙여 말했다.

"네. 강현 씨 말대로 은별 씨에겐 꿈도 중요해서 아픔을 딛고 일어나…… 아니 계속 힘들긴 했지만 어떻게든 버텨내며 꿈도 펼쳐보려 했다고 치죠. 그런데 얼굴을 왜 꼭 예쁘게 고쳐야 했을까요? 전보다 못나 보이게나 평범하게 고치지 않고 말이죠. 아픔을 딛고 일어났든 어쨌든 간에 계속 힘들어하며 희생자들에게 미안해하고 있었을 텐데, 어떻게 그렇게 이—쁘게 성형까지 해가며 꿈을 이루려 할 수 있었겠느냔 말이죠. 힘들지도 미안하지도 않았으니까 그럴 수 있었던 거지."

"그건 억지 아닌가요. 예쁘게 성형했다는 걸로 한 사람의 본심을 저울질할 순 없다고 생각합니다. 어떤 이유로 성형을 하든 평범하게나 전보다 못나 보이도록 성형하려는 사람은 아마 없을 겁니다. 그건 은별이에게도 해당되는 말이고요."

"은별이에게도 해당? 무슨……."

창남은 눈을 질끈 감으며 거친 탄식을 내뱉었다. 그러고는 천천히 눈을 뜨며 씁쓸한 입맛을 다셨다.

"더 말해봤자 내 입만 아플 거 같네요. 뭐, 강현 씨 말에 일리가 전혀 없다고 생각하는 건 아녜요. 은별 씨가 강현 씨 말과 비슷했을 수도 있죠. 근데 그랬을 가능성이 매우 희박하다는 게 문제예요. 얘기 더 들어봤자 그 가능성이 커질 가능성은 없어 보이는군요. ……그래도 강현 씨에게 한두 가지는 더 물어봐야겠네요. 그래야 후회가 안 남을 것 같아요."

창남의 시선이 흐트러져 있었다.

"토 안 달고 그냥 들을 테니까 편하게 답해주세요."

"네. 그럴게요."

스산한 기운이 가슴에 스미었다. 몇 분간 가지고 있던 확신이 허물어져 내렸다.

은별은 고개를 갸웃하며 이맛살을 찌푸렸다.

창남은 옅은 미소를 머금고 말했다.

"아까 은별 씨가 극단에서 주연을 맡지 않으려고 한 이유가, 자기가 누구 딸인지 밝혀질 수도 있어서, 또 희생자들에게 미안했기 때문이라고 했는데, 강현 씨는 전자의 이유로 주연을 맡지 않으려 한 것도 은별 씨가 받은 피해라고 생각하나요?"

강현은 잠시 망설이다가 대답했다.

"네. 그것도 김동필의 딸이라는 이유로 받아야 했던 제약이니까요. 또 그런 결정을 내리기 전에 은별이가 느꼈을 걱정과 두려움도 김동필을 아버지로 둔 대가라고 생각합니다. 치르지 않아도 되었을……."

창남이 듣기에 과하게 거북한 말을 덧붙이려 했다고 느껴, 강현은 그렇게 말을 흐렸다. 창남이 또 갑갑해할까 봐 걱정되었다. 이제는 그렇게 걱정해야 했다. 그를 꺾으려고 하기보다는.

창남은 하하하, 웃었다.

강현은 그 웃음소리를 들으며, 죽기 전날 평온해 보였던 아버지의 얼굴을 떠올렸다. 왜 그래야 했을까. 창남은 분명 갑갑해 보이지도,

평온해 보이지도 않았는데.

창남이 웃고 나서 말했다.

"정말 대단하네요, 대단해. 정말 최고의 애인이자 최고의 남자네요. 저는 절대 범접할 수 없는. 어…… 그럼 마지막으로 한 가지만 더 물어볼게요. 은별 씨는 자신이 김동필의 딸이라는 사실을 강현 씨에게 계속 숨겨왔었죠. 그것에 대해선 어떻게 생각하나요?"

강현은 그를 위한 답변을 할까 하다가, 그렇게까지는 할 필요가 없어 보여 그냥 본인의 생각을 말했다.

"저는 은별이가 그랬다는 것에 아무런 반감도 가지고 있지 않습니다."

창남은 능청스러운 웃음을 지었다.

"역시 대단하네요. 이러다가 나 강현 씨한테 동화될지도 모르겠는데요. 강현 씨의 그 넓은 마음에."

그러더니 돌연 굳은 표정을 지었다.

"그런데 난 그러고 싶지가 않아요. 강현 씨 얘기는 잘 들었어요. 다른 건 몰라도 은별 씨가 전에 굉장히 힘들어했을 거라는 그 확신, 정말 대단한 거 같아요. 저는 아직까지도 그런 확신…… 들지 않지만. 강현 씨 얘기로 아주 조금은 그럴 수도 있겠다 싶었지만 아직 턱없이 부족해요. 그래서 직접 확인해봐야겠어요. 은별 씨가 진짜 괜찮은 사람이었는가를. 이제부터가 시작이에요. 강현 씨에게 미안해할게요. 미안해하길 시작할게요. 지금부터 둘 다에게 미안할 수밖에 없는 짓을 할 테니까."

창남은 말하면서 얼굴에 독한 기운을 띠었다. 그리고 말을 마친 지금은, 어둠 속에서 낯빛과 눈빛으로 독기를 뿜어내고 있었다.

은별은 강현의 오른팔을 두 손으로 붙들었다. 흔들리는 눈빛으로 바닥을 내려다보며.

강현은 순식간에 짙어진 불안감에 휩싸여 있었다. '둘 다에게 미안할 수밖에 없는 짓으로 확인을⋯⋯.' 그때였다. 창남이 은별을 향해 자기에게 오라 손짓하며 발을 뒤로 내딛는 장면이 뇌리를 스쳐 지나갔다. 소름이 쫙 돋으며 머리칼이 곤두섰다. 강현은 급박하게 '그런 일 없어!' 하고 속으로 외쳤다.

"아직 늦지 않았어요. 둘 다 돌아가고 싶으면 돌아가요. 내가 죽어버려도 된다면."

"안 죽을 거잖아요."

강현이 절박한 심정으로 말했다.

창남은 독기 서린 얼굴에 냉소를 떠올렸다.

"지금 뒷걸음질 쳐볼까요? 두 발짝만 뒤로 가면 아래로 떨어질 것 같은데. 떨어지는지 안 떨어지는지 한번 시험해볼까요, 지금 바로?"

"아니요."

강현이 황급히 말했다. 심장이 떨어지는 줄만 알았다. 은별도 그랬는지, 화들짝 놀란 얼굴로 입을 벌리고 있었다.

"창남 씨 말 믿을게요. 하고 싶은 말 다 하세요. 저를 욕해도 좋고⋯⋯."

강현은 이을 말이 생각나지 않았다. 머리가 빈 깡통이 돼버린 듯했다.

"이제부턴 은별 씨한테만 말할 겁니다. 강현 씨는 이제 조용히 해주시죠."

창남이 냉담한 목소리로 말했다.

일단 그의 말은 듣는 것 외에는 다른 방도가 없었다. 그의 말대로 하면서 은별을 지켜내고, 그 또한 그저 지켜내는 수밖엔 없었다. 그를 지켜낼 수 있을지는, 조금도 확신할 수 없었지만.

"네, 그러죠."

창남은, 불안하고 고통스러운 얼굴로 자신을 보고 있는 은별을 넌지시 바라봤다. 그러면서 명령하듯 말했다.

"강현 씨한테서 손 떼세요."

은별은 으음, 하고 신음을 흘리며 강현의 팔을 놓았다.

제 팔에서 손만 뗐을 뿐인데, 강현은 그녀가 몇 발자국 이상 떨어진 것만 같은 느낌을 받았다. 저를 홀로 남겨두고 다른 공간으로 간 것만 같은.

창남은 고개를 약간 처들고 은별을 주시했다.

"나는 당신 남자 친구의 생각과 전혀 다르게, 당신이 김동필의 딸인 대가, 꼭 치러야만 한다고 생각해요. 그렇다고 당신이 폐인처럼 지내야 한다는 말은 아니에요. 단지 반짝이려고 하면 안 됐었다는 거죠. 하지만 만약 당신이 전에 많이 힘들어했다는 것과 지금도 힘들어하고 있다는 걸 내게 보여준다면, 나도 조금은 당신이 한 그 선택을 이해해줄 수도 있을 거 같아요. 결과는 바꿀 수 없다 하더라도."

'결과는 바꿀 수 없다 하더라도.' 강현은 그 말을 좋은 쪽으로만 해석하고 싶었다. '죽음'의 의미가 내포되어 있지 않는 말로 해석하고 싶었다. 그런데 그 말에 '죽겠다'는 의미와 함께 '죽이겠다'는 의미도 담겨 있다면…… 절대, 절대 안 되었다. 강현은 순간, '저 사람 지금 죽어버리는 게……' 하고 생각했다. 다음 순간 정신이 번쩍 났다. '안 돼. 죽으면 안 돼.'

"네. 그럼 제가 어떻게 하면 될까요."

은별이 신음 섞인 목소리로 말했다.

"무대에서 보여준 모습이 연기가 아니었다는 걸 보여주세요. 그렇게 해서 강현 씨 말이 틀리지 않았다는 걸 증명해주세요. 그래 주면 고백을 받을 거예요. 그런데 증명해내지 못하면, 둘이 보는 앞에서 뒷걸음질 칠 거예요. 허공을 향해."

은별은 떨리는 숨을 삼키며 얼굴을 일그러뜨렸다.

'증명해내지 못하면…….' 강현은 섬뜩한 공포와 함께 안개처럼 깔리는 절망감을 느꼈다.

창남이 덧붙였다.

"당신만이 나를 살릴 수 있어요."

그러더니 돌연 광기 어린 표정을 지었다.

"그러니 이제 보여주세요. 당신이 얼마나 힘들었는가를. 또 내가 얼마나 살았으면 좋겠는가를. 제대로 안 보여주면 진짜로 죽어버릴 테니까."

"죽으면 안 돼요!"

은별이 두 주먹을 불끈 쥐며 악을 쓰듯 소리쳤다.

창남은 표독스러운 괴음성으로 맞받아쳤다.

"죽고 싶은데 나—는!"

강현은 그가 꼭 실성한 사람처럼 보였다. 죽고 싶어서, 혹은 죽고 싶은데 살고도 싶어서 환장한 자처럼 보였다.

은별은 지독히도 고통스러운 얼굴을 한 채 두 주먹을 부르르 떨었다.

창남의 괴성이 이어졌다.

"당신도 나처럼 죽고 싶을 만큼 힘들었나?"

"네! 죽고 싶을 만큼 힘들었어요!"

"그럼 어디 한 번 울부짖어 봐요! 연기하는 느낌 조금이라도 나면 내 몸 바로 하늘 위로 날려버릴 테니까!"

은별은 눈에 눈물을 머금으며 얼굴의 모든 근육을 찌그러뜨렸다. 끔찍할 만큼 고통스러운 얼굴이었다. 곧 그녀의 입에서 창남의 괴성보다 더한 굉음이 터져 나왔다.

"사아악—! 사아, 살아줘요! 제발 좀 살아달라고요! 그 인간 때문에 죽는 사람 더는 볼 수 없어. 볼 수 없다고! 내 얼굴 다 뜯어버려도 좋으니까 제발 좀 죽지 말아달라고—! 살아달라고 제발 좀—! 쓰아악! 아아악—!"

은별은 두 주먹을 꽉 쥔 채로 몸을 뒤흔들어가며 소리를 내지르고, 악을 내질렀다. 미친 사람처럼, 죽을 것만 같은 고한苦恨이 서린 목소리로.

강현은 가슴속에 핏물이 맺히는 것 같았다. 은별의 가슴에 맺혀 있는 새빨간 아픔이 제 가슴에도 고이고, 응고되는 듯했다.

창남은 독기 서린 얼굴로 은별의 외침을 듣다가, 일순간 흔들리는 눈빛으로 은별을 쳐다봤다. 그녀의 입에서 '내 얼굴 다 뜯어버려도 좋으니까'라는 말이 나온 순간.

은별은 외침은 멈추었지만, 몸을 떨어가며 울음소리 같은 신음을 연신 토해냈다.

창남은 눈빛이 흔들린 다다음 순간, 이를 악물며 눈을 부릅떴다. 그런 뒤 은별이 신음을 뱉어내는 모습을 주시하다가 거친 목소리를 토해냈다.

"아직 모자라요."

그러자마자 은별은 마치 기다리고 있었다는 양 흐느껴 울기 시작했다. 1초, 5초, 10초, 시간이 갈수록 그녀는 더욱 거세게 흐느꼈다. 몰려온 광포한 슬픔이 점점 더 그녀를 사로잡아가는 듯했다. 흐느끼기 시작한 지 30여 초가 지나자, 갑자기 목이 터져라 울기 시작했다. 눈물, 콧물 범벅이 되어가며 목놓아 통곡했다. 무대에서보다 더욱 격렬하게.

그사이 강현은 심장이 도림질당하는 듯한 아픔을 느끼며 생각했다. 은별이 이토록 힘들었을지는 몰랐다고. 어쩌면 그 무렵 아버지를 잃은 자신보다도 그녀가 더 힘들진 않았을까라고. 어떻게 이렇게까지 슬퍼하고 고통스러워할 수 있을까라고. 자신의 아버지를 포함해서 김동필로 인해 죽은 이들은 그녀의 혈육이 아니었는데.

은별이 흐느끼기 시작한 지 20여 초 뒤, 창남은 눈을 반쯤 감으며 낮게 깔리는 숨을 내쉬었다. 그러고는 은별이 목이 터져라 울기 시작하자, 크게 흔들리는 눈망울로 그녀를 바라보더니, 수 초 후 시선을 떨구었다.

은별은 계속해서 울었다. 이제는 꺼억꺼억 숨넘어갈 듯이 울기 시작했다.

강현은 은별이 실신이라도 하면 어쩌나 걱정되었다. 그는 원망 섞인 눈초리로 창남의 얼굴을 쳐다봤다. 창남은 눈을 내리뜬 채 평온한 얼굴을 하고 있었다. 역광 탓에 잘 보이지 않았는데, 강현의 눈엔 꼭 그렇게 보였다. 강현은 조금 괘씸했지만 까칠하거나 싸늘한 표정을 짓고 있진 않아 그나마 다행이라고 생각했다. 문득 아까 들은 창남의 말이 떠올랐다. '증명해내지 못하면. 그래, 저런 표정을

짓고 있다는 건 증명을 해냈다는……' 이때,

창남이 시선을 올리며 나긋한 목소리를 내었다.

"이제 됐어요. 그만 우세요."

강현은 미움, 안도 등의 감정을 동시에 느끼며 은별의 등에 손을 얹었다.

"이제 그만 울어도 돼, 은별아. 이제 됐대."

은별은 흑흑거리며 울음을 쉽사리 멈추지 못했다. 그러면서도 강현에게 "응. 알았어."라고 해주었다. 강현은 고개를 끄덕하곤 은별의 등을 도닥여주었다. 그녀의 얼굴에 맺혀 있고 흐르고 있는 눈물과 콧물도 한 손으로 닦아주었다.

"조금 기다려줄게요."

창남이 차분한 목소리로 말했다.

강현은 은별의 등을 계속 다독이며 '이제 고백만 하면 끝날까.' 하고 생각했다. 확실치는 않지만, 창남 속에서 은별을 향한 증오가 꺾였다면 그에겐 더 이상 은별을 괴롭힐 이유가 없다. 그녀를 해칠 이유는 더더욱 없다. 또한 은별이 전에 많이 힘들어했다는 게 증명됐다면, 창남 본인에게도 스스로를 해할 이유가 없다. 아니, 이유가 없어야 하는 게 맞다. 아까 그가 증명이 안 되면 뒷걸음질 친다고 했으니까. 은별만이 자신을 살릴 수 있다고도 했고. 물론 이건 그가 본인의 말을 지켜야만 들어맞는 예견이 되겠지만 말이다.

'지킬 거야. 그래, 지킬 거야. ……그런데 왜 고백을 받으려 하는 걸까.'

잠시 후, 은별이 흑흑거림을 멈추고 눈가에 달린 눈물을 소매로 훔치자, 창남이 잔잔히 웃으며 말했다.

"이제 고백해주세요. 내 품에 안겨서."

강현은 약간 멍해지며 주변이 서늘해지는 느낌을 받았다. '……설마.' 연극 '싸늘한 땅' 남주인공의 대사 한 토막이 뇌리에 떠올라 있었다. '오지 마요. 오면 당신, 나랑 같이 바닥으로 떨어져버릴 수도 있어요.'

강현은 벌어진 입술을 파르르 떨었다.

은별은 커진 눈을 껌벅거렸다.

창남은 부드러운 목소리로 말을 이었다.

"난 가만히 있을 테니 은별 씨가 와주세요. 강현 씨에게 다가갔던 것처럼. 또 연극에서처럼. 그러니 혼자서 와줘야 합니다. 아까도 말했지만, 좀 극적으로 고백받고 싶거든요. 만약 와주지 않는다면…… 떨어질지도 모릅니다."

그 말이 왜 강현에겐, 두 사람이 함께 떨어질 수도 있다는 말로 들려야 했을까. 창남만 홀로 떨어질 수도 있다는 생각은 왜 흐려져야 했고.

은별은 곤혹스럽고도 고통스러운 얼굴로 입술을 달싹이고 있었다. 가슴에 망설임과 '두려움'이 이는 가운데, 창남이 떨어질 수도 있다는 '또 하나의 두려움'이 몰려와 있는 듯했다. 그리고 망설임과 함께 일어온 두려움이 '또 하나의 두려움 아래로' 묻혀가는 듯했다.

강현은 은별이 그에게로 가지 못하게 어떻게든 막아야 한다고 생각했다. 그리만 하면 은별이 떨어질 일은 없을 테니까. 하지만…… 갑자기 창남의 존재가 짙어져 왔다. 그가 했던 '떨어질지도 모른다'는 말이, '저 혼자만 떨어질지도 모른다'는 말로 느껴져 왔다. 강현은 극도의 혼란함을 느꼈다. 뭐가 어쩌됐든 그에게로 은별을 보낼 순 없었기에.

"걱정 말고 오세요."

창남이 다시금 부드러운 목소리로 말했다.

강현은 그의 목소리가 악마의 속삭임처럼 들렸다. '악마일까.' 은별을 해한다면 세상 그 어떤 누구도 악마가 될 수밖에 없다. '은별이가 가면…… 안 돼. 아냐. 안 돼.' 강현은 머리가 마비되는 것 같았다.

"오빠 나 저기로 갈게."

입술을 달싹이던 은별이 눈을 내리깔고 말했다.

"안 돼, 은별아."

흉포한 공포가 순간적으로 가슴에 쳐들어와 저도 모르게 뱉은 말이었다. 다른 말로 대체할 수 없는 말이기도 했고.

"가야 돼, 오빠. 안 가면 나 평생 후회할지도 몰라."

'그 평생이 오늘로 끝나면……' 강현은 곧 속으로, '말도 안 돼!' 하고 극렬히 외쳤다. 정말 끔찍한 생각이었고 말도 안 되는 말이었다. 그런데 그 말이 완전히 말이 안 되게 하려면 은별을 무조건 막아야 했다. 강현은 은별의 왼팔을 오른손으로 꽉 붙들었다.

은별은 미간을 찡그리며 괴로워했다.

"오빠……."

"저 사람 안 떨어질 거야."

그럴 거라 믿는 것도 안 믿는 것도 아니었는데, 강현은 그리 말할 수밖에 없었다. 정신이 반쯤 나간 얼굴을 하고.

"그럼 나는. 나도 안 떨어질 거 아냐."

강현은 눈을 끔벅였다.

"아니…… 저 사람은 너랑 같이……."

강현은 떠는 듯이 머리를 뒤흔들고 덧대었다.

"어쨌든 안 돼."

"괜찮을 거야, 정말. 저 사람 절대 그런 짓 안 할 거라고."

"네가 어떻게 알아."

강현은 참담한 기분을 느끼며 그렇게 말했다.

"오빠 제발……."

둘이 말하는 동안 창남은 은별만 보고 있었다. 은별이 울음을 그 처갈 때 "조금 기다려줄게요." 하고 난 뒤부터 계속. 그가 시선을 고 정한 채 입을 열었다.

"제가 떨어질 확률이 엄청나게 높아졌습니다. 1분만 더 지나면 백 프로에 육박할 듯하네요." 그는 이 말도 부드러운 목소리로 말했다.

은별은 신음 섞인 숨소리를 흘리며 양 눈꼬리를 찡그렸다. 강현은 맹렬한 불안감을 느꼈다. 창남이 정말로 뛰어내릴 것 같다는 생각 이, 일순간에 마음을 집어삼켰기 때문이다. 그러나 이내 그 불안감 은 은별에게로 옮겨졌다. 하여 은별의 팔을 놓을 수 없었다. 도리 어, 더욱 세게 붙들어야 했다. 참혹함을 느끼며.

"놔, 오빠. 나 가야 돼."

은별이 강현에게 붙들린 팔을 앞뒤로 흔들며 말했다.

"안 돼, 은별아."

강현의 눈에 쓰라린 눈물이 괴었다. 차라리 자신이 가고 싶었다. 자신이 은별이 되어, 싸늘한 바위 위에 서 있는 그에게로 가고 싶었 다. 저 혼자만 싸늘해진다 해도.

은별의 눈에도 눈물이 고였다.

"오빠, 그때 내가 단 한 명이라도 살릴 수 있었다면, 나 뭐든지 다

했을 거야. 더는, 더는 볼 수 없어. 그 인간 때문에 죽는 사람. 제발 가게 해줘. 꼭 돌아와서 오빠 안아줄 테니까."

은별의 한쪽 뺨으로 눈물이 흘러내렸다. 자신이 지켜내야 했고, 앞으로도 계속 지켜내야 하는 '한 남자'를 향한 마음도 그 눈물에 어려 있는 듯했다.

강현은 그녀의 마음을 가슴으로 느꼈지만, 이 말밖에는 할 수 없었다.

"안 돼."

그러자 은별이 코를 훌쩍이더니 이렇게 말했다.

"발만 헛디디지 않으면 돼. 근데 보다시피 저 바위 평평하잖아."

강현의 머릿속에 물음표가 떠올랐다 '발만 헛디디지 않으면?'

그때였다. 은별이 강현의 손을 힘껏 뿌리치고 창남을 향해 뛰었다.

그 순간 강현은 몇 번은 소스라칠 만한 공포를 느꼈다. 생전 처음 느끼는 공포였다. 심장이 바로 멈춰버려도 이상하지 않을 만한 공포였다. 단 2초, 그 2초간 강현은 그 살벌한 공포로 인해 꿈쩍도 할 수 없었다. 깡깡 얼어버린 얼음 조각처럼.

2초간 십여 미터를 달려 창남과의 거리를 십여 미터로 줄인 은별은, 달음질을 멈추고 빠른 걸음으로 창남을 향해 갔다. 그의 입가에 띤 한 가닥의 미소를 보지 못하고.

강현이 몸을 움직일 수 있었을 땐, 은별이 창남을 9미터여 앞둔 시점이었다. 강현은 눈을 휘둥그레 뜬 채 "안 돼." 하고는, 바로는 움직이지 못했다. 그러다 1.5초가 흘렀다. 찰나에 가까운 시간이긴 했지만 조금도 망설여서는 안 되는데, 저도 알 수 없는 이유로 망설이며 몸을 움직이지 못했다. 그러다 다음 순간 달렸다. 달리면서 있는 힘껏 소리쳤다.

그 찰나, 그의 그 외치는 소리에 창남의 목소리가 묻혀버렸다.

"안 돼—!"

"멈춰요."

은별은 창남을 6미터여 앞두고 눈을 내리뜨며 멈춰 섰다. 강현의 목소리가 엄청나게 컸던 터라 그녀는 창남의 말을 못 들은 듯했다.

달려온 강현이 은별의 왼팔을 꽉 붙들고 닳은 심정을 토해냈다.

"이제 내 옆에서 떨어지지 마, 은별아."

은별은 시선을 떨군 채 쓰라린 얼굴을 하고 있었다.

"근데 난……."

은별은 말을 흐리며 창남을 향해 시선을 올렸다.

창남은 애잔한 눈빛으로 은별을 바라보고 있었다. "멈춰요."라고 말하기 직전부터 계속.

그가 온화한 음성으로 말했다.

"힘들었죠."

은별은 '네?' 하는 듯한 표정으로 창남을 쳐다봤다.

"이젠 아무것도 하지 않아도 돼요."

강현은 고개를 갸웃하고는 창남의 눈을 유심히 보았다. 연기가 아닐까 생각하며. 또 연기가 아니길 바라며.

은별은 입술을 조금 내밀고 눈을 끔벅였다.

"그럼 안겨서 고백하는 것도……."

창남은 생긋이 웃었다.

"네. 통과했으니까요. 완벽하게."

은별은 끔벅이던 눈을 크게 떴다.

'통과.' 강현은 창남이 품고 있었던 계획이 한순간에 읽히는 듯했다. 깊은 안도감이 가슴에 번져왔다.

"제가 그랬잖아요. 몸은 절대 안 건드린다고."

창남은 미소 띤 얼굴로 코를 찡긋하고는, 아직도 은별의 팔을 붙들고 있는 강현을 바라봤다.

"강현 씨 암만 봐도 대단한 거 같아요. 은별 씨가 못된 사람일 리 없다고 철석같이 믿는 것도 그렇고, 은별 씨를 어떻게든 지켜내고 싶어 하는 마음도 그렇고. 그렇다고 저를 지키려는 마음이 작았던 거 같다고는 하지 않을게요. 은별 씨를 향한 마음이 너무나도 커서 그랬다는 거 아니까. 느꼈으니까."

창남은 시선을 내리며 말을 이었다.

"저는 오늘 일, 강현 씨가 모르길 바랐어요. 상처 주고 싶지 않았기 때문이죠. 물론 강현 씨가 알게 되면 계획이 틀어질 수도 있을 거 같아 그랬던 것도 있지만. 아무튼 저는 강현 씨가 이곳에 와 저 때문에 힘들어하는 모습 보고 싶지 않았어요. 은별 씨한테 저랑 사귀어야 한다는 말을 듣고 상처받는 것도 싫었고요. 그래서 혹시 몰라, 결혼 전까지만 사귀어달라 하고, 몸은 절대 안 건드린다고 한 거예요. 은별 씨가 오늘 일 강현 씨한테 말하지 않으리란 법 없으니까. 그러니까 제가 은별 씨에게 했던 그 말은 충격 완화용 멘트인 셈이죠. 또 그 말은 은별 씨를 시험대로 유도하기 위한 말이기도 했어요. 결혼 뒤에도 사귀는 관계를 계속 이어가고 진짜로 연애하자고 했으면, 아무리 사람 목숨이 중하대도 사귀겠다고 해주기가 어디 쉽겠어요? 그러니까 저는 선택이 불가능한 상황까진 만들고 싶지 않았던 거죠. 저는 단지 은별 씨를 시험하고, 은별 씨가 그 무렵에 얼마나 힘들어했었는가를 알고 싶었던 것뿐이니까. 그리고 또, 내가 몇 년이고 계속 사귀는 사이로 지내자고 하고, 은별 씨가 그 요구를 받아들였다면, 이유가 어쨌든 은별 씨는 또 못된 사람이 될 수밖에 없을 텐데, 제가 왜 그렇게까지 해야 했겠어요. 은별 씨가 못된 사람이 아니기를 바라고 있었는데. 그렇게 못된 사람이 아닐 거라 예상하며."

뭉클한 마음이 이는 듯, 은별은 입술을 동글게 모으고 창남을 애틋이 바라봤다.

강현은 그의 말을 듣는 중에 미세한 거슬림을 몇 차례 느꼈다. 하나 그러면서도 속으로 아……, 하며 그의 말에 수긍하거나, 공감하기도 했다. 고마워하기도 했고.

창남은 눈썹을 올리며 말을 계속했다.

"아까 제가 말했죠. 이미 어느 정도는 알고 있고 예상하고 있다고. 제가 아까 은별 씨와 내가 사귀려면 상대가 어떤 마음과 생각을 가지고 있는지를 먼저 알아야 한다면서 한 말 말예요. 그동안 저는 은별 씨가 무대에서 남주인공을 지켜내는 모습을 보면서, 은별 씨에 대한 나의 판단이 틀린 건 아닐까, 하는 생각을 이따금 했었어요. 흔들리고 있었던 거죠. 그렇게 흔들리는 게 싫어서 나중엔 연극을 보다 말고 밖으로 나와 버리기까지 했었죠. 그런데 있죠. 아까 제가 전화로 은별 씨한테 내 존재를 밝혔는데, 은별 씨가 엄청 괴로워하면서 용서를 빌더군요. 자기 아버지 대신. 그래서 그때도 꽤 흔들렸죠. 정말 내 판단이 틀렸을까 하고. 그리고 은별 씨가 내게 고백해주러 산에 왔다는 거. 그게 결정적으로 제 생각을 바꿔놓, 지는 못했지만 크게 흔들어놨어요. 은별 씨가 그 무렵에 엄청나게 힘들진 않았을지라도 최소한 희생자 가족들의 반의 반 정도는 힘들지 않았을까, 하고 생각하게 만들었죠. 은별 씨가 산에 와줬다는 그 사실이. 하지만 그건 그저 예상일 뿐이었으니까, 극본을 써 내려갔을 때 마음먹은 대로 제대로 확인을 해봐야 했어요. 은별 씨가 정말로 힘들어했었을까를. 또 얼마만큼이나 힘들어했고 아직까지도 힘들어하고 있는가를. 그리고 무대에서 보여준 모습이 진실인지를. 무대에서보다 얼마나 더 괴로워하고 슬퍼하는가를 보며, 또 희생자의 가족이자 희생자가 될 수도 있는 나를 얼마나 지켜주려 하는가를 보며 그것들을 판단하려 했었죠."

은별은 계속 애틋한 눈빛으로 창남을 바라보고 있었다.

아직까지도 은별의 팔을 붙들고 있는 강현은, 창남이 가졌던 생각과 의도를 반 가까이는 제대로 이해할 수 없었다. 그러나 그가 품었던 마음은 거의 다 이해되며 가슴에 안착했다.

"그랬군요."

"네."

창남은 엷은 미소를 머금었다.

"뭐 아직까지도 어떻게 그게 가능할까 싶긴 해요, 조금은. 그래도 인정해야죠. 아니 벌써 인정했어요. 강현 씨 말이 맞았다고. 강현 씨 말대로 예쁘게 성형까지 해가며 꿈을 이루려 한 게 힘들지 않았다는 반증이 될 수는 없다고. 근데 사실, 은별 씨가 내 앞으로 와주지 않았다 해도 통과했다고 말해주려고 했어요. 그전까지 보여준 모습만으로도 충분했으니까요. 그런데 말이죠. 은별 씨는 제가 확인해보려 했던 것…… 아니 제가 보고 싶었던 것 이상의 뭔가를 보여줬어요. 그래서 그 무렵에 자신이 정말 굉장히 힘들어했었다는 것을 제대로 증명했어요. 죽을 듯이 괴로워하며 오열해댈 뿐만 아니라, 강현 씨 손을 뿌리치면서까지 나를 지켜주려 했던 모습으로. 그리고…… 자기 얼굴을 뜯어버려도 좋으니 제발 살아 달라 했던 그 외침으로. 특히 그 외침은, 은별 씨가 성형했을 때조차 힘들어했을 거라는 짐작까지 하게 해줬죠. 꺼림칙해하고 미안해하며 힘들어했을 거라는……."

창남은 말을 멈추고 잠깐 침묵하다가, 다스한 눈빛으로 은별을 바라봤다.

"고마워요. 자신이 어떤 사람인지 알게 해줘서."

은별은 감희感喜 어린 미소를 머금었다.

"그럼 이제 죽는다는 소리 안 할 거죠?"

창남은 시선을 살짝 떨어뜨리더니, 어색하게 미소 지으며 두 사람을 번갈아 보았다. 그러더니 뭔가 생각난 듯 눈을 크게 떴다.

"아, 이 얘기도 들려드려야 할 것 같네요. 뭐 중요한 얘기는 아닌데, 미안해서라도 말해야겠네요."

"대답은 안 해주고요?"

은별이 얼굴에서 웃음기를 거두고 물었다.

창남의 눈망울에 눈물이 비쳤다. 흔들린 눈망울에.

'……' 강현은 어두운 기운에 휩싸여 있었다. 문뜩, 아까 자신이 원망 섞인 눈초리로 봤던 창남의 얼굴이 떠올랐다. 눈을 내리뜬 채 평온한 표정을 짓고 있던 그의 얼굴이. 곧, 그가 그 전에 했던 말이 뇌리를 스쳐 지나갔다. '결과는 바꿀 수 없다 하더라도. ……안 돼.'

창남은 둘의 얼굴을 다시 번갈아 보더니, 또 어색하게 웃으며 말했다.

"대답해줄게요. 좀만 이따가."

은별은 눈썹을 찡그리며 떨리는 숨을 삼켰다.

'지금은 왜 대답을 못해주는 건데요.' 강현은 그렇게 묻고 싶었다.

창남은 두 사람의 눈을 제대로 보지 못하고 말을 이어갔다.

"그게, 어제부터 두 분 감시했었어요. 흥신소 직원 두 명이 두 분 집 근처에 잠복하면서 두 분이 집을 나와 어디로 향하는지 감시했었죠. 그런데 아까 그 직원들 중 한 명한테서 연락이 왔는데, 강현 씨가 집을 나와 은별 씨 집 쪽으로 가고 있다고 하더군요. 그래서 은별 씨한테 연락해서 강현 씨 전화 절대 받지 말고, 혹시라도 누굴 만날 계획이 있었다면 바로 취소하라고 했죠. 둘이 만나게 되면, 은별 씨가 저와의 일 털어놓을지도 모르니까, 강현 씨한테. 통화로는 말 못해도 얼굴 보면 마음 약해져서 말해버릴 수도 있잖아요. 그리고 원래는 은별 씨 내일 밤에 불러내려고 했었는데, 괜히 시간 끌다가 일이 틀어질 수도 있을 거 같아서 오늘 밤으로 변경했죠. 그런데 흥신소 직원이랑 통화할 때 그 사람이 그러더라고요. 강현 씨 표정이 밝아 보인다고. 그때 혹시라도 은별 씨가 이미 말해버렸으면 어쩌나 하고 걱정하고 있었는데 괜한 걱정이었다 싶었죠. 그리고 얼마 후에 흥신소 직원이 강현 씨가 택시에서 내렸다고 하길래 미행 그만하라고 했죠. 근데 그게 실수였어요. 택시에서 내렸다는 건, 집으로 돌아갈 생각이 없었다는 걸 의미했는데."

강현은 애태워하며 그게 지금 뭐가 중요하냐고 생각했다.

은별은 창남이 말하는 내내 어둡고 초조한 얼굴을 하고 있었다.

"그래서요. 제 물음에 대한 답변은요."

창남은 얼굴에 그늘을 드리우며 눈을 내리떴다.

"저 오래전에 작정했어요. 죽기로. 나를 죽여 모든 걸 다 끝내기로."

은별의 눈망울에 짙은 아픔이 서렸다.

강현은 가슴이 에이는 듯했다.

"왜…… 왜 죽여야, 왜 죽어야 하죠. 작정했더라도 살 수 있다면 살아야죠."

"맞아요. 작가님 꼭 살아야 돼요. 저랑 오빠가 뭐 때문에 이러고 있었는데…… 저 통과했다면서요. 그런데 왜……."

은별의 아픔 어린 눈망울에 눈물이 맺혔다, 이내 한쪽 뺨으로 흘러내렸다.

"맞아요. 창남 씨가 잘못되면 통과한 게 무슨 의미가 있죠? 통과하나 안 하나 은별이가 느낄 아픔은 똑같을 텐데. 은별이가 얼마나 힘들었을지 확인만 하면 그만이었던 건가요? 창남 씨 그렇게 못된 사람이었던 거예요?"

그렇게 아픈 마음을 쏟아낸 강현의 눈에도 눈물이 괴었다.

시선을 떨구고 있는 창남의 눈에도 눈물이 고였다.

"네. 못된 사람 맞는 거 같네요. 정말 이렇게 될 줄은 몰랐네요. 이렇게 미안해질 줄은."

"그럼 살면 되잖아요."

은별이 턱에 맺힌 눈물방울을 바닥에 떨구며 말했다.

창남은 둘의 얼굴을 스치듯 보고는 다시금 시선을 떨어뜨렸다.

"저는 김동필을 꼭 내 손으로 죽이고 싶었어요. 근데 아무리 생각해 봐도 그놈을 찾아낼 방법이 없더군요. 그래서 결국 은별 씨를 괴롭히기로 마음먹었죠. 희생자 가족들과 정반대로 살고 있는 것 같던 은별 씨를. 그런데 저는 그때, 은별 씨를 해쳐야겠다는 생각은 단 한 번도 하지 않았어요. 죽었으면 좋겠다, 죽어도 된다, 그 정도 까지만 생각했을 뿐. 또 어느 순간부턴 그런 생각조차 하지 않았어요. 괴롭혀야겠다, 얼마나 힘들었는지 확인해 봐야겠다, 그런 생각 들만 이어 했었죠. 전부터 느끼고 있었던 거긴 한데, 은별 씨를 괴롭히려고 했던 것도, 얼마나 힘들었는지 확인하려고 했던 것도, 김동필을 죽이지 못한 원통함 때문이었던 거 같아요. 정말 그놈만 찾아냈다면 은별 씨는 신경도 안 썼을 텐데. ……지금 내가 말하려고 하는 건, 김동필을 죽여야겠다고 마음먹었을 때 그놈을 없애고 나서 나도 죽기로 작정했다는 거예요. 근데 그놈은 찾을 수조차 없고, 그놈 대신 은별 씨를 괴롭혔고, 은별 씨가 얼마나 힘들었는지 알아냈으니, 살아 있을 이유가 없어져 버렸어요. 그때 작정한 대로 모든 걸 끝내고, 부모님 계신 곳으로 가는 일만 남아버린 거죠. ……미안하게도."

창남은 말을 마치며 넋 나간 얼굴을 했다.

강현은 그의 말을 이해할 수 없었다. 그의 아픔이 가슴에 전해져 오긴 했지만.

"계속 살아 있을 일만 남았습니다. 죽으려고 작정했다고 죽어야 한다니, 그게 무슨……."

"맞아요. 그런 작정 따위 그냥 접어버리면 되잖아요."

은별이 애절한 목소리로 맞장구를 쳤다.

창남은 입술을 달싹거렸다.

"저도 두 분 말이 맞아 보이는데 왜 이러는 걸까요. 부모님께로 갈 때가 됐다고 느껴져서? 더는 할 게 남아 있지 않은 거 같아서?"

"할 게 왜 없어요. 할 게 얼마나 많은데. 살아만 있으면 말예요. ……그래요. 우리랑 같이 할 거 만들어 봐요."

강현이 애타는 심정으로 말했다.

창남은 순간적으로 눈살을 찌푸렸다.

"안 되겠네요. 두 분 다 돌아가 주세요."

"절대 그럴 수 없어요. 작가님이랑 같이 돌아갈 거예요."

은별이 목소리에 힘을 주어 말했다.

"저도요."

강현도 힘 있게 말했다.

창남은 잠시 눈살을 찌푸린 채로 있다가, 애잔한 표정을 지으며 두 사람을 차례로 바라봤다.

"오늘 힘들게 했던 거 미안해요, 강현 씨. 은별 씨 힘들어하는 모습 보면서 많이 힘들었죠. 정말 미안해요. 은별 씨한테도 미안해요. 비꼬아대면서 괴롭혔던 것도 미안하고, 소리 질러댄 것도 미안하고, 공포 조성한답시고 은별 씨를 해칠 생각이 있는 것처럼 말했던 것도 미안해요. 그게 다 시험을 제대로 치를 수 있게 하려고 그랬던 거긴 하지만, 아무튼 미안해요. 아니, 시험하려 했던 것부터 좀 전까지 했던 모든 게 미안해요. 은별 씨가 이런 사람인 줄 모르고 했던 모든 게. 그리고…… 지금 또 이렇게 힘들게 하고 있어서, 또 미안해할 수밖에 없어서 미안해요."

강현은 가슴이 미어터지는 것만 같았다. 은별도 그랬는지, 고통 어린 얼굴을 이지러뜨리고 있었다. 그녀와 강현이 거의 동시에 같은 말을 했다.

"살기만 하면 돼요."

강현이 뒷말을 이었다.

"미안해할 필요 없이. 창남 씨 지금 살고 싶잖아요. 죽어야 한다고 생각하면서도 살고 싶어서 어쩔 줄 모르는 거잖아요, 지금. 그럼 그냥 살면 되는 거예요. 우리랑 같이."

창남의 시선이 흔들렸다.

강현은 연극 '싸늘한 땅'의 내용을 떠올리며 덧붙였다.

"창남 씨 전부터 살고 싶었죠? 그래서 그런 내용의 극본 썼던 거죠? 부인하고 싶겠지만 말예요."

"아녜요. 저는 은별 씨를 괴롭히려고……."

창남은 눈의 초점을 흩트리며 말을 흐렸다.

"은별이가 왜 창남 씨에게 안기려 했는지, 다시 한번 생각해보세요. 죽으면 후회할 기회조차 사라져요."

"네. 살아야 돼요, 무조건."

은별이 애끓는 목소리로 거들었다.

창남의 눈꺼풀이 떨려왔다.

"제가 지금과 다른 삶을 살 수 있을까요. 아픔을 딛고 일어나."

"당연하죠."

강현이 말했다. 가슴에서 희망의 불씨가 되살아나는 걸 느끼며.

"저는 그럴 수 없을 거 같은데. 연극과 같은 결말을 맺고 아무 일도 없었던 것처럼 살 수는 없을 거 같은데. 다른 사람이 되어 다른 인생을 살지 않는 한."

"다른 사람이 될 필요도 없고, 다른 인생을 살 필요도 없어요. 아무 일도 없었던 것처럼 살 필요도 없고요. 눈물날 때는 울고 아플 때는 아파하고, 그러면서 조금씩 덜 울고 덜 아파하면 되는 거죠.

또 그러면서 웃는 날을 늘려 가면 되고요. 우리랑 함께."

강현은 창남의 마음이 돌아서기를 절절히 바라며 말했다.

"네. 그럼 돼요. 우리랑 함께."

은별도 강현과 같은 심정으로 말한 듯 보였다.

창남은 다소 편안한 얼굴을 하며 입가에 미소를 머금었다.

"어디서 들어본 말 같긴 한데, 어쨌든 맞는 말인 거 같네요. 저도 지금은 그 당시만큼 힘들진 않으니까. 근데 우리랑 함께라는 말이 왜 이렇게 거시기하게 들릴까요. 막 설렐 정도로 거시기한 게 쪼까 이상하네요."

강현은 이제 됐다 싶었다. 창남이 마음을 바꾼 게 확실해 보였다.

은별은 눈을 또릿하게 뜨며 생기가 감도는 기색을 띠었다.

창남은 환하게 웃으며 덧붙였다.

"이렇게 좋은 분들과 함께 있을 수 있어서 다행이네요. 저의 마지막 순간에 말예요."

그러더니 눈썹을 빠르게 두 번 치키며 씨익 웃었다.

'뭐?' 강현은 이게 뭐지 싶었다.

은별은 울음을 막 터트릴 것 같은 표정을 지었다.

"그건 또 뭔 말이에요. 왜 그래요, 진짜. 웃는 얼굴로."

창남은 얼굴에서 웃음기를 지우고, 고개를 약간 숙이며 눈을 내리깔았다.

"죄송합니다. 아무래도 연극과 같은 결말은 맺을 수 없을 것 같네요."

은별은 울상을 한 채 "으휴, 진짜."라고 하더니, 갑자기 눈에 힘을 주며 입을 앙다물었다.

"네. 연극과 다른 결말 맺어요. 남주가 아니라 여주가 안는 걸로. 그것만 바꿔요. 그것만 바꾸고, 남주처럼 살아주세요. 내가 안아줄 테니까."

그러고서 은별은 "오빠 이것 좀." 하며 강현의 손을 떼내려 했다.

직전까지 강현은 은별의 팔을 느슨하게 붙들고 있었다. 창남의 계획이 한순간에 읽혀 깊은 안도감을 느낀 순간부터. 한데 은별의 얘기를 듣자마자 그녀를 잡은 손에 힘이 들어갔다. 묘하게 불안했다. 창남에게 악의가 없는 게 확실하다고 느끼고 있었는데, 그 확신에 찬 느낌이 물컹해져 있었다. 순간 이런 생각이 들었다. '이 사람 혹시 또라이 아닐까.' 가슴이 조여 오며 불길한 기운이 온몸을 감쌌다.

"오빠."

"잠깐만."

강현은 창남의 얼굴을 유심히 봤다. 창남은 고개를 약간 숙인 채 바닥을 내려다보고 있었다. 몇 초 뒤 그가 고개를 바로 하더니, 강현을 그윽한 눈빛으로 바라봤다. 강현은 속으로 '연기일까.' 하고는, 즉시 아닐 거라고 단정 지었다. '불안'이란 감정을 가슴에 심어둔 채 살아가는, 그래서 갱생돼야 할지도 모르는 자신이 또 괜한 걱정에 빠진 거라고 느끼며. 이어 강현은 창남이 죽으려 하든 죽으려 하지 않든 은별을 해할 리는 없다고 생각했다. 그렇다면 6미터여 앞에 있는 그에게로 은별을 보내주는 게 자신이 해야 할 선택이었다. 강현은 은별을 붙든 손을 풀었다. 천천히. 그리고는, 은별이 발을 내딛자 곧바로 후회하고 말았다. 그녀가 잘못될 확률이 백만 분의 일밖에 되지 않는다 하더라도 그러면 안 되는 거였는데……

강현은 한 발짝을 더 내딛는 은별을 향해 황급히 한 손을 내뻗었

다. 그 순간,

"잠깐만요. 제가 은별 씨 앞으로 갈게요."

은별은 두 발짝을 옮긴 채로 멈춰 섰다. 강현은 손을 뻗은 채 굳어버렸다. 곧 두 사람의 눈이 동시에 커졌다. '그렇게 말했다는 건……'

창남이 미안쩍어하며 덧붙였다.

"제가 잘못했어요. 이러면 안 되는 거였는데. 이제 우리 그만……"

그때 은별이 다시 발을 떼 창남에게 다가갔다. 강현은 그 순간 자신이 무엇을 해야 하는지 생각해내지 못했다. 몸이 앞으로 나가려고 하지도 않았다. 강현은 손을 뻗은 채, 창남과 가까워지는 은별의 뒷모습을 응시했다. 그녀가 발을 내디딜 때마다 쿵쿵대는 심장박동을 느꼈다. 마지막 한 걸음, 은별이 창남의 몸을 50㎝가량 남겨둔 찰나, 불안감이 거세게 일었다.

은별이 걸음을 멈추며 창남을 그러안았다. 그녀가 다가올 때 살짝 놀란 얼굴을 하고 있던 창남은 그녀 품에 안기자마자 나무 작대기처럼 뻣뻣이 굳었다.

그 찰나에 강현은 몰려왔던 불안감이 사방으로 흩어짐을 느꼈다. 몸은 좀 떨리고 있었지만 이상하게 불안하지는 않았다. 이래도 되나 싶을 정도로. 뻗어 놓은 손이 저도 모르게 내려갔다.

은별은 창남을 그러안은 채 온화하고도 애틋한 목소리를 내었다.

"내 마음 더 잘 느끼라고 제가 왔어요. 내 맘이 어떤지 느끼고 더는 이러지 말라고. 더는 그런 몹쓸 소리 하지 말라고."

경직돼 있던 창남의 몸이 떨려왔다.

"무섭지 않나요. 바로 앞이 낭떠러지인데."

"무섭지 않아요. 제가 안고 있으니까. 그래서 작가님 절대 안 떨어질 테니까."

창남의 눈시울이 한순간에 붉어졌다.

"정말, 내가 정말 안 죽었으면 좋겠나요?"

은별은 눈에 눈물을 머금으며 되물었다.

"그걸 질문이라고 해요?"

떨리는 숨을 삼키는 소리가 났다. 창남의 입에서 나온 소리였다. 그 소리는 몇 번 더 났고, 점점 커져갔다. 터져 나오려 하는 울음을 억지로 참아내고 있는 듯했다.

은별의 눈가에 맺힌 눈물방울이 한쪽 광대뼈를 타고 흘러내렸다.

"울어요. 울어도 돼요. 제가 안고 있으니까 괜찮아요."

창남은 떨리는 숨을 한 번 더 삼키고 흐느껴 울기 시작했다. 큰 소리로 흐느끼진 않았지만 서럽게, 매우 서럽게 흐느꼈다.

강현은 은별이 짙은 아픔을 안고 있다고 느꼈다. 아픔이 짙은 아픔을 안고 있다고.

잠시 후, 울음을 멈춘 창남이 아직 젖어 있는 눈으로 강현을 보았다.

"제가 너무 오래 안겨 있는 거 같네요. 애인이 보고 있는데."

강현은 괜찮다는 신호로 푸근히 웃어 보였다.

창남은 빙긋이 웃고는 "은별 씨 이제 놔도 돼요. 안 떨어질 테니까." 하고 말했다.

은별은 감격스러운 표정을 짓더니, 이내 입을 꾹 다물었다. 그러고 말했다.

"우리 안은 채로 뒤로 걸어요. 작가님은 앞으로."

창남은 입꼬리를 올려 웃었다.

"알았어요."

둘은 곧 안은 채로 뒤뚱뒤뚱 걸어 강현 옆까지 왔다.

은별이 창남을 제 품에 둔 채로 말했다.

"죽는다는 소리 다시는 안 할 거라고 약속하면 팔 풀어줄게요."

"네, 약속할게요. 이제 다시는 그런 몹쓸 소리 안 할게요."

은별은 "알았어요. 믿을게요." 하고서 창남을 안은 팔을 풀었다. 그녀의 눈에 아직도 눈물이 맺혀 있었다. 창남은 그녀의 눈에 시선을 고정하며 입을 떼었다.

"강현 씨, 은별 씨 눈물 제가 닦아줘도 될까요? 이 눈물은 저를 위해 흘린 눈물 같아 보이는데."

강현은 당연히 괜찮다고 생각하고는 씨익 웃었다.

"당근히 괜찮죠. 당근 빠따로 제 궁둥이를 때려도 괜찮다고 해드릴게요. 원하시면 엎드려뻗쳐 자세까지 취해드리고요."

창남은 엉뚱하다는 표정을 짓고는 허, 하고 웃었다.

"의외네요. 그런 말도 하시고."

"이래 봬도 우리 오빠가 한 개그 하거든요. 전부 사차원 아재 개그이긴 하지만."

은별은 말하고서 익살맞은 표정으로 강현을 흘끔 보았다.

강현은 절로 웃음이 나왔다.

"아재 개그인지 뭔지는 잘 모르겠지만 나름 꽤 웃겼어요."

창남은 그렇게 말하고, 은별의 눈가에 달린 눈물을 두 엄지로 조심스레 닦았다. 그런 뒤 이렇게 말했다.

"이런 말해도 될지 모르겠는데, 은별 씨 정말 사랑스럽네요."

은별은 배시시 웃었다.

강현은 그윽한 미소를 머금고 속마음을 드러냈다.

"자랑스럽기까지 하죠."

창남은 미간을 살짝 찌푸렸다.

"자랑스럽기까지 하다."

곧 그의 얼굴에 미소가 번졌다.

"맞네요. 아픔을 딛고 일어선 분이니까. 저도…… 그렇게 괜찮아질 수 있겠죠?"

강현은 그를 설득하기 위해 노력했던 때를 떠올렸다. 약간의 뿌듯함을 느끼며.

"물론이죠. 평생 토끼마냥 당근만 먹고 살아도 그럴 수 있을 겁니다. 살아 있다는 거 자체로."

강현은 진심을 담아 말했다. 반쪽짜리 진심을 담아.

은별은 풋, 하고 웃었다.

창남은 인상을 굳혔다.

"그 말엔 동의하기가 좀 어렵네요. 어떻게 맨날 당근만 먹고 살아요. 무슨 당나귀도 아니고."

강현은 무표정한 얼굴을 하며 고개를 끄덕였다.

"네, 일리 있는 말이네요. 뒤통수를 아주 신속하게 어루만져주는 거 같은 말이에요. 당근 빠따로 겁나리 신속하게."

그 순간 창남이 콧소리를 내며 웃음을 터트렸다.

세 사람은 수 초간 서로의 눈을 힐끔힐끔 보며 흐흐거리고 키드득거렸다.

제일 먼저 웃음을 멈춘 강현이 어떤 생각이 문득 떠올라 창남에게 물었다.

　"근데 아까 왜 그러신 거예요? 마지막 순간에 우리랑 함께 있어서 다행이라고 하고서 갑자기 씨익 웃으셨던 거 말예요."

　창남은 웃음기 가득한 얼굴로 대답했다.

　"그때 연기한 거였어요. 두 분 더 힘들게 하고 싶지 않았는데, 나도 모르게 그런 사이코 짓을 하고 말았네요. 아무래도 당근 하나 캐와야겠네요. 지금 바로 캐올 테니까, 제 뒤통수 세게 한 번 어루만져 주시죠."

　강현은 은별과 함께 벙글벙글 웃었다.

　창남도 둘과 같이 웃다가 이내 진중한 얼굴을 했다.

　"사실 저, 죽기 싫다는 생각 아까 전부터 들었어요. 은별 씨가 목이 터져라 오열할 때부터. 그때 저렇게 울어주는 사람이 있다면 살아야 하는 게, 아니 살아져야 하는 게 맞지 않을까, 하고 생각했죠. 그동안 은별 씨 우는 연기를 보면서는 그런 생각까진 못 했었는데 말예요. 연극에서보다 더욱 강렬하게 울어줘서 그랬을까요. 아니면, 나를 위해 울고 있다고 느껴서……."

　창남은 말을 흐리며 옅은 미소를 지었다.

　강현은 마음이 따뜻해지는 걸 느끼며 은별이 있어서 다행이라고 생각했다.

　은별은 다정한 눈길로 창남을 바라보았다.

　창남은 말하다가 내린 시선을 좀 더 내리며 덧붙였다.

　"극본을 쓰면서도, 연극을 보면서도 연극의 남주인공이 내가 될 수도 있다는 생각은 안 했어요. 아니 안 했던 것 같았어요. 그런데 강현 씨가 아까 저보고 살고 싶어서 그런 내용의 극본 쓴 거 아니냐고 물었을 때, 내가 정말 살고 싶어서 그랬나, 하는 생각이 들더군요."

강현은 아까처럼 뿌듯함을 느꼈다.

"그랬군요."

"그 이유 때문이었군요. 작가님이 어쩌다가 그런 극본을 쓰게 됐을까 계속 궁금했었는데."

은별이 창남을 정다이 바라보며 말했다.

"아직도 잘은 모르겠어요. 정말 내게 그런 마음이 있어서 그런 극본을 쓰게 된 건지. 아 근데, 살아야 할 이유를 만들어주는 것보다 그냥 안아주는 게, 사람을 살리는 데에 더 효과적일까요?"

"음…… 둘 다 효과적일 것 같은데요?"

은별은 대답하고 방긋 웃었다.

창남도 따라서 싱긋 웃고는 강현을 향해 고개를 돌렸다.

"우리 계속 친하게 지내는 거죠?"

"당연하죠. 아까 말했잖아요. 우리랑 함께하자고."

"또 맘이 거시기하네요."

창남은 슬그머니 웃음 짓고서 헤어짐을 고했다.

"그럼 저 먼저 내려갈게요."

"같이 안 내려가고요?"

은별이 물었다.

"이제 두 분만의 시간 보내야죠. 아무 걱정 말고 둘만의 밤 거시기하게 잘 보내세요."

강현은 소탈하게 웃음 지었다.

"네, 그럴게요."

그때 강현의 머리에 어떤 생각이 퍼뜩 떠올랐다.

"아, 잠깐만요."

강현은 트레이닝 바지 주머니에서 창남의 휴대폰을 꺼내 들었다.

창남의 눈이 크게 뜨였다.

"아, 핸드폰."

창남은 휴대폰을 건네받고 다시 입을 열었다.

"이 핸드폰에 우리들 목소리 녹음되고 있었어요. 제가 자결하고 나면 경찰이 두 분에게 책임 추궁을 할 수도 있을 거 같아서 아까 녹음 버튼 눌러놨었죠. 경찰들이 녹음된 내용 들으면 은별 씨 과거가 밝혀질 수밖에 없겠지만, 저로서는 달리 방법이 없었어요. 그래서……"

창남의 시선이 바닥 한 부분을 향하고 있었다.

강현은 왜인지, 은별의 과거가 밝혀져도 괜찮을 것 같다는 느낌을 받았다. 창남의 마음이 가슴에 와닿는 걸 느끼며.

"알아요, 창남 씨 마음. 이제 알 것 같아요."

"저도요."

은별이 맑은 눈망울을 반짝이며 말했다.

창남은 돌연 행복에 겨운 표정을 짓더니, 어색하게 웃으며 산로를 향해 몸을 돌렸다.

"그럼 갈게요."

"네, 작가님."

창남은 행복에 겨운 눈빛을 마음껏 발산하며 발걸음을 옮겼다.

두 사람은 멀어져가는 그의 뒷모습을 보며 가만히 서 있었다.

그의 뒷모습이 수풀에 가려지자, 강현이 은별을 향해 돌아섰다.

"은별아."

"응."

서로를 바라보는 눈빛이 그 어느 때보다 달떠 있었다.

"나도."

"응?"

"나도 사랑해."

"응."

은별은 좋아 죽을 것 같은 얼굴을 하며 강현의 뺨을 두 손으로 감쌌다. 그러곤 그의 입술에 쪽 뽀뽀를 했다. 그 순간 강현은 자신이 살아 있다는 사실이 너무나도 고맙게 느껴졌다.

그도 은별의 뺨을 두 손으로 감쌌다.

"은별이가 살렸어. 내 은별이가."

은별은 생글생글 웃었다.

"내가 살린 거야? 오빠도 살린 거 같은데."

"내가 뭘……."

"같이 살린 걸로 하면 좋을 거 같은데. 아무튼 참 힘들게 살렸다, 그치."

강현은 '은별이가 많이 힘들었지.'라고 말하려다가 은별을 품에 가득 안았다.

"오빠 많이 힘들었지."

은별이 강현의 어깨에 한쪽 뺨을 묻으며 말했다.

강현은 금방 하려 했던 말을 했다. 방금 은별의 음성처럼 애련哀憐한 목소리로.

"은별이가 많이 힘들었지."

"같이 많이 힘들었던 걸로 하면 좋을 거 같은데."

은별은 강현의 어깨에서 얼굴을 떼고 희맑게 웃었다. 그러더니 강현의 어깨에 다시 뺨을 묻고 맥없는 목소리를 내었다.

"허기진다, 오빠."

강현은 급히 은별을 안은 팔을 풀었다.

"설마 너, 그 후로 아무것도 안 먹은 거야?"

은별은 입술을 삐죽 내밀었다.

"응."

"에구…… 그럼 일단 빨리 내려가자. 내가 김치찌개 만들어줄게."

은별의 눈에 생기가 돌았다.

"고기 왕창 들어간 김치찌개?"

"응. 일단 내려가서 편의점부터 가자. 편의점 옆에 고기 떨어져 있어."

은별의 눈이 똥그래졌다.

"편의점 옆에?"

강현은 이를 드러내 생글거렸다.

"어. 내가 아까 거기에다 떨어트려 놨는데, 아마 아직까지 거기에 있을 거야."

은별은 눈을 다시 동그랗게 뜨며 "옹." 했다.

강현은 다시 싱글거리고는 "내가 업고 내려갈까?" 하고 물었다.

은별은 살짝 뾰로통한 표정을 지었다.

"무슨 업고 내려가. 무릎도 다쳤으면서."

"알았어. 그럼 손잡고 내려가자."

"응, 오빠."

둘은 곧 손을 맞잡았다.

◆

　강현과 은별이 택시 뒷좌석에 앉아 첫 번째 목적지로 향하고 있었다. 몇 분 전까지 은별은 강현의 어깨에 머리를 기댄 채 행복에 젖은 눈망울을 반짝이고 있었다. 그러다 그 상태로 잠이 들었다. 강현은 좀 전의 그녀처럼 행복에 젖은 얼굴을 하고 있었다. 그녀와 손을 잡고 산 정상으로 향할 때도, 정상에서 내려올 때도, 강현은 지금과 같은 표정을 하고 있었다. 정상에서 내려올 땐 긴장이 풀려서인지 다리가 후들거렸고, 오른쪽 무릎과 두 발도 꽤 아팠다. 하나 얼굴에 떤 희색은 조금도 얼룩지거나 바래지 않았다.

　얼마 후 택시가 첫 번째 목적지에 도착했다. 강현은 은별의 머리를 조심스레 곧게 세운 뒤 차문을 열었다. 그의 예상대로 아까 그 자리에 놓여 있었다. 편의점 오른편 외벽 옆에, 돼지목살과 쇠고기 다시미, 다진 마늘과 청양고추가 담긴 하얀색 종이가방이. 종이백을 챙겨 택시에 올라탄 강현은 은별의 머리를 제 어깨에 붙여놓았다.

　17분 뒤 택시가 은별의 원룸 건물 앞에 도착했다. 강현은 택시비를 지불하고 잠시 고민했다. 은별을 깨울까 말까 하고. 고민 끝에 종이가방 손잡이를 손목에 끼고 차에서 내려 반대편 차문 앞으로 갔다. 차문을 열고 은별의 몸을 조심스레 들어올렸다. 순간 윽, 소리가 나올 뻔했다. 오른쪽 무릎이 망치로 한 대 맞은 것처럼 아팠다. 강현은 고통을 참아가며 은별을 차 밖으로 빼냈다. 그러곤 몸으로 밀어 차문을 닫았는데, 은별이 눈을 번쩍 떴다.

"뭐야."

"일어났네."

일어나서 다행이라고 생각하며 말했다.

은별은 인상을 찌푸리며 걱정 어린 목소리를 내었다.

"빨리 내려놔. 무릎 덧나면 어떡하려고."

"괜찮은데."

거의 예의상 그렇게 말했다.

"뭘 괜찮아. 빨리 내려줘."

강현은 "그래." 하고서 은별을 내려놓았다. 내려놓을 때도 강한 통증이 무릎을 스쳤다.

"윽."

"으이구, 진짜."

은별이 내려서자마자 속상한 얼굴로 말했다. 이어 그녀는 "무슨 납치하는 것도 아니고."라고 하더니, 바로 쪼그려 앉아 왼손과 왼뺨으로 강현의 오른쪽 무릎을 감쌌다.

"괜찮아?"

"응. 괜찮아."

아팠는데 아프지 않은 듯했다. 무진장 따뜻해서.

"이제 가자. 고기 왕창 들어간 김치찌개 먹으러."

"응."

19분 뒤.

강현은 돼지목살이 한 근가량 들어간 김치찌개를 전기레인지에 올려놓고 은별을 기다렸다. 은별은 화장실에 들어가 샤워를 하고 있었다.

강현은 돼지기름을 조금씩 띄우며 보글대오는 김치찌개를 잠깐 보다가 화장실 앞으로 갔다. 가서 화장실 문에 귀를 갖다 댔다. 작게 흥얼대는 은별의 목소리가 귀에 들려왔다.

"오빠 나만 바라봐. 오빠 뽀뽀가 고파. 오빠 당근은 빠따. 내 몸 꽉 안아줘."

너무너무 깜찍했고 미치도록 사랑스러웠다. 은별을 바로 확 껴안고 입술에 뽀뽀를 퍼부어주고 싶었다. 강현은 화장실 문에서 귀를 떼고 양말과 트레이닝 바지를 벗었다. 다 벗고 아래를 내려다보니, 오른쪽 무릎이 시퍼렇게 멍들어 있었다. 그 아래 두 발에는 군데군데 물집이 잡혀 있었다. 갑자기 이런 고민이 들었다. 은별이 자신의 무릎과 발을 보면 많이 아파할 거 같다는……. 하나 어차피 보여줄 수밖에 없는 상처였다. 강현은 은별을 뜨겁게 안아주기로 결정하고 문을 두 번 두드렸다. 안에서 "응?" 하는 소리가 들리더니 문이 열렸다. 은별은 커진 눈으로 강현을 쳐다봤다. 그녀는 머리를 수건으로 동여맨 채 몸에 타월을 두르고 있었다. 강현이 상상하던 모습이 아니었다. '아.' 아차 싶었다. 샤워기 소리가 들리지 않는 걸 인식 못 했다니.

"샤워 다 끝났네?"

"응? 응."

은별의 시선이 곧 아래로 향했다. 그녀는 신음하듯이 "에구……." 하더니, 바로 쪼그려 앉아 강현의 시퍼런 무릎을 살살 매만졌다.

강현은 치료가 되는 듯한 느낌을 받았다. 산을 오르며 느꼈던 육체적 고통도, 싸늘한 여인에게 받았던 정신적 고통도, 몇 시간에 걸쳐 불쑥불쑥 느껴야 했던 불안감도 하나하나 씻겨 내려가는 듯했다.

"발은 왜 이래, 또."

강현의 두 발까지 보게 된 은별이 또 아파하며 말했다.

"며칠 지나면 다 괜찮아질 거야. 걱정 안 해도 돼."

은별은 침울한 표정을 지으며 천천히 몸을 일으켰다.

"괜히 나 때문에……."

가슴이 아렸다.

"아니야. 너 때문이 아니라, 널 위해 내가 해야 할 걸 해서 이리 된 것뿐이야."

"그게 그거 같은데. 나 때문이었다는 거 같은데."

웃음이 나왔다.

"그런가? 아무렴 어때. 다 잘 되고, 다 잘 풀렸는데. 창남 씨도 우리도."

은별은 고개를 끄덕이며 여린 미소를 머금었다.

"알았어, 오빠."

강현은 부드러이 웃음 지었다.

"그래. 나도 샤워 금방 끝낼 테니까, 좀만 기다리고 있어. 김치찌개 한 3분만 더 끓이면 될 거야. 밥도 금방 될 거고."

"알았어. 김치찌개 냄새 죽인다."

은별은 말하고서 생글 웃었다. 강현도 따라서 생긋 웃고는, 은별이 문 밖으로 나오자 등산복 상의와 팬티를 홀러덩 벗고 화장실로 들어갔다.

강현은 십여 분 만에 샤워를 끝냈다. 머리를 박박 긁고 몸을 쓱 쓱 문질러, 말라붙어 있던 땀을 물에 흘려보냈다. 노곤한 몸이었지만 마음이 새싹처럼 파릇파릇했기에 피곤하다는 느낌은 거의 들지 않았다. 샤워를 끝낸 강현은 알몸으로 문을 열었다. 동시에 몸을 움찔했다. 은별이 청반바지와 흰색 티 차림으로 눈앞에 서 있었다. 아이보리색 민소매 원피스를 한 손에 쥔 채.

은별은 손에 쥔 원피스를 두 손으로 펼쳐 들었다.

"이거 입어, 오빠. 원시인처럼 발가벗고 있을 순 없잖아? 이거 크게 나온 거라서 얼추 맞을 거야."

강현은 살짝 당황스러웠다.

"그냥 좀 큰 티는 없어?"

"있는데 안 줄 거야. 밥 먹다가 딴 생각 들면 안 되니까."

은별은 슬그머니 엉큼한 미소를 흘렸다.

강현은 그러는 그녀가 귀여웠다.

"알았어. 입을게."

은별은 천진한 눈웃음을 지었다.

"그럼 나와 봐. 내가 입혀줄게."

강현은 고개를 끄덕하곤 화장실을 나와 은별 앞에 섰다. 은별은 원피스를 올려 강현의 몸에 입혔다. 헐렁한 일자 원피스였다. 어깨가 좀 쪼이는 것만 빼고는 나름 잘 맞았다.

강현은 무릎을 덮은 원피스 하단을 내려다보고는, 순간적으로 시선을 치올렸다. 그러곤 야시시한 눈빛으로 은별을 쳐다봤다. 은별은 눈썹을 치키며 "응?" 했다. 강현은 곧장 은별을 안아버렸다. 은별의 눈이 똥그래졌다. "이 귀염둥이." 그러자 은별이 흐, 웃었다. 강현은 안은 팔을 조금 풀고, 은별의 입술에 뽀뽀를 퍼부었다. 은별은 눈을 깜박이다가 저도 강현의 입술에 입술을 박아댔다.

20여 초간 이어진 입술 박치기가 끝나고, 강현이 팔을 풀자 은별이 씨익 웃으며 말했다.

"내가 개사한 노래 들었구나, 오빠."

"응. 너무너무 깜찍해서 아주 그냥 미치는 줄 알았어."

은별은 입꼬리를 활짝 올려 히히, 웃었다.

"그럼 이제 밥 먹자."

"응!"

싱크대 앞에 놓인 네모난 탁자 위에 조촐한 상이 차려져 있었다. 수저와 밥 두 공기, 기름이 둥둥 떠 있는 김치찌개가 차려져 있는 전부였다. 강현은 진수성찬을 마주한 양 생기 넘치는 얼굴을 하고 은별과 딱 붙어 앉았다.

16분 뒤, 은별이 젓가락을 식탁에 내려놓으며 말했다.

"아아, 완전 잘 먹었다. 김치보다 고기가 많이 들어간 김치찌개 처음 먹어본 거 같다."

"느끼하진 않았어?"

"좀 느끼하긴 했는데……."

은별은 강현을 곁눈질로 보며 새초롬한 미소를 지었다. 그러더니 강현의 왼쪽 귀에 입술을 대고 이렇게 속삭였다. "느끼해서 더 맛있었어. 아니 너무너무 맛있어서 미치는 줄 알았어."

그러고는 강현의 귓구멍에 후우, 하고 입김을 불어넣었다.

순간적으로 너무 간지러워 입에서 괴상한 웃음소리가 터져 나왔다.

"키극, 캬가칵."

은별은 고개를 앞으로 휙 돌리며 뚱한 표정을 지었다.

"치, 내가 오빠 유혹한 건데."

"원피스 입은 남잔데 괜찮아?"

강현이 웃음기 가득한 얼굴로 물었다.

"괜찮으니까 그랬지, 이 원피스만 입어대는 남자야."

다음 순간 둘이 동시에 웃음을 뿜어냈다. 둘은 수 초간 키드득키드득 웃어댔다. 그러다가 누가 먼저인지 모르게 서로를 향해 고개를 돌리더니, 서로를 와락 끌어안았다.

"오빠."

"은별아."

강현은 끌안은 팔을 느슨히 하고, 애정 어린 눈빛으로 은별을 바라봤다. 은별은 초롱초롱한 눈망울로 제 남자의 얼굴을 훑었다. 그러다 둘은 약속이나 한 것처럼 등시에 몸을 일으켰다. 그런데,

"윽."

강현이 몸을 일으키다 그만, 탁자 다리에 무릎을 찧고 말았다.

"괜찮아, 오빠?"

강현은 통증이 가시는 걸 느끼며 대답했다.

"어, 괜찮아."

은별은 탁자를 왼편으로 밀쳐내고 강현 앞에 쪼그려 앉았다. 그러곤 원피스 하단을 들어 올려 강현의 시퍼런 무릎에 호오, 하고 입김을 불었다. 강현은 아까처럼 치료가 되는 듯한 느낌을 받았다.

"아까 있잖아. 오빠 여기 다쳤을 때."

은별이 시무룩한 표정을 지으며 말했다.

"응."

"그때 고통스러워하는 오빠 목소리 들었는데 괜찮냐고 바로 물어
보지 못했어. 좀 망설이다가 물어봤어. 그리고 오빠가 숨차서 힘들
어하는 소리도 계속 들었고, 옷 빨리 바꿔 입으려고 애쓰는 소리도
들었는데 말하지 못했어. 좀 천천히 와도 된다고."

강현은 은별의 마음을 깊이 느꼈다.

"왜 그래야 했는지 다 아는데 왜……. 다친 것도 숨찬 것도 시간
이 지나면 다 회복되지만, 목숨은 한 번 잃으면 회복이 안 되잖아.
그래서 그랬던 거잖아. 네가 늦게 도착하면 창남 씨가 목숨을 잃을
수도 있을 거 같아서."

"응. 그랬어."

"자, 일어나."

강현은 은별의 두 손을 잡아 그녀를 일으켜 세웠다.

은별의 얼굴이 어느새 편안해져 있었다.

강현은 평온한 눈길로 은별의 눈을 바라보았다.

둘은 곧 눈을 감고 긴 키스를 나누었다. 전혀 급하지 않게, 입술
과 혀를 서로에게 내맡겼다. 그런 후 손을 맞잡고 침대 앞으로 갔
다. 늘 해왔던 대로 은별이 강현을 침대 위로 넘어뜨리려 했다. 강
현은 일단 넘어져 줄까 하다가 재빨리 몸을 돌려, 이번엔 자신이 그
녀를 넘어뜨렸다. 은별은 아무 저항 없이 자빠져 강현의 손에 저를
맡겼다. 강현은 은별의 상의를 천천히 벗겨냈다. 그러곤 그녀의 가
슴을 입술로 애무했다. 봉긋한 젖무덤이 아닌, 가운데 가슴을. 아
픔이 가장 많이 응어리져 있을 가슴을. 가슴속을.

20여 분 후, 두 사람은 원피스와 잠옷을 입은 채 나란히 누워 있
었다.

은별이 흐릿한 눈빛으로 천장을 보며 말했다.

"언젠가 우리 엄마가 나한테 이렇게 말했어. 범죄자의 자식은 힘들어야 한다고. 사람이면 힘들어야 하는 게 맞다고. 그때는 그 말이 크게 와닿지 않았는데, 그냥 어느 정도 맞는 말이라고만 느꼈는데, 오늘 작가님 말 듣고 나니까 그 말이 가슴에 확 와닿으면서 진짜로 맞는 말이구나 싶었어."

"그럴까. 사람이면 힘들어야 하는 걸까. 본인은 아무 잘못이 없는데도."

강현은 창남과 언쟁할 때 느꼈던 답답함이 가슴에 스미는 듯했다.

"어쨌든 은별이 너는 힘들었으니까 됐어. 그걸로 된 거야. 그래, 그게 맞는 말이든 아니든 너는 그렇게 힘들어했어. 그것도 아주 많이. 그래서 넌 피해자들과 희생자들에게 착한 사람으로 남았어. 그분들이 너를 알든 모르든. 힘들어해야만 하는 건 아니더라도 힘들어하면…… 착한 사람이 되는 걸까. 잠깐만. 사람이면 다 착해야 하는 걸까? ……모르겠다. 아무튼 은별이가 짱이야."

은별은 웃음을 흘렸다.

"그게 뭐야."

"뭐긴, 일진이라는 거지."

은별은 "이 아저씨가 또……" 하며 강현을 익살맞게 째려봤다.

강현은 흐흐, 웃었다.

둘은 웃음 띤 얼굴을 한 채 잠깐 동안 가만히 있었다.

은별이 웃음기를 반쯤 지우고 말했다.

"가끔 드는 생각이 있어."

"무슨 생각?"

"내가 오빠에게 반하지 않았다 해도 오빠랑 사귈 수 있었을까,라는 생각."

"음…… 사귀는 건 서로 좋아할 때만 가능한 거 아닌가? 네가 만약 나랑 사귀지 않았다면……."

끔찍한 가정이었다.

강현의 마음이 예상됐는지, 은별이 서둘러 입을 뗐다.

"안 사귀어도 친하게 지내려고 했었어. 오빠 지켜줘야 했으니까."

강현은 은별을 향해 돌아누웠다. 은별도 그를 향해 돌아누웠다.

강현은 은별의 눈을 포근히 바라보며, 지금 자신의 가슴에 차오른 마음을 그녀에게 들려주었다.

"사귀지 않았어도 넌 날 사랑한 거야. 지켜주려고 했던 마음, 그게 사랑이었을 거야. 우리가 사귀지 않았다 해도 넌 그 사랑으로 날 지켜줬을 거야. 계속, 계속. 그러니까 그런 생각 이제 안 해도 돼."

은별의 눈망울이 반짝거렸다.

"어떻게 이렇게 예쁜 말만 골라 할고."

"은별이가 예뻐서 그렇지."

은별은 방글 웃더니, 눈을 살짝 굴리며 입술을 뾰족이 내밀었다.

"아까 나 산 거의 다 올라갔을 때, 오빠 말 어기고 뒤 몇 번 돌아봤었어."

"알아. 나도 느꼈어."

"그래?"

"응. 결론적으로 보면 괜한 걱정을 한 꼴이 됐는데, 그래도 그땐 네가 그래줘서 다행이었어."

"음…… 그랬겠지, 아마도. 아 근데, 아까 그 여자 왜 서라고 소리친 거야?"

강현은 얼굴을 찌푸리다가, 표정을 즉시 밝게 고쳤다. 언짢은 마음을 내색하지 않아야 해서 그랬다. 그 여자에게 당한 수모의 내용을 은별에게 들려줄 순 없었기에.

"그럴 만한 이유가 좀 있었어. 음, 그 사람 뭐랄까 나처럼…… 아니 정상적인 사람은 아닌 것 같았어. 많이 차가웠고."

은별은 귀엽게 인상을 찌푸렸다.

"비정상에다 차갑기까지? 몹쓸 인간. 확 때려주고 싶다."

강현은 속이 좀 시원했다. 말을 이렇게 했지만.

"그냥 나나 때려줘. 입술로."

은별은 장난기 어린 표정을 지었다.

"싫은데. 오빠 헛간에 쭈그려 앉아 코 후벼야겠다."

"김밥 옆구리 파먹고?"

"응."

둘은 뒷동산에서 뛰어노는 아이들처럼 해맑게 생글거렸다.

잠시 후, 둘의 눈이 조금씩 감겨왔다.

은별이 감기는 눈을 떠가며 말했다.

"아까 내 예전 이름 들었지, 오빠."

"김이슬, 맞나?"

"응. 맞아."

"예쁘다. 예전 이름도. 근데 난 지금 이름이 더 좋아. 넌 내게 은별이니까."

"나도 지금 이름이 좋아. 은별이니까. 오빠만의."

"창남 씨는 민철이란 이름으로……."

둘은 더 얘기를 못 하고 잠에 빠져들었다.

몇 시간 뒤, 은별이 맑은 눈동자로 강현을 내려다보았다. '진짜 예쁘다, 우리 은별이.' 창남이 환하게 웃으며 강현을 내려다보았다. '이제 보니 창남 씨도 참 예쁘네요.' 은별이 창남의 얼굴 옆에서 활짝 웃었다. '이제 보니 둘이 닮았네. 정말 예쁘다. 둘 다.'

강현의 눈이 뜨였다. 눈앞에서, 은별이 고이 잠들어 있었다. 강현은 눈에 담고, 또 담았다. 사랑해서 예쁜 사람의 얼굴을. 사랑해서 예뻐지게 한 사람을.

4부

사
람
이 사
람
을

다음 날 저녁 일곱 시경. 어느 김치찌개 전문점에서 강현과 은별이 부대찌개를 먹으며 얘기를 나누고 있었다.

은별이 차분한 얼굴로 말했다.

"아까 엄마한테 얘기해줬어. 내가 누구 딸인지 오빠가 이미 알고 있었다고. 그랬는데도 날 많이많이 사랑해줬다고."

강현은 방그레 웃었다.

"그랬구나."

"응. 근데 엄마가 그 얘기 듣고 이러더라. 오빠 더 많이 사랑해주라고."

강현은 푸근히 미소 짓는 은숙의 얼굴을 떠올렸다.

"그랬구나. 어머님한테 전해줘. 나도 은별이 전보다 더 많이 사랑해줄 거라고 했다고."

"전보다 더 많이?"

"응."

"알았어, 오빠."

은별은 배시시 웃으며 말하더니, 이내 얼굴에서 웃음기를 지웠다.

"나 있잖아 실은, 결혼식에 하객알바 부르려고 했었어. 친척들은 부르기가 좀 뭐하고 해서. 아니 그것보다, 친척들이 결혼식에 오면 오빠가 내 존재를 알게 될지도 모르니까. 그래서……"

은별은 풀 죽은 목소리로 말을 흐렸다.

이 또한 은별이 김동필의 딸이라는 이유로 받아야 하는 제약이라고 강현은 생각했다. 범죄자의 자식은 힘들어야 한다는 은숙의 말이 모질게 느껴지는 순간이었다.

강현은 온온한 눈빛으로 은별을 바라봤다.

"우리, 결혼식 조촐하게 치르자. 친한 사람 몇 명씩만 초대해서 아주 조촐하게."

은별은 생긋 웃었다.

"응, 알았어. 그렇지 않아도 나도 그러는 게 좋을 거 같아서, 하객 알바 신청해놨던 거 아까 취소했어. 나 잘했지?"

강현은 따듯한 눈웃음과 "응. 잘했어."라는 말로 은별을 칭찬해주었다.

은별은 새하얀 이를 드러내며 히이, 하고 웃었다.

너무나도 해맑아 보였다. 얼마나 해맑아 보였는지, 그 얼굴에 들어가서 살고 싶을 정도였다. 그런데 몇 초가 지나지 않아 그토록 해맑던 얼굴에 그늘이 졌다.

"오빠 어머니도 결혼식에 올 수 있으면 좋을 텐데. 나랑 결혼한다는 거 알면 와주는 건 고사하고, '난 이 결혼 반댈세' 하실지도 모르겠지만."

강현의 얼굴에도 그늘이 졌다. 그는 생각했다. 이제 때가 됐나, 하고. 그러곤 곧 결정했다. 은별에게 사실을 털어놓아야겠다고. 은별을 속이고 있다는 게 내내 마음에 걸렸는데 오히려 잘 됐다 싶었다.

강현은 테이블을 내려다보며 입술을 뗐다.

"은별아. 사실 나 어머니랑 연락 돼."

은별은 눈을 크게 뜨며 놀란 표정을 지었다.

"정말?"

"응. 미안. 처음부터 사실대로 말했어야 했는데."

은별은 입술을 조금 내밀며 강현을 안쓰럽게 바라봤다.

"괜찮아. 난 훨씬 더 중요한 사실 숨겼었는데 뭐. 근데 왜 연락 안 된다고 한 거야?"

"그게…… 네가 내 어머니한테 신경 쓰는 게 조금 꺼려지기도 했고, 너랑 사귀고 있다는 거 어머니한테 숨기고 있었는데…… 아니 첨에 어머니한테 여자 친구 생겼다고 하고 나서 얼마 뒤에 헤어졌다고 했거든."

강현은 떠오른 다음 말을 할까 하다가, 그 말을 빼고 그다음 말을 이었다.

"네가 그 사람의 딸이란 거 안 뒤에. 근데 그러고 나니까, 어머니랑 연락하고 있다고 너한테 말 못하겠더라. 네가 혹시 전화로라도 인사드리고 싶다고 하면 어쩌나 싶어서."

강현은 금방 '나 혼자서도 잘 지낼 수 있다고 하면서.'라는 말을 이을까 했었다. 그런데 그 말이 은별에게 미안한 말이 될 것 같아 하지 않고 '그다음 말'을 이은 거였는데, '그다음 말'인 "네가 그 사람의 딸이란 거 안 뒤에."라는 말이, 은별에게 더 미안한 말이 될 수밖에 없다는 걸 깨달았다. 어두운 얼굴로 이렇게 말하는 그녀를 보며.

"그랬구나. 결국 내 아빠가 그 인간이라서……"

강현은 어떤 말로 은별을 다독여줄까 고민하다가, 일단 생각난 말을 뱉어냈다.

"괜찮아. 결혼 허락하실 테니까. 그래, 이참에 어머니한테도 말해야겠다. 너랑 사귀고 있고 결혼도 곧 할 거라고."

"정말 허락하실까? 반대하실 거 같은데."

은별이 걱정스러운 얼굴로 말했다.

강현은 밝은 미소를 지어 보였다.

"허락하실 거야. 내가 꼭 허락 맡을게."

은별은 걱정 어린 표정을 지우지 못한 채 "알았어, 오빠." 하고 답했다.

강현은 그녀의 마음을 속히 어루만져 주고 싶었다.

"나 오늘 아침에 에로영화 제목 또 하나 지어봤는데, 들어볼래?"

은별의 얼굴이 스르르 밝아졌다.

"응."

강현은 은별의 가슴께를 노려보며 가칠한 목소리를 내었다.

"지리는 애무를 하고도 지퍼를 내리지 못한 자, 옆집 마당에 쭈그려 앉아 오징어 오지게 뜯어먹고 있네."

그때, 은별 뒤 테이블에 중절모를 쓴 채로 앉아 김치찌개를 떠먹던 한 중년 남성이 씨익 웃었다.

은별은 인상을 살짝 찌푸리는가 싶더니 곧바로 흐흐, 웃었다.

"오징어를 왜. 또 심심해서?"

"아니. 오징어가 된 자신의 신세가 한탄스러워서."

은별은 하, 하고 웃음을 터트렸다.

"한탄스러운데 왜. 또 왜 옆집 마당에서 그러고 있는 건데?"

"옆집에도 예쁜 처자가 한 명 살고 있거든."

은별은 히히거렸다.

"예쁜 처자가 살고 있는데 왜."

"오징어 같이 뜯어먹으면서 심심함이나 함께 달래보자고."

은별은 낄낄 웃어댔다.

"그게 뭐야. 심심하기만 하면 뭐든 다 오케이인 에로영화야?"

"응."

강현은 강한 보람을 느꼈다. 그리고 자신의 유머에 격하게 반응해주는 은별이 무척이나 고마웠다. 언제나처럼. 인상을 살짝 찌푸리는 그녀를 봤다면, 그렇게 언제나처럼 고맙지는 않았겠지만.

은별 뒷자리에서 김치찌개를 떠먹던 중년 남성은 흐뭇한 웃음을 흘렸다. 그는 '옆집 마당에 쭈그려 앉아 오징어 오지게 뜯어먹고 있네.'라는 말을 듣기 전까진, 줄곧 어두운 얼굴을 하고 있었다.

달빛이 어슴푸레 비치는 새벽녘, 작고 허름한 빈가 뒤편 산 위에 작은 별 하나가 떠 있었다.

검은 점퍼를 입은 남자가 빈가 마당가에 세워져 있는 회색 SUV의 뒷문을 열었다. 노르스름한 액체가 가득 담긴 흰색 플라스틱 통 다섯 개가 좌석 위에 가지런히 놓여 있었다. 남자는 플라스틱 통을 하나씩 집어 들어 빈가 안으로 옮겼다. 그런 뒤 차량 뒤편으로 가 트렁크를 열었다. 검정 비닐로 둘둘 말린 물체 하나가 트렁크 바닥에 놓여 있었다. 남자는 미간을 찌푸리며 "그래, 집 앞에 바퀴 자국이 남아서 좋을 건 없지." 하고는 트렁크에 놓인 물체를 힘겹게 들어 올려 어깨에 짊어 멨다. 그러고는 "거 오지게 무겁네."라고 투덜대며 빈가로 향했다.

빈가 안은 바깥보다 더 어두웠다. 열 평 남짓한 공간 뒤편으로 구식 싱크대가 희미하게 보였다. 그 앞으로 철 드럼통 하나가 놓여 있었다. 그 왼편으로 좀 전에 옮긴 플라스틱 통들이 놓여 있었다. 남자는 짊어 메고 온 것을 드럼통 안에 떨어뜨렸다. 텅, 하는 철의 울림이 빈가 안을 채웠다. 남자는 플라스틱 통의 뚜껑을 열어 노르스름한 액체를 드럼통 안에 들이부었다. 남은 네 개의 통도 그렇게 다 비워내고, 검은색 바지 주머니에서 작고 납작한 성냥갑을 꺼냈다. 그는 "잘 타올라다오. 오래도록 잘." 하고 말하고는, 성냥갑에서 성냥 하나를 빼내 갑에 그었다. 곧이어 "잘 가라, 김동필." 하며 불이 붙은 성냥을 드럼통 안에 던졌다. 롸아, 하는 소리가 나며 드럼통 안에서 불길이 일었다. 불길은 점점 거세게 타올라 천장에까지 솟구쳤다. 남자는 솟구치는 불길을 몇 초간 바라보다 뒤돌아서, 앞에 놓인 큼지막한 검은색 손가방을 집어 들었다.

빈가 밖으로 나온 남자는 회색 SUV 앞으로 가 운전석에 놓인 쪽지를 내려다봤다. 그러다 차량 뒤편으로 가 트렁크를 닫고, 빈가 오른편에 나 있는 좁은 길을 향해 걸음을 옮겼다.

2분여를 걸어 빈가 뒤편 산어귀까지 온 남자는 걸음을 멈추고 뒤를 돌아봤다. 빈가에서 새어 나오는 뿌연 연기가 어슴푸레 보였다. 남자는 고개를 앞으로 하고 씁쓸한 표정을 지었다. 그러곤 산로가 나 있지 않은 산을 재빠르게 걸어 올라갔다.

흐흐대던 은별이 돌연 웃음을 멈추고 말했다.

"근데 작가님에 관해선 아직 얘기 안 해줬어, 엄마한테."

"그랬구나. 뭐, 천천히 얘기해드리면 되지. 네가 편할 때. 얘기하는 게 계속 불편하면 얘기 안 해드려도 되고."

"아니. 얘기는 해줄 거야. 단지 어디까지 얘기해줘야 하나 싶어서."

"어머님이 힘들어하지 않을 선까지?"

"그래. 그러면 되겠다."

은별의 얼굴이 어느새 밝아져 있었다. 강현은 그녀의 밝은 얼굴을 보는 게 좋았다. 아니, 밝은 마음을 읽는 게 좋았다. 그래서 그녀의 마음을 밝혀주고 싶었다. 쉼 없이.

둘은 한 시간여를 더 함께하다 자리에서 일어났다.

둘이 식당을 나서자, 김치찌개를 떠먹던 중년 남성이 어두운 얼굴로 자리에서 일어나 카운터로 향했다.

집에 돌아온 강현은 제 방 침대에 걸터앉아 휴대폰 화면을 켰다. 잠시 망설이다 카카오톡 앱을 열고 어머니에게 전화를 걸었다. 휴대폰을 귀에 대자 어머니의 목소리가 들려왔다.

"어, 강현아."

"네, 어머니. 잘 지내세요?"

"그냥 뭐…… 대충 지내고 있다."

목소리에 힘이 실려 있지 않았다.

"어머니 무슨 일 있어요?"

"……없다, 아무 일도. 넌 잘 지내고 있니?"

아무래도 무슨 일이 있어 보였다. 고민이 되었다. '그냥 다음에 말할까.'

"왜 대답이 없어. 너야말로 뭔 일 있니?"

"아니……."

아버지를 죽게 한 원수의 딸과 어떻게 사귈 수 있냐고, 김동필의 딸과 사귀고 있다고 하면 어머니가 그렇게 여길 것 같다는 1년여 전의 생각은, 지금은 많이 꺾여 있었다. 그적에 느꼈던 께름칙한 기분도 이젠 거의 느껴지지 않았다. 그때보다 아버지를 덜 떠올리게 된만큼. 한데도 사실대로 밝히기가 꺼려졌다. 어머니에게 무슨 일이 있어 보였기 때문일까, 단순히.

어머니가 말했다.

"뭔 일 있으면 말해. 내가 못나긴 했어도 네 엄마잖니. 엄마한테 못 할 얘기 있으면 안 되지."

목소리가 처량하고 애처롭게 들렸다. 부모를 빨리 여읜 어머니의 목소리라서 그리 들린 걸까. 아니면, 모질고 모질어도 자식을 품을 가슴을 가지고 있는 어머니의 목소리라서? 그런데 순간, '네 엄마잖니. 엄마한테 못 할 얘기 있으면 안 되지.'라는 엄마의 말이 가슴속을 파고들었다. 일순 눈가가 뜨거워졌다.

"강현아?"

"네. ……무슨 일이 있는 건 아니고요. 어머니한테 드릴 말씀이 있어요. 저 사실은……."

강현은 전에 헤어졌다고 한 여자와 지금까지 사귀고 있다고 하고는, 김동필이 여자 친구의 아버지라고 말했다. 여자 친구의 이름을 들려주며 결혼도 곧 할 거라고 했다. 그러자 어머니는 어떻게 그런 일이 있을 수 있냐고 하더니, 아버지를 죽게 한 놈의 딸과 어찌 결혼까지 할 수 있냐며 자신은 이해가 안 된다고 했다.

"이 얘기 들으면 이해가 될 거예요, 아마도. 은별이 걔는 죽으려 한 저를 지켜주기 위해 와준 애예요. 그만큼 따뜻하고 착한 아이죠. 책임감도 강한 애고요. 승낙해주세요, 어머니."

강현은 진심으로 말했다. 그리고 진심으로 승낙해주길 바랐다. 어머니가 진심으로.

어머니는 잠시 침묵하다가 낮은 톤으로 말했다.

"그랬구나. 널 지켜주러 온 아이구나. 책임감도 강한 아이고……."

어머니는 잠깐 또 침묵하다가, 차분한 음성으로 아들의 청에 응했다.

"그래, 알았다. 결혼하렴. 대신 부탁 하나만 하마. 아니 부탁할 일도 아니네. 나 그만 집으로 돌아가련다. 돈 거의 다 떨어져서 여기선 더 못 살 거 같다. 너 그 애랑 우리 집에서 살 거 아니지?"

"네. 지금 집 구하고 있어요."

"잘 됐다. 나 그 집 전세금 빼서 당분간 생활비로 좀 써야겠다. 물론 반은 너 주고."

"네…… 근데 같이 지내던 남자는……."

강현이 조심스레 물었다. 그러자 쓸쓸함이 묻어나는 목소리가 휴대폰 너머에서 들려왔다.

"헤어졌다. 오래전에. 아무튼 조만간 가마. 그 썩을 놈의 자식이라…… 뭐 그래도, 널 지키러 와준 애라면 괜찮은 아이겠지. 그리고 내가 결혼이나 반대하고 그럴 입장도 아니고. 한번 잘 살아보렴. 못된 시어미 노릇은 안 할 테니까. 결혼은 며칠날 하니?"

강현은 애틋함을 느끼며 대답했다.

"다음 달 16일에요."

"그래 그럼, 그 전까지 가마."

"네, 어머니."

강현은 갑작스레 죄스러워하며 덧붙였다.

"그동안 속여 왔던 거 미안해요. 어머니와 상의 없이 결혼하기로 한 것도요."

"됐다. 미안해할 거 없다. 내가 저번에 그랬잖니. 결혼한다고 말만 해주면 된다고. ……고맙다, 말해줘서."

눈시울이 붉어졌다. '미안함을 느끼며 후회하고 있는 어머니'라는 느낌을 받았다. '초라해져 버려 무언가 붙들 게 필요한 어머니'라는 느낌도 받았다.

"저도 고마워요, 어머니. 어머니가 지어주는 밥 빨리 먹어보고 싶네요."

"그래. 가서 맛나는 밥 지어줄게."

어머니의 목소리가 따뜻하게 들렸다. 처음으로. 또 한 번 눈가가 뜨거워졌다.

"네, 어머니. 기다리고 있을게요."

"그래."

통화를 종료한 강현은 은별에게 연락해 결혼 승낙을 받았다고 전하고, 어머니가 곧 집으로 돌아올 거라고 했다. 그러면서 어머니가 못된 시어미 노릇은 안 한다 했다고도 전해주었다.

은별은 히히, 웃고는 이렇게 화답했다.

"그러셨어? 완전 감사하다. 나도 착한 며느리 돼서 효도 많이 해드려야겠다. 아무튼 너무너무 잘 됐다, 오빠. 이제 행복할 일만 남은 거 같다. 지금도 무지 행복하지만. 흐."

눈앞에서 은별이 해맑게 웃고 있는 듯했다. 정말 행복할 일만 남아 있는 듯했다.

이튿날 밤 9시 경, 창남의 원룸 안.

창남이 침대에 누운 채 평온한 눈길로 천장을 바라보고 있었다. 옆구리맡에 놓인 휴대폰에서 문자 수신음이 울렸다. 창남은 옆으로 돌아누워 휴대폰을 집어 들고는, 미소를 머금으며 화면을 터치했다.

> 작가님 혹시 내일 저녁에 시간 될까요? 우리 엄마가 작가님 맛있는 거 사주고 싶다고 하는데, 혹시 시간 되면 우리 오빠랑 같이 만날래요? 만나기 좀 그러시면 어쩔 수 없지만, 괜찮으면 말해주세요. 아 그리고, 산에서 있었던 일은 엄마한테 얘기 안 했어요. 그냥 작가님이 제가 얼마나 힘들었는지 알아보려고 했었다고, 그래서 그런 극본 쓰고 제가 어떻게 연기하는지 지켜봐왔었다고만 했어요. 그렇게 지켜봐오다가 제 진심을 느껴, 작가님이 자기가 어떤 분들의 아들인지 털어놨다고. 그러니까 엄마 만나면 산 얘기 꺼내시면 안 돼요. 아무튼 답문 기다릴게요.

창남은 메시지를 읽다가 '엄마'라는 단어가 보이자 인상을 살짝 찌푸렸다. 그런 뒤 이내 인상을 펴고 나머지 메시지를 읽었다.

창남은 휴대폰을 손에 쥔 채 천장을 향해 돌아누웠다. 입에서 짧은 한숨이 새어 나왔다. 인상을 쓰고 있진 않았지만 평온한 얼굴은 아니었다. 약간의 슬픔과 갈등이 묻어나는 얼굴이었다. 약간의 슬픔은, 문자를 읽는 중 '어떤 분들의 아들인지'라는 말과 마주했을 때 묻어나기 시작했고, 약간의 갈등은, 메시지를 다 읽고 난 뒤에 묻어나왔다.

창남은 윗입술을 지그시 깨물고 휴대폰을 들어 문자를 입력했다.

알았어요. 다 같이 만나요. 내일 아무 때나 괜찮으니까 장소랑 시
간 정해서 알려주세요.

문자를 보낸 창남은 몸을 일으켜 침대에 걸터앉았다. 이제 그의
얼굴에서 '갈등'은 읽히지 않았다. 3분여가 지나자 은별의 답 문자가
도착했다.

감사해요, 작가님. 그럼 내일 저녁 7시에 영등포역에서 만나요.
다 같이.

문자를 본 창남은 얼굴에 남아 있던 '슬픔'을 지웠다. 설렘 어린
미소로.

다음 날 오후 네 시 반경.
책상 위에 놓인 노트북 화면에 HWP 문서가 띄워져 있었다. 창남
의 손가락이 자판 위에서 날래게 움직였다.

남자를 살린 여자는 자신의 꿈을 펼쳐나간다. 여자로 인해 새 삶
을 얻은 남자는 여자가 꿈을 이루는 데 일조하며 자신도 저만의
꿈을 펼쳐나간다. 그런데 김민철이라는 자가 갑자기 끼어들어 둘
의 사이를 이간질하고 둘의 꿈을

창남은 고개를 절레절레 저으며 자판에서 손가락을 뗐다.

"아무래도 이건 좀 아닌 거 같다. 나갈 준비나 할까."

그때 책상에 놓인 휴대폰에서 벨소리가 울렸다. 창남은 휴대폰을 내려다보며 "아, 맞다." 하고는 폰을 집어 들어 전화를 받았다.

"네, 사장님. 그렇지 않아도 연락드리려고 했었는데. 이제 그 두 분 감시하지 않아도 됩니다. 또 사진도 찍지……. ……네. ……예?"

같은 시각, 강현이 일터 화장실 안에서 고은숙과 통화를 하고 있었다.

"……이름이 김창남이라고 하던데."

은숙이 살짝 부자연스러운 목소리로 말했다.

"네. 저도 그분 얘기 들었어요."

강현은 은숙의 목소리가 부자연스럽다고 느끼지 못하고, 찔림을 느꼈다. '어머님이 힘들어하지 않을 선까지만 말하면 될 것 같다는 권유'를 은별에게 공연히 했나 싶었다.

"아무튼 우리 사위, 우리 딸이랑 행복하게 잘 지냈으면 좋겠네."

"네. 그럴게요, 어머님."

"고맙네. 이제 마음이 조금은 놓이는 거 같네. 아직도 마음의 짐을 놓기엔 이르다 싶지만. 아니, 아니지. 평생 짊어지고 가야 할 짐이지. 아무렴."

목소리에 아픔이 배어 있었다.

강현은 가슴이 쓰렸다.

"이젠 그 짐 내려놓으셔도 돼요. 이젠 행복하기만 하셔도 돼요."

"정말 그래도 될까. 그럴 자격 없는 거 같은데. 은별이에겐 있는지 몰라도 내게는…… 내가 그 사람 막지 못했으니까."

"막지 못한 게 아니고, 그 사람이 그냥 그런 짓을 저지른 거죠. 그리고 자격이 없다뇨. 범죄자에게도 행복할 권리는 있는데. 죗값을 치르고 나면 말예요."

"그렇게 생각하는 거예요, 우리 사위는?"

은숙이 애처로운 목소리로 물었다.

"네. 저는 그렇게 생각해요."

강현은 은숙의 마음을 속히 밝혀주고 싶었다.

"그런데 왜 또 존댓말을 하셨어요. 말씀 확 편하게 하세요. 동네 머슴 다루듯이."

웃음을 참는 소리가 휴대폰에서 찔끔 새어 나왔다.

"동네 머슴 다루듯이?"

"네."

"에이, 그건 좀 아닌 거 같다. 귀한 우리 사위를 어떻게 머슴 다루듯이 할 수 있겠어."

"알았어요. 그럼 은별이 대하듯 편하게 대해주세요."

"음, 알았네. 아니, 알았다."

강현은 방긋 웃었다.

"네. 그럼 조심히 올라오시고, 이따 봬요."

"그래, 이따 보자. 강현아."

은숙이 진짜 어머니가 된 기분이 들었다. 어머니가 두 명이 되는 순간이었다. '고아'라는 단어가 자신과 전혀 상관없는 말이 되는 순간이었다.

그로부터 8분 전.

극단 지하 연습실에서 단원들과 담소를 나누고 나온 은별은 밝게 미소 지으며 계단을 올라와 가벼운 발걸음을 옮겼다. 1분여를 걸어 큰 도롯가로 나온 그녀는 오른편 홍대입구역 방향으로 몸을 틀어 계속 가벼운 발걸음을 옮겼다. 그런데 몇 초 후, 뒤편에서 한 남성의 낮은 목소리가 들려왔다.

"이봐요, 이슬 씨."

은별은 눈의 초점을 잃으며 걸음을 멈췄다. 얼굴에서 웃음기가 싹 가셔 있었다. 은별은 입을 조금 벌리며 눈을 두 번 껌뻑였다. 그러고는 눈에 힘을 주며 천천히 뒤돌아섰다. 엊그제 그 중년 남성이 그때처럼 중절모를 쓴 채 서 있었다. 은별은 미간을 찡그리며 고개를 갸우뚱했다. 그러더니 눈을 휘둥그레 뜨며 충격에 휩싸인 표정을 지었다.

"당신……"

중년 남성은 엷은 미소를 지었다.

"알아보겠니?"

은별의 눈꺼풀과 입술이 파르르 떨려왔다.

"살아, 있었다고."

눈빛이 미세하게 흔들리며 눈에 눈물이 비쳤다.

"그래, 살아 있었다. 너처럼 성형한 채로."

그 순간, 흔들리던 은별의 눈빛에 증오가 서렸다. 그녀는 중년 남성을 매섭게 노려보며 써늘한 목소리를 뱉어냈다.

"살인자."

성형한 남자의 얼굴이 순간적으로 굳었다.

"살인자라니. 난 아무도 안 죽였다."

은별은 흔들리는 콧숨을 뿜어내며 몸을 부르르 떨었다.

"쓰레기보다도 못한 인간."

김동필은 곁눈질로 좌우를 쓱 훑어보고는 은별의 오른쪽 손목을 붙들었다.

"일단 노래방으로……."

그때 은별이 그의 손을 힘껏 뿌리치며 날이 선 목소리를 내질렀다.

"이거 놔요!"

은별 옆을 지나가던 한 여성이 걸음을 멈추고 김동필을 돌아봤다.

김동필은 눈을 내리깔고 가만히 서 있었다. 애써 침착해하는 듯 보였다. 여성이 고개를 앞으로 하며 걸음을 떼자, 그가 애타는 표정을 지으며 입을 열었다.

"진짜 난 아무도 안 죽였다. 탄 사체는 병에 걸려 죽은 사람의 시체였어. 그 마을에 살고 있던 사람이었는데, 내가 그 사람의 시체를 산 거지. 관 속에 있던 시체를."

은별은 이를 악물며 동필을 노려보았다.

"거짓말. 아니, 그 말이 사실이라 해도 달라질 건 없어. 당신은 계속 살인자라고. 다섯 명씩이나 죽인 살인자."

은별은 얼굴을 일그러뜨리며 덧붙였다.

"처음 희생자가 나왔을 때 자수했다면, 자수하고 돈 다 돌려줬다면 더는 죽는 사람 나오지 않았을 텐데. 살아 있었으면서, 살아 있었으면서 왜……."

은별의 일그러진 두 눈가에 눈물이 괴었다.

동필은 미간을 찌푸리며 낮게 깔리는 한숨을 내쉬었다.

"나도 괴로웠다. 나도 무진장 괴로웠다고."

"괴로웠는데 왜, 괴로웠는데 왜……."

"나도 살아야 했으니까."

은별은 이맛살을 잔뜩 찡그리며 몹시도 황당해했다.

"그걸 말이라고…… 이 쓰레기보다도 못한 인간. 돌에 처맞아 죽어도 모자랄 인간."

동필의 인상이 험악하게 돌변했다.

"말이 너무 심한 거 아니냐. 아빠한테 무슨 그런……."

은별은 독기 서린 눈으로 동필을 쏘아봤다.

"아빠는 무슨…… 당신은 이미 내 안에서 죽었어. 그래서 나에겐 아빠란 사람 없어."

동필은 눈을 질끈 감으며 긴 탄식을 내뱉었다. 그러더니 눈을 번쩍 뜨고 은별의 배께를 주시했다.

"내가 엄청난 사기를 치긴 했지만 사람을 죽이진 않았다. 그 사람들은 내가 죽인 게 아니라고. 그 사람들 스스로 죽은 거지. 그렇다고 내 책임이 전혀 없다는 건 아니다. 다만 내가 살인자가 될 수는 없다는 거다. 직접 죽여야 살인자가 되지, 어떻게 사기쳤다고, 힘들게 했다고 살인자가 될 수 있겠냐. 안 그러냐?"

은별은 그가 말하는 내내 독기 서린 눈을 풀지 못했다.

"개떡 같은 소리. 죽고 싶을 만큼 힘들게 하는 게 직접 죽이는 거와 뭐가 다른데. 그렇게 죽을 만큼 힘들어하다가 결국엔 죽었는데, 그게 그거랑 뭐가 다르냐고."

동필은 시선을 올려 은별의 눈을 똑바로 쳐다봤다.

"자기 목숨은 자기가 책임지는 거야. 남들이 이래라저래라 간섭할

것도 아니고, 오로지 자기 자신만이 죽느냐 사느냐를 결정하는 거
라고."

"인정 못 해. 그런 거지 같은 소리 절대 인정 못 한다고."

은별이 눈에 힘을 잔뜩 주며 말했다.

동필은 은별의 눈을 몇 초간 더 주시하다가, 조금 나긋한 얼굴을
하며 입술을 뗐다.

"일단 노래방 가서 얘기하자. 거기가……."

"싫어."

은별은 냉랭한 목소리로 그의 말을 잘라내고, 바지 주머니에서
휴대폰을 꺼내 들었다.

동필의 눈동자가 흔들렸다.

"이슬아."

은별은 키패드를 열고 '1'을 두 번 눌렀다. 이어 '2'를 터치하려던
찰나, 동필이 휴대폰을 쥔 은별의 손을 덥석 잡았다. 그러면서 황급
히 말했다.

"아빠가 잘못했다. 아빠가 정말 죽을죄를 졌다. 신고하면 나
자……."

"죽을죄를 졌는데 왜 막아?"

은별이 톡 쏘는 목소리로 동필의 말을 끊었다.

"죽을죄를 졌다고 느끼면 죗값을 치러야지."

동필은 은별의 손을 붙든 채 인상을 굳혔다.

"신고해서 나 잡히면, 사기쳐서 얻은 돈 어디에 숨겨뒀는지 절대
안 밝힐 거다."

은별은 충격을 받음과 동시에 어이를 상실한 듯했다. 그녀는 눈

살을 찡그린 채 짧은 헛웃음을 연달아 내뱉었다. 그러다가 이렇게 물었다.

"그럼 신고 안 하고 소리칠까? 김동필이 여기 있다고?"

일순에 눈이 커진 동필은 은별이 말을 끝내기가 무섭게 입을 열었다.

"잠깐. 나 사실 자수하려고 한국에 온 거다. 괴로워하고 괴로워하다가 더 이상 견딜 수가 없어서 자수하고 죗값 치르려고. 정말이다. 금방 죽을죄 졌다고 했을 때도 그 말하려고 했었는데……."

동필은 애달픈 눈빛으로 은별을 바라보며 말꼬리를 흐렸다. 눈에 눈물을 머금고.

은별은 미간을 찡그리며 괴롭고도 혼란스러운 표정을 지었다.

"거짓말이잖아. 지금 또 나한테 사기치고 있는 거잖아."

"정말이다. 돈 어디에 숨겨뒀는지 밝히지 않을 거라고 한 것도, 네가 신고하면 자수할 기회를 잃어버릴 거 같아서 그랬던 거다. 피해자들과 죽은 분들 가족들에게 제대로 용서를 빌고 싶은데, 자수한 뒤가 아닌 잡혀버린 뒤에 용서를 빌면, 내 그 진심이 제대로 전달되지 않을 거 아니니, 그분들한테."

동필은 말을 마치며 눈물 한 방울을 바닥에 떨구었다.

은별은 심히 고통스러운 얼굴로 어어……, 하고 신음을 흘렸다. 그러더니 몇 초 후, 입을 악다물며 눈을 내리떴다.

"정말 자수할 거예요?"

"당연하지. 자수하러 온 건데."

은별은 시선을 올려 동필을 눈을 가만히 응시했다.

"알았어요. 그럼 지금 자수해요. 이 핸드폰으로."

은별은 말하면서 동필에게 잡혀 있는 손을 앞으로 내밀었다.

동필은 눈가장에 눈물방울을 매달며 서글픈 표정을 지었다.

"자수하기 전에 너랑 마지막 대화 나누고 싶다. 경찰에 연락하면 경찰들 바로 올 텐데, 그러면 너랑 나 얘기할 시간 없을 거 아니니. 딱 한 시간만, 아니 단 10분만이라도 너랑 속에 있는 얘기 나누며 오붓한 시간 가지고 싶다. 내 처음이자 마지막 부탁이다. 제발 들어주렴, 내 이 마지막 소원."

동필의 두 눈가장에 달려 있던 눈물방울이 양 뺨을 타고 흘러내렸다.

은별은 죽을 듯이 괴로워하며 눈을 꾹 감았다. 그러곤 잠시 후, 눈을 뜨고 미세하게 떨리는 입술을 뗐다.

"알았어요. 노래방 가요. 가서 얘기 나누고 꼭 자수해요."

"그래. 가자."

"……또 사진도 찍지……. ……네. ……예? 중절모를 쓴 중년 남성이랑요?"

통화 상대인 흥신소 직원은 속삭이는 듯한 목소리로 대답했다.

"네. 지금 두 사람 사오 분 정도 얘기한 거 같은데, 은별이 개 표정이 좀 전까지 무지하게 심각했어요. 지금은 막 울 것만 같은 얼굴을 하고 있고요. 근데 거의 뒤편에서 보고 있어서 남자 얼굴은 한 번도 제대로 못 봤네요. 그리고 아까 저 남자가 은별이 손 붙드는 거 같았는데, 그때 개가 이거 놓으라고 소리쳤어요. 남자 손 뿌리치면서. 네. 남자 팔이 확 내려갔던 걸 보면 분명히."

창남은 한쪽 눈을 찡그리며 고개를 갸우뚱했다.

"놓으라고 소리치며 손을 뿌리쳤다."

"네. 그리고 좀 떨어져 있어서 뭔 얘기하는지는 모르겠는데, 좀 전에 은별이 개가 왜 막냐고 하는 거 같았어요. 반말로. 또 그 직전에 아까처럼 또 손이 붙들렸던 거 같았고요. 그리고 지금까지 붙들려…… 잠깐만요. 두 사람 이동하네요. 쫓아갈 테니까 전화 끊지 말고 계세요. 아, 좀 앞질러 가서 남자 사진 찍어 보내드릴 테니까, 좀만 기다리세요."

"네. 들키지 않게 조심하시고요."

창남이 눈에 힘을 주며 말했다.

"요런 일이 제 전문인데 들킬 리가 있나요. 걱정 말고 계세요. 아아, 이거 암만 봐도 도쟁이 느낌은 아닌데……."

"붙들려서 왜 막냐고 했다 이거지. 반말로."

창남은 입속말로 중얼거리곤 힘을 준 눈알을 몇 차례 굴렸다.

40여 초 후, 창남의 휴대폰에서 문자 수신음이 울렸다. 동시에 흥신소 직원의 목소리가 휴대폰에서 흘러나왔다.

"지금 그 남자 사진 보냈으니까 확인해 보세요. 보시면 누구랑 조금 닮았다는 느낌 들 겁니다. 중절모로 가려져 있어서 눈썹 위는 보이지 않지만서도."

창남의 눈빛이 날카롭게 번뜩이고 있었다.

흥신소 직원이 덧붙였다.

"그리고 방금 두 사람, 지하에 있는 노래방으로 들어갔어요."

"노래방에요?"

"네."

창남은 고개를 살짝 갸웃하고 서둘러 말했다.

"일단 저는 사진 볼 테니까 노래방 밖에서 잘 감시해주세요. 전화 끊지 말고요."

"옛썰. 아니 알겠습니다."

창남은 곧바로 문자함을 열었다. 흥신소 직원이 보내준 사진은 두 장이었다. 첫 번째 사진엔 중절모를 쓴 남성의 비스듬한 측면 얼굴이 찍혀 있었고, 두 번째 사진엔 그의 정면 얼굴이 담겨 있었다. 창남은 첫 번째 사진을 보고 눈을 찌푸렸다. 이어 두 번째 사진을 보고는 화면을 크게 키웠다. 곧 그의 입에서 살기 어린 목소리가 터져 나왔다.

"김동필."

둘이 들어선 곳은 퀴퀴한 냄새가 진동하는 낡고 오래된 노래방이었다. 동필은 노래방 값을 현금으로 지불하고 복도 안쪽으로 걸음을 옮겼다. 그는 "냄새 참 오지게 나네." 하며 복도 끝까지 와 왼편호실의 문을 열었다. 그러곤 뒤따라온 은별을 향해 나긋한 목소리를 내었다.

"먼저 들어가."

은별은 침울한 얼굴을 한 채 노래실 안에 들어섰다. 동필은 입을 꾹 다물며 안에 들어가 문을 닫았다.

노래방 기기 앞에서 은별이 가만히 서 있었다.

동필은 문 쪽 자리에 걸터앉고는 상냥한 얼굴로 은별을 올려다 봤다.

"앉아. 이제 인상 좀 풀고."

은별은 사나운 눈초리로 동필을 흘겨보곤 문 맞은편 자리에 가

앉았다.

"그래, 우리 딸. 그동안 이 아빠 때문에 많이 힘들었지?"

동필이 애틋한 표정으로 말했다.

은별은 턱에 주름을 잡으며 울 것만 같은 얼굴을 하더니, 이내 이를 꽉 깨물며 동필을 째려보았다.

"인상 좀 풀라니까 그러네."

동필은 달래듯이 말하더니, 돌연 어두운 표정을 지었다.

"그놈의 돈이 뭔지, 그런 엄청난 짓을 저지르게 만들고, 너와 내 사이도 요로코롬 갈라놓고, 정말 그 돈이란 게 뭔지. 그놈의 돈. 그놈의 돈으로 성형도 더 예쁘게 할 수 있고, 비싼 외제차도 마음껏 살 수 있고, 최고급 레스토랑에 가 스타 셰프가 만든 맛깔난 음식도 먹을 수 있고, 풀장 시설을 갖춘 오성급 호텔에서 여유로이 쉴 수도 있고, 비싼 명품 백, 명품 지갑도 마음껏 살 수 있고, 호화로운 대저택 소파에 누워 200인치도 넘고 사운드도 오지고 지린 TV로 영화 감상도 할 수 있어서, 내가 그런 엄청난 짓을 저지른 거였는데, 그래도 그러면 안 되는 거였을까. 우리 딸이 그렇게 행복하게 살기를 바라서 그랬던 건데."

그가 말하는 동안 얼굴을 점점 찡그려갔던 은별은, 얼굴을 급격히 더 찡그리며 허, 하고 헛웃음을 내뱉었다.

동필은 애타는 눈빛으로 은별을 바라봤다.

"이런 내 마음 이해 못하겠니? 널 자유롭고 행복하게 해주고 싶었던 내 마음?"

은별의 이지러진 얼굴에 황당해하는 기색이 짙게 서렸다.

"거지 같은 인간. 자유롭고 행복하게?"

동필은 고개를 조금 숙이더니, 순간적으로 눈을 치떴다.

"네가 돈의 위력을 못 느껴봐서 이러는 거다. 돈만큼 사람을 자유롭게 해주는 건 없다. 잘못된 방법으로 얻은 돈이라고 해서, 돈의 위력이 감소되는 건 아니다. 그 돈으로도 똑같이 행복할 수 있고 자유로워질 수 있다. 그리고 넌, 그 돈을 가질 수 있고. 숨겨놓은 돈 너한테 반 주마. 거의 500억이다. 한순간에 떼부자가 되는 거지. 그 돈 받아서, 나처럼 어딘가에 잘 숨겨두기만 하면 된다."

은별은 경멸 어린 눈빛으로 동필을 쏘아보고 있었다.

"쓰레기. 자기가 쓰레기인 것으로 모자라 딸도 쓰레기로 만들려고? 또 뭐, 자유로워질 수 있다고? 지금껏 숨어 살았으면서 무슨…… 그리고 아까 괴로웠다면서. 괴로워하면서 자유를 누렸어? 결국 생거짓말이었어. 괴로워했다는 것도 자수한다는……"

그때 동필이 어떤 이의 이름을 말해 은별의 말을 끊었다.

"강현이 더 행복하게 해주고 싶지 않니?"

은별의 눈에 힘이 들어갔다.

"어떻게 우리 오빠까지……"

동필은 입가에 엷은 미소를 띠었다.

"나 한국에 온 지 열흘이나 지났다. 그 열흘간 뭐 했겠니. 우리 딸 어떻게 사는지 보고, 우리 딸이랑 가깝게 지내는 사람이 누군지 알아봤겠지."

은별은 동필의 얼굴을 무섭게 노려보았다.

동필은 입을 다물며 침을 한 번 삼키더니, 은별의 눈을 가만히 주시했다.

"그 500억 가까이 되는 돈으로 강현이를 죽도록 행복하게 해줄 수 있다."

은별의 눈이 휘둥그레 뜨였다. 맹렬한 분노가 치밀어온 듯했다.

"그 돈이 어떤 돈인데. 이 개……"

은별은 욕설을 잇지 못하고 얼굴을 확 일그러뜨렸다. 피가 쏠려 새빨개진 얼굴을.

"아빠가 잘못했다. 더는 그런 개 같은 소리 안 하마."

동필이 노기 띤 얼굴로 투박하게 말했다.

은별은 자리에서 벌떡 일어서며 가시 돋친 목소리를 뱉어냈다.

"신고할 거야."

"잠깐만."

동필이 황급히 입을 뗐다.

"솔직히 말하마. 이슬이 네가 그 돈 가져준다고 하면 자수 안 하려고 했었다. 혹시라도 네가 그래 준다면, 그 돈 가지고 네가 행복하게 사는 모습 지켜보면서 살려고 했었다. 그렇지 않아도 쓸모없어진 인생, 네가 행복해하는 모습이라도 봐야 조금이라도 삶의 의미를 가지고 살 수 있지 않겠니. 근데 네가 그 돈 필요 없다고 하면 정말 자수할 생각이었다. 네가 행복해하는 모습도 못 보고 아무 의미 없이 살 바에야, 차라리 그냥 죗값 치르는 게 나을 거 같아서. 물론 사죄도 하면서 말이다."

동필은 말하는 동안 구슬픈 얼굴을 하며 눈에 눈물을 머금었다.

은별은 매섭디매서운 눈으로 동필을 내려다봤다.

"개떡 같은 소리. 돈으로 행복할 수 있다면서. 더러운 돈도 위력은 그대로라면서. 근데 왜 사는 게 의미가 없어? 얼마든지 행복하게 살 수 있는데. 그 더럽게 얻은 돈으로 말이야. 응? 당신은 그렇다며. 돈만 있으면 얼마든지 행복할 수 있다며."

"물론 돈으로 행복할 순 있지만…… 아니 대부분의 사람들은 그렇지만 나는 돈만으론 행복할 수 없다. 내겐 무엇보다 우리 딸이 더 소중하니까. 내게 억만금이 있더라도, 네가 불행하다면 내겐 아무 의미가 없고 행복할 수 없다고, 난."

은별은 벌레를 씹은 것처럼 양 눈꼬리를 잔뜩 찡그렸다.

"그게 무슨 개똥 같은…… 내가 지금 누구 때문에 불행한데…… 그리고 의미가 없는데 천억씩이나 갈취했어? 아무 잘못 없는 사람들한테서? 게다가 나까지 불행하게 만들면서. 도무지 말이 안 되잖아."

동필은 입을 꾹 다물며 시선을 조금 내렸다.

"네가 돈을 마다해서 그렇지, 말이 안 되는 건 아니다. 그래, 난 너를 위해서 그랬던 거야. 네가 그 돈으로 행복해지기를……."

"그만."

은별이 송곳처럼 뾰족한 음성으로 그의 말을 잘랐다.

"듣기 싫어. 당신의 그 거지 같은 말, 거지 같은 소리. 나 이제부터 당신 입에서 나오는 말 절대 안 믿을 거야. 단 한마디도."

"믿어야 한다."

동필이 묵직한 목소리로 말했다.

은별은 한쪽 입가를 실룩이며 비소를 흘렸다.

"그럼 지금 자수할래요? 내가 번호 눌러줄 테니까. 난 그 돈 필요 없으니까, 이제 당신이 자수할 일밖에 안 남은 거 같은데."

은별은 그렇게 말하고, 바지 주머니에 넣어놓았던 휴대폰을 다시 꺼내 들었다.

그러자 동필이 벌떡 일어서며 말했다.

"잠깐만. 자수할 거다. 잠깐 어디 좀 다녀온 다음에."

"어디를 다녀오게? 내빼려고 수작부리는 거 내가 모를 줄 알고? 이제 안 속아. 흔들리지도 않을 거고."

은별의 눈빛에 결연한 기운이 가득 서려 있었다.

동필은 심각한 표정을 지으며 테이블 옆으로 나와 섰다. 그러더니 애처로운 눈망울을 반짝이며 애걸하듯 말했다.

"처음이자 마지막으로 부탁하마. 부모님 뵐 수 있도록 잠시만 시간을 다오. 부모님 산소에 가, 부모님께 마지막 인사드릴 수 있게 잠시만. 안 그러면 나 견딜 수가 없을 것 같다. 감옥 들어가면 못 나올지도 모르는데, 부모님께 인사는 드려야 할 거 아니니. 이런 못난 아들이 되어 돌아와 죄송하다고 사죄도 드려야 하고 말야. 더도 말고 딱 일곱 시간만 기다려다오. 부탁한다, 이슬아. 갔다 와서 꼭 자수할 테니 제발……."

은별은 써느런 콧방귀를 뀌었다.

"일곱 시간이면 일본으로 뜰 수 있나 보네? 돌아가신 할아버지 할머니까지 팔아먹다니, 이 천하의 몹쓸 인간. 그래, 시체 샀다는 말도 분명 거짓말이었을 거야."

"아니다. 정말 내 손으론 아무도 죽이지 않았다."

동필이 미간을 찡그리며 말했다.

은별은 눈빛을 매섭게 번뜩였다.

"아니. 분명히 죽였어. 이 여섯 명이나 죽인 살인자. 전에 내가 알고 있던 아빠는 결국 없는 사람이었어. 완전한 허상이었어. 당신은 이제 완전히 끝났어. 내 안에서 완전히 죽어버렸어. 더는, 더는 살려놓지 않을 거야."

동필의 표정이 굳어 있었다.

"정말이냐."

은별은 대꾸 없이 휴대폰 화면을 켰다. 곧장 화면을 터치해 키패드를 열고 엄지로 '1'을 눌렀다. 그 순간 동필이 "잠깐!" 하고 외치더니, 재빠르게 몸을 옮겨 휴대폰을 쥔 제 딸의 손을 움켜쥐었다.

"이거 놔."

은별이 동필의 눈을 쏘아보며 말했다.

동필은 표독스러운 눈빛으로 제 딸을 노려보았다.

"그럼 진짜 죽어줄까, 지금. 네 안에서 죽어 살 가치가 없어졌으니, 실제로도 죽어줄까."

은별의 독기 어린 눈빛이 미세하게 흔들리고 있었다. 그녀는 곧 눈을 내리뜨며 이를 악물었다. 그러고는 살짝 떨리는 목소리로, "죽을 필요 없이 감옥에 갇히면 돼."라고 말했다.

동필은 은별을 계속 노려보며, 왼손을 오른쪽 바지 주머니에 넣어 뭔가를 꺼냈다. 황색 가루가 담긴 자그마한 지퍼 팩이었다. 동필은 그걸 제 얼굴 옆으로 쳐들고 거칠한 목소리를 내뱉었다.

"이게 뭔 줄 아냐. 일본에서 가져온 독약이다. 먹으면 1분 안에 피를 토하고 죽어버리는 아주 독하고도 독한 약이지. 네 눈앞에서 목 부여잡고 죽어가는 아빠 모습 보고 싶다면 신고해라. 안 막을 테니까."

은별의 얼굴이 한없이 일그러졌다.

"이 나쁜 인간. 그걸 말……."

은별은 말을 잇지 못하고 으으, 하고 신음을 흘렸다.

동필은 은별의 손을 놓고, 독약을 쥔 손을 내리며 시선을 떨어뜨렸다. 그는 숨을 길게 내쉬고 다소 침착한 목소리로 말했다.

"기다려다오. 꼭 자수할 테니. 만약 내가 돌아오기 전에 네가 신고하면 난 죽을 수밖에 없다. 경찰이 눈에 보이는 즉시, 이걸 입에 털어 넣을 거야. 그러니 내가 살기를 바라고 자수하길 바란다면 절대 신고하지 마라."

동필은 말을 마치고 잠깐 침묵하더니, 갑자기 매우 서글픈 얼굴을 하며 바닥에 넙죽 엎드렸다.

은별의 찌그러진 얼굴에 기막혀하는 기색이 어렸다.

동필은 엎드린 채로 애절한 목소리를 토해냈다.

"제발 내가 참회할 수 있게 도와다오. 부모님께도 용서를 빌 수 있게, 피해자들과 죽은 분들 가족들에게도 사죄할 수 있게 제발 좀 도와다오. 난 절대 잡혀서 감옥에 가면 안 된다. 그러면 그분들이 내 진심을 진심 그대로 받아들이지 못할 테니까 안 돼. 가로챈 돈 어디에 숨겨뒀는지도 꼭 밝힐 테니까 제발……."

은별의 일그러진 눈꼬리에 눈물이 고여 왔다.

"진심? 정말 진심이야? 아까 한 말들이랑 전혀 맞지가 않잖아."

"아까는, 더럽게 번 돈이긴 하지만 네가 그 돈으로라도 행복하길 바라서 그랬던 거다. 그리고 내가 아까 괴로웠다고 했잖니. 돈으로 행복할 수 있다면서 그분들의 고통을 못 느끼고 있는 것처럼 말한 건, 네가 행복하길 바라는 마음이 너무나도 커서 그랬던 것일 뿐, 그때도 그분들의 아픔 통감하고 있었다. 그래서 괴로울 수밖에 없었다. 그 말이 그분들에겐 모진 말이 될 수밖에 없다는 걸 알면서도 해야 했으니까. 그리고 또, 자기 목숨은 자기가 책임지는 거라고 한 것도, 내가 살인자는 아니라고 강조하기 위해서 그랬던 것일 뿐, 그때도 그분들의 고통을 못 느끼고 있었던 건 아니다. 정말이다. 이런 내 마음 제발 좀 알아다오. 정말 진심이니까."

은별은 극도의 고통과 갈등과 혼란함에 매몰돼 있는 듯했다. 헤집고 나오려야 나올 수 없는 늪에 빠져 있는 듯했다.

동필은 천천히 몸을 일으켰다. 그는 은별을 보지 않고 뒤돌아선 뒤 낮은 목소리를 내었다.

"명심해라. 네가 기다려주면 아빠는 꼭 돌아와 자수할 거라는 것을. 그래서 피해자들에게 참회하는 모습을 보이고, 가로챈 돈도 어디에 숨겨뒀는지 밝힐 거라는 것을. 그리고 기다려주지 않으면, 아빠는 참회할 기회를 잃은 채 피를 토하며 죽을 거라는 것을."

동필은 그렇게 말하고 노래실 밖을 나섰다.

14분 전.

"김동필."

창남은 동필의 사진을 크게 키운 채, 눈빛을 살벌하게 번뜩이며 다시금 살기 어린 목소리를 뱉어냈다.

"이 개새끼."

"그놈 맞는 거 같죠?"

창남은 휴대폰을 귀에 갖다 댔다.

"네. 아무리 뜯어고쳐도 눈빛은 바뀔 수 없죠."

"아…… 그럼 지금 바로 신고하죠. 사장님이 직접."

창남의 미간에 주름이 깊게 박혔다.

"신고."

"네. 제가 하긴 좀 거시기해서 말이죠. 아시다시피 제가 지금 하고 있는 일이 거의 불법이라서. 또 제가 자잘한 전과도 좀 있어서리. 그리고 은별이 걔는 지금 붙들려 있어서 신고 못 하고 있는 거 같은데. 아니, 안 하고 있는 건가? 그래도 지 아빠라고? 아니 잠깐. 아까 그놈이 신고하려는 거 막은 건가? 핸드폰을 든 건 볼 수 없었지만서도 손이 붙들린 채 왜 막냐고 했으니까…… 맞는 거 같네요. 걔가 신고하려는 거 그놈이 막은 거……."

"사장님."

창남이 심각한 얼굴로 그의 말을 끊었다.

"예."

"일단 잠깐만 있어 보세요. 둘 나오나 잘 지켜보고요."

"아, 네."

창남은 휴대폰을 책상에 내려놓고, 심각해진 얼굴을 두 손으로 감쌌다. 곧 열 손가락이 갈퀴처럼 말리며 벌어진 손 틈 사이로 거친 숨소리가 새어 나왔다. 그는 거친 숨소리를 두 번 더 토해낸 뒤 얼굴에서 손을 뗐다. 눈빛이 매서워져 있었다. 그는 휴대폰을 집어 들어 귀에 갖다 댔다.

"사장님."

"네."

"강현 씨 동태 살피던 분, 지금 신도림동 사무실에 있죠?"

"아니요. 그 친구 지금 세종에 가 있는데. 큰 건 하나 있어서."

"네?"

창남은 눈알을 한 번 굴리고 다시 입을 열었다.

"그럼 우리 둘이서 그놈 잡읍시다. 잡아서 경찰에 넘깁시다."

"예?"

"도와주시면 이번엔 1억 드리겠습니다."

"어이고, 그렇게나 많이. 근데 왜 군이 직접 잡으려고……."

창남은 잠깐의 틈을 두고 대답했다.

"그놈 귀싸대기 한 번 날려주려고요."

"예? 귀싸대기 한 번 때리려고 1억씩이나…… 음, 뭐 한 천만 원만 받아도 남는 장사기는 한데……."

살짝 망설이는 목소리였다.

"그냥 잡는 것만 도와주시면 됩니다. 네. 경찰엔 저 혼자서 넘기고, 저 혼자서 잡았다고 할게요."

"음…… 김동필 그놈이 자기를 잡은 인간이 한 명 더 있다고 하면, 경찰이 사장님한테 도와준 사람이 누구냐고 물어볼 텐데. 뭐 그래도, 일억씩이나 주신다는데 안 할 수는 없죠. 알겠습니다. 도와드리죠. 근데 어떤 방법으로 잡으시려고요?"

"그냥 덮쳐서 손만 뒤로 묶어놓으면 되지 않을까요?"

"음. 알겠습니다, 사장님."

"네 그럼, 저 바로 나가서 그쪽으로 갈 테니까, 제가 거기 도착하기 전에 둘이 노래방에서 나오면 조심히 뒤 밟아주세요. 절대 들켜서도 안 되고 놓쳐서도 안 됩니다."

"물론이죠. 그런 건 말씀 안 하셔도 제가 알아서 잘 합니다."

"네."

창남은 책상 위에 휴대폰을 내려놓고, 의자에서 벌떡 일어나 위아래 잠옷을 벗어젖혔다. 그런 다음 행거 앞으로 가, 가로 봉 끝에 걸린 블랙 진을 낚아채듯 집어 들었다. 다음 찰나, 세로 봉 바로 안쪽에 걸린 희고 얄따란 옷걸이에 시선이 꽂혔다. 눈빛을 번뜩이고는 그 옷걸이를 집어 오른편 책상 위로 던졌다. 곧장 블랙 진을 입고, 행거 중앙에 걸린 검은색 티를 옷걸이에서 빼내 몸에 걸쳤다. 이어 왼편 싱크대 앞으로 가, 하부 도어에서 검정 과도를 뽑아 들었다. 바로 몸을 옮겨 책상 앞에 놓인 가죽 크로스백에 가져온 과도를 넣었다. 책상 위에 던져놓았던 옷걸이도 반 접어 구겨 넣었다. 크로스백을 목에 걸치고 책상 오른편 서랍에서 이어폰을 꺼냈다. 독기 서린 눈빛을 발하며 이어폰을 귀에 꽂고, 잭을 휴대폰에 연결했다.

50여 초 후, 도롯가에 세워져 있던 자신의 은색 SUV에 올라탄 창남은 급히 시동을 걸어 차를 출발시켰다. 몇 초 뒤, 그의 눈에 힘이 들어갔다.

"사장님 차 끌고 오셨나요?"

"네. 근데 차가 좀 떨어져 있어서리. 일단 택시 한 대 잡아놓을게요. 노래방 입구에서 3초 이상 눈 떼지 않고."

"아, 알겠습니다."

잠시 후, 흥신소 직원이 택시를 잡는 소리가 창남이 낀 이어폰으로 들려왔다.

"……일단 좀만 대기하고 계세요. 돈 따따블로 드릴 테니까."

창남은 '네?' 하는 듯한 표정을 짓다가 입을 앙다물었다. 그러곤 아주 작은 목소리로 혼잣말을 했다.

"둘이 떨어지면 은별 씨가 신고할지도 몰라. 근데 둘이 떨어져야만 잡을 수 있는데. 어쨌든 제발 신고하지 마라. 그 새끼 불쌍하게 여겨도 괜찮으니까 제발."

창남은 콧등을 찡그리며 앞니를 꽉 깨물었다. 그러더니 눈을 찌푸리며 또 들릴 듯 말 듯 한 목소리로 중얼댔다.

"조용히 잡아야 하는데. 길거리에서 잡으면…… 잠깐만."

미간에 주름이 서 있었다. 그는 이내 고개를 까닥이며 음……, 하고는 흥신소 직원을 불렀다.

"사장님."

"네?"

"저 지금 누구랑 통화 좀 할 테니까, 그놈 노래방에서 나오면 바로 전화 주세요. 곧바로 받을 테니까."

"아, 알겠습니다."

창남은 차량의 속도를 조금 늦추고 바지 주머니에서 휴대폰을 꺼냈다. 바로 전화를 끊고서 전방과 휴대폰을 번갈아 보며 문자함을 열었다. 화면을 죽 내리다가 1년 전 문자가 보이자 엄지를 천천히 올렸다. 그러다 한 MMS 문자에 시선을 꽂았다. 창남은 그 문자를 열고 화면 위쪽 통화 아이콘을 터치했다. 통화 연결음이 네 번 울리자 상대가 전화를 받았다.

"누구시죠?"

창남은 급히 대답했다.

"김동필 땜에 죽은 두 분의 아들 김창남입니다."

"아, 그분."

"네. 지금 김동필 잡으러 가고 있는 중인데 지금 어디 계시죠?"

창남이 매우 빠르게 물었다.

"예? 김동필을 잡으러 가고 있다고요?"

놀란, 그리고 믿기 힘들다는 목소리였다.

"네. 가깝게 계시다면 그놈 잡는 거 도와주셨으면 좋겠는데. 홍대

입구 쪽으로 30분 안에 오실 수 있다면."

"거기까지 30분 안에 갈 거리에 있긴 한데, 어떻게 김동필을……. 그럼 그놈이 한국에……."

그때 창남이 그의 말을 끊었다.

"네 나타났습니다, 한국에. 그래서 그놈 잡으러 가고 있는데 잡는 거 도와주시면 감사하겠습니다. 5천만 원 드릴 테니까요."

"에? 아, 가만있자…… 그게 사실이라면 당연히 잡으러 가야죠. 돈은 필요 없고, 지금 바로 경찰들 데리고 출동하겠습니다."

창남은 급작스레 당혹스러워하며 "예?" 했다.

"아, 저 검사거든요. 그때 보내드린 사진, 제 작은아버지가 입수한 사진이 아니고 제가 찍어놨던 사진입니다. 아무튼 그 새끼가 서울에 와 있다면 후딱 잡아서 감옥에 처넣어야죠. 창남 씨와 창남 씨 부모님을 위해서라도. 근데 그놈, 여관에 짱박혀 있는 건가요?"

창남은 진중하고도 심각한 얼굴로 대답했다.

"여관이 아니라 노래방에 있습니다. 그런데 검사님. 경찰 도움 없이 제가 직접 잡고 싶습니다. 그래야 원한이 풀릴 거 같습니다. 제발 허락해주십쇼. 물론 잡은 뒤엔 경찰에 꼭 넘기겠습니다."

"……경찰에 꼭 넘기겠다. 믿어도 될까요."

검사가 낮게 깔린 목소리로 말했다.

"네, 믿으셔도 됩니다. 그놈 해칠 생각 절대 없습니다. 다만 제가 직접 잡아야만 원한이 풀릴 거 같아서…… 정말 믿으셔도 됩니다."

"……그놈이 노래방에 있다는 걸 창남 씨가 알고 있는 걸 보면, 조력자가 최소 한 명 이상은 있다는 거겠네요?"

창남은 눈을 깜박이며 대답했다.

"네. 지금 조력자 한 명이 노래방 입구에서 지키고 있습니다."

"노래방에는 그 새끼 혼자 들어가 있나요?"

창남은 눈을 또 깜박거렸다.

"자기 딸이랑 같이 들어가 있습니다."

그러고서는 아랫입술을 짧게 깨물었다. 말해놓고 후회하는 눈치였다.

"걔랑 같이 있다. 설마 그 새끼랑 계속 연락하며 지냈던 건가. 이런 썩을 년이……."

창남은 눈살을 확 찌푸렸다.

"썩을 년 아닙니다. 그놈이랑 연락하며 지내지도 않았고요. 아무튼 믿고 맡겨주십쇼. 그놈 꼭 잡아서 경찰에 넘길 테니까요."

"근데 어떻게 걔에 대해서…… 또 비호까지 하고…… 아무튼 알겠습니다. 직접 잡아서 경찰에 넘기세요. 그리고 잡을 때, 그 새끼 배때기랑 면상 주먹으로 몇 대 갈겨줘도 됩니다. 경찰엔 잡으려면 어쩔 수 없었다고 말하면 되니까, 아무 염려 말고 몇 대 확 갈겨주세요. 근데 그 이상은 안 됩니다. 그리고 꼭 잡아야 되고, 잡은 뒤엔 무조건 꼭 경찰에 넘겨야 합니다."

"네, 꼭 그러겠습니다."

어느새 날카로워진 창남의 눈빛에 생기가 돌고 있었다.

"그럼 그놈 경찰에 넘기기 전에 연락 한 번 주세요. 알았죠?"

"알겠습니다."

창남은 단호하게 답하고 조심스럽게 덧붙였다.

"저 그, 지금 노래방 입구에서 지키고 있는 분 신원 밝혀지면 안 되는데, 그놈 저 혼자서 잡은 걸로 해주실 수 있을까요?"

"······뭐 별로 중요한 거 아니니까 그렇게 해드리죠. 아니 아예, 저랑 통화 안 한 걸로 합시다. 저는 그냥 상황 보고만 받고, 아무것도 모르고 있는 걸로 할게요."

"알겠습니다."

"명심하세요. 때리는 거 이상은 안 된다는 거. 괜히 그랬다가 창남 씨만······."

"말 안 해도 압니다. 명심할 테니 걱정 마십쇼."

검사의 대답을 듣고 전화를 끊은 창남은 몇 초간 어두운 얼굴로 있다가, 이를 악물며 눈빛에 살기를 띠웠다. 그런 뒤 흥신소 직원에게 전화를 걸었다.

흥신소 직원은 또랑또랑한 목소리로 전화를 받았다.

"네, 사장님."

"10분 정도 후면 도착합니다. 2번 출구 근처라고 했죠?"

"아니 지금은 1번 출구 쪽에 있어요. 아, 나오네요."

창남의 눈이 크게 뜨였다.

흥신소 직원이 덧붙였다.

"저 따라오세요. 빨리요."

"네?"

"택시 기사한테 말한 거예요."

"아······ 둘 다 나왔나요?"

"아뇨. 김동필이만 나왔어요. 뭐야. 갑자기 빨리 걷네요. 내 걸음 맞춰서 잘 따라오세요. 따따따블로 드릴 테니까."

곧 "하이고, 오늘 횡재했구만." 하는 남성의 목소리가 창남이 낀 이어폰으로 작게 들려왔다.

창남은 그 말이 자신에게도 해당되는 말인 양, 웃음기 어린 눈빛을 강렬히 번뜩였다. 그러고서 말했다.

"절대 놓치면 안 됩니다."

흥신소 직원은 살짝 귀여운 목소리로 대꾸했다.

"저를 뭘로 보시고 또. 걱정 마십쇼."

"네."

창남은 운전대를 꽉 움켜쥐며 눈 밑 살을 두툼히 했다. 그때,

"아, 멈췄어요. 택시 잡으려는 거 같네요. 그럼 저도 이제 택시를 타고……."

창남의 얼굴에 긴장감이 흘렀다. 곧 차문 닫히는 소리가 그가 낀 이어폰에 울렸다.

"그놈 택시 잡고 출발하면 뒤 잘 쫓으면서 어느 쪽으로 향하는지 알려주세요."

"또 그러시네. 당연한 걸 가지고 또."

"네. 알아서 잘 쫓아주십쇼."

"하잇. 아니 알겠습…… 아, 택시 잡았네요. 이제 탔고요."

창남은 입술을 동글게 모아 숨을 내쉬며 전방을 노려봤다.

"지금 출발하네요. 저 택시 따라가세요. 절대 놓치면 안 됩니다. 따따따블에 십 만원 추가로 더 드릴 테니까."

1분 13초 후, 흥신소 직원이 목소리가 이어폰에서 다시 새어 나왔다.

"지금 합정역 지나서 양화대교로 진입했습니다."

창남은 한쪽 눈가에 주름을 잡았다.

"저는 곧 여의2교 사거리 지나는데, 그냥 이대로 가는 게 좋을

까요?"

몇 초간 침묵이 흐른 뒤 답변이 들려왔다.

"그 사거리에서 좌회전 신호 받으세요."

창남은 미간을 찌푸리며 "아, 네." 하고는 핸들을 돌려, 좌회전 신호를 받고 움직이는 차들 사이로 끼어들었다.

그사이 흥신소 직원이 말을 이었다.

"보니까 오시는 길이 노들로 같은데, 양화대교로 우회전해 들어오면 저와의 거리도 더 멀어지고 유턴하는 시간도 오래 걸리니까, 일단은 거기에서 좌회전해 경인고속입구교차로 쪽으로 가는 게 좋을 것 같네요. 지금 보니까 저 택시, 양화대교 지나쳐 직진할 거 같습니다. 네. 지금 노들로로 향하는 샛길로 안 빠지고 그냥 직진했어요. 이러면 거의 비슷한 시간대에 경인고속입구교차로까지…… 아니, 지금 깜빡이 켜고 왼쪽 차선으로 이동하네요. 좌회전 신호 받으려나 보네요."

창남의 눈에 힘이 들어가 있었다.

"그럼……"

"좌회전은 했겠고, 지금 어디쯤이죠?"

창남은 오른편 차창 밖 풍경을 곁눈으로 훑었다.

"바로 앞이 사거리인데, 옆에 공원 하나 있네요."

"그럼 영등포전화국사거리 같은데…… 지금 차 세워주세요."

창남은 눈을 한 번 껌뻑이며 "네." 하고 핸들을 획 돌려, 영등포전화국사거리 앞 길가에 차를 세웠다. 그러는 사이 흥신소 직원이 말했다.

"지금 좌회전했는데, 당산역 옆을 지나쳐 그냥 직진한다면 빠질

길이…… 네, 세 개밖에 없어요. 그중에 한 길은 사장님이 계신 사거리로 향하는 길이고, 또 한 길은 빠질 확률이 거의 없는 길이고, 마지막 한 길은…… 영등포경찰서사거리로 향하는 길인데, 그 사거리 아마 사장님 눈에 보일 겁니다. 거기에서 가깝게 있으니까요. 제가 이래 봬도 서울 길 하나는 훤히 다 꿰고 있거든요."

창남은 냉한 눈빛으로 전방을 주시했다. 100여 미터 앞에 있었다. 지금 차를 정차해놓고 있는 곳과 같이, 좌우로도 뻗어 있는 도로가.

잠시 후 이어폰에서 도랑도랑한 목소리가 흘러나왔다.

"지금 우측 길로 안 빠지고 당산역 옆 지나쳤어요. 좀만 기다리시면, 금방 제가 말한 세 길 중에서 어느 길로 빠지는지 알려드리죠."

창남은 꿰찌르는 듯한 시선으로 앞을 노려봤다.

30여 초 후, 창남이 귀를 쫑긋 세웠다.

"영등포경찰서사거리로 향하는 길은 지나쳤고…… 지금 우회전했어요. 사장님이 계신 영등포전화국사거리 쪽으로. 아마 3분 안으로 사장님 앞 지나칠 거 같네요."

창남은 이를 꽉 깨물었다. 그의 눈빛이 섬뜩하리만큼 매섭게 번뜩이고 있었다. 그런데 그때, 그가 갑자기 전방 좌측을 눈으로 쓱 훑더니, 영등포경찰서사거리 쪽을 향해 가속페달을 밟았다.

고통과 갈등과 혼란함에 매몰돼 있는 듯한 표정으로 노래실을 나가는 동필의 뒷모습을 바라본 은별은, 자리에 털썩 주저앉으며 어어, 하고 신음을 흘렸다. 벌어진 입가와 눈꼬리를 잔뜩 일그러뜨리며 다시금 신음을 내뱉었다. 눈가가 확 일그러져, 갈매기의 한쪽 날개처럼 가늘어진 눈에 눈물이 차올라 있었다. 은별은 그런 눈으로 손에 들린 휴대폰을 내려다봤다. 입에서 또 한 번 신음이 새어 나왔다.

"으으음…… 나쁜 인간. 나쁜 놈. 이 개……."

은별은 욕설을 흐리며 가늘어진 눈을 꼭 감았다. 세상의 모든 고통을 짊어진 것만 같은 표정이었다.

"자수 안 하고 도망가 버리면 난 그분들에게 평생 씻을 수 없는 죄를 짓는 건데. 어쩌면 좋아, 정말."

은별은 눈을 꼭 감은 채로 그렇게 말하고는, 이내 이를 악물며 눈을 떴다.

"그래, 신고해야 돼. 도망가기 전에 꼭 잡아야 돼."

은별은 결연한 눈빛으로 휴대폰을 내려다보았다. 그러다 화면을 켜고 키패드를 열었다. 폰을 쥔 오른손이 미세하게 떨려왔다. 침을 꿀꺽 삼키고 '1'을 눌렀다. 또 '1'을 눌렀다. 곧바로, 손이 크게 떨려왔다. 어금니를 꽉 깨물며 '2'를 눌렀다. 휴대폰과 함께 떨리고 있는 엄지가 '2' 위에서 벗어나지 못했다. 뭔가에 붙잡혀 있는 듯. 몇 초 뒤, 파르르 떨리는 엄지가 천천히 통화 아이콘을 향해 갔다. 동시에 얼굴이 찌그러져갔다. 통화 아이콘 위에서 멈춘 엄지가 더욱더 떨렸다. 인위적으로 떨고 있다고 느껴질 정도로. 수 초 후 눈을 질끈 감았다. 사시나무 떨 듯하던 엄지가 오른쪽 측면 버튼을 향해 갔다.

그녀는 버튼을 누른 뒤 으음……, 하고 신음성을 흘렸다. 눈을 꼭 감고, 입을 꼭 다문 채. 그리고 다음 순간, 입에서 이 단어가 새어 나왔다.

"엄마……."

그녀는 사면이 낭떠러지인 곳 위에 서서 어찌해야 할지 몰라 하는 사람 같아 보였다. 앞으로 갈 수도, 뒤로 갈 수도, 옆으로 갈 수도 없어 현 자리에 붙박여 있을 수밖에 없는 사람처럼 보였다. 어찌 보면, 바람에 흔들리고 휘긴 하지만, 바람 이는 방향으로 저를 옮길 순 없는 나무 같아도 보였다.

그녀는 몸을 구부리며 휴대폰을 꽉 쥐었다. 그 상태로 상체를 앞뒤로 흔들며 울음소리 같은 신음을 연신 토해냈다. 그러다가 흔듦을 멈추고, "오빠." 하고 옆에 없는 강현을 불렀다.

그러곤 이내 서러운 표정으로 휴대폰을 내려다봤다.

"오빠, 어떤 말도 오빠한텐 해도 괜찮지."

며칠 전 강현이 저에게 들려줬던 말을 기억해낸 듯했다.

"할게, 오빠. 오빠가 답 알려줘."

일터 책상에 앉아 A4지 문서를 살펴보던 강현은, 책상 위에서 진동하는 휴대폰을 보곤 벙그레 웃었다. 그는 휴대폰을 집어 들고 복도에 있는 화장실을 향해 달렸다. 달리면서 전화를 받았다.

"은별아."

"오빠."

전혀 예상치 못한 목소리였다. 강현은 눈을 끔벅이며 복도 한가운데서 멈춰 섰다.

"은별아."

"오빠."

"왜 그래, 목소리가. 무슨 일 있어?"

"응. 무슨 일 있어."

울음 섞인 목소리였다. 강현은 숨이 멎는 듯한 느낌을 받으며 숨을 삼켰다.

"무슨 일인데 갑자기."

"그게…… 그 인간이, 그 인간이……."

강현은 힘이 들어간 눈을 깜빡댔다.

"그 인간? 누구? 누가 무슨 일 저질렀어?"

"그게…… 그 인간도 저지르고 나도 저질렀어. 아니, 나도 저지른 거 같아. 저지를 거 같고."

강현은 묘한 충격을 연달아 받았다. 순간 창남의 얼굴이 흐릿하게 떠올랐다. 강현은 야릇한 불안감에 휩싸이며 입을 열었다.

"그게 무슨 말이야."

"그게…… 말할게. 오빠가 답 알려줘."

은별은 김동필과 만나고 난 뒤에 있었던 일을 3분여에 걸쳐 말했다. 그런 뒤에 덧붙였다.

"속은 거 같은데 신고를 못하겠어. 어쩌면 좋아, 오빠."

신고를 못하겠는 이유가 가슴으로 느껴졌다. 그래서 막막했다.

은별이 얘기하던 중, 강현은 '김동필이 독약을 먹고 자결한다 했다'는 말을 듣기 전까진 강한 충격만 몇 번 받았을 뿐 분노의 감정은 느끼지 못했다. 그런데 그 말을 들은 순간 엄청난 충격을 받음과 동시에 거센 분노를 느끼며, 김동필을 속으로 '쓰레기'라고 지칭했다. 그러나 그는 은별의 아버지였다. 쓰레기라고 해도 자신이 가장 사랑하는 사람의 아버지였다. 하여 도무지 어떤 답을 내려줘야 할지 갈피가 잡히지 않았다. 은별과 똑같이, 답을 내릴 수 없었다.

"은별아."

"응."

은별의 음성에 여전히 울음소리가 섞여 있었다. 그 짧은 발성에도. 강현은 검고 묵직한 무언가가 가슴에 내려앉는 듯했다. 한데 몇 초 뒤, 어떤 이의 얼굴이 퍼뜩 떠올랐다.

"은별아."

"응."

"내가 어머님한테 얘기할게."

"우리 엄마한테?"

"어. 내가 전화로 말씀드릴 테니까 어머님 결정 따르자."

수 초간 정적이 흘렀다.

"엄마는 신고하라고 할 거 같은데. 신고하지 말라고 할 수도 있겠지만. 그런데 신고하라고…… 하면……."

갈등하며 힘겨워하는 은별의 얼굴이 선히 보이는 듯했다. 그러나 망설일 겨를도, 다른 수를 떠올릴 겨를도 없었다.

"어쨌든 말씀드릴게. 책임은 나 혼자 지고."

질 수 없는 책임이었지만, 두 사람의 고통을 짊어지는 게 자신의 몫이라고 느껴 그렇게 말했다. 말해 놓곤, 생각만으로 끝낼 걸 공연히 말했나 싶었지만.

"응? 무슨 말이야, 그게?"

"아니야, 아무것도. 그 사람 도망치기 전에 빨리 결정해야 하니까, 지금 바로 전화할게."

"근데 오빠 금방 그 말……."

"아무것도 아니라니까. 은별아."

"응."

"나 믿지."

"으, 응."

"그럼 내 답 따라줘. 어머님 답이 내 답이야."

"알았어. 아직 잘 모르겠지만 알았어."

강현은 가슴이 해어지는 듯했다.

"그럼 어머님한테 연락드리고 나서 바로 전화할게. 사랑하니까 조금만 기다려줘."

그 말이 왜 입에서 나왔는지는 알 수 없었다. 다만 급박하게 사랑을 느꼈을 뿐.

"알았어. 나도 사랑하니까 기다릴게."

오후 5시 21분, 고은숙이 탄 ITX 열차가 서대전역을 지나쳐 영등포역을 향해 달리고 있었다.

은숙은 한껏 밝은 얼굴로 열차 밖 풍경을 눈에 담고 있었다. 손에 들린 휴대폰에서 벨소리가 울렸다. 휴대폰을 내려다본 은숙은 방글 웃으며 전화를 받았다.

"이번엔 울 사위가 전화했네."

"어머님."

은숙은 뜻밖이라는 얼굴로 "응?" 했다.

"그 사람이 나타났습니다."

은숙은 순간적으로 멍한 얼굴이 되더니, 서서히 눈에 힘을 주며 심각한 표정을 지었다.

"그 사람?"

"네. 충격적인 얘기가 들어 있어 좀 조심스럽지만, 그래도 다 들려드려야 할 것 같네요. 아까 은별이가……."

강현은 은별에게 들은 충격적인 얘기들을 간추려 말했다. '가장 충격적인 얘기'를 마지막으로.

은숙은 그에게서 '가장 충격적인 얘기'를 듣기 전까진 계속 심각한 얼굴을 하고 있었다. '가장 충격적인 얘기'를 들었을 땐, 맹렬한 분노가 서린 표정을 지었다. 그리고 지금은, 거센 갈등에 휩싸인 얼굴을 하고 있었다.

강현은 말없이 기다려주었다. 어떤 결정을 하든 바로 받아들이겠다고 다짐하며. 그런 다짐을 한다는 것 자체가 주제넘은 일일 수 있고, 피해자들과 희생자들에게 죄스러운 일이었지만. 물론 자신의 아버지에게도…….

십여 초간 정적이 흐른 뒤, 은숙이 갑자기 얼굴이 벌게질 정도로 목에 힘을 주더니, 이내 결연한 목소리를 토해냈다.

"신고해야 해. 그 사람이 설령 죽는다 해도. 내가 신고하마."

은숙은 톤을 낮춰 덧붙였다.

"사위는 은별이한테 가주렴."

강현은 복잡하고도 쓰라린 감정을 느끼며 입을 뗐다.

"네, 그럴게요."

"그래. 미안해, 사위."

그렇게 말하고 전화를 끊은 은숙은 휴대폰을 만져 키패드를 열었다. 그러고는 "죽지 말아요, 더는. 해야 할 일 해야죠, 이제."라고 말한 뒤 화면 속 1을 눌렀다.

"아니 저는 괜……."

통화가 종료되는 순간에 입을 열었기에 말을 흐릴 수밖에 없었다. 강현은 처연함을 느끼며 사무실 안으로 뛰어 들어갔다. 앞쪽 책상에 앉아 있는 사장에게 30분만 빨리 퇴근한다 하고서 사무실을 나와 건물 밖으로 향했다. 그러면서 은별에게 전화를 걸었다.

"응, 오빠."

심히도 초조한 목소리였다. 가슴이 허물어지는 듯했다.

"은별아."

"응."

"걱정 안 해도 돼. 네 바람대로 될 테니까."

강현이 말했다. 은별의 마음을 안아주려, 그리 되리라 확신하지 못했지만 확신하는 투로.

"내 바람대로?"

강현은 엘리베이터에서 빠져나오며 대답했다.

"응. 네 바람대로 그 사람 잡힐 거야. 산 채로."

은별의 숨을 삼키는 소리가 강현의 귀에 또렷이 들렸다.

"그럼…… 엄마가 신고하라고 한 거야?"

가슴이 쓰라렸다.

"응. 아니. 직접 신고한다고 하셨어. 아마 지금쯤 신고하셨을 거야."

말하고 나니 가슴이 더욱 쓰라렸다. 까지는 듯이.

귀에 닿아 있는 휴대폰으로, 아무 소리도 들려오지 않았다. 숨소리조차 들려오지 않았다. 건물 밖을 나와 도로로 향하던 강현은 걸음을 멈추고, 숨도 멈추고, 은별의 목소리를 기다렸다. 생각보다는 아픔이 덜 묻어나는 목소리가 들려오길 바라며.

십여 초가 지나자 콧숨을 내쉬는 소리가 들리더니, 은별의 낮은 목소리가 귓전에 울렸다.

"죽어도 돼. 어차피 죽었던 사람, 또 한 번 죽는 것뿐이지, 뭐. 죽어 마땅한 사람이기도 하니까 괜찮아. 오빠에게 미안해서라도 그 사람 사는 거 더는 바라지 않을래."

말끝에 슬픔이 묻어나왔다. 제어되지 않는 마음과 싸우며, 자신이 말한 게 저의 진심이길 바라는 듯했다. 강현은 그녀의 진심이 뭔지 확실히 알 순 없었지만, '아버지'가 죽지만은 않았으면, 하는 마음은 제대로 읽을 수 있었다. 자신의 '아버지'가 화장로로 들어가던 순간이 떠올라 더 제대로.

"안 죽고 잡힐 거야. 그래, 처음부터 죽을 생각 없었을 거야. 분명히."

"응. 나도 그렇게는 느끼고 있어. 그런데……."

제어되지 않는 마음이 가슴에서 떨쳐지지 않는 듯했다. 강현이 산에서 느껴야 했던 불안감처럼.

"알아. 알 수 있어, 네 마음."

강현은 도로를 향해 걸음을 떼며 덧붙였다.

"너의 그 마음 안아주러 지금 갈게. 빨리 갈게."

말하는 사이 다리가 저절로 빨리 움직여 도로 앞까지 왔다.

"응. 기다릴게. 사랑하니까."

노래방에서 나와 어느 순간부터 빠르게 걷다가 택시를 잡은 김동필은, 택시 뒷문을 열고 앉자마자 "못된 년." 하고 말했다. 그런 뒤 택시 기사에게 목적지를 불러주며 최대한 빨리 가달라 하고는 입속말로 이렇게 중얼거렸다.

"그 브로커 놈한텐 어떻게 연락하지. ……그래, 여관 주인 핸드폰으로 하면 되겠다. 짐 싸고 나와서. 근데 또 성형하고 신분 세탁해야겠네. 못된 년."

이어 그는 눈을 가늘게 뜨며 씁쓰레한 표정을 지었다.

그러고는 십여 분 뒤, 눈살을 찌푸리며 "거 오지게 빵빵대네."라고 투덜댔다.

5시 26분, 강현이 은숙에게 자신은 괜찮다는 말을 전하지 못하고 사무실로 뛰어 들어간 순간이었다. 영등포전화국사거리 앞에서 차바퀴를 굴려 영등포경찰서사거리께로 향하던 창남은, 흥신소 직원의 목소리가 이어폰에서 흘러나오자, 순간적으로 눈에 힘을 주었다.

"그냥 가요. 아, 사람."

다음 순간 이어폰에서 끼익, 하는 마찰음이 울렸다.

"신호에 걸린 건가요?"

창남이 황급히 물었다.

"네. 아이 씨, 주황불 들어와 있으면 설 것이지, 왜 넘어가서리."

"그놈 태운 택시, 제가 있던 사거리까지 오는 데 얼마나 걸릴 거 같나요?"

"빠르면 1분 안에 갈 거 같은데, 제가 있던…… 이라고요? 아, 맞다. 그 사거리 좌회전 안 되지."

"네. 그래서 그다음 사거리 앞으로 와, 지금 유턴하고 있는 중입니다."

그의 말대로 그는 영등포경찰서사거리 앞에서 차를 돌려, 영등포

전화국사거리 쪽으로 되돌아가고 있었다.

"아…… 그럼 저는……."

그때, 영등포전화국사거리를 횡단하는 한 택시에 창남의 눈길이 꽂혔다.

"그 택시 혹시 은색은 아니죠?"

"네, 아니에요. 검정색이에요. 검정색 소나타."

"그렇군요. 이제 다 왔습니다. 아무래도 그 택시보다 내가 더 빠를 것 같네요. 먼저 가서 기다리고 있으면 될 거 같아요."

그렇게 말한 창남의 눈빛이 날카롭게 빛났다.

"휴우…… 다행이네요. 어우, 십년감수하는 줄 알았네. 여하튼 저도 이제 출발합니다."

그가 말하는 사이, 창남의 SUV가 영등포전화국사거리 앞 가차선에 세워졌다.

창남의 미간이 찌푸려져 있었다. 흰색 승용차 한 대가 앞을 가로막고 있었다. 그 승용차는 횡 바깥쪽 차선에서 차가 달려오지 않는데도 우회전을 하지 않고 가만히 서 있었다. 창남은 미간을 더욱 찌푸리며 클랙슨을 눌렀다. 그러자 앞 승용차가 50㎝가량 전진하더니 뚝 멈춰 섰다. 다음 찰나, 창남의 고개가 왼쪽으로 돌아갔다. 검은색 택시가 바깥 차선을 타고 달려오고 있었다. 일순간에 눈이 휘둥그레진 창남은 왼쪽 백미러를 보며 핸들을 홱 돌렸다. 곧이어 앞차량 왼편으로 차를 비스듬히 이동시킴과 동시에, 오른편으로 핸들을 뻉글뻉글 돌려 달려오던 회색 승용차 앞에 끼었다. 곧 빵, 하는 클랙슨 소리가 창남의 차 뒤편에서 세 번 연달아 울렸다.

이어폰에서 흥신소 직원의 목소리가 새어 나왔다.

"뭔 클락션 소리가 이렇게 자주 난데요. 혹시……."

"제가 놈이 탄 택시 뒤에 붙었다는 걸 축하해주느라고 그렇게 자꾸 빵빵대나 보네요."

창남이 검은색 택시 뒤창을 매섭게 노려보며 말했다.

"오오, 드디어. 저도 축하드립니다, 사장님. 음…… 기사님, 아까 놓치긴 했지만서도 따따따블에 10만원 그냥 드릴게요. 기분으로다가. 또 동지애로다가."

곧 "하이고, 감사합니다요. 오늘 아주 그냥 끝내주는 하루네요." 하는 경쾌한 목소리가 이어폰으로 들려왔다. 창남은 매서운 눈빛에 웃음기를 띄웠다. 그에게도 오늘이 끝내주는 하루임에 틀림없어 보였다.

검은색 택시는 영등포시장역 1번 출구 옆을 지나치고 있었다. 창남은 그 택시의 선팅된 뒤창을 계속 주시하며 작게 중얼거렸다.

"아까 돌아보진 않았겠지. 돌아봤어도 뭐……. 아무튼 조용히 잡아야 돼. 절대 파토나면 안 돼. 근데 신고하면 말짱 꽝인데. 아니, 먼저 선수를 치면……."

"네? 뭐라고요? 선수를 때린다고요?"

흥신소 직원이 물었다.

창남은 작게 헛기침을 했다.

"아무것도 아닙니다. 계속 직진하십쇼."

"아, 네."

잠시 후, 내리 직진하던 검은색 택시가 영등포역을 200여 미터 앞두고 속도를 늦췄다. 창남은 오른쪽 깜빡이를 켜고 택시보다 느리게 차바퀴를 굴렸다. 택시가 곧 넓찍한 골목으로 우회전해 들어가

자, 창남은 차량의 속도를 더 확 늦추며 입을 열었다.

"계속 직진하다가 신한은행 건물 끼고 우회전하세요."

"아, 네."

창남은 눈빛으로 독기를 뿜어내며 오른편 골목을 향해 핸들을 돌렸다.

30여 미터 앞, '신라여관'이란 건물 옆에 택시가 멈춰 서 있었다. 창남은 길목에 차를 세우고, 택시를 뚫어져라 쳐다봤다. 몇 초 뒤, 택시 오른쪽 문이 활짝 열리더니, 중절모를 쓴 남성이 급하게 내려 여관 앞 계단을 뛰어올라갔다. 창남은 두 눈을 살벌하게 번뜩이며 액셀을 밟았다.

그의 차가 신라여관 맞은편 건물 앞에 세워졌다. 창남은 "신라여관 앞으로 오세요."라고 한 뒤 전화를 끊고 귀에서 이어폰을 뺐다.

40여 초 후, 홍신소 직원을 태운 택시가 신라여관 앞에 세워졌다.

귀에서 무선 이어폰을 빼고 택시에서 내린 홍신소 직원 '남하식'은, 여관 앞 계단에 앉아 있는 창남을 다부진 얼굴로 바라봤다.

"사장님."

창남은 계단에서 벌떡 일어나 남하식 옆으로 내려와 섰다. 그런 뒤 미소 띤 얼굴로 말했다.

"일단 사장님은 사장님 역할해주시면 됩니다."

급하게 자신의 객실로 들어온 김동필은 중절모를 벗어 앞쪽으로 내던지고, 상하의도 벗어 바닥에 내동댕이쳤다. 분풀이를 하듯이. 그러곤 바닥에 무릎을 대고 앉아 한 손을 침대 밑으로 쭉 밀어 넣은 뒤 천천히 빼냈다. 빠져나오는 손에 뭔가가 쥐어 있었다. 검정 비닐봉투로 보였는데 안에 담긴 게 많은지, 조금 빠져나오더니 침대와 바닥 사이에 끼어버렸다. 동필은 "이 썅." 하고는 왼손을 침대 밑에 넣어 봉투를 평평하게 쳐냈다. 그리해서 간신히 비닐봉투를 빼낸 그는 얼굴을 찌그리며 이렇게 툭 내뱉었다.

"이 시발 놈의 돈."

동필은 눈 밑 살을 두툼히 하며 다시 입을 뗐다.

"결국 또 이만큼밖에 못 가져가는 건가. 그냥 하루만 기다려달라고 할 걸 그랬나. 아냐. 잘 한 거야. 빨리 튀고 다음 기회를 노려야지. 어차피 더 가져가지도 못하니까. 이 썩을 놈의 돈."

동필은 몇 초간 인상을 구기고 있다가 비닐봉투를 들고 침대 위편 탁자 앞으로 갔다. 탁자 위에 크고 기다란 더플백이 놓여 있었다. 동필은 그 안에 비닐봉투를 넣고, 오른편 옷장으로 가 장문을 열어젖혔다. 장 안에 각기 색이 다른 상하의 네 벌이 걸려 있었다. 동필은 맨 왼편에 걸린 회색 남방과 검은색 바지를 옷걸이에서 빼내 걸쳐 입었다. 나머지 옷들은 옷걸이에서 빼내 탁자 위로 던졌다. 장 바닥에 놓인 대형 가방 세 개와 가발 세 개도 집어 탁자 위로 던졌다. 이어 탁자 앞으로 가, 던져놓은 것들을 더플백 안에 쑤셔 넣고 지퍼를 잠갔다.

동필은 더플백을 어깨에 메고 현관으로 가 검은색 운동화를 신었다. 그리고는 현관문을 열자마자 눈을 크게 떴다.

"……사장님 역할해주시면 됩니다."

남하식은 눈썹을 치올렸다.

"제 역할이라면, 저놈 같이 덮친 다음에 손목 묶는……."

"일단은, 옆에서 밝은 얼굴로 있어주기만 하면 됩니다. 자, 가죠."

창남은 발을 떼 여관 앞 계단을 올라갔다. 하식은 고개를 갸우뚱하며 "밝은 얼굴?" 하고는 그의 뒤를 따랐다.

여관 안에 들어선 창남은 남하식이 따라 들어오자, 오른편 카운터의 미닫이 창문을 두드리며 "사장님." 하고 불렀다. 그러자 불투명 창에 가려 목만 보이던 여성이 "네." 하며 창문을 열고 창남을 올려다봤다.

창남은 밝게 미소 지으며 용건을 말했다.

"제 삼촌이 여기에 묵고 있는데 제가 호실을 몰라서⋯⋯ 회사 사장님 데리고 삼촌이랑 저녁 식사하려고 왔는데, 삼촌 핸드폰이 망가져 있어서 내려오라고 할 수가 없네요. 삼촌 아마 중절모 쓰고 계셨을 텐데, 몇 호에 계시죠?"

카운터 안 여성은 고개를 갸웃했다.

"중절모를 쓴 분이라⋯⋯."

"네. 중절모 쓰고 곤색 남방 입고 계셨을 거예요. 회색 바지랑."

하식이 벙긋이 웃으며 말했다.

창남은 얼굴을 살짝 찌푸리더니, 곧 다시 미소를 머금었다.

그때 카운터 안 여성이 뭔가를 알아냈다는 듯 눈을 또릿하게 떴다.

"아, 혼자 머물고 있는 50대 후반쯤 되는 아저씨?"

창남은 방긋 웃었다.

"네, 맞습니다."

"그럼 제가 호실로 전화해서 내려오라고 할게요."

카운터 안 여성이 눈썹을 치키며 말했다.

창남의 얼굴에 당황한 기색이 비쳤다가 이내 사라졌다.

"여관 주인이신데 그런 수고까지 하실 필요 있나요. 제가 직접 가서 데리고 올게요."

카운터 안 여성은 피식 웃으며 "그럼 그러세요." 하고는 팔꿈치를 짚고 있던 책상에서 코팅된 A4지를 집어 들었다.

"그분이 몇 호에 있더라. 아, 207호에 있네요."

"감사합니다."

창남은 정중히 말하고서 2층으로 향하는 계단을 향해 돌아섰다. 그러자마자 그의 눈빛에 살기가 서렸다. 하식은 비장한 표정을 지으며 그의 왼편으로 가 섰다.

객실 문을 열자마자 눈이 커진 동필은, 바로 뒤돌아서 탁자 쪽으로 걸어갔다. 탁자 오른편 바닥에 운동화 세 켤레와 구두 한 켤레가 일렬로 놓여 있었다. 동필은 어깨에 멘 더플백을 바닥에 떨어뜨리고, 맨 왼편에 놓인 회색 운동화로 신을 갈아 신었다. 그러곤 인상을 찌푸리며 빵빵하게 부풀어 있는 더플백을 내려다봤다.

"안 들어갈 거 같은데. 그래, 어쩔 수 없어. 철저하려면."

동필은 더플백을 열고 가발과 가방, 옷들을 꺼내 바닥에 내려놨다. 그런 뒤 검정 비닐을 찢고, 그 안에 있던 5만 원권 뭉치를 한 움큼 집어 바닥에 떨어뜨렸다. 그렇게 두 번을 더 하고 씁쓸히 웃으며 말했다.

"여관 주인 좋아 죽겠구만. ……잠깐만."

미간이 찌푸려져 있었다. 그는 왼쪽으로 고개를 돌려, 아까 내동 댕이쳐놓은 회색 바지를 내려다봤다.

"그래, 예전 신분으로 살 수 있을지도 모르니까."

그는 회색 바지 주머니에 손을 넣어 검은색 지갑을 꺼냈다. 이어 입고 있는 바지 주머니에 지갑을 넣고, 신발 세 켤레를 더플백 안에 집어넣었다. 각각 세 개씩인 가발과 가방, 옷들도 주워 더플백 안에 쑤셔 넣고, 꾹꾹 눌러가며 지퍼를 잠갔다.

그는 더플백을 어깨에 메고 일어나 현관을 향해 갔다. 그러다 현관 앞에 멈춰 서 미간에 주름을 세웠다.

"설마 신고하진 않았겠지."

창남은 계단을 향해 걸음을 떼며 반 접힌 옷걸이를 크로스백에서 꺼냈다.

함께 걸음을 뗀 하식이 옷걸이를 힐끔 보더니 눈을 크게 끔뻑였다.

"옷걸이?"

"그 새끼 손목 묶어야죠."

창남이 옷걸이의 배배 꼬인 부분을 풀며 말했다.

하식은 계단 첫 칸에 발을 디디며 한쪽 입가에 주름을 잡았다.

"경찰에 넘길 건데 손목에 상처 나면……."

창남은 계단참에 올라서며 피식 웃었다.

"검사가 아갈통 날려도 된다고 했는데 그깟."

창남은 층계참 위 첫 계단에 발을 올려놓으며 걸음을 딱 멈추고, 말도 딱 멈췄다. 위쪽 첫 계단에 발을 디디며 멈춰 선 남자를 보고는.

위에서 얼음처럼 굳어 있는 남자 김동필은 "검사." 하고 말했다.

그처럼 굳어 있던 남자 김창남은 갑자기 매운 반가운 얼굴을 하며 입을 열었다.

"어, 나오셨네요, 삼촌?"

그러더니 흰색 철사를 크로스백에 구겨 넣으며 계단을 올라갔다. 동필은 어리둥절한 얼굴이 되어 계속 꿈쩍도 못 했다. 창남은 동필 앞까지 올라와 능글맞게 웃더니, 곧바로 그의 왼편으로 올라섰다. 그러고는 왼팔로 그의 어깨를 감싸고, 크로스백에서 검정 과도를 꺼내 그의 옆구리에 댔다.

창남의 눈빛이 어느새 매서워져 있었다.

"칼이야. 찍소리 말고 자연스럽게 걸어."

일순에 눈이 커진 동필은 침을 꿀꺽 삼키고 대답했다.

"네, 형사님."

층계참 위 계단 두 번째 칸에 멈춰 서 '어.' 하는 듯한 얼굴을 하고 있던 하식은, 크로스백에서 나오는 칼을 본 순간 '오.' 하는 듯한 표정을 지었다. 그런 다음 동필과 붙은 채로 계단을 내려오는 창남의 말에 귀를 기울였다.

"사장님은 칼 안 보이게 앞에서 좀 막아주세요."

그 순간 동필의 얼굴이 묘하게 일그러졌다.

하식은 "아, 네." 하며 계단참으로 내려온 뒤, 카운터가 정면으로 보이는 계단을 천천히 내려왔다.

창남은 계단을 내려서자마자, 더플백이 걸린 동필의 왼쪽 어깨를 힘껏 쥐며 하식 뒤에 바짝 붙었다. 카운터에 가까워지자 검지와 중지를 펴 칼날을 가리고, 하식과 거의 동시에 여관 출입문을 향해 몸을 틀었다. 한데 그때,

"어, 벌써 내려오셨네요?"

여관 주인이 창문에 얼굴을 가까이 대고 물었다. 다음 찰나, 주인의 시선이 멈춰 선 동필의 옆얼굴로 향했다. 동필과 함께 멈춰 서며 눈빛이 흔들린 창남은, 몸을 뒤로 빼며 고개를 획 돌려 주인을 내려다봤다. 그러자 주인의 시선이 동필의 옆얼굴을 스치며 창남의 얼굴로 향했다. 창남은 주인과 눈이 마주치자 밝게 웃으며 말했다.

"네, 삼촌이 나갈 준비해놓고 기다리고 있더라고요."

"아……."

창남은 다시 밝게 웃고는, 고개를 앞으로 돌리며 하식의 뒤꿈치를 툭 쳤다. 하식은 정신이 번쩍 난 얼굴을 하더니 유리 출입문을 확 열어젖히며 밖을 나섰다. 창남은 동필의 어깨를 꽉 쥐며 열린 출입문을 향해 걸음을 뗐다. 그때 동필이 맨 더플백에 주인의 눈길이 꽂혔다.

"밥 먹으러 가는데 무슨 그런 가방을 들고 간데요?"

창남은 동필과 딱 붙은 채로 출입문을 지나치며 대답했다.

"그러니까 말이죠. 삼촌도 참……."

창남은 동필의 어깨를 더 꽉 쥐고 계단을 내려와 자신의 SUV로 향하는 하식을 뒤따랐다.

잠시 후, 창남이 동필의 옆구리에 칼을 댄 채 하식 뒤에 멈춰 서며 말했다.

"트렁크에다 이놈 가방 넣어주세요."

"아, 네."

하식은 창남의 요구대로 한 뒤 트렁크를 닫고서 고개를 갸우뚱했다.

"뭔데 이렇게 무거울까. 돈인가?"

동필은 미간을 찡그리며 눈을 내리떴다.

창남은 동필의 옆얼굴을 사납게 흘겨보았다.

"이 개새끼."

창남은 과도를 살짝 돌리며 덧붙였다.

"칼부림 당해 죽고 싶지 않으면 절대 허튼 수작 마라."

동필은 입을 꾹 다물며 미간을 더욱 찡그렸다.

하식은 조금 놀란 얼굴로 눈을 두 번 깜빡였다.

창남은 동필을 계속 흘겨보며 다시 입을 뗐다.

"뒷문 열어주세요."

하식이 "네." 하고 차 뒷문을 열자, 창남이 동필 뒤에 붙어서며 칼끝을 그의 등에 갖다 댔다.

"안쪽으로 들어가서 앉지 말고 등 보인 채 가만히 있어."

동필은 떨리는 숨을 내쉬며 차 안으로 들어갔다. 창남도 따라 들어갔다. 칼끝으로 동필의 등을 밀며. 동필이 구부정한 자세로 멈춰 서자, 풀린 옷걸이를 크로스백에서 빼내며 창남이 말했다.

"문 닫아주세요. 일단 밖에서 대기해주시고요."

"아, 네."

곧 차문이 닫히자 창남이 써늘한 목소리를 뱉어냈다.

"양손 뒤로 해. 손목 곱게 묶어줄 테니까."

동필은 양손을 뒤로 하고 천천히 두 손목을 교차했다. 창남은 그제야 동필의 몸에서 칼을 뗐다. 그는 칼등을 입에 물고, 교차된 두 손목을 흰색 철사로 감기 시작했다. 바싹 죄며 감지는 않았는데, 손목이 지렛대 받침 같은 역할을 해 저절로 바싹 감겼다. 동필은 표정을 일그러뜨리며 "으으." "아아." 하고 신음을 내뱉었다. 창남은 교차된 손목을 세 바퀴가량 감고서 동필의 뒤통수를 노려보았다.

"닥쳐, 새꺄. 아가리 확 꿰매줄까?"

칼등을 문 입으로 뱉어낸 말이었지만, 목소리에 서린 기운은 칼날보다도 날카로웠다.

동필은 으음, 하고 억눌린 신음을 흘렸다.

창남은 매서운 눈빛을 발하며 한 바퀴를 더 감고는, 철사 양 끝을 모아 한 손으로 배배 꼬았다. 이어 꼰 부분을 교차된 두 손목 위로 구부리고 칼을 손에 쥐었다.

"이제 앉아."

동필은 염소가 낼 법한 신음을 흘려가며 자리에 앉았다.

창남은 한쪽 눈을 찡그렸다.

"이 새끼 이거 계속 낑낑대는 거 아냐? 뭐, 큰소리만 안 내면 상관없지. 새끼. 너도 경찰서 빨리 가고 싶진 않지? 그러니까 좀 아파도 큰소리는 내지 마라."

동필의 얼굴이 떨리고 있었다. 눈빛도 눈꺼풀도 떨리고 있었고, 한쪽 눈 밑은 꿈틀대고 있었다.

창남은 냉소를 머금으며 덧붙였다.

"일단은 한 대만 맞고. 이 꽉 깨물어라. 소리도 내지 말고."

그러고는 동필의 광대뼈를 오른쪽 팔꿈치로 강타했다. 퍽, 소리가 나며 동필의 고개가 확 돌아갔다. 차 밖에서 "오오." 하는 소리가 들려왔다. 동필은 얼굴을 찌그러뜨리며 "으윽." 하더니, 돌아간 고개를 조금밖에 돌려놓지 않았다. 창남은 그의 옆얼굴을 가소로이 쳐다보고는, 과도를 크로스백에 넣고 차 밖으로 나왔다.

"귀싸대기가 아니었네요?"

하식이 뒤로 물러서며 물었다.

창남은 엷게 미소 지을 뿐, 물음에 대한 답은 주지 않았다.

"일단 차에 타시죠."

"아, 네."

하식은 곧 차에 올라타 동필 옆자리에 앉았고, 창남은 운전석으로 향했다.

창남은 운전석에 앉자마자 바지 주머니에서 휴대폰과 지갑을 꺼냈다. 그때,

"너 누구냐."

간헐적으로 신음을 흘리던 동필이 낮은 톤으로 물었다.

창남은 코웃음을 쳤다.

"아까 나보고 형사라며. 그냥 형사라고 생각해. 아니 좀 이따 알려줄 테니까 입 닥치고 있어."

"그런데 내가 여기 있는 건 어떻게 알고……."

창남의 인상이 험악하게 돌변했다.

"입 닥치고 있으라고 새꺄."

동필은 눈살을 찡그리며 입술을 감쳐물었다.

창남은 콧등에 주름을 잡으며 거칠게 숨을 내뿜고는, 꺼내든 지갑에서 모 은행 OTP카드를 빼냈다. 그는 휴대폰과 OTP카드를 번갈아 조작해 하식의 계좌로 1억 원을 입금했다. 그러고서 나긋한 목소리로 말했다.

"지금 1억 입금했습니다. 이제 내리셔도 됩니다."

하식은 살짝 놀란 표정을 지었다.

"굳이 지금 입금 안 하셔도 되는데."

다음 순간 그의 눈에 힘이 들어갔다.

"이놈이 차에서 난동 부릴지도 모르니까 저도 같이 갈게요."

창남은 인상을 찌푸렸다.

"안 그러서도 됩니다. 괜히 그랬다가……."

"그럴 겁니다, 저는. 사장님 지금……."

하식은 말을 흐리며 쓰라린 표정을 짓더니, 이내 입을 악다물고 덧대었다.

"아무튼 저는 그럴 겁니다."

창남은 눈을 질끈 감으며 탄식을 내뱉고는, 몇 초 뒤 눈을 반쯤 떴다.

"그럼 좀 이따가 경찰서 앞에서 내리세요."

하식은 잠깐의 틈을 두고 대답했다.

"네."

창남은 길 찾기 앱을 열어, 현 위치에서 가장 가까운 경찰서를 검색한 뒤 차를 출발시켰다.

그 시각.

노래방 건물 앞에서, 은별이 초조한 얼굴을 한 채 가만히 서 있었다. 몇 초가 지나자 그녀의 고개가 왼쪽으로 돌아갔다. 도롯가로 붙으며 급격히 속도를 줄이는 택시가 그녀의 시선에 들어와 있었다. 그녀는 반가운 표정을 짓더니, 갑자기 서러워하는 얼굴을 했다. 순간적으로 눈에 눈물이 어렸다. 택시가 서자, 조수석 문이 활짝 열리며 강현이 황급히 차에서 내렸다.

강현은 차문을 닫으며 자신을 바라보는 은별의 눈을 응시했다.

서러움이 어린 눈이었다. 아니, 가슴을 찢어놓는 눈이었다. 강현의 눈에도 눈물이 어렸다. 몸이 저절로 은별을 향해 움직였다.

은별은 저에게로 다가오는 강현의 눈을 구슬픈 눈망울로 바라봤다. 그녀의 눈이 강현의 눈에 맺힌 아픔에도 반응하는 듯했다. 그녀의 한쪽 뺨으로 아픔이 흘러내렸다.

이윽고 은별 앞까지 온 강현은, 아픔 덩어리로 느껴지는 몸을 꽉 끌어안았다.

"은별아."

은별은 신음을 흘리듯이 "응." 했다.

강현은 은별의 등을 쓰다듬고 또 쓰다듬었다. 그런 다음 끌안은 팔을 풀고, 은별의 두 뺨에 흐르는 눈물을 두 엄지로 닦아냈다. 은별도 강현의 눈가에 맺힌 눈물을 두 엄지로 닦아냈다. 그러고서 그의 가슴에 한쪽 얼굴을 묻었다.

"머리가 다 비워졌으면 좋겠어. 오빠만 느낄 수 있게."

"내가 비워줄게. 비울 수 있게 내가 네 안으로 쏙 들어가 줄게."

은별은 옅게 미소 지었다.

"내 안에 쏙 들어와 준다고?"

"응."

"좋다. 오빠로 채워질 나. 무지하게 좋다."

은별은 강현의 가슴에서 얼굴을 떼고 빙긋이 웃었다.

이 얼굴, 보고 싶었던 얼굴이었다. 지켜주고 싶은 얼굴이기도 했고.

그때 은별이 "아." 하며 눈을 크게 떴다.

"작가님. ……어떡하지."

강현의 미간에 주름이 잡혀 있었다.

"아무래도……."

은별은 강현의 몸에서 조금 떨어지며, 그의 말을 대신 이었다.

"만날 수 없겠지. 아니 만나면 안 되겠지. 미안해서라도."

은별은 강현을 애틋이 바라보며 덧붙였다.

"나 오빠한테도 미안해하는 거 알지?"

"아는데, 미안해할 필요 없어, 나한텐."

강현이 진심을 담아 말했다.

은별은 입술을 조금 내밀며 시선을 떨궜다.

강현은 "에구……." 하면서 은별의 뺨을 두 손으로 감쌌다.

"난 너만 내 곁에 있으면 다 괜찮아. 아, 우리 어머님 마중하러 갈까?"

은별은 생긋 웃으며 강현과 눈을 맞췄다.

"응. 우리 엄마도 안아주러 가자."

"응. 그러자."

은별은 다시 생긋 웃더니, 뭔가 생각난 듯 눈을 살짝 굴렸다.

"작가님한테 전화 먼저 하자, 오빠."

"그래. 전화번호 알려줘. 내가 할게."

은별은 잠시 머뭇하더니 천천히 입술을 뗐다.

"내가 할게, 오빠."

은별의 얼굴에서 불안한 기색이 엿보여 강현은 조금 걱정되었다.

"괜찮겠어?"

"응. 괜찮아."

'오빠가 옆에 있으니까.' 강현은 그 말이 귀에 들려오는 것 같았다.

은별은 바지 주머니에서 휴대폰을 꺼내 창남에게 전화를 걸었다. 통화 연결음만 이어졌다. 은별은 "씻고 있나?" 하고는 전화를 끊었다.

"일단 영등포역으로 가자. 가면서 또 하면 되지."

"알았어, 오빠."

강현은 포근한 미소를 지어 보이고는 몸을 돌려 택시가 오는지를 살폈다.

잠시 후 은별의 얼굴에 그늘이 졌다.

"그 인간 잡힐까. 잡혔을까."

강현은 돌아보지 않고 확신에 찬 투로 답했다. 확신 못 했지만.

"잡혔거나 잡히겠지."

그때, 은별의 안색이 더욱 어두워짐과 동시에 빈 택시가 강현의 시선에 들어왔다. 다음 순간, 은별의 말이 강현의 말에 덮여 잘려나갔다.

"그 인간이 자기 손으로……."

"택시 온다, 은별아."

강현은 은별의 말을 얼핏 들었다. 그래서 택시가 자기 앞에 선 후에야 그녀가 무슨 말을 하려 했는지 알 수 있었다. 그런데 강현은 그녀의 말을 못 들은 체했다.

창남이 차를 출발시키고 난 뒤, 세 사람은 아무 말이 없었다. 그러다 차가 우회전해 4차선 도로로 나오자, 창남이 인상을 굳히며 말했다.

"너, 은별 씨가 신고하려는 거 뭐라고 하면서 막았냐. 그 후에는 어떻게 구슬렸고."

동필의 눈에 힘이 들어가 있었다.

"네가 그걸 어떻게…… 또 그 애는 어떻게……."

창남은 거친 숨을 토해내며 한쪽 뺨을 일그렸다.

"그건 네가 알 필요 없고…… 아, 그래. 아까 알려준다고 했으니까, 내가 누구인지만 말해주마. 난 네놈이 죽인 두 부부의 아들이다. 됐냐?"

동필의 눈동자가 크게 흔들렸다.

"너 지금 경찰서 가는 거 아니지."

창남은 어금니를 꽉 깨물었다.

"닥치고, 금방 물은 말에나 답해. 경찰서 가기 전에 반 죽여 놓을 수도 있으니까. 너 딴 새끼 때문에 은별 씨 오해하고 싶지 않으니까 빨리 말하라고 새꺄."

그러자 심각한 얼굴을 하고 있던 하식이 눈을 가늘게 뜨며 고개를 갸웃했다.

동필은 침을 꿀꺽 삼키고 사실대로 고했다.

"돈으로 안 돼서 자살한다고 협박했다. 가루로 된 독약 보여주면서. 또 부모님 산소 갔다 와서 자수한다고 했고. 그리고 또, 이모저모로 구슬렸고."

하식은 뭐 씹은 얼굴로 동필을 흘겨보았다.

창남은 '자살한다고 협박했다는 말'을 들은 순간, 충격을 받은 낯빛을 띠었다. 그리고 동필의 말을 다 듣고 나서는 씁쓸한 표정을 짓더니, 잠깐의 틈을 두고서 비소를 흘렸다.

"부모님 산소? 독약? 산소 갔다 와서 자수한다는 말이 뻥이었으니까 독약도 가짜였겠네?"

"여건이 안 돼 못 갔지만 부모님 산소는 진짜 가려고 했었다. 독약은 다시미였고."

창남은 하식과 함께 헛웃음을 터트렸다.

"쇠고기 다시미? 거지 같은 새끼. 지 딸한테……"

창남은 떠름한 표정으로 말을 흐리고 전방 우측을 봤다.

"됐고, 이제 경찰서 다 왔다."

20여 미터 앞 오른편으로 조그만 지구대가 보였다.

동필은 순간 넋 나간 얼굴이 되어버렸고, 하식은 입을 앙다물며 결연한 표정을 지었다.

창남은 지구대 옆에 차를 세우고 낮은 톤으로 말했다.

"이놈은 제가 데리고 들어갈 테니까, 사장님은 그만 내려서 돌아가세요. 경찰한테 사장님 신원 밝혀지면 안 되잖아요."

"못 내립니다. 차 안에서 기다릴 테니까 이놈 넘기고 오세요."

하식이 단호하게 말했다.

창남은 인상을 확 일그러뜨렸다.

"왜 그래요, 진짜. 가라고 할 때 가지."

창남은 거친 탄식을 내뱉고는 인상을 조금 펴며 이렇게 덧붙였다.

"그럼 명심하세요. 사장님은 이놈 잡는 거 도와준 것뿐입니다. 나랑 연락한 검사도 그렇게 알고 있으니까, 혹시라도 경찰에 잡히면 그렇게 말하세요. 난 경찰서에 데려가는 줄만 알고 잡는 거 도와준 것뿐이라고. 사실대로 말예요."

동필은 눈을 한 번 깜빡이더니 속눈썹을 파르르 떨었다.

하식은 미간을 찡그리며 눈물이 고일 것 같은 얼굴을 했다.

"왜, 왜 이딴 놈 때문에 인생을 망치려고 하세요."

창남의 시선이 흐트러졌다.

"인생."

그때, 변속레버 아래에 놓인 휴대폰에서 벨소리가 울렸다. 창남은 천천히 고개를 돌려 휴대폰을 내려다봤다. 눈썹이 올라가며 미간과 이마에 주름이 잡혔다. 잡힌 주름은, 몇 초간 점점 더 깊게 파여 갔다. 벨소리가 멎지 않자 눈을 꾹 감았다. 벨소리가 멎자 숨을 짧게 토해냈다. 그러더니 눈을 번쩍 뜨고, 얼굴이 퍼르르 떨릴 정도로 목에 힘을 주었다. 그러곤 곧장 차를 출발시켰다. 벌게진 그의 얼굴에, 어느새 살기가 감돌고 있었다.

"사장님 제발……."

하식이 애타는 목소리로 말했다.

창남은 번뜩이는 눈으로 전방만 주시할 뿐 아무런 대꾸도 하지 않았다.

동필은 창백해진 얼굴로 마른침을 삼켰다.

창남은 우측으로 핸들을 돌려 넓은 도로로 나왔다. 250여 미터 전방에 영등포역이 있었다. 창남은 차선을 옮겨가며 최대한 빠르게 차바퀴를 굴렸다.

하식은 몹시 초조한 얼굴로 어찌할지를 몰라 하다가, 순간적으로 눈에 힘을 주었다. 그는 바로 바지 주머니에서 휴대폰을 꺼내 오른쪽 허벅다리 옆에 갖다 댔다. 창남은 좌측깜빡이를 켜고 왼편 차선으로 이동했다. 영등포역교차로에서 좌회전 신호를 받을 모양이었다. 하식은 시선만 떨어뜨려 문자함을 열고 수신인 란에 112를 입력했다. 그리고 창남의 차가 좌회전 신호를 받으러 멈춰 설 때, 메시지를 입력하기 시작했다.

지금 김창남이라는 사람이 김동필을 차에 태운 채 그를 죽이러
가고 있습니다. 김창남은 김동필 때문에 부모를 잃은 사람입니다.

거기까지 입력하고는 창남의 뒤 측면 얼굴을 힐끔 쳐다봤다. 창
남은 써늘한 눈길로 전방을 주시하고 있었다. 뒤 측면 얼굴만 봐도
그가 어떤 눈빛을 하고 있는지 알 수 있을 만했다. 좌회전 등에 파
란불이 들어왔다. 하식은 다시 시선을 떨어뜨리고 메시지를 마저
입력했다.

차량은 은색 스포티지입니다. 지금 영등포역 앞에서 좌회전해 영
등포로타리를 향해 가고 있습니다.

하식은 문자를 전송하고서 결의에 찬 목소리를 뱉어냈다.
"제가 사장님 막을 겁니다."
창남은 꺼칠한 목소리로 그의 말을 받아쳤다.
"못 막습니다. 이번엔 그 누구도. 은별 씨도."
하식은 한쪽 눈을 찌푸리더니 휴대폰을 내려다봤다. 그는 곧 휴
대폰 메모장을 열어 은별의 폰 번호가 적힌 메모를 찾아냈다. 곧장
그 번호를 복사하고 문자함을 열었다. 그리고 1분여 뒤, 복사한 번
호로 입력한 문자를 전송하고 입을 굳게 다물었다.
창남의 차는 어느새 영등포로타리와 여의도 교차로를 지나 마포
대교로 향하고 있었다.

창백해져 있던 동필이 안타깝고도 슬픈 표정을 지으며 입을 열었다.

"난 몰랐다. 사람이 그렇게나 많이 죽어나갈 줄은. 알았으면 절대 그러지 않았을 텐데."

창남은 눈알을 부라리며 성난 목소리를 내뱉었다.

"이런 개 엿 같은 새끼가…… 네가 일본 사람 불태워 죽인 뒤에 세 사람이나 더 죽었어. 그것도 띄엄띄엄. 그런 마음이었으면 두 사람이 연달아 죽었을 때, 아니 처음 한 명이 죽었을 때 자수했어야지, 새꺄. 얻다 대고 되도 않는 구라를 까, 엿 같은 새끼가."

동필은 미간에 주름을 세우며 애절한 표정을 지었다.

"구라 아니다. 그때 난 몹시도 두려웠다. 평생을 감옥에서 썩는 게. 그래도 자수했어야만 했는데……. 그리고 불에 탄 사람은 병에 걸려 죽은 사람이었다. 죽은 사람 시체를 사서 불태운 거였어."

창남은 한쪽 입꼬리를 올리며 쓴웃음을 지었다.

"이 엿 같은 새끼가 또."

창남은 말을 뚝 멈췄다. 반대편 안쪽 차선을 타고 연달아 달려오는 경찰차 세 대를 보고는.

하식은 눈썹을 치키며 창남을 힐긋 보았다. 그 찰나, 달려오는 경찰차들이 그의 눈길에 잡혔다. 그는 눈을 깜박이며 들릴 듯 말 듯한 목소리를 내었다.

"벌써?"

창남은 가속페달을 지그시 밟으며 날카로운 눈빛을 번뜩였다.

몇 초가 지나자 하식의 휴대폰에서 문자 수신음이 울렸다. 하식은 몸을 움찔하며 창남을 흘끔 봤다. 창남은 아무 미동도 없었다.

하식은 작게 한숨을 내쉬고 문자를 열어보았다.

[Web발신]
2021.09.19 17:49:13에 신고가 접수되었습니다.
아까 김동필이 나타났다는 신고가 접수되어 좀 전에 검문검색
시작됐는데, 지금은 어디쯤이죠?

하식은 고개를 갸우뚱하며 "실버스타 걔가?"라고 웅얼대고는 문자 입력창에 메시지를 입력했다.

지금 여의도 교차로를 지나 마포대교로 진입했습니다. 문자로 계속 위치 알려드리겠습니다. 위치추적도 해주시면 고맙고요.

하식은 메시지를 전송하고 문자 수신음을 무음으로 바꿔놓았다. 그러곤 112와의 문자 창을 열어놓고, 소리 없이 입만 움직여 무어라 했다. '제발 빨리 와라.' 하는 듯했다.

그사이 동필은 애처로운 표정을 지어가며 변명을 이었다.

"정말 내 손으론 아무도 죽이지 않았다. 또 죽어나가는 사람들 보면서 미치도록 괴로워했다. 도대체 그놈의 돈이 뭔데, 무슨 그런 개같은 짓을 저질렀나 하면서."

그의 말이 들리지 않는지, 창남은 표정 변화 없이 전방만 주시했다.

동필이 구슬픈 목소리로 덧붙였다.

"정말이다. 정말 죽을 만큼 괴로웠다. 그래서 자수하려고 했는데

그놈의 두려움이 뭔지……."

"그만 지껄여라."

창남이 투박한 목소리로 동필의 말을 끊었다.

"그런 개소리 아무리 지껄여봤자 죽음의 문은 닫히지 않는다. 그러니까 희망 가지지 마라. 그리고 혹시라도 살아보겠다고 소리치거나 하면 바로 차 세우고 죽여버릴 테니까 알아서 해라."

그리 말하며 마포대교 끝자락에 나 있는 오른편 샛길로 들어섰다. 샛길은, 대교 아래에 가로로 뻗어 있는 '강변북로'로 향하는 길이었다.

동필은 이를 악물더니, 돌연 눈에 힘을 풀며 어깨를 축 늘어뜨렸다.

하식은 아랫입술을 꽉 깨물더니, 112와의 문자 창에 '지금 샛길로 빠져 강변북로로 진입하고 있습니다.'라고 입력해 띄웠다.

그러는 사이 창남의 차가 샛길을 빠져나와 강변북로로 접어들었다. 차가 좀 막혀 있었다. 시속 50㎞ 정도밖에 속도를 내지 못했다.

40여 초 후, 창남의 차가 원효대교북단교차로 아래를 가로지르자, 얼빠진 얼굴을 하고 있던 동필이 천천히 입술을 뗐다.

"우리 딸한테 이 한마디만 전해다오. 아빠가 잘못했다고."

창남은 한쪽 입가를 씰룩이더니, 얼굴에 그늘을 드리웠다.

동필은 애틋한 표정을 지으며 말을 이었다.

"걔랑 같이는 못 살아도 멀리서나마 연락 주고받으며 살고 싶었다. 그래서 아까 돈만 있으면 행복할 수 있다고 그 애를 꼬드겼다. 나는 그렇게 생각 안 하면서. 아니 전에는 그렇게 생각했었는데, 남한테서 갈취한 돈이라 그런지, 도망자 신세가 돼서 그런지 행복할 수 없었다. 그 천억 가까이 되는 돈을 남모르게 숨겨두고도. 지금 생각해보면, 걔가 그 돈에 넘어갈 거라고 생각했던 게 참 어리석었던 거 같애. 걔가 어떤 앤지 뻔히 다 알면서 그런 그지 같은 생각을 했다니……."

창남은 그의 말을 들으며 어두웠던 얼굴을 서서히 일그러뜨렸다. 그러다가 '걔가 어떤 앤지 뻔히 다 알면서'라는 말을 듣고 얼굴에 다시 그늘을 드리우더니, 이내 씁쓸한 표정을 지었다.

"잘 들었다, 그지 같은 말. 이제 거의 다 왔다. 네가 꼴까닥할 곳."

강변북로를 느리게 달리던 창남의 차는 방향을 조금 틀어, 왼편에 나 있는 샛길로 빠지고 있었다. 샛길은 한강대교북단교차로로 향하는 길이었다.

동필은 창남의 말이 그치자 시선을 뚝 떨어뜨렸다.

하식은 당혹스러워하며 "거의 다." 하고 말했다.

동필의 내리뜬 눈이 초점을 잃어 있었다. 이미 죽어 있는 듯, 얼굴의 생기가 바싹 말라 있었다.

하식은 미간을 찡그려가며 몹시도 초조해했다.

창남의 은색 SUV는 샛길이 넓은 도로와 합쳐지는 지점을 달리고 있었다.

그런데 그때 하식이 눈을 크게 뜨며 숨을 헉 삼켰다. 그는 바로 112와의 문자 창에 글을 입력하기 시작했다. 그가 몇 자 입력했을 때, 창남이 "아." 하며 입을 열었다.

"너 돈 어디다 숨겨놨냐."

동필은 초점 잃은 눈을 감고 대답했다.

"금산군 계진리에 있는 한 야산에 파묻어 놨다. 부모님 산소 위에 있는 소나무 숲 구석구석에다가."

그가 말하는 동안 하식은 문자 입력창에 '지금 한강대교북단교차로로 가고 있습니다. 아마도 거기서 우회전할 것'까지 입력했다. 바로 그때, 창남이 룸미러로 하식을 흘깃 보며 말했다.

"들었죠?"

하식은 흠칫하더니, 눈을 치켜떠 창남의 뒤 측면 얼굴을 봤다. 다음 찰나, 그의 시선이 오른쪽으로 조금 이동해 룸미러로 향했다. 창남의 한쪽 눈이 그를 매섭게 노려보고 있었다. 하식은 또 흠칫하며 눈을 내리떴다. 창남은 매서운 눈빛을 전방을 향해 발하며 묵직하고도 거친 목소리를 토해냈다.

"왜 놀라요."

하식은 내리뜬 눈을 끔벅였다.

"아니……."

"핸드폰 줘 봐요."

하식은 입을 꾹 다물며 눈에 힘을 주었다.

"못 줍니다."

창남은 격분한 얼굴이 되어 흔들리는 콧숨을 뿜어냈다. 그러고는 둔탁한 목소리를 내뱉었다.

"이미 늦었어요."

창남의 차는 한강대교북단교차로로 우회전 길을 30여 미터 앞두고 있었다. 창남은 냉한 눈빛을 번득거리며 굽은 길을 향해 차바퀴를 굴렸다. 경찰차 한 대가 옆 차선에서 신호를 기다리고 있었다. 창남은 그 경찰차를 힐끗 보고는 앞을 주시하며 핸들을 돌리기 시작했다. 그 순간 경찰차 조수석에 앉은 경찰이 창남의 차를 흘끔 보았다.

하식은 얼굴을 묘하게 찌푸리며 "들었죠?"라고 하더니, 별안간 눈을 휘둥그레 떴다. 곧이어 "자기는 말 못 해주니까 아까도……"라고 중얼대고는 커진 눈을 창남을 향해 굴렸다.

"사장님 설마……"

7분 전.

강현과 은별을 태운 택시가 노래방 건물로부터 멀어지고 있었다. 택시는 합정역 방향으로 달리고 있었고, 목적지는 영등포역이었다. 강현이 택시를 잡기 직전 "그 인간이 자기 손으로……" 하며 어두워진 표정을 더욱 어둡게 했던 은별은, 아직껏 어두운 표정을 하고 있었다. 강현은 "택시 온다, 은별아."라는 저의 말이 '그 말'과 겹쳤다는 것을 핑계로, 그 말을 계속 못 들은 척하고 있었다. 확신하지 못하는 답변을 다시 또 들려주기가 버거워서. 그러나, 그래도 들려줘야 했다. 답을 내려줘야 했다.

"은별아, 좀 전에……"

그때 강현의 오른쪽 바지 주머니에서 휴대폰 벨소리가 울렸다. 강현은 "잠깐만." 하고서 휴대폰을 꺼내 들었다. 발신인이 '어머님'이었다. 강현은 가슴이 허는 느낌을 받으며 전화를 받았다.

"네, 어머님."

"사위, 아까 신고했네."

목소리가 조금 까라져 있었다.

"네."

다음 말이 생각나지 않았다. '잘 하셨어요.'라는 말이 떠올랐지만,

다음 말이 될 수는 없을 듯했다. 138명의 '그이들'에게 미안하게도.

"은별이는 만났니?"

"네. 지금 옆에 있어요. 저랑 지금 어머님 마중하러 가고 있어요."

강현이 말하던 중에 은별의 손에 들린 휴대폰에서 문자 알림음이 울렸다. 강현이 전화를 받은 순간부터 쓰라린 표정을 하고 있던 은별은, 은숙이 그래, 하며 강현의 말을 받자 휴대폰을 내려다봤다.

"그래. 나 20분쯤 후면 도착하네."

은별의 시선이 휴대폰 화면 중앙에 꽂혀 있었다. 표정이 매우 심각해져 있었다.

　　지금 김민철이 김동필을 차에 태운 채…….

강현이 입을 열 때, 은별은 서둘러 문자를 열었다.

"네, 어머님. 이따가 봬요. 그런데 창남 씨는……."

그 순간, 은별이 숨을 삼키는 소리가 강현의 왼쪽 귀에 또렷이 들렸다. 강현은 고개를 돌려 은별을 쳐다봤다. 은별은 질겁한 얼굴로 휴대폰을 내려다보고 있었다. 강현은 거센 불안감을 느끼며 은별의 휴대폰을 낚아채듯 집어 들었다. 그때,

"기사님 마포대교로 가주세요. 최대한 빨리요. 백만 원 드릴 테니까."

은별이 부들거리는 목소리로 급하게 말했다

"에? 백만 원을요? 하, 그럼 당연히 빨리 가드려야죠. 어디든 간에."

택시 기사가 그리 말할 때 강현의 휴대폰에서 은숙의 목소리가 흘러나왔다.

"응? 마포대교? 백만 원?"

강현은 휴대폰을 입에 대고 황급히 말했다.

"금방 다시 전화 드릴게요."

"어, 그래."

강현은 전화를 끊고서 은별의 휴대폰을 눈앞으로 가져왔다.

지금 김민철이 김동필을 차에 태운 채 어딘가로 가고 있습니다. 그 사람 죽이러. 김민철은 김동필 때문에 부모를 잃은 사람입니다. 지금 영등포로터리를 지나 마포대교 쪽으로 가고 있습니다.

눈이 휘둥그레진 강현은 고개를 홱 돌려 은별을 봤다. 은별은 창백해진 얼굴로 턱을 덜덜 떨고 있었다.

"오빠. 작가님이 어떻게…… 아, 전화."

은별은 힘이 들어간 눈으로, 강현의 왼손에 들린 자신의 휴대폰을 내려다봤다. 그러다 강현의 손과 함께 제 폰을 덥석 쥐었다. 강현은 거의 무의식적으로 폰을 꽉 쥐었다.

"잠깐만. 누구한테 하려고."

"문자 보낸 사람한테."

"그 사람 창남 씨랑 같이 타고 있는 거 같은데 전화하면……."

은별의 입이 쩍 벌어졌다.

몇 초 뒤, 강현의 뇌리로 112가 떠올랐다.

"그래, 내가 경찰에 알릴게."

"……어."

둘을 태운 택시는 합정역을 지나쳐 왼쪽으로 굽은 도로를 내달리고 있었다. 굽은 도로는 일방통행로인 강변북로로 향하는 길이었다.

강현은 은별의 휴대폰으로 112에 연락해, 경찰에게 문자 내용을 들려주었다. 그러면서 스피커폰을 켜 은별이 통화 내용을 들을 수 있게 했다. 경찰은 그렇지 않아도 금방 같은 신고를 받아 경찰이 출동했다면서 창남의 차가 현재는 마포대교를 지났을 거라고 했다. 그러고 이전 신고자가 차의 위치를 계속 알려준다고 했다면서 그의 문자가 오면, 오는 대로 즉시 전송해주겠다고 했다. 그런 뒤 덧붙였다.

"그 신고자 분 핸드폰도 곧 위치추적 될 텐데, 추적 결과도 전송해드릴까요?"

"네, 보내주십쇼. 추적되자마자."

"네, 그러죠."

강현은 부탁드린다고 하고서 전화를 끊었다. 그가 통화하는 사이 택시는 강변북로로 진입해, 지금은 가로로 뻗은 서강대교 끝자락 아래를 지나치고 있었다. 30여 초 전 마포대교 샛길을 내려와 강변북로에 진입한 창남의 차와 같이, 시속 50여㎞의 속도로.

강현이 전화를 끊자, 은별이 몹시 불안해하며 말했다.

"직접 문자 보내서 물어보는 게……."

"그럼 그 사람 곤란해질지도 몰라. 문자 무음 처리 안 해놨으면. 경찰도 아마 문자 받고만 있을 거야. 또 무음 처리 해놨어도, 문자 조심히 보내고 있을 텐데 너한테까지 보내면, 아니 보내다가 혹시라도 들키면……."

강현은 말하는 내내 침착하려 애썼다. 말을 흐리면서까지도. 그리고 남하식의 문자를 본 후 줄곧 쓸데없는 생각은 하지 않으려 노력했다. 문자를 보낸 이가 은별을 감시해온 사람일 거라는 '확신'이

들었고, 그가 왜 창남을 도와주다가 변심했을까 하는 '의문'이 들었고, 혹시 그가 창남의 계획이나 속마음을 몰랐다가 알게 된 걸까 하는 '생각'이 들었지만, 그 '확신'과 '의문'과 '생각'이 들 때마다 즉시 즉시 지워내고 털어냈다. 두 사람과, 어떻게든 삶을 이어가야 할 한 사람을 위해.

은별은 "웅." 하더니 턱에 주름을 잡으며 눈에 눈물을 머금었다.

"어떡해, 죽으면. 작가님이 그 인간 죽이고……. 그 인간은 몰라도 작가님만은 안 돼. 작가님 부모님도 그 인간 때문에 돌아가셨는데, 작가님마저 그러면……."

은별은 말을 흐리며 얼굴을 한없이 일그러뜨렸다. 감당하기 힘든 고통에 무한대로 삼켜져가는 듯했다.

강현은 가슴이 뜯기는 듯한 아픔을 느낌과 동시에, 등으로 뻗쳐오는 '무언가'를 느꼈다. 아무리 은별의 아버지라고는 하지만 김동필이 죽는다는 데엔 별 두려움을 느끼지 못했다. 그의 죽음으로 인해 은별이 아파하게 될 게 두려울 뿐. 한데 김창남이 죽을 수도 있다는 데엔 엄청난 두려움을, 아니 '싸늘한 공포'를 느꼈다. 가슴이 뜯기는 듯한 아픔과 함께. 그런데 순간, 정신이 번쩍 들었다.

"마포대교 지나쳤으면 우린 어디로 가야 하지."

삼 초 뒤, 강현의 손에 들린 은별의 휴대폰에서 문자 수신음이 울렸다. 강현은 서둘러 문자를 확인했다.

[Web발신]
지금 샛길로 빠져 강변북로로 진입하고 있습니다.

강현은 눈알을 한 번 굴리고는, 은별에게 휴대폰을 넘기며 기사를 향해 물었다.

"기사님 이 길 강변북로 맞죠?"

"네, 맞습니다."

택시 기사가 심각한 얼굴로 대답했다.

은별은 그보다 더 심각한 얼굴로 문자를 확인하곤, 이어지는 강현의 말에 귀를 기울였다.

"이 길로 가면 마포대교 말고 또 어디 나오죠?"

"원효대교도 나오고, 한강대교북단교차로도 나옵니다. 가다가 샛길로 빠지면. 근데 마포대교로 가려면 저 앞 샛길로 빠져야 하는데 어떻게 할까요?"

그 찰나에 택시는 그 샛길을 30여 미터 앞두고 있었다.

은별의 눈에 힘이 들어가 있었다. 그녀는 입속말로 "한강대교." 하더니, 기사에게 황급히 말했다.

"한강대교로 가주세요."

택시 기사는 "네." 하며 왼편 샛길을 향해 돌리던 운전대를 도로 갖다 놨다.

강현의 머릿속에 한 가지 사실이 떠올랐다. '맞아. 한강대교에서 그 두 분이…….' 공포가 또 등으로 뻗쳐왔다. 아까보다 더 싸늘한 공포가. 마치 등에 칼날이 닿아 있는 듯했다. 조금만 움직여도 등살이 파일 듯했다. 강현은 고개를 돌려 은별의 얼굴을 보았다. 은별은 몸을 파들거리며 몸서리치는 듯한 표정을 하고 있었다. 강현이 느끼는 공포보다 더욱 살벌한 공포가 그녀의 몸을 휘감고 있는 듯했다. 강현은 등에 닿아 있는 칼날이 일자로 세워져 등 깊숙이 박히는 듯했다. 가슴 정중앙에까지.

"은별아."

은별은 눈썹을 올려 이마에 주름을 잡으며 두 눈꼬리에 눈물방울을 매달았다. 그러면서 신음 섞인 목소리를 내었다.

"제발, 제발 그러지 마요. 우리랑 같이 살아야죠. 우리랑 함께."

강현의 눈에서도 눈물이 나왔다. 고통스러워서 나온 눈물이었다. 공포보다 거세게 가슴을 찔러온 고통에, 나오지 않고는 배길 수 없어 나온 눈물이었다. 강현은 몸을 돌려 은별을 꽉 끌어안았다. 안아주지 않고는 배겨낼 수 없었기에. 은별의 몸이 부르르 떨리고 있었다. 그 떨림을 온몸으로 느끼고, 온 맘으로 느꼈다.

강현은 눈물 한 방울을 은별의 어깨에 떨구고 말했다.

"아무 일 없을 거야. 경찰이 꼭 막아줄 거야. 우리랑도 만날 수 있을 거고. 만나서 꼭 안아줄 수도……."

그때 휴대폰 벨소리가 강현의 말을 잘랐다. 강현은 은별을 안은 팔을 풀고, 차문 옆에 놓인 자신의 휴대폰을 집어 들었다. '어머님'의 전화였다. 아픔 위에 또 다른 아픔이 내려앉는 듯했다. 강현은 침착하려 애쓰며 전화를 받았다.

"네, 어머님."

"봤다."

그 짧은 말에도, 강현은 불안감을 느낄 수 있었다.

"네?"

"지금 속보 떴다. 그 창남이라는 총각이 그 사람 태우고 마포대교 쪽으로 가고 있다고."

"아."

갑자기 아무 말도 생각나지 않았다.

은별이 손등으로 눈물을 훔치며 강현의 왼팔을 붙잡았다.

"지금 그쪽으로 가고 있는 거니?"

"네. 아니 지금은 한강대교로 가고 있어요."

"그래. 나도 그럴 거 같다고 생각했는데……."

목소리가 바르르 떨렸다.

"네. 그런데 어머니."

"응."

강현은 들려줄까 말까 하다가 들려주었다. 은별이 은숙에게 숨겼던 산에서의 일을. 강현은 그때의 일을 짧게 요약해 은숙에게 들려주었다. 창남이 제 목숨을 무기 삼아 은별을 시험했고, 그 후에 자결하려 했다고. 또 그가 김동필을 죽인 뒤에 자결하려는 마음을 전에 가지고 있었다고. 물론 강현이 이와 똑같이 말하지는 않았다. 완곡한 표현을 써 은숙이 충격을 덜 받도록 노력했다. 그러나 내용 자체가 충격적이었기에 소용없는 노력이었다.

"정말 그랬어?"

목소리가 부들부들 떨렸다.

강현에겐 그 물음이 '어쩌면 좋아.' 하는 소리로 들렸다. 들려주지 않으면 안 될 것 같아 들려줬는데, 왜 들려줘야 했을까 싶었다.

몇 초가 지나자 은별의 휴대폰에서 문자 수신음이 울렸다. 은별은 휴대폰을 눈앞으로 치켜들었다. 강현은 "잠깐만요, 어머님." 하고는 은별과 함께 문자를 확인했다.

[Web발신]
지금 위치추적 됐는데 한강대교 중간쯤에서 움직임이 없습니다.

강현은 쇠말뚝 같은 것이 가슴에 박히는 것 같았다. 흉포하고도 무자비하게. 위치 추적된 휴대폰이 은별에게 문자를 보낸 사람 것이란 걸 바로 깨달았지만, 가슴에 박힌 흉포한 공포는 조금도 뽑히지 않았다. 순간, 난간을 붙잡고 강을 내려다보고 있는 한 남자의 옆모습이 떠올랐다. 떨어져 모습을 감춘 두 남자를 찾고 있는……. 가슴에 박힌 공포가 갈래갈래 찢어져 목으로 뻗쳐오는 듯했다.

은별은 문자를 본 순간 혼비백산한 얼굴이 되어, 몸을 파들파들 떨었다. 그러다가 갑자기 눈에 힘을 잔뜩 주었다.

"해야 돼. 안 받아도."

"어."

누구에게 전화해야 하는지 곧바로 알 수 있었다. 뭘 재고 따질 때가 아니었다. 일단 받아만 달라고 속으로 애원하며, 받지 않더라도 발신자를 보고 갈등이라도 해달라고 갈구하며 전화해야 했다. 두 사람 다 차가워져 있지 않을 거라 믿으며.

은별은 급히 휴대폰을 터치해 창남에게 전화를 걸었다. 어딘가에서 울려 퍼지는 사이렌 소리를 들으며.

"사장님 설마……."

창남의 뒤 측면 얼굴에 꽂혀 있는 하식의 시선이 크게 흔들리고 있었다.

창남은 냉기 서린 눈빛을 발하며 가속페달을 깊게 밟았다.

"안 돼요, 사장님."

하식이 고통 어린 목소리로 애원하듯 말했다.

창남은 왼쪽 백미러를 힐끔 보았다. 좀 전의 그 경찰차가 80여 미터 뒤에서 쫓아오고 있었다. 창남은 이를 꽉 깨물며 가속페달을 더 깊숙이 밟았다. 더는 눌러지지 않을 때까지. 시속 120㎞였던 속도가 단 2초 만에 130㎞를 넘어섰다. 변속레버 아래에 놓인 휴대폰에서 벨소리가 울렸다. 창남은 한 치의 흔들림도 없이, 가속페달을 끝까지 누른 채 3초간을 더 달렸다. 다음 순간 가속페달에서 발을 떼고 급브레이크를 밟았다. 끼익— 하는 마찰음이 나며 두 사람의 몸이 앞으로 급격히 쏠렸다. 손목이 뒤로 묶여 있는 동필은 쏠리는 몸을 제어하지 못하고 운전석 뒷면에 머리를 쿵 박았다. "앗. 으으……."

차가 선 위치는 한강대교 중앙에 있는 노들섬 앞이었다. 1년 4개월여 전 창남이 난간을 붙들고 "여기 있는 거 아니죠!" 하고 부르짖었던 곳에서 20미터가량 떨어진 지점이었다.

100여 미터 뒤에서 경찰차가 달려오고 있었다. 창남은 몸이 쏠린 채로 황급히 차문을 열고 나왔다. 곧장 뒷문을 열고, 동필의 어깻죽지를 양손으로 꽉 붙들어 차 밖으로 끌어냈다.

하식은 끌려 나가는 그를 고통스러운 얼굴로 바라보다가, 휴대폰을 바닥에 떨구며 차문을 열고 나왔다.

동필을 붙든 채로 급하게 차 앞을 돌아 길가 난간 앞까지 온 창남은, 바로 동작을 이어 한쪽 발을 난간 위에 올렸다. 동필은 난간 앞에 멈춰 서더니, 혼이 빠져나간 듯한 표정을 지었다. 창남은 거친 목소리로 "빨리 넘어." 하면서 동필의 두 어깻죽지를 힘껏 들어올렸다.

둘이 길가 난간을 넘어서자, 하식도 인도로 넘어가며 표정을 확 일그러뜨렸다. 4분여 전의 은별처럼 두 눈꼬리에 눈물방울을 매달며.

경찰차가 창남의 차 뒤에서 급정거했다.

창남은 동필을 돌려세우며 그의 뒤에 바짝 붙어 섰다. 그러곤 경찰 둘이 차에서 내리는 찰나에, 크로스백에서 과도를 꺼내 동필의 목에 갖다 댔다. 동필은 겁에 질린 얼굴을 하더니 눈을 질끈 감았다. 창남은 그의 목에 댄 칼날처럼 날카로운 목소리를 뱉어냈다.

"멀리 떨어져요. 30미터 이상. 딱 10초 줄 테니까. 안 떨어지면 이 새끼 목 그어버리고 나도 죽어버릴 겁니다. 사장님도 멀리 떨어져요. 지금 당장."

그러자 울먹임에 가까운 하식의 음성과 조수석에서 내린 경찰의 당황한 목소리가 겹쳐 들렸다.

"사장님 제발……."

"칼 이 앞으로 던지면 떨어지겠습니다."

"잔말 말고 떨어져요! 둘 다 바로 죽는 꼴 보고 싶지 않으면!"

창남이 눈을 사납게 뜨며 소리쳤다.

조수석에서 내린 경찰은 방금보다 더욱 당혹스러워했다. 그는 침을 꿀꺽 삼키더니, 경찰차 앞에 서 있는 경찰을 곁눈으로 보며 뒤쪽으로 가자는 고갯짓을 했다. 경찰차 앞 경찰은 창남의 한쪽 얼굴을 주시하며 천천히 동료 경찰 옆으로 갔다. 창남은 그 왼편 경찰을 한쪽 눈으로 노려보며 숫자를 세었다.

"십, 구, 팔, 칠, 육."

"그만. 떨어질게요."

오른편 경찰이 핏기가 가신 얼굴로 말했다. 그는 왼편 경찰의 팔을 잡으며 "가죠." 하고는 발을 뒤로 내딛었다. 왼편 경찰은 창남을 계속 주시하며 오른편 경찰과 함께 뒷걸음을 옮겼다. 한 발짝, 두 발짝, 세 발짝, 네 발짝. 그때, 창남이 눈알을 부라리며 둔탁한 목소리를 내뱉었다.

"빨리요."

그때였다. 하식이 급히 두 발짝을 옮겨 무릎을 턱 꿇더니, 창남의 왼쪽 발목을 두 손으로 꽉 붙들었다. 창남은 급당황해하며 하식을 힐끗 내려다봤다.

"이거 놔요."

창남은 그리 말함과 동시에 두 경찰을 향해 눈을 치켜떴다. 당황해하던 경찰은 살짝 엉거주춤한 자세로 경찰차 뒤편에 멈춰 서 있었고, 창남을 주시하며 걸음을 옮겼던 경찰은 그 왼편에 꼿꼿이 서 있었다.

"못 놔요."

하식이 창남의 발목을 더욱 세게 붙들며 말했다.

창남은 두 경찰을 시선에 잡아둔 채 가칠한 목소리를 내었다.

"이런다고 바뀌는 거 없어요. 사장님 다치게 하고 싶지 않으니까 빨리 놓고 떨어져요."

그가 말하던 중에 한강대교북단교차로께로부터 사이렌 소리가 들려왔다. 이어 그의 차 변속레버 아래에 놓인 휴대폰에서 벨소리가 울렸다.

"못 놔요. 사장님이 칼 버리고 이놈 경찰에 넘기기 전까진. 아니, 나도 죽지 않을 거라고 맹세하기 전까진."

창남은 미간을 잔뜩 찡그렸다.

"진짜 왜 따라와 가지고…… 당장 놔요!"

그러더니 붙들린 왼쪽 다리를 마구 흔들어댔다. 그 바람에 동필의 목에 닿아 있는 칼날도 흔들거렸다. 동필은 눈을 끔벅대며 당황스러워했다. 하식은 이를 악물며 창남의 발목을 놓치지 않으려 안간힘을 썼다.

사이렌 소리가 가깝게 들려오고 있었다.

수 초간 다리를 흔들어대던 창남은, 돌연 눈을 또릿하게 뜨며 흔듦을 멈추었다. 그러곤 경찰 둘에게 시선을 고정한 채 달래듯이 말했다.

"사장님이 30미터만 떨어져 계시면 이놈도 안 죽이고 저도 안 죽을게요. 정말이에요."

사이렌 소리가 많이 컸던 탓에 그 말은 동필과 하식의 귀에만 들린 듯했다. 둘에게만 들려주는 속삭임처럼. 한데 동필의 얼굴엔 멍하고도 떠름한 표정이 지어져 있었다.

하식은 어기찬 어투로 창남의 말을 받아쳤다.

"안 믿어요. 난 사장님이 죽는 꼴도, 사장님 인생이 망가지는 꼴도 절대 볼 수 없어요."

창남의 시선이 두 경찰 뒤편으로 향해 있었다. 하식이 말을 마칠 때, 가차선을 타고 달려온 경찰차가 두 경찰 뒤에 멈춰 섰다. 시끄럽게 울리던 사이렌 소리가 그치며 두 명의 경찰이 서둘러 차에서 내렸다. 그와 동시에 창남이 꺼칠한 목소리를 내뱉었다.

"난간 넘어 오지 마요. 넘어 오면 그 즉시, 이 새끼 목 확 그어버릴 테니까. 나도 확 죽어버리고."

조수석에서 내린 경찰은 두 경찰 옆으로 가 섰다. 운전석에서 내린 경찰은 옆 차선에서 달려오는 차량을 힐끔 보고는 세 경찰 옆으로 재빨리 붙었다. 그러고서 심각한 표정을 지으며 창남을 향해 말했다.

"창남 씨, 법이 있습니다. 법으로 그 사람 얼마든지 처벌할 수 있습니다. 그러니까 칼 버리고, 그 사람 우리한테 넘기세요. 죽는다는 소리도 하지 마시고요."

창남은 말한 경찰을 날카로이 주시했다.

"넘길 테니까 차에 타 계세요."

"그럴 수 없습니다."

방금 그 경찰이 단호하게 말했다.

창남은 그를 사납게 노려보았다.

"그래요? 그럼 거기서 꼼짝 말고 있어요. 모두 다. 한 발짝이라도 움직이면 이 새끼 목 바로 긋든지 찌르든지 해버릴 테니까."

세 명의 경찰은 꼼짝도 못 하고 있었다. 이미. 한 명의 경찰은 꼼짝도 못 하는 게 아닌, 그저 가만히만 있었고. 창남을 매섭게 쏘아보며.

창남은 경찰들을 계속 노려보며 작고 낮은 목소리를 내었다.

"사장님 때문에 계획을 바꿨어요."

그리고는 더욱 작은 목소리로 덧붙였다.

"그냥 목 따서 죽이는 걸로."

동필의 눈꺼풀이 순간 경련하듯 떨렸다.

"사장님 제발……."

하식이 애타는 목소리로 말했다.

창남은 계속 작은 음성으로 말했다.

"소리쳐도 소용없고, 뭘 해도 소용없어요. 아니 오히려, 만약 소리쳐서 경찰들이 한 발짝이라도 움직이면 바로 바뀐 계획대로 할 거예요."

하식의 다문 입에서 억눌린 울음소리가 새어 나왔다.

"다행일진 모르겠지만, 내 인생 망가지는 꼴은 볼 수 없을 거예요. 삶이 계속돼야 망가질 수도 있으니까."

"안 돼요, 사장님."

하식이 제 주먹에 눈물을 떨구며 말했다.

창남은 눈에 힘을 주며 다시 입을 뗐다.

"그러니까 떨어져요. 허물어지는 내 몸, 눈앞에서 보고 싶지 않으면."

그 말에 동필은 넋 나간 얼굴이 되어버렸다.

하식은 울먹거리며 "싫어요. 싫어요."라고 말했다.

세 명의 경찰은 몸을 약간씩 구부린 채 바짝 긴장한 얼굴을 하고 있었다. 그중 '법이 있다'고 한 경찰이 말했다.

"살면, 살려놓으면, 법이 대신 심판해줄 겁니다. 법에 의해 그놈이 심판당하는 모습 지켜볼 수 있을 거라고요."

창남은 그의 말을 무시하고 하식을 향한 말을 읊조리듯 했다.

"그럼 어쩔 수 없죠. 이놈 죽고 난 후에라도 떨어져 주세요."

동필은 천천히 눈을 감았다. 떨림이 묻어나는 목소리로 "죽여라." 하며. 하식은 울음이 섞여 뭉개진 발음으로 "안 돼요, 안 돼." 하고 말했다.

창남은 목에 힘을 잔뜩 주었다. 순식간에 얼굴이 벌게졌다. 맹렬한 결의와 갈등이 혼재된 얼굴이었다. 그는 곧 콧등에 주름을 세우며 이를 악물고는, 동필의 목에 닿아 있는 칼을 꽉— 쥐었다.

"안 돼요."

'법이 있다'고 한 경찰이 다급히 말했다.

다음 순간, 앞 경찰차 옆에서 끼익― 하는 마찰음이 울렸다. 그 소리는 1.5초간 이어졌고 창남의 차 앞에서 멈췄다. 백만 원을 곧 손에 쥘 택시 기사가 급브레이크를 밟으며 핸들을 틀어 택시를 멈춘 것이었다.

그 2초 남짓한 시간 동안,

창남은 멈춰 서는 택시를 힐끗 보고는 곧바로 경찰들을 향해 시선을 돌렸다. '법이 있다'고 한 경찰은 동필의 목을 주시했다. 나머지 세 경찰은 고개를 돌리거나 눈을 굴려 앞쪽을 봤다. 하식은 창남의 발목을 붙든 채 울음을 터트렸다. 동필은 눈을 감은 채 가만히 서 있었다.

그리고 그다음 순간, 택시 양쪽 문이 활짝 열렸다. 이어 두 사람이 황급히 택시에서 내렸다. 거의 동시에 빵― 하는 클랙슨 소리가 울렸다. 창남은 경찰들 뒤를 지나가는 흰색 승용차를 보며 미간을 찌푸렸다. 동필은 눈을 번쩍 떴다. 강현은 눈을 휘둥그레 떴다. 심장이 멎는 느낌을 받으며.

은별은 클랙슨 소리를 못 들은 양 차문을 닫았다. 곧이어 눈을 번쩍 뜨는 동필과 창남의 한쪽 뺨에 시선을 꽂았다. 그 순간, 방향을 비스듬히 틀며 달려온 흰색 승용차가 은별의 엉덩이 옆을 스쳐 지나갔다. 그 장면을 휘둥그레진 눈으로 본 강현은, 멎은 심장이 아래로 뚝 떨어지는 듯했다. 창남은 고개를 돌려 강현의 뒤 측면 얼굴을 스치듯 보고는 은별에게로 눈길을 돌렸다. 동시에, 떠나가는 승용차에서 거친 목소리가 새어 나왔다.

"죽으려고 환장했어!"

은별은 눈물 맺힌 눈을 크게 한 번 깜빡이더니, 울음이 터져 나올 것 같은 얼굴을 하며 택시 앞쪽으로 몸을 옮겼다.

강현은 멈춰 있던 숨을 토해내고 은별 옆으로 갔다. 동필은 구슬픈 눈빛으로 은별을 바라봤다. 창남은 은별과 눈이 마주치기 직전 고개를 홱 돌렸다. 표정을 확 일그러뜨리며. 두 명의 경찰은 좀 전과 같은 위치에서 창남을 주시하고 있었고, '법이 있다'고 한 경찰은 한쪽 발을 앞으로 내딛고 있었다.

"오지 마!"

창남이 표정을 더욱 일그러뜨리며 소리쳤다. '법이 있다'고 한 경찰은 한 발짝을 옮긴 채로 목석처럼 굳었다. 은별은 한 손으로 입을 틀어막으며 강현의 팔을 붙들었다. 울음을 멈추고 눈을 끔벅거리던 하식은 으어엉, 하고 다시 울음을 터트렸다.

창남은 눈을 부릅떴다.

"한 발짝만 더 다가오면 이놈 목숨이랑 내 목숨 1초 안에 끝내버릴 겁니다."

은별은 입을 틀어막은 손을 갈퀴처럼 말았다. 그녀의 젖은 눈망울에 깊고도 짙은 고통이 어려 있었다.

"그러지 마요, 작가님. 우리랑 같이 살기로 했잖아요."

말하는 동안 한쪽 눈에서 눈물이 흘러내려 갈퀴처럼 말린 손을 적셨다.

강현은 반쯤 가려진 창남의 얼굴을 매우 안타까이 바라봤다.

"네. 우리랑 함께 살기로 했잖아요. 칼 버리고 우리한테로 오세요."

은별이 위험했던 상황은 강현의 머리에서 이미 지워져 있었다. 지금은 오직 앞에 있는 두 사람과의 상황만 들어차 있었다. 머리에도, 가슴에도. 불과 1분 전까지만 해도 죽었을 것만 같았던, 살아 있어 너무도 다행이었지만 다시 죽음의 문턱에 서 있는 한 사람 '김창남'과의 상황은 훨씬 더 크게…….

창남은 경찰들을 시선에 잡아둔 채, 죽을 듯이 괴로운 얼굴을 하고 있었다.

"왜 왔어요. 왜 왔냐고요. 왜 와가지고 또 이렇게……."

그렇게 말을 흐린 창남은, 갑자기 머리가 떨릴 정도로 얼굴에 힘을 주었다.

강현은 그가 발버둥치고 있다고 느꼈다. 동필의 얼굴에 가려 있어 그의 눈빛은 볼 수 없었지만, 일그러진 눈가와 붉거져 나온 목근육을 보며 그 몸부림을 읽을 수 있었다. 그가 갈등을 멈추기 위해 안간힘을 쓰고 있다는 것을. 강현은 그가 갈등만을 이어가다가 칼을 버리고 삶을 택하기를 간절히 빌었다.

은별은 입에서 손을 떼고 애타는 마음을 토해냈다.

"왜 왔겠어요. 작가님이 죽을 거 같아서 왔지."

창남은 경찰들을 계속 주시하며 얼굴에서 힘을 뺐다. 그러더니 돌연 눈을 매섭게 떴다.

"이놈이 죽을 거 같아서 온 거 아니고요? 어떻게 알고 왔는지는 모르겠지만."

"그 인간도 죽으면 안 되지만, 그건……."

은별은 동필의 얼굴을 스치듯 보고 말을 이었다.

"그건 작가님이 힘들어질 수밖에 없으니까 그런 거고, 무엇보다 저는 작가님이 꼭 살기를 바라서 온 거예요. 작가님만은 죽으면 안 되니까."

동필의 얼굴에 참담한 기색이 어렸다. 저라는 존재가 비참하게 느껴져 온 듯했다.

창남의 미간에 주름이 깊게 패어 있었다. 가슴속으로, 갈등이 또 깊게 파고들어온 듯했다. 그런데 그는 곧, 패인 주름을 펴고 경찰들을 향해 냉랭한 눈빛을 발했다.

"그 말이 진심이라 해도 바뀌는 건 없어요. 이제 내가 사는 거 바라지 마요. 아파하지도 말고. 이번엔 못 막아요. 은별 씨뿐 아니라 그 어떤 누구도. 그러니까 돌아가요. 차 안에 들어가 있든가."

말을 마치며 창남은 냉한 눈빛을 조금 흐트러뜨렸다.

"싫어요! 작가님이랑 함께 가고 함께 탈 거예요!"

은별이 두 주먹을 불끈 쥐며 소리쳤다.

창남의 얼굴이 다시 찌그러져갔다.

강현은 가슴팍이 헐리는 느낌을 받으며 은별을 거들었다.

"저도요."

하식은 울음 섞인 외침으로 거들었다.

"저도요!"

창남은 미쳐서 죽어버릴 것만 같은 표정을 지었다.

"진짜 왜들 이래요, 정말!"

강현은 뻔하지만, 그에게 들려줄 수밖에 없는 말을 애끓는 음성으로 토해놓았다.

"몰라서 묻나요. 창남 씨가 어떻게든 꼭 살기를 바라는 우리들 마음 정말 몰라서 묻냐고요. 살아요. 그 사람도 죽이지 말고 꼭 살아요. 살아서 우리랑 함께해요."

"그놈의 우리랑 함께란 말 좀 그만해요. 살기도 바라지 말고 제발 좀."

"우리랑 함께! 우리랑 함께!"

하식이 목이 메는 목소리로 외쳤다.

"그만!"

창남이 악을 쓰듯 소리쳤다.

"말려도 소용없어요. 작가님 꼭 살려내고야 말 테니까. 우리가."

은별이 눈물 맺힌 눈에 힘을 주며 말했다.

창남은 딱딱 끊기는 숨을 뱉어내며 몹시도 고통스러워했다. 그러다가 서서히 인상을 펴고, 냉정冷靜한 얼굴을 했다.

"그럼 저는 안 죽고 이놈만 내가 죽인다면 어쩔 건가요."

은별의 눈빛이 살짝 흔들렸다. 그녀는 동필의 얼굴을 잠깐 쳐다보았다. 동필은 시선을 떨구고 있었다. 은별은 창남의 뺨을 보며 대답했다.

"그것도 안 돼요. 작가님 감옥에 갇힐 테니까."

그 말에 동필은 내리뜬 눈의 초점을 상실했다.

강현은 약간의 희망을 느끼며 은별의 말과 조금 다른 말을 보탰다.

"네, 감옥에 갇혀야 할 사람은 창남 씨가 아니라 그 사람이잖아요. 그렇게 처벌받아야 할 사람이 처벌받을 수 있게 됐잖아요. 굳이 죽이지 않더라도 말이죠."

"네, 법이 처벌해줄 겁니다."

'법이 있다'고 한 경찰이 끼어들어 말했다.

그때였다. 뒤쪽 경찰차 멀찌막이에 SUV 차량 한 대가 멈춰 섰다. 방송사 JKS 로고가 옆면에 박힌 은색 스타렉스였다. 차문이 열리며 길쭉한 마이크와 방송용 카메라를 든 남성 둘이 차례로 내렸다. 이어 한쪽 귀에 무선 이어폰을 꽂은 여성이 내렸다. 세 사람은 길가 난간을 넘어와 각각의 자리에 멈춰 섰다.

그사이 창남은 떨떠름한 얼굴로 두 사람의 말을 반박했다.

"법, 처벌. 그 처벌이 사형이 될 수는 없겠죠. 이놈은 사형당해야 마땅할 놈인데 말이죠. 이놈이 일본 사람을 직접 죽이지 않았다 해도. 그러니까 나는, 사형당해 마땅한 놈을 사형시켜주려는 것뿐입니다. 내 손으로 사형선고를 내리고. 내 부모님과 세 명의 희생자를 대신해."

창남은 말하고 나서 경찰들을 잡아둔 눈에 독기를 띠었다. 세 명의 경찰은 심각한 표정으로 창남을 주시하고 있었다. 아까 창남을 주시하며 동료(오른쪽 경찰) 옆으로 갔던 경찰은, 매서운 눈초리로 창남을 쏘아보고 있었다. 얼마 전부터 계속.

강현은 제 팔을 조이는 은별의 손아귀를 느끼며 입술을 뗐다.

"그 사람이 죽어야 될 정도로 몹쓸 짓을 했다는 건 저도 인정합니다. 정말 그랬죠. 그런데 그 사람 죽이고 나면 창남 씨도 살인자가 될 수밖에 없습니다. 법도 판사도 창남 씨를 살인자로 취급할 수밖에 없죠. 사형과 살인은 엄연히 다르니까."

창남은 씁쓰레한 표정을 지었다.

"살인자가 아닌 영웅이 될 수도 있겠죠. 법의 판단 따위 상관없이."

강현은 가슴이 문드러지는 듯했다.

"창남 씨가 영웅이 되고 싶은 건 아니잖아요. 설령 영웅이 되고 싶고, 된다 해도, 그게 얼마나 큰 의미를 가질 수 있겠어요. 영웅이 돼서 행복할까요? 복수해서 후련하고 통쾌하기만 할까요? 창남 씨

삶은 망가질 수밖에 없을 텐데. 5년, 10년, 어쩌면 다시 사회에 나와서도 계속 힘겨운 삶을 살게 될지도 모르는데.”

“맞아요.”

슬픔과 아픔이 북받친 표정으로 은별이 맞장구를 쳤다.

이때 방송국 차량 옆 인도에서는, 기자로 보이는 여성이 카메라 앞에서 입을 열고 있었다.

“지금 죽은 줄로만 알았던 사기 피의자 김동필이 두 희생자의 아들 김창남 씨에게 붙잡혀 있는 현장에 와 있습니다. 지금 저 앞에 보이는 인도에서 두 희생자의 아들 김창남 씨가 인질극을 벌이고 있는 것으로 보이는데……”

창남은 고개를 조금 돌려 취재진을 힐끔 보고는, 경찰들을 다시 응시하며 강현의 말에 응수했다.

“행복하려고 죽이려는 건 아닙니다. 통쾌함을 느끼고 싶어서도 아니고요. 단지 부모님의 원수를 제대로 갚으려는 것뿐이지. 내게 남은 일은 그것밖에 없다고 느껴서. 아니, 그 일이 내가 해야만 하는 유일한 일이라서. 부모님을 대신해 해야만 하는 유일한 일. 그리고 아까도 말했지만 이놈은 감옥에서 썩어야 될 놈이 아니라, 사형당해 땅속에서 썩거나 불에 타 사라져야 할 놈입니다. 나는 그런 쓰레기를 처리해주는 집행자일 뿐이고.”

초점 잃은 눈을 내리뜨고 있던 동필은 창남의 말이 그치자마자 눈을 감았다. 은별은 애처로운 표정을 지었다. 동필이 눈을 감는 걸 본, 그 짧은 순간 동안에만.

강현은 며칠 전 산 정상에서처럼 벽 앞에 서 있다는 암울한 느낌을 받으며 입을 뗐다. 자결할 생각을 접었다면……, 하는 실낱같은 기대를 품고.

"창남 씨 인……."

"그래도 그러면 안 돼요. 사장님을 위해서는요."

하식이 울먹이는 목소리로 강현의 말을 잘랐다.

강현은 하려 했던 말을 곧바로 뱉어냈다.

"네. 창남 씨 인생은 어쩌고요. 창남 씨 인생은 중요하지 않나요? 그리고 저 사람 죽이는 게 해야만 하는 유일한 일이라고요? 본인의 인생이 엄연히 존재하는데 어떻게 그게 해야만 하는 유일한 일이 될 수 있죠?"

창남은 어두운 표정을 지으며 낮은 목소리로 대답했다.

"제 부모님은 그만큼 소중한 분들이었으니까요. 나에게만은."

그때, 대로를 달려오던 한 택시가 차선을 바꿔, 경찰차와 취재차량 사이에서 급정거했다.

창남은 멈추는 택시를 흘끔 보았다.

강현은 애타는 심정을 쏟아냈다.

"그럼 그렇게 소중한 부모님이 아들 삶이 망가지는 꼴 보고 싶어 할까요? 아까도 말했고 지금도 말하지만, 그 사람 죽이면 창남 씨 인생은 망가질 수밖에 없어요. 창남 씨 부모님은 아들이 망가지는 꼴 절대 보고 싶어 하지 않을 거고요. 그래서 법의 심판에 맡길 수밖에 없는 거죠. 간신히 찾은 희망, 버리려고 하지 마세요, 제발. 자신만의 소중한 인생, 복수심 때문에 망치지 말라고요."

"네, 작가님 제발요."

"네, 사장님 제발……."

은별과 하식이 거의 동시에 신음하듯 말했다.

창남은 콧잔등을 찡그리며 이를 악물었다. 그러고는 입가를 미세하게 떨며 냉기 흐르는 목소리를 뱉어냈다.

"네. 그래서 저도 망치지 않고 죽어서 끝내버리려는 겁니다. 아니, 죽인 후엔 더 이상 할 게 없다고 느껴서인……."

그 순간 창남의 시선이 왼쪽으로 휙 돌아갔다, 이내 되돌아와 경찰들을 향했다. 동시에 은별은 울상을 지으며 입을 열었고, 창남은 거친 목소리를 내뱉었다.

"왜 또 죽는다고 그래요."

"멈춰요. 아니 10미터 이상 떨어져요."

인도를 걸어오던 여인은 걸음을 멈추고 세 발짝 뒤로 물러섰다. 하식과 동필, 창남을 제외한 모든 이의 시선이 여인에게로 쏠렸다가 되돌아갔다.

여인은 입술을 딸싹이며 아픔에 절은 얼굴로 창남의 옆얼굴을 바라봤다.

창남은 그녀를 다시 힐끔 보고는 경찰들을 노려봤다.

"아까 말했다시피 한 발짝이라도 움직이면 1초 안에 죽일 겁니다, 이놈이랑 나. 아무튼 난 처음 계획대로는 못하더라도 바뀐 계획대로는 해야겠습니다."

창남은 얼굴에 그늘을 드리우며 덧붙였다.

"설령 우리 부모님이 아파하신다고 해도."

강현은 가슴이 짓무른 듯이 쓰라리고 갑갑한 가운데 의문스러웠다. 좀 전에 창남이 '자신까지 죽어 끝내버리려는 거'라고 말했는데, 바뀐 계획은 뭘까. 강현은 창남의 발목을 붙들고 있는 남하식을 내려다보았다. 그 순간 깨달았다. 바뀐 계획은 특별한 계획도, 두 사람 다 죽는다는 결과가 바뀌어 있는 계획도 아니란 걸. 강현은 짓무른 가슴에서 피고름이 새어 나오는 듯했다.

은별은 눈가를 찡그리며 애달은 음성을 창남에게 흘려보냈다.

"부모님이 아파하시는데 왜 또 죽으려고 해요."

창남은 어두운 얼굴을 한 채 대답했다.

"아까는 가정해서 물어본 거였을 뿐이에요. 미안하게도. 아니, 미안해서."

그때였다. 고은숙이 갑자기 인도 바닥에 넙죽 엎드리더니, 절절함과 비통함이 서린 목소리를 토해냈다.

"제가 대신 사죄할게요. 진심으로 사죄할게요. 죽을 때까지 사죄할게요. 그러니 제발 죽지 말아요. 왜 죽으려고 하나요. 아무 잘못 없는 사람이 대체 왜."

창남은 미간에 주름을 세웠다.

"대신 사죄할 필요 없습니다. 당신 사위 될 사람 말대로 죄는 이놈만 저질렀으니까. 그런데 죄를 지은 이놈이 아무리 사죄해도, 설령 자해까지 해가며 용서를 빈다 해도 제 결정은 막을 수도 바뀔 수도 없습니다. 부모님이 아파하신다 해도 결정한 대로 해야겠는데, 누가 막을 수 있겠어요. 저 경찰들이 저를 총으로 쏘지 않는 이상, 아무도 막을 수 없습니다."

말하면서 표정도 말투도 싸늘해져 갔다.

은별은 찡그린 눈가에 눈물을 머금으며 "제가 막을 거예요. 막고야 말 거예요."라고 말했다.

하식은 입을 다물고 신음소리 같은 울음을 흘렸고, 은숙은 엎드린 채로 울음소리 같은 신음을 흘렸다.

강현은 거친 무언가에 뱃가죽이 쓸리는 듯한 아픔을 느끼며, 연극 '싸늘한 땅'에 어려 있는 어떤 마음을 떠올렸다. 머리가 아닌 가슴으로. 그리고 그 마음을 펼쳐놓았다.

"따뜻하고 싶다면서요. 차가워지고 싶지 않다면서요. 창남 씨가 그랬잖아요. 은별이 입을 통해. 그게 창남 씨 마음이잖아요. 차가워지지 않고 계속 따뜻하고 싶다는 그 마음이 말예요. 살고 싶어서 그런 극본을 썼을지도 모른다고 산에서 말했던 것처럼."

강현이 말하던 중, '창남을 매섭게 쏘아보던 경찰'이 벨트에 찬 권총에 손을 갖다 댔다.

강현이 말하기 전, 싸늘해진 얼굴로 경찰들을 주시하던 창남은, 은별이 "막고야 말 거예요."라고 말한 순간 눈가를 찌그러뜨렸다. 그러곤 "따뜻하고 싶다면서요. 차가워지고 싶지 않다면서요."라는 강현의 말을 듣고는 찌그러진 눈가를 조금 펴며 눈자위를 붉혔다.

그리고 지금은, 무표정에 가까운 얼굴로 경찰들을 응시하고 있었다. 갈등의 강을 건넌 듯, 초연하게도 보였고, 그 반대로도 보였다. 갈등을 더 이상 억누르지 못하고 정신 줄을 놓은 것처럼도 보였다. 그런 표정을 얼굴에 붙박은 채 그가 말했다.

"글쎄요. 극본 쓸 때 그런 마음까지는 없었던 거 같은데. 어쨌든요 며칠은 따뜻했어요. 그래서 좋았어요. 그런데 다시 차가워져 버렸어요. 다시는 데워질 수 없을 만큼. 육체가 식지 않아도 마음이 얼음처럼 차가워져 버리면 죽은 것과 마찬가지죠."

강현은 그의 표정을 제대로 읽을 수 없었다. 동필의 얼굴 뒤에 그의 눈, 코, 입이 숨어 있었기에. 그러나 그의 마음은 짐작할 수 있었다. 가느다란 희망의 끈, 그마저 놓아버린 듯한 그의 목소리를 통해. 하나 강현은 그가 설령 갈등의 강을 건넜다 해도, 건너며 희망의 끈을 잘랐다 해도, 그를 포기할 수 없었다. 강현은 애절함이 가득 실린 목소리를 그를 향해 띄워 보냈다. 목소리에 서린 희망이 땅에 떨어지지 않고 그의 가슴에 박히기를 절절히 소원하며.

"마찬가지 아니에요. 창남 씨가 아무리 부정해도, 다시 따뜻해질 수 있으니까. 그게 바로 산 사람만이 가진 특권이죠. 언제고 다시 따뜻해질 수 있는 게."

창남의 눈빛이 조금 흐트러졌다.

"특권."

"네. 다시 따뜻해질 수 있어요. 우리랑 함께면. 산에서와 똑같이."

은별이 입술로 흐른 눈물을 입에 머금으며 말했다.

"맞아요. 우리랑 함께면."

하식이 울먹거리며 말했다.

엎드린 채 울음소리 같은 신음을 흘리던 은숙은 뭉개진 발음으로 "제발 살아만 줘요." 하고 말했다.

창남의 눈망울이 애처롭게 흔들리고 있었다. 죽는다는 게 구슬프게 느껴진 걸까. '이들과 함께'할 수 있는 기회를 잃는다는 게 서럽게 느껴진 걸까. 그러나 몇 초가 지나지 않아, 그는 다시 무표정에 가까운 얼굴을 했다.

"그런 특권 저한텐 없어요. 이제는 따뜻해질 수 없어요. 어쩌면 부모님이 돌아가신 순간에 전 이미 차가워야만 하는 인간이 돼버린지도 모르겠네요. 부모님처럼 육체까지 빨리 차가워져야만 하는 인간이."

강현은 간장이 끊어지는 듯한 고통과 함께 강한 반감을 느꼈다.

"그런 말도 안 되는 소리 절대 인정 못해요."

"저도 인정 못해요."

은별이 결연함과 고한이 뒤섞인 목소리로 거들었다.

"저도요!"

하식이 벼락같은 외침으로 맞장구를 쳤다.

창남의 표정이 또 바뀌어 있었다. 그는 구슬픔 어린 눈망울로 경찰들을 바라보고 있었다. 그는 눈썹을 올려 이마에 주름을 잡으며 애달픈 목소리를 내었다.

"제가 이토록 살기를 바라는 사람들 앞에서 죽을 수 있어 다행이네요. 그리 나쁘지 않은 저승길이에요."

은별은 고통 어린 얼굴을 확 이지러뜨렸다.

"다행은 뭐가 다행이에요! 안 죽어야 다행이지!"

창남은 인상을 찌그리며 눈에 눈물을 머금었다. 단 한순간에. 그러더니 또 한순간에 인상을 펴며 눈의 초점을 흩트렸다.

"은별 씨 정말 미안한데, 제가 이놈 죽이는 것과 제가 자결하는 거, 그 둘 중에 하나를 택해야 한다면 은별 씨는 어떤 걸 택할 건가요."

은별은 이지러진 얼굴을 펴고 동필을 쳐다봤다. 동필은 눈을 내리뜬 채 미간을 찌푸리고 있었다. 은별의 눈동자가 미약하게 흔들렸다. 입에선 들릴 듯 말 듯한 신음이 새어 나왔다.

강현은 은별의 옆얼굴을 흘깃 보았다. 괴로웠다. 그렇지 않아도 미치도록 힘들 은별인데, 어떻게 그런 물음을 던질 수 있는지 이해가 안 됐다. 창남을 무조건 살려놓아야 했지만, 은별의 마음도 만져 줘야 했다. 그래서 끼어들어 말했다.

"그렇게 목숨으로 협박하는 거……."

강현은 '비겁하다는 생각 들지 않나요?' 하고 물으려 했다. 그런데 '비겁하다'라는 단어를 쓰는 게 꺼려져 말을 삼키고, 얼버무리듯 덧대었다.

"또 목숨으로 협박하시나요."

창남은 씁쓸한 표정을 지었다.

"목숨으로 협박."

그때였다. 한 검은색 승용차가 취재차량 뒤에 멈춰 서더니, 정장 차림의 남성이 황급히 운전석에서 내렸다.

그사이 창남은 강현이 물으려 했던 말을 들은 듯이 말했다.

"네. 목숨으로 협박하는 거 비겁하죠. 아까 깨달았어요. 그게 비겁한 짓이란 걸. 그 비겁한 짓을 지금도 하고 있긴 하지만…… 어쨌든 그 둘 중에 하나를 무조건 택해야 한다면요. 이번엔 두 분 다 답해보세요."

그가 말을 마칠 때 정장 차림의 남성이 뒤쪽 경찰차 뒤에 멈춰 섰다. 그이는 창남을 안타까이 바라보고, 바로 옆 동필의 얼굴을 노려보았다. 창남은 그를 힐끔 보고서 시선을 원위치했다.

은별은 가늘게 떨리던 입술을 감쳐물었다. 그녀의 입에서 곧 결기 어린 대답이 나올 듯했다. 그런데 그때 강현이 먼저 대답했다. 끊어졌던 희망의 끈이 창남 속에서 다시 붙은 것 같다고 느끼며.

"둘 다 안 택할 겁니다. 뭘 선택하든 둘 다 불행해지고 두 사람 중 한 명은 죽어야 하니까요."

창남의 한쪽 눈 밑이 꿈틀했다. 경찰들을 응시하는 그의 눈빛이 거칠어졌다.

"이놈 생명과 제 생명의 가치가 똑같다는 말인가요?"

강현은 당황스러웠다. 똑같을 수는 없다고 생각됐지만, 그 생각대로 대답할 수 없었다. 어쩌면 똑같을 수도 있다는 생각이 바로 따라붙어서.

"아니…… 모르겠어요. 다만, 사람이 죽는 게 싫을 뿐입니다. 그런데 왜, 자신을 그렇게 가치 있다고 여기면서 죽으려고 하는 거죠? 가치 있는 사람이 왜 가치 없는 사람 때문에 죽으려 하냐고요."

창남은 물음엔 답하지 않고, 자기 안에 걸러든 말을 뱉어냈다.

"사람이 죽는 게 싫을 뿐이라…… 그게 아닌 거 같은데. 이놈이 은별 씨 아버지라서 그런 거 같은데. 자기 아버지를 죽게 만든 인간이 죽는 게 싫다? 아무리 은별 씨를 좋아하고 또 좋아해도 그건 좀……. 네. 은별 씨는 은별 씨대로 좋아하고, 이놈은 이놈대로 미워하고 저주하며 죽기를 바라야 하는 게 맞지 않나요? 저처럼 직접 죽일 생각은 하지 못하더라도 말이죠."

강현은 괜한 말을 했나 싶었다. 사람이 죽는 게 싫은 건지, 자신의 아버지를 죽게 만든 인간조차 죽는 게 싫은 건지, '자신의 아버지를 죽게 만든 인간'이 '너무나도 사랑하는 사람의 아버지'라서, 그도 죽는 게 싫은 건지, 자신도 명확히 알 수 없었지만 어쨌든.

"모르겠습니다. 아무튼 그냥 사세요. 그 사람도 죽이지 말고요."

"저는 작가님이 사는 거 택할 거예요."

은별이 결연한 눈빛으로 동필을 보며 말했다.

"저 사람이 죽더라도 작가님이 사는 걸 바랄 거라고요. 그런데 작가님이 저 사람 죽이면, 작가님이 힘들어질 수밖에 없으니까……"

은별은 아린 표정을 지으며 말꼬리를 흐렸다. 이때,

"잠깐만."

동필이 눈을 내리뜬 채로 말했다. 씁쓰레하고도 처량한 얼굴로.

"난 내가 죽일 테니 넌 살아라. 가치 없는 인생 내가 끝낼 테니까, 넌 살아서 저 두 사람이랑 행복하게 지내라."

창남은 눈에 힘을 주며 왼뺨을 씰룩였다.

"안 돼요. 당신이 해야 할 일은 죽는 게 아니에요."

엎드린 채 소리 없이 눈물을 흘리고 있던 은숙이 고개를 쳐들고 말했다.

동필은 입꼬리를 살짝 올리며 씁쓸한 미소를 지었다.

"이놈이 날 꼭 죽여야겠다는데 어쩌겠어. 그리고 난 죽어야 될 놈이기도 하잖아. 내가 스스로 죽으면 이놈이 감옥에 들어가 고생할 일도 없을 테고 말야. 그러니 나만 죽으면 되지. 가치 없는 인생도 끝낼 겸, 사죄도 할 겸. 그래, 죽음으로 사죄하마. 그러니 넌 살아라."

창남은 미간을 찡그리며 흔들리는 콧숨을 내쉬었다.

은숙은 인상을 굳혔다.

"죽음으로 사죄한다고요?"

"그래, 죽음으로. 그리고 희망이 없으면 죽는 게 맞지."

은숙은 상체를 일으키며 노여운 얼굴을 했다.

"죽음으로 끝내려 하지 말고 제대로 사죄해요. 희망이 없어도 살아서 제대로 사죄하라고요. 살아서 진심으로 사죄하고 죗값도 치르고, 가져간 돈도 그분들한테 싹 다 돌려줘요. 그리고 평생을 아파하며 사세요."

강현은 창남이 갈등의 강 한가운데로 돌아와 있지 않을까, 하는 희망감을 느끼며 은숙의 말을 거들었다.

"네. 제대로 사죄하고 죗값을 치르는 게 당신이, 아니 아버님이 해야 할 일입니다."

창남의 눈, 코, 입을 볼 수 없었기에 강현은 그렇게 말할 수 있었다.

동필은 입속말로 "아버님." 하며 가느다란 미소를 머금었다.

은숙의 말을 들으며 거친 콧숨을 뿜어대던 창남은, 강현의 말을 듣고는 눈빛에 독기를 띠었다.

"난 이놈 살려준다고도 안 했고 자결하게 내버려둔다고도 안 했는데, 셋이서 아주 북 치고 장구 치고 잘 노시네요. 살아서 죗값을 치르며 사죄해야 한다고요? 저로서는 이해가 잘 안 되는 말이네요. 사죄하는 것보다 대가를 제대로 치르는 게 더 중요하죠. 물론 죽으면서, 혹은 죽음으로 사죄까지 한다면 더 좋겠지만. 뭐, 딱 좋은 조건이 마련됐네요. 이놈한테 사죄할 마음이 생겼으니까 말예요. 그런데 자결은 안 돼요. 사는 건 더더욱 안 되고요. 이놈은 죽어야될 놈이고, 난 내가 해야 할 일을 해야만 하니까. 이놈을 죽이고, 나도 내 삶을 끝내버리는 일. 저도 감방에까지 가서 불행한 인생 이어가고 싶진 않습니다. 또 할 일을 마치면 떠나야죠. 미련 없이."

그가 말하는 동안 은별은 조금씩 표정을 일그러뜨려갔다. 그러다 그가 말을 마친 순간, 일그러진 얼굴에 창자가 끊어지는 듯한 고통을 새기며 소리쳤다.

"나쁜 사람! 어떻게 이럴 수가 있어요! 뭐, 할 일을 마치고 떠난다고요? 미련이 없다고요? 당신이 살기를 바래서 미치겠는 사람이 지금 몇 명인데, 어떻게, 어떻게 이렇게 모질 수가 있어요. 어떻게 이렇게 사람 마음을 갈기갈기 찢어놓을 수가 있냐고요!"

그렇게 고통을 쏟아낸 은별의 두 뺨으로 짠 물이 흘러내렸다.

강현은 가슴 한가운데가 도림질당하는 것 같았다.

동필은 눈을 꾹 감았다. 하식은 엉엉 울었고, 은숙은 신음 같은 울음을 큰소리로 토해냈다.

창남의 미간과 눈가에 주름이 깊게 패어 있었다. 어느새 또 맹렬한 갈등이 가슴을 파고들어온 듯했다.

"은별 씨는 이미 한 번 나를 살려줬어요. 그러니 이제 아파하지 않아도 돼요."

"그게 무슨 말 같지 않은 소리예요!"

괴로움이 북받친 표정을 한 채 은별이 크게 소리쳤다.

창남은 파고들어온 갈등을 어떻게든 뽑아내려 안간힘을 쓰는 듯했다. 그가 벌게진 얼굴로 말했다.

"미안하지만 두 번은 살려주지 않아도 돼요. 두 번까지는 제가 사양할게요. 미안하지만."

"미안하면 안 죽으면 되지! 미안할 필요 없이 안 죽으면 되잖아요!"

"미안해요. 아무래도 결정을 번복할 순 없을 거 같네요. 아무래도 내 손으로 모든 걸 끝내야 할 거 같아요."

창남은 그 말을, 벌게진 얼굴을 바르르 떨며 했다.

"안 돼요, 사장님."

하식이 창남의 흰색 단화에 눈물을 떨구며 말했다.

은별도 계속 눈물을 흘리며, 목이 메는 목소리로 제 바람을 쏟아놓았다.

"같이 살고 싶은데. 우리 셋이서 밥도 먹고, 옷도 사러 가고, 놀이터에서 나란히 앉아 얘기도 나누고 그러고 싶은데. 계속 계속 그러고 싶은데, 작가님은 어떻게 그렇게 죽으려고만 하고 있나요. 도대체 왜요!"

창남은 부르르 떨리는 얼굴로 딱딱 끊기는 숨만 뱉어낼 뿐 아무 말도 못 했다. 가슴에 박힌 갈등을, 이번엔 조금도 꺾어내지 못하는 듯했다.

"네, 우리랑 같이 살아요. 창남 씨 다리 붙들고 계신 분과도 함께요."

강현이 애끓는 심정으로 말했다.

"네, 저랑도 함께!"

하식이 뭉그러진 목소리로 외쳤다.

"네. 칼 버리고 저분들한테로 가요, 창남 씨."

정장 차림의 남성 이민혁이 안타까운 얼굴로 말했다.

"제발 살아만 줘요."

은숙이 죽을 듯이 괴로운 표정으로 말했다.

창남은 그들이 말하는 내내 얼굴의 떨림을 제어하지 못하다가, 갑자기 표정을 왕창 일그러뜨렸다. 그러더니 날카로운 쇳소리를 버럭 내질렀다.

"싫어요! 싫다고요! 더 이상 아무 말도 마요. 한마디라도 더 하면 이놈 바로 죽여버릴 테니까. 나도 바로 죽어버리고!"

그러자 권총에 손을 대고 있던 경찰이 집에서 총을 빼내며 검지를 방아쇠에 얹었다. 하식은 으앙, 하고 울음을 터트렸고, 은숙은 어어……, 하고 신음성을 흘렸다. 은별은 아까처럼 한 손으로 입을 틀어막았다. 지독히도 고통스러운, 마치 생매장당할 때 지을 만한 표정을 지으며.

강현은 창남이 곧 바뀐 계획대로 할 것만 같다고 느꼈다. 아직도 갈등을 억누르고 있는 듯했지만, 갈등을 이겨내고, 혹은 갈등을 견디다 못해 바뀐 계획을 순간적으로 결행할 것만 같았다. 강현은 자신의 목에도 칼날이 닿아 있는 듯했다. 곧 서늘한 느낌이 제 목을 스치며, 벌어진 목 사이에서 선혈이 뿜어져 나올 것 같았다. 창남의 목 사이에서도.

"잠깐만."

동필이 눈을 번쩍 뜨며 입을 열었다.

"죽기 전에 한 마디만 할 수 있게 해다오."

창남은 둔탁한 목소리로 허락했다.

"해. 빨리."

동필은, 한 손으로 입을 막은 채 고통스러워하고 있는 은별과 눈을 맞추며 애처로운 목소리를 내었다.

"아빠가 잘못했다. 아까 속인 것도, 독약 먹고 죽을 거라고 협박한 것도 정말 미안하다. 그런데 아까 말한 것 중에서 단 하나만은 진심이었다. 네가 행복하길 원했다는 거, 그거 하나만은. 결국은 내가 너를 불행하게 만들었지만, 또 은숙이와 수많은 사람들을 불행하게……"

"그만. 그만 말해."

창남이 이를 악물고 입술만 움직여 말했다.

은별은 입을 막은 손 틈새로 으음……, 하고 신음을 흘렸다.

동필은 애틋한 눈빛으로 은별을 바라보다가 눈을 내리깔았다.

"그래, 더 말해봤자 무슨 소용 있겠냐. 환상이었을까. 돈이 나를 행복하게 해줄 수 있다고 생각한 게. 그 환상과도 같은 생각에 묶이고 묶이다가 엄청난 짓을 저지르고, 결국 여기까지 오게 된 걸까. 그 잡을 수 없는……."

"그만 닥치라고."

창남이 거친 목소리로 동필의 말을 잘랐다.

"이제 끝내자. 네 인생도 내 인생도 단숨에."

그때 권총을 쥐고 있던 경찰이 팔을 들어 창남의 얼굴을 향해 총구를 겨누었다. 그러자 '법이 있다'고 한 경찰이 "잠깐만." 하며 총을 든 경찰의 손을 덮어 쥐었다.

창남은 눈알을 부라리며 과도를 꽉 쥐었다. 과도를 쥔 손이 파르르 떨려왔다. 얼굴도 바르르 떨려왔다. 이젠 정말 마지막 순간이라 느꼈는지, 동필도 제 목에 닿아 있는 칼날처럼 떨었다. 떨리는 창남의 얼굴이 벌게져갔다. 눈알에 핏발이 서왔다. 갈등을 떨쳐내기 위해 몸부림치는 듯했다, 마지막으로. 흔들리는 칼날이 동필의 목울대 아래 살을 눌렀다. 창남은 "으그……" 하고 발음이 불명확한 괴음을 내며, 힘이 들어간 목에 힘을 더 꽉— 주었다. 얼굴이 시뻘게질 정도로.

총을 든 경찰이 동료 경찰의 손을 떼어냈다. 동시에 은별이 입에서 손을 떼며 대교가 떠나가라 소리쳤다.

"날 위해 살아줘, 제발 좀—!"

은별은 두 손을 부들부들 떨며 '그 바람'을 연이어 토해냈다.

"날 위해 살아줘, 제발 좀! 날 위해 살아달라고요, 제발 좀—! 그 인간도 죽이지 말고 날 위해 살아달라고요, 제발 좀. 작가님 죽으면 저 죽도록 아플 거예요. 죽을 만큼 아플 거라고요. 산에서 저한테 약속했잖아요. 죽는다는 소리 다시는 안 한다고. 작가님 몸이 식어

버리면 저는 미쳐버릴 거예요. 아파서 미쳐버릴 거라고요. 그러니 제발 살아줘요. 나 아파하다가 죽어버릴 수도 있으니까 제발 좀 살아달라고요. 제발 좀 살아달라고요, 날 위해. 제발 좀 살아달라고요, 날 위해. 제발 좀 살아달라고요, 날 위해. 제발 좀 살아달라고요, 날 위해! 제발 좀 살아달라고요, 날 위해! 제발 좀 살아달라고요, 날 위해—! 제발 좀 살아달라고요, 날 위해—! 제발 좀, 제발 좀, 제발 좀, 제발 좀—!"

말하면서 은별은, 부들거리는 두 손을 꽉 쥐고, 또 꽉 쥐었다. 외치면서 은별은, 몸을 마구 흔들어대고, 또 흔들어댔다. 생애 마지막 순간에 어떻게든 살아보려고 몸부림쳐대는 것처럼.

창남의 온 얼굴이 끔찍하게 일그러져 있었다. 미간도 입가도 눈가도, 끔찍하리만큼 잔뜩 일그러져 있었다. 그토록 일그러져 갈매기의 양 날개처럼 가늘어진 두 눈에 눈물이 차올라 있었다. 극한의 갈등이 극한의 고통과 함께 밀려와, 가슴을 찢어발기고 있는 듯했다. 질기고도 질긴 결의의 막이 가슴에서 찢겨나가는 듯했다. 그런데, 아니었을까. 그는 돌연 일그러진 얼굴을 펴며 눈을 또렷하게 떴다. 갈등을 완전히, 또 온전히 끝낸 듯이. 죽음을 막는 모든 장애물을 걷어내고, 삶의 의지를 완전히 꺾어낸 듯이.

강현은 그의 표정을 제대로 읽을 수 없었지만, 반반해진 그의 눈가와 빰을 보며 그가 살기로 작정하진 않았을까, 하고 생각했다. 강현은 자신의 예감이 맞아, 그가 어서 저와 은별의 품에 안길 수 있기를 한없이 바랐다.

강현이 그리 바랐을 땐, 은별의 외침이 멎고 십여 초가 흐른 후였다. 그 짧고도 긴 시간 동안 하식은 꺼억꺼억 울어댔고, 은숙은 인도 바닥에 눈물을 뚝뚝 떨어뜨리며 흑흑거렸다. 은별은 두 주먹을 꽉 쥔 채, 입술 새로 비명悲鳴을 흘리며 온몸을 퍼르르 떨었다. 동필은 가늘게 뜬 눈으로 그러는 제 딸을 애처로이 바라봤다. 그리고 다음 순간,

창남이 경찰들에게 시선을 둔 채 물었다.

"강현 씨는 꿈이 뭐죠?"

차분하면서도 덤덤한 목소리였다.

강현은 속에서 우러나오는 대로 대답했다.

"창남 씨가 사는 거요. 창남 씨가 저랑 같이 사는 거."

한데 그때, 창남이 총을 든 경찰을 매섭게 노려봤다. 그러더니 눈가에 웃음기를 띠며 이렇게 소리쳤다.

"취재진 여러분! 이쪽으로 좀 와보세요!"

그러자 창남으로부터 40미터가량 떨어진 곳에 서 있던 여성 기자가 뒤를 돌아봤다. 그녀는 "어, 지금 김창남 씨가 저희보고 오라고 한 거 같은데, 일단 한 번 가보겠습니다. 김동필을 죽이기 전에 국민들에게 할 말이 있는 걸까요?" 하며 나머지 취재진과 함께 창남 쪽으로 걸음을 옮겼다. 은숙은 눈물에 절은 눈을 껌벅이며 몸을 일으켜 대교 난간에 등을 붙였다. 취재진 셋이 은숙을 지나쳐 뒤쪽 경찰차 옆에 멈춰 서자, 창남이 낭랑한 목소리로 말했다.

"더 가까이 와서 저 여자분 좀 카메라로 잡아주시죠. 제 목소리 잘 들어가게 제 위쪽으로 마이크도 좀 대주시고요."

카메라를 어깨에 진 남성은 살짝 당황스러워하더니, 마이크를 든 남성과 함께 몇 발짝 앞으로 가 은별과 강현의 모습을 카메라에 담았다. 마이크를 든 남성은 대를 죽 늘려 창남 위로 마이크를 올렸

다. 은별은 눈물이 그렁그렁 맺힌 눈으로 창남의 한쪽 뺨을 보며 고개를 갸우뚱했다. 강현은 미간을 찌푸리며 아리송해했다.

창남은 총을 든 경찰을 응시하며 힘 있게 말했다.

"국민들께서도 아시다시피 이 김동필이란 놈은 죽어 마땅한 놈입니다. 그리고 저분은 그렇게 죽어 마땅한 놈의 딸이고요. 그런데 이놈과 저분은 완전히 다른 사람입니다. 저분은 이놈 때문에 목숨을 잃는 분들을 보며 미치도록 힘들어했습니다. 또 며칠 전엔 죽음의 문턱까지 간 저를 살려냈죠. 죽음을 무릅쓰고. 자신은 아무 잘못이 없고, 이놈과 완전히 다른 사람인데도 말이죠. 금방 외치는 소리 들으셨겠지만, 저분은 지금도 저를 살려내기 위해 몸부림치고 있습니다. 저분은 꼭 행복해야만 합니다. 그럴 자격이 충분한 분이니까요. 아니, 충분하고도 남죠. 부디 저분이 행복할 수 있도록, 또 자신의 꿈을 마음껏 펼칠 수 있도록 국민여러분께서 도와주시길 간곡히 부탁드립니다. 정말 자랑스럽고 사랑스러운 분이니까요."

창남은 오른쪽으로 고개를 돌려 은별을 자랑스러이 바라봤다. 은별은 숨을 짧게 삼키며 감열感悅하는 표정을 지었다.

창남은 부드러운 미소를 머금었다.

"이제 마음껏 반짝이세요. 높은 곳에서."

그러고는 총을 든 경찰을 향해 고개를 돌리고, 담담한 목소리로 덧붙였다.

"이게 제가 은별 씨에게 처음이자 마지막으로 주는 선물이자, 죽기 전에 하는 제 마지막 말입니다."

그 말에, 잠시 희색을 띠고 있던 은숙은 눈의 초점을 잃으며 낙망한 얼굴이 되어버렸다. 간헐적으로 눈을 끔벅이던 동필은 천천히 눈을 감았다.

강현은 심지가 다 타버린 것 같았다. 아무런 희망도 느껴지지 않았다. 잠깐 아리송해하다가 창남이 죽을 생각을 버렸다는 확신이 들었는데, 그 확신이 푹 꺼져버리고 그전까지 붙들고 있었던 실낱같은 희망마저 끊어져 버렸다.

은별은 창남의 말을 듣자마자 얼굴을 확 찌그러뜨리더니, 몇 초 뒤 바락 소리쳤다.

"싫어요! 못 반짝여요! 행복하지도 않을 거고! 작가님이 없으면 행복할 수도 없고 반짝일 수도 없다고요!"

"저도 행복할 수 없어요!"

울음을 멈춘 채 눈을 깜박거리던 하식이 다시금 눈물을 짜내며 소리쳤다.

총을 든 경찰은 눈빛을 번뜩이더니, 조금 접어놓았던 팔을 펴며 검지를 방아쇠에 걸었다.

창남의 눈에 눈물이 비쳤다. 그는 총을 든 경찰을 애잔히 바라보며 말했다.

"제가 있어주면 되잖아요. 은별 씨 곁이랑 사장님 곁에. 그리고 제가 사는 게 꿈인 강현 씨 곁에. 이제 다시는, 이따구 사이코 짓 안 하고."

창남은 말하고 나서 총을 든 경찰을 향해 능글맞은 웃음을 날렸다.

강현의 눈망울에 생기가 돌았다. 불식간에 가슴을 채운 희열로 인해.

은숙은 안도의 숨을 내쉬며 환희에 찬 표정을 지었다.

은별은 눈을 똥그랗게 뜨며 "정말요?" 하고 물었다.

창남은 오른쪽으로 고개를 쭉 빼더니, 눈썹을 빠르게 두 번 치키며 씨익 웃었다. 그런 다음 고개를 바로 하고, 검은색 과도를 위쪽을 향해 던졌다. 과도가 비스듬히 솟구쳐 오르며 저녁노을빛에 한순간 반짝인 뒤, 난간 위를 멀찍이 돌아 아래로 떨어져 갔다. 그와 함께 권총도 아래로 향했고, 총을 쥔 경찰의 시선도 아래를 향했다.

은별은 기뻐 날뛸 것 같은 표정으로 창남의 한쪽 뺨을 보았다. 동필은 고개를 조금 숙이며 조용히 한숨을 내쉬었다. 두 취재진 뒤에 서 있던 여성 기자는 눈썹을 올리며 살짝 아쉬워하는 표정을 지었다. 그리고 하식은, 창남의 왼 발목을 붙든 채 입을 앙다물었다.

"이제 다리 놔도 돼요."

창남이 하식을 내려다보며 나긋한 목소리로 말했다.

"못 믿어요."

하식이 코를 훌쩍이고 말했다.

뒤쪽 경찰차 뒤에 서 있던 이민혁 검사가 길가 난간을 넘어 창남을 향해 걸어왔다. 이어 카메라맨과 마이크를 든 남성이 여성 기자와 함께 은숙 뒤편으로 이동했다. 총잡이 경찰은 총을 집에 꽂으며 동필에게로 향했고, '법이 있다'고 한 경찰은 그 뒤를 따랐다. 하식은 커진 눈으로 두 경찰을 보며 "어?" 하더니, 고개를 확 쳐들어 동필의 턱을 올려다봤다. 그는 순간적으로 감격에 겨운 얼굴이 되어 오오……, 하고는 창남의 발목을 놓고 몸을 일으켰다. "아이고, 다리야." 하며.

총잡이 경찰이 동필의 팔을 붙들자, '법이 있다'고 한 경찰이 동필 앞에 멈춰 서며 오른편으로 나와 있는 창남에게 말했다.

"창남 씨도 일단 우리랑 같이 가서야겠네요. 어쨌든 범법을 저지르긴 했으니까."

"조금만 기다려주시죠. 친구들이랑 얘기 좀 할 수 있게."

하식 뒤에 와 있던 이민혁 검사가 말했다.

'법이 있다'고 한 경찰은 "누구……" 하며 오른쪽으로 고개를 돌렸다.

검사는 여유로이 웃음 지었다.

"서울중앙지검 검산데 급할 거 없잖아요. 저놈 잡았으니까. 그리고 창남 씨는 기소될 일도 없을 테니까 말예요. 안 그래요?"

'법이 있다'고 한 경찰은 인상을 살짝 찌푸리더니, "아, 뭐…… 알겠습니다." 하고는 총잡이 경찰에게 "일단 이놈 먼저 데려가자."고 했다.

"이놈한테 한마디만 할게요."

창남이 동필을 향해 돌아서며 말했다.

총잡이 경찰은 미간을 찡그렸다.

"하세요."

창남은 감사하다고 하고서 동필의 귀에 대고 말했다.

"꼭 제대로 사죄하고 죗값 치러라. 웬만하면 죽을 때까지."

동필은 작은 목소리로 "그래. 그러마."라고 답했다.

총잡이 경찰은 동필을 노려보며 "십새끼."라 하더니, 그를 거칠게 끌어당겨 앞쪽 경찰차로 데려갔다. '법이 있다'고 한 경찰도 걸음을 떼 경찰들 쪽으로 향했다. 그렇게 막혀 있던 시야가 확 트이자, 길가 난간에 붙어 선 채로 밝게 웃고 있는 강현의 얼굴이 창남의 시선에 들어왔다. 경찰차 뒷좌석에 몸을 구겨 넣는 동필을 애석하게 바라보고 있던 은별의 얼굴도 함께. 곧, 은별의 눈길이 창남의 시선에 닿았다. 그녀는 살짝 움찔하며 어색하게 웃음 짓고는 곧바로 환하게 웃었다. 창남은 시야가 트이자마자 환하게 웃었다. 그리고 6초가 지난 지금까지 얼굴에 핀 웃음꽃을 한순간도 흐트러트리지 않았다.

그런데 그때, 하식이 급하게 한 발짝을 내딛어 창남의 몸을 와락 끌어안았다. 창남은 눈을 깜빡이며 놀란 표정을 지었다. 하식은 그의 뒷덜미에 한쪽 얼굴을 대고 아이가 투정부리는 듯이 말했다.

"너무해요. 나는 안 보고."

창남은 흐, 하더니 하식의 팔을 조금 풀고 천천히 몸을 돌렸다.

앞쪽 경찰차 안에서는 김동필과 총잡이 경찰의 말이 오가고 있었다.

"손목 좀 풀어주시죠. 지금 오지게 아픈데."

뒷좌석 구석에 박혀 있는 동필이 그렇게 요구했다.

총잡이 경찰은 눈알을 휙 굴려 동필을 무섭게 째려봤다.

"뭐? 산 것만 해도 다행인 줄 알아, 새꺄. 경찰서 가서 풀어줄 테니까 기다려. 내가 미쳤지. 이것도 목숨 달린 인간이라고, 어이고…… 너 땜에 사람 하나 또 죽을 뻔했어, 마. 이 망할 놈의 새끼."

동필은 떠름한 표정을 지으며 눈을 내리떴다.

안긴 채로 하식을 향해 돌아선 창남은, 검사 옆에 와 있는 은숙을 보며 따뜻하게 웃음 짓곤, 미소 짓는 검사를 향해 고개를 끄덕했다. 은숙은 '정말 다행이에요.'라는 말이 읽힐 만큼 다행스러워하는 얼굴로 창남을 바라봤다.

창남은 둘에게서 눈을 떼고, 저를 느슨히 안고 있는 하식을 꼭 안았다.

"아무리 봐도 사장님은 사람 붙드는 데 일가견이 있는 분 같네요. ……미안하고 고마워요."

하식은 살짝 삐친 목소리로 "으이구, 진짜." 하더니, 갑자기 처연한 표정을 지었다.

"실은 저 고아였어요. 부모님 얼굴도 모르는. 그래서 그런지 부모님 잃은 사장님 보면서 많이 안타까웠어요. 그래서 사장님이 살기를 더욱 바랐는지도 몰라요. 서로 챙겨주며 살 수 있으면 참 좋을 것 같다고 생각하면서."

창남은 쓸쓸함이 묻어나는 얼굴로 잠시 있다가 입가에 미소를 머금었다.

"그럼 우리 그냥 같이 살까요? 같은 곳에서. 결혼 안 하셨으면."

하식은 눈을 동그랗게 떴다.

"정말요?"

"네, 형님."

하식은 "형님." 하며 배시시 웃더니 훔……, 하며 콧숨을 내쉬었다.

"1억은 그냥 돌려드릴게요. 아니 오늘 많이 힘들었으니까 그냥 천만 원만 받을게요."

창남은 방글 웃었다.

"그냥 다 가지세요. 제 발목 붙들어서 주는 선물이라 생각하고."

"음…… 알았어요. 그럼 이참에 흥신소 일도 그만둬야겠네요. 좀 쉬다가 택시 운전이나 다시 해야겠네요."

"역시 그랬군요. 근데 그 일도 할 필요 없어요. 제가 사장님 먹여 살릴 테니까."

하식은 흐흐, 웃었다.

"그럼 저 평생 백수로 지내도 되는 거예요?"

"네. 평생 놀고먹어도 됩니다."

"알았어요. 그럼 평생 놀고먹을게요. 아주 열심히."

둘은 함께 벙글벙글 웃었다.

동필을 태운 경찰차가 바퀴를 굴려 자리를 뜨고 있었다. 은숙은 떠나가는 그 차 뒤창을 잠깐 동안 응시했다.

창남은 하식을 안은 팔을 풀고 뒤돌아섰다. 은별과 강현이 어느새 그 앞으로 와 다정스레 웃음 짓고 있었다. 창남은 싱긋 웃더니, 이내 다스한 눈빛으로 은별을 바라봤다.

"결국 내 극본과 비슷한 결말을 맞았네요. 여주, 아니 은별 씨를 위해 살게 됐어요. 내가."

창남은 시선을 내리며 말을 이었다.

"나를 위해 살아달라는 말, 어쩌면 그 말이 내가 가장 듣고 싶었던 말이었는지도 모르겠네요. 그리고…… 죽지 않고 살아야 한다는 마음이 내 속 어딘가에 있었는지도 모르겠고요. 강현 씨 말대로, 또 내 극본대로 차갑게 식고 싶지 않아서."

창남은 말을 마치며 내리뜬 눈가에 희미한 미소를 머금었다.

은별은 온온한 눈빛으로 창남을 바라보았다.

강현은 넘실대는 희락을 느끼며 참 다행이라고 생각했다. 차갑게 식지 않고 살아 있어서 참 다행이라고. 창남도, 자신도…….

창남이 시선을 올리며 덧붙였다.

"제게도 이제 꿈이 생겼어요. 잘 사는 거. 이젠 정말 잘 살아볼게요. 혹시라도 우리 부모님이 꿈에 나타나, 그 인간 왜 안 죽였냐고 해도 후회하지 않을 거예요. 흔들리지도 않을 거고요. 나를 나로 살 수 있게 해준…… 아니 다른 인생이 아닌 내 인생으로 살 수 있게 해준 세 분을 위해서."

은별은 깜찍한 목소리로 화답했다.

"네. 우리랑 같이 잘 살아보아요. 자주자주 만나서 맛있는 것도 사먹고, 얘기도 엄청 많이 나누고 그러면서."

창남은 설렘 가득한 표정을 지었다.

"네, 그래요."

살짝 거시기했는지, 창남은 얼굴을 조금 붉히며 화제를 돌렸다.

"이제 공연은 그만해야겠죠?"

은별은 주저 없이 답했다.

"아니요. 해야죠. 마지막 공연인데. 그동안은 우리 오빠만 떠올리면서 연기했는데, 이번 공연에서는 작가님도 같이 떠올리면서 연기할게요."

창남은 벙긋이 웃으며 "알았어요." 하더니, 돌연 눈을 내리뜨며 어두운 표정을 지었다.

"근데 아까 은별 씨 차에……."

"괜찮아요."

은별이 온화한 미소를 지으며 창남의 말을 막았다.

"안 다쳤으니까. 그리고 작가님이 이렇게 우리 곁에 있으니까."

창남의 내리뜬 눈에 눈물이 비쳤다.

하식 뒤에 서 있는 은숙이 "차에?" 하며 고개를 갸웃했다. 그러더니 이내 은별처럼 온화한 미소를 머금었다.

"네. 살아 있으면 돼요. 살아만 있으면."

은숙은 그렇게 말한 뒤 발을 떼 창남 앞으로 왔다. 창남은 눈썹을 치키며 시선을 올렸다. 은숙은 애틋한 눈빛으로 그를 바라보았다. 그러다 그를 조심스레 안고, 잠이 든 아기를 다독이듯이 그의 등을 도닥였다. 창남의 눈시울이 붉어졌다. 붉어진 눈시울에 눈물이 차올랐다. 차오른 눈물이 한쪽 뺨으로 흘러내렸다. 산 자만 흘릴 수 있는 눈물이.

은숙은 그의 등을 계속 다독이며 작고 여린 목소리로 "우리 아들." 하고 말했다.

창남은 입속말로 "아들." 하며 눈살을 살짝 찌푸렸다. 이어 들릴 듯 말 듯한 신음을 흘리며 시린 얼굴을 하고, 이내 소리 없이 흐느꼈다.

좀 전에 강현은 은별이 위험했던 순간이 떠올라 '잠깐 동안' 가슴이 내려앉는 느낌을 받았었다. 그리고 '함께 있으면' 되고 '살아 있으면' 된다는 두 모녀의 말을 듣고 가슴 뭉클해했다. 은숙의 품에 안긴 창남을 애련히 바라보며 '오래도록.'

잠시 후, 창남과 하식은 '법이 있다'고 한 자와 함께 경찰차에 올라타 동필이 끌려간 경찰서로 향했다.(동필의 더플백은 그 차 트렁크에 실려 있었다.) 이민혁 검사는 자신의 승용차에 올라타 경찰차를 따라갔다. 나머지 세 사람은 창남의 차를 타고 영등포역 쪽으로 향했다. 운전은 은숙이 했다. 차가 이동하는 동안 강현과 은별은 손을 맞잡은 채 잠시 이야기를 나누었다.

"또 엄청 힘들게 살렸다, 그치."

"그러게. 죽으려고 마음먹은 사람 살려놓는 게 보통 일은 아닌 거 같다, 정말. 창남 씨가 좀 끈질긴 사람이라서 그랬는지는 몰라도.

아무튼 고생 많았어. 네가 아니었으면……."

그런 가정은 정말 하고 싶지 않았지만, 했다. 말을 흐려서나마. 은별에게, 네가 사람을 살려냈다고 직접적으로 들려주고 싶었기에. 그만큼 네가 자랑스러운 일을 해냈다고 일러주고 싶었기에.

은별은 고개를 갸우뚱했다.

"내가 아니었으면…… 글쎄, 난 우리가 다 함께 힘써서 살린 것 같은데."

강현은 속으로 '그 말이 맞다 해도…….' 하고는 이렇게 생각했다. 은별이 없었다면, 창남이 혹 죽지 않았다 해도 그의 인생은 계속 불행할 수밖에 없었을 거라고. 그리고 김동필의 딸이 은별이어서 다행이라고.

은숙이 다정한 목소리로 말했다.

"은별이한테도, 창남 군 다리 붙든 분한테도, 우리 사위한테도 고맙네. 곁에 있어줘서."

생략된 단어 하나에 창남의 얼굴이 떠올랐다. 하식의 얼굴도 떠올랐다. 곁에 있는 은별의 얼굴도 떠올랐다. 그리고 생략된 단어일 수도 있는 말이 가슴에 꽂혔다.

"저도 고마워요, 어머님. 우리 곁에 있어줘서."

세 사람은 영등포역 근처에 있는 한 카페에 앉아 창남의 연락을 기다렸다. 은숙의 바람대로, 세 사람 다 복숭아 아이스티를 마시며. 강현은 밤늦게라도 창남과 같이 식사하고 싶었다. 검사 말로는 그가 경찰서에 오래 붙잡혀 있진 않을 거라고 했는데, 혹시라도 식당이 문을 닫는 시간을 넘기면 어쩌나 걱정되었다. 마음 같아서는 내일 아침까지라도 기다릴 수 있을 것 같았지만 말이다. 은숙과 은별도 강현과 같은 마음인 듯했다. 특히 은숙은 내일 밤까지라도 기다릴 태세였다. 셋이 얘기를 나눌 때 그녀가 이렇게 말한 것을 보면 그랬다.

"백 번이라도 올라와 챙겨줘야지. 아니면 아예 올라와서 챙겨주든가."

세 사람은 은별이 화장실에 가기 전까지 띄엄띄엄 대화를 나눴다. 대화엔 하식과 검사도 등장했고, 동필도 등장했다.

"아까 그 인간이, 자기가 경찰에 잡히면 돈 어디에 숨겨뒀는지 절대 안 밝힐 거라고 했는데, 설마 정말 그러진 않겠죠?"

은별이 맞은편 은숙을 향해 물었다

은숙은 옅디옅은 미소를 지었다.

"안 그럴 거야. 아까 그 사람이 그랬잖니. 돈이 자기를 행복하게 해줄 수 있다고 생각한 게 환상이었던 거 같다고."

"네. 그리고 내가 행복하길 바란 것만은 진심이라고도……."

은별은 그렇게 말을 흐리고 화장실에 갔다 온다 하며 자리에서 일어났다.

그러자 강현이 잔잔히 웃으며 말했다.

"어머님, 이제 마음 편히 행복하기만 하셔요."

은숙은 시선을 내리며 처연한 표정을 지었다.

"아니. 평생 아파하며 살아야지. 이제 은별이까지 그럴 필욘 없을 거 같지만."

강현은 '어머님은 왜 그래야 하는데요.'라고 묻고 싶었다.

은별이 돌아오고 나서 몇 분이 지나자, 그녀의 휴대폰으로 전화가 걸려왔다. 환한 얼굴로 전화를 받은 은별은 "10분 안으로요?"라고 말해, 두 사람이 활짝 웃을 수 있게 해주었다.

이민혁 검사의 승용차가 6차선 도로 위를 달리고 있었다.

하식과 붙어 앉아 있는 창남이 말했다.

"어떻게 알고 찾아왔나 싶었는데 역시 사장님이…… 고마워요. 평생 고마운 마음 가지고 살게요. 은혜 갚은 호랑이처럼 은혜도 갚고요."

하식은 "타이거." 하며 흐뭇한 웃음을 흘렸다.

"그 애 어떻게 그럴 수 있었을까요. 성형까지 예쁘게 했던데."

운전 중인 검사가 물었다.

창남의 눈가에 미소가 어렸다.

"성형한 거 가지고 판단할 순 없죠, 사람 마음을. 누구 말마따나."

검사는 고개를 끄덕거렸다.

"네, 동감합니다. 아까 그 애가 울부짖는 거 보면서 그렇게 느꼈어요. 제 뜻대로 살면서도 충분히 아파할 수 있구나, 하고. 아무튼 아무 걱정 마세요. 경찰서에 다시 불려갈 일 없을 테니까. 두 분 다. 인질극을 좀 벌이긴 했지만, 그거 가지고 재판까지 간다는 건 말이 안 되죠. 창남 씨와 그놈이 어떤 관계인지 경찰들이고 검사들이고 뻔히 다 아는데. 그리고 전과가 있다 해서 흉악범 잡는 데 일조한 사람의 뒤를 캐낼 순 없죠. 캐낼 필요도 없고. 아까도 말했지만 홍신소 얘기만 꺼내지 않으시면 됩니다."

창남은 "잘 알겠습니다." 하고는 하식을 돌아보며 방긋 웃었다. 하식은 그를 곁눈으로 보며 꼬마둥이처럼 생글거렸다.

1시간여 후.

한 한정식 전문점 안쪽 테이블에 여섯 사람이 마주 앉아 저녁을 나누고 있었다. 은숙 앞에는 창남이, 은별 앞에는 검사가, 강현 앞에는 하식이 앉아 있었다. 많은 얘기는 나누지 않았다. 그 많지 않았던 대화를 대강 나열해 보면 이랬다. 은숙이 푸근한 미소를 지으며 창남에게 "이 집 갈비랑 고등어 정말 맛있어요. 많이 먹어요."라고 권했다. 창남은 "네, 어머…… 네, 많이 먹을게요."라고 답했다. 은별은 전에 한 번 만난 적 있는 검사에게 "그때보다 멋져지셨네요." 하고 말을 건넸다. 검사는 "은별 씨는 말도 안 되게 예뻐지신 거…… 아니 전에도 예뻤죠, 아마. 지금 못지않게."라고 답했다. 이에 은별은 익살스러운 표정으로 "전에는 저 검사님이랑 닮았던 거 같은데."라고 응수했다. 그러자 하식이 "그럼 전에도 예뻤던 거 확실하네요."라고 말해 둘의 대화를 정리해줬다.

그렇게 화기애애하다 하기엔 애매한 시간이 지나고, 창남이 맞은편 세 사람에게 한 가지 사실을 들려주었다. 동필이 사기쳐 얻은 돈을 어디에 묻어뒀는지 자신의 차 안에서도 밝히고, 경찰서에서도 밝혔다고. 그 얘기를 들은 은별과 은숙은 다행스러워하며 고개를 끄덕거렸다. 강현 또한 다행스러워했다. 돈을 돌려받을 수 있다는 생각에 마음이 들뜨기도 했다. 잃었다고만 여겼던 15억 원. 강현은 왠지 그 돈이, 두 어머니와 은별 그리고 자신에게 주는 선물 같았다. 다른 누구도 아닌 자신의 아버지가 주는……. 해서 한편으론 마음이 아프기도 했다. 강현은 아버지도 함께 있었으면 얼마나 좋았을까, 하고 생각했다. 함께 있었으면 은별과도, 또 한 명의 어머니와도 함께할 수 없었겠지만…… 갑자기 혼란스러웠다. 그래서 생각을 싹둑 잘라냈다. 생각을 이으면 아버지 또는 은별에게 미안할 수밖에 없는 생각을 하게 될 것 같아서.

십 분여가 더 지난 시각, 밥그릇을 가장 먼저 비운 검사가 얼굴에 그늘을 드리우며 말했다.

"두 분한테 드릴 말씀이 있는데, 사실 제가 일부러 참고인 조사 연락 담당 자처했었습니다. 팬 카메라로 두 분 얼굴 몰래 찍어 놨었고요. 두 분이 조사받으러 왔을 때."

은숙은 눈을 한 번 깜박이더니, 이내 미소를 지으며 고개를 끄덕했다.

은별은 눈을 살짝 굴렸다.

"그럼 혹시 그 사진 우리 오빠한테……."

"네. 강현 씨뿐 아니라 희생자들 자녀 전부에게 보냈습니다. 은별 씨가 개명했다는 사실 알고 나서."

은별은 "아……." 했다.

검사는 얼굴에서 그늘을 걷어내며 덧붙였다.

"그런데 그때 문자에 미움받아야 할 사람들은 미움받아야 마땅하다고 했는데, 오늘 알았습니다. 두 분은 미움받아야 할 분들이 아니란 걸."

이민혁 검사는 시선을 내리며 말을 이었다.

"사실 저도 어떤 사기꾼으로 인해 누군가를 잃었습니다. 제가 아버지 다음으로 잘 따랐던 제 작은아버지를요. 작은아버지는 그때 검찰청 경비로 일하고 계셨는데 그만……."

이민혁의 안색이 다시 어두워져 있었다.

은숙은 측은해하는 얼굴로 그를 바라보다가 천천히 입술을 뗐다.

"그럼 어머니는……."

"어머니는 제가 어렸을 적에 암으로 돌아가셨습니다. 아버지는 아직 살아계시고요."

민혁은 시선을 내린 채 흐릿한 미소를 지었다.

은숙은 애틋한 표정을 지으며 고개를 끄덕했다.

은별은 애석한 얼굴로 민혁을 바라봤다. 그러다 창남을 향해 눈길을 돌렸다. 창남은 약간 멍하니, 빈 앞접시를 내려다보고 있었다. 은별은 더욱 애석해하며 강현의 왼손을 꼭 쥐었다.

강현은 창남과 민혁 가슴 사이에 자신의 가슴이 끼어 있는 것 같았다. 둘의 아픔을 조금씩 흡수한 채로. 그리고 은별과 은숙의 품이 그 세 가슴을 안고 있는 듯했다. 세 가슴에 서려 있는 아픔을 서서히 빨아들이며.

모두가 식사를 마치고 후식으로 커피와 수정과를 마시고 있을 때였다.

은숙이 푸근한 얼굴로 창남을 보며 말했다.

"창남 군. 제가 아들처럼 생각해도 될까요, 창남 군을? 고아로 자라셨다는 우리 사장님도요."

하식은 밝은 얼굴로 화답했다.

"저는 좋습니다. 살짝 누님 같지만서도 어머니로 깍듯이 모시겠습니다."

은숙은 "고마워요." 하며 그를 향해 방긋 웃어 보였다.

창남은 조금 당혹스러워하다가 시선을 떨어뜨렸다. 그러곤 잠시 입술을 달싹거리다 "저도, 요."라고 답했다.

은숙은 감희하며 그의 말을 반겼다.

"고마워요. 정말로."

창남은 슬며시 시선을 올려 은숙을 쳐다보더니, 다시금 눈을 내리뜨며 홍조 띤 미소를 머금었다.

은별은 고개를 한쪽으로 기울이며 정다운 미소를 지었다.

강현은 오빠들이 생겨 행복할 은별의 손을 꼭 쥐었다. 두 형님을 정다이 바라보며.

얼마 후, 모두가 식당을 나설 때였다.

"저기……."

계산을 하고 출입문 쪽으로 돌아선 은숙을 창남이 불렀다.

은숙은 뗀 걸음을 멈추고 밝게 웃으며 되돌아섰다.

"네, 창남 군."

창남은 조심스럽게 입을 뗐다.

"혹시 그…… 팔천만 원. 어머, 니가……."

창남은 얼굴을 약간 붉히며 말을 흐렸다.

은숙은 아랫입술을 지그시 깨물었다.

"네. 내가 보낸 거예요. 계속 숨기려고 했는데……."

창남은 "그랬군요." 하고는 눈썹을 올리며 물었다.

"근데 왜 입금자명을 그렇게……."

"그게…… 돈 많은 사람이 주는 거니까 그냥 받으라고. 보낸 사람이 누군지도 알아보지 말고 그냥……."

창남은 "아……." 하고는 은연한 눈빛으로 은숙을 바라보았다.

"그 돈 돌려드릴게요. 얼마 뒤면 잃은 돈 돌려받을 테니까 조금만 기다려주세요."

은숙은 안타까운 표정을 지었다.

"안 그래도 되는데."

"저는 그리고 싶어요. 아니 그보다 많이 돌려드리고 싶어요. 그러니까 얼마가 입금되든 그냥 받아주세요. 부탁드릴게요. ……어머니."

창남의 얼굴이 또 발그레해졌다. 하지만 이번엔 그 단어를 또렷하게 말했다.

은숙은 애틋함 어린 눈망울에 눈물을 머금었다.

"알았어요. 아들."

여섯 사람은 각자가 가야 할 곳, 혹은 가고 싶은 곳으로 향했다. 강현과 민혁은 홀로, 하식은 창남을 데리고 자신들의 집으로 향했다. 은별과 은숙은 영등포역 근처에 있는 어느 모텔로 향했다.

모두가 식당을 나왔을 때, 은별은 강현더러 투 베드룸을 잡아 좀 더 얘기를 나눈 후 함께 자자고 했다. 이에 강현은 오늘밤은 어머님과 단둘이 보내는 게 좋겠다 하고서 은별의 귀에 대고 "어머님 꼭 안아드려."라고 속삭였다.

캄캄한 모텔 방 안,

은별이 옆으로 누운 채, 나란히 옆으로 누운 제 엄마를 뒤에서 안고 있었다.

"엄마."

"응."

"우리 이제 행복하기만 할 수 있을까요?"

"행복하기만 할 순 없겠지만, 그래도 최대한 행복해야지. 우리 딸

만큼은 꼭.”

“왜 나만…… 엄마도.”

“그래, 엄마도.”

어둠 속에서 애처롭게 떨렸다. 눈빛도, 목소리도.

✦

다음 날 오후.

엊저녁부터 올라온 김동필에 관한 기사가 네이버 뉴스 창 곳곳에 떠 있었다. 총 아홉 개의 기사가 달려 있었는데, 달린 순서대로 제목만 열거하면 이랬다.

'다섯 사람을 죽음으로 몰고 간 사기꾼 김동필이 희생자 아들의 인질이 되다'

'살아 돌아온 김동필, 제 딸과 아내가 보는 앞에서 죽을 위기'

'김동필을 잡은 두 희생자의 아들, 김동필의 딸을 위해 극단적 선택 포기'

'김동필, 자신의 딸과 딸의 남자 친구, 김 씨의 발목을 붙든 이 덕에 겨우 목숨 부지'

'김동필의 딸이 두 희생자 아들을 두 번 살리다'

'두 희생자의 아들 김 모 씨, 김동필의 딸을 도와 달라 국민에게 호소'

'사기꾼 김동필, 불에 탄 사체는 이미 죽어 있던 시체였다고 주장'

'김동필, 가로챈 돈은 자신의 부모 산소 근처에 파묻어 놨다고 이

실직고'

'산소 부근 파헤친 경찰, 김동필이 사기쳐 얻는 금액보다 10억 원

이상 묻혀 있었다고 밝힘'

그날 밤, 강현의 방 안.

은별이 침대에 다리를 뻗고 앉아, 자신의 허벅지를 베고 누운 강현의 머리를 쓰다듬고 있었다. 그녀는 아이보리색 원피스 하나만 걸치고 있었고, 강현은 은회색 삼각팬티 차림이었다.

은별이 말했다.

"그분들한테 돈 돌려줄 수 있게 돼서 다행이다, 정말."

강현은 평온함을 느꼈다.

"응. 이제 그분들 행복하기만 했으면 좋겠다. 우리 은별이랑 장모님도."

은별은 애련한 눈빛으로 강현을 내려다봤다.

"오빠도."

강현은 방그레 웃으며 은별을 올려다봤다.

"난 벌써 행복하기만 한데?"

은별은 눈알을 쓰윽 굴렸다.

"설마…… 나 땜에?"

강현은 새침한 미소를 지었다.

"아니. 돈 받을 거 생각하니까."

은별은 입술을 삐죽 내밀며 삐친 얼굴을 했다.

"치, 너무해. 오빠 설마, 돈 들어오면 바로 나 버리고 도망가는 거 아냐?"

"그럴지도 모르지. 갑자기 연락 두절되면 당근 몽땅 다 챙겨서 튀었다고 생각해."

은별은 풋, 하고 웃더니 돌연 서러워하는 표정을 지었다.

"힝, 당근까지 챙겨서…… 오빠 미워. 난 뭐 먹고 살라고."

강현은 터져 나오려는 웃음을 참아가며 대답했다.

"너무 걱정 안 해도 돼. 도망가는 길에 당근 하나씩 떨어뜨려놓을 테니까."

그러고는 웃음기 가득한 은별의 눈을 사랑스러이 바라보았다.

"네가 다시 나를 찾을 수 있도록."

은별은 흐, 웃고는 순정 어린 눈망울을 반짝였다.

"응. 찾을게, 꼭."

"응. 세상에서 제일 로맨틱하고 아름다운 도피처에서 기다리고 있을게."

"응."

그렇게 짧은 콩트가 막을 내리고, 둘은 뜨거운 입맞춤을 했다. 이어 뜨거워진 몸을 서로에게 맡겼다.

20여 분 후, 둘은 하얀색 솜이불을 가슴까지 덮고 누운 채 천장을 바라보고 있었다.

"오빠."

"응."

"작가님이 그때, 그 인간 죽이는 거랑 자결하는 거 중에서 하나를 택해야 한다면 뭘 택할 거냐고 물어봤었잖아. 그때 또 날 시험하려 했던 거 아니었을까?"

"글쎄…… 시험하려 했던 건 아닌 거 같은데. 그때 난 그 형님이 왜 그러는지 이해가 안 됐었는데 아무튼…… 그래, 너라면 자신이 원하는 답변을 해줄 거 같아서 그랬던 거 아니었을까? 아니면…… 너한테만 듣고 싶어서? 작가님만은 죽으면 안 된다는 답변을 말야."

은별은 고개를 갸웃했다.

"그랬을까? 근데 그때 오빠한테도 물어봤었잖아."

"그랬긴 했는데…… 모르겠다. 원체 속마음을 알아채기가 힘든 사람이라서."

은별은 입술을 뾰족이 모으며 눈썹을 치켰다.

"뭐 아무럼 어때. 둘 다 살았는데."

다음 순간, 은별의 눈망울에 슬픔이 서렸다.

"그 인간 때문에 돌아가신 분들은 살아 돌아올 수 없지만. 오빠 아버지도."

슬픔이 서린 눈망울에 눈물이 어렸다.

강현은 무슨 말을 해줘야 할지 갈피가 잡히지 않았다. 어떤 위로의 말이 은별의 가슴에 가닿을 수 있을까. 어떤 노력으로도 결과는 바꿔놓을 수 없는데. 그저, 같이 아파하는 수밖엔 없었다. 강현은 이불 속에 있는 은별의 손을 꼭 쥐었다. 그러자 은별의 입에서 구슬픈 음성이 흘러나왔다.

"아파. 마음이 너무 아파."

강현도 아파하며 은별을 향해 돌아누웠다. 그러곤 그녀의 가운데 가슴을 조심스레 토닥였다.

은별은 작은 목소리로 "응." 했다. 강현은 그 작고 여린 목소리가 신음으로 들렸다. 고마워하는 마음이 섞인 소리였음에도. 강현은 은별의 가슴을 계속 토닥이며 진심으로 말했다.

"이제는 아파하지 않아도 돼. 창남 형님과 나뿐만 아니라 희생자 분들 가족 모두가 이젠 네가 아파하지 않았으면, 하고 바랄 거야. 정말로."

은별은 다시 "응." 했다. 슬픔이 잦아든 목소리로. 그러더니 이내 얼굴에 그늘을 드리웠다.

"그런데 나, 이런 생각이 든 적 있어. 내가 사람을 죽게 만든 사기꾼의 자식인 게 싫었던 건 아닐까, 하는. 그러니까 내가 그때 힘들었던 이유가, 그 인간 때문에 사람이 죽어서라기보다, 내가 사람을 죽게 만든 인간의 자식이란 게 싫었기 때문이 아닐까, 하는."

강현은 은별의 마음을 읽을 수 있었다. 그녀의 지금 마음도, 그때의 마음도 가슴으로 읽어낼 수 있었다.

"사람을 죽게 한 자의 자식이란 게 싫은 건, 누가 그런 일에 처하든 마찬가지일 거야. 넌 사람을 죽게 한 자의 자식인 것도 싫었지만, 정말 순수하게 사람이 죽는 것도 싫었어. 아니 죽을 만큼 싫었어. 그래서 그렇게 힘들었던 거야. 그건 네가 내게 다가와 줌으로써 증명되었고, 산에서도 한강에서도 증명되었어. 좀 전에도 증명되었고. 그러니까 이제 그런 생각 가질 필요 없어."

은별은 감동받은 얼굴을 하며 강현을 향해 돌아누웠다.

"날 좋게만 보는 오빠."

"네가 좋은 사람이니까. 반짝반짝 빛나는."

은별은 배시시 웃었다.

"오빠도 반짝반짝 빛나는데."

강현은 생글거리며 생각했다. '네 앞에 있어서 그래.'

"근데 나 반짝이지 않을 거야. 지금처럼 계속 연극만 하고, 다음 연극부턴 주연도 맡지 않을 거야. 작가님 말은 가슴에만 새겨두고."

"그래. 네가 하고 싶은 대로 해."

'이미 반짝이고 있는 네가 하고 싶은 대로.'

그 생각이 읽혔는지, 은별은 강현의 입술에 쪽 뽀뽀를 했다.

둘은 수십 초간 서로의 눈망울에 서로를 담았다. 서로의 반짝이는 눈망울에.

십여 분 뒤, 둘은 여전히 서로를 향해 누워 있었다.

강현이 잠깐 주저하다가 말했다.

"나 정신과 치료받아 보는 건 어떨까."

은별은 뜬금없다는 표정을 지었다.

"정신과 치료?"

"응. 내가 조금 비정상적인 사람이 돼 있는 거 같아서."

은별은 눈을 크게 끔벅였다.

"비정상적인 사람?"

"응. 전엔 몰랐고 못 느꼈는데, 지난 일요일 일로 내가 조금 이상해져 있다는 걸 느꼈어. 과대망상에 가까운 공포를 느끼게 됐다고 해야 하나. 물론 그땐, 너를 지키려는 마음이 너무 커서 그랬던 것도 있겠지만."

은별은 강현을 안쓰럽게 바라보다 옅은 눈웃음을 지었다.

"그럼, 나랑 같이 치료받아 볼까? 우리 엄마랑도 같이."

강현은 '나만 받아도 될 것 같은데.'라고 말하려다가, 둘에게도 치료가 필요할 것 같다는 생각이 훅 들어와, 그 말을 삼키고 이렇게 말했다.

"그래. 그렇게 하자. 일단 반쯤 치료해놓고. 뽀뽀로."

은별은 눈을 동그랗게 떴다.

"웅. 좋은 생각이다."

둘은 곧 쪽쪽거리며 서로의 입술에 입술을 박아댔다. 닭이 모이를 쪼아대듯이.

잠시 후, 은별의 눈꺼풀이 조금씩 감겨왔다.

그녀가 잠긴 목소리로 말했다.

"그 인간이 그때, 내가 행복하길 원했다는 거 그거 하나만은 진심이었다고 했는데, 그럼 시체 샀다는 말은 거짓말이었을까? 그 말은 진심이 아니었을까? 경찰들한테도 나한테처럼 거짓말한 걸까?"

"거짓말 아니었을 거야. 그땐 너한테 시체 샀다고 말한 게 생각이 안 나서 그랬을 거야. 그땐……."

'너밖에 보이지 않았을 테니까.'

강현은 그렇게 '그 말'을 입 밖으로 꺼내지 못했다. 희생자들과 아버지에게 갑자기 미안한 마음이 들어서, 였다. 김동필을 믿어주는 걸로 모자라 그를 그렇게 좋은 아버지로 표현하는 게 그이들에게 미안해서.

"그랬을까."

"어. ……그래, 그땐 너를 속였던 게 너무 미안해서, 시체 샀다고 말한 건 생각이 안 났을 거야."

내용은 달랐지만, 강현은 결국 '그 말'을 하고 말았다. 그 '은별을 위한 말'을. 반쯤 감긴 은별의 눈이 너무 아파 보여서 그렇게…….

"그랬을까. 정말 그랬을까."

"웅. 그랬을 거야."

"그래……. 근데 왜 그 가짜 유서엔 미안하다는 말이 없었을까.

왜 그때는 미안해하지 않았을까."

"그때도 미안해했는데⋯⋯."

강현은 말을 이을 수 없었다. 김동필을 믿어주는 말을 다시 또 하기가 버거웠기 때문도 아니었고, 희생자들과 아버지에게 미안했기 때문도 아니었다. 단지, 김동필이 그때도 미안해했는지 알 수 없었기 때문이었다. 강현은 "미안해했을까." 하고 눈을 감는 은별을 아프게 바라봤다. 아픔 덩어리가 눈을 감는 듯했다. 아픔을 그대로 간직한 채.

이틀 뒤 오전 11시경, 서울중앙지방검찰청사 앞.

손목에 수갑을 찬 김동필이 사복 경찰 둘에게 양팔이 붙들린 채 포토라인에 서 있었다. 그를 둘러싼 열댓 명의 기자 중 몇이 그에게 질문을 던졌다.

"피해자들과 희생자 가족들에게 전할 말 있나요?"

"성형까지 해가며 자신의 존재를 숨겨놓곤 왜 갑자기 한국에 나타난 거죠?"

"가짜 유서를 보면 미안한 마음이 전혀 없었던 거 같은데, 지금 심정은 어떤가요?"

김동필은 눈을 내리깐 채 대답했다.

"죄송합니다. 정말 죽을죄를 졌습니다. 가짜 유서에 미안하다는 말을 적지 않은 이유는, 의심받을 거 같아서였습니다. 저런 놈이 무슨 미안해할 줄 알겠냐며 유서를 가짜로 여길 거 같아서. 그래도 그러면 안 되는 거였는데 정말 죄송합니다. 평생 사죄하며 살겠습니다. 남은 제 재산도 희생자 분들 가족들을 위해⋯⋯."

그때, 정면 멀찍이에서 동필을 지켜보던 한 여인이 표정을 일그러 뜨리며 소리쳤다.

"내 남편 살려내, 이 개자식아!"

소리친 여인은 김동필이 죽었을지도 모른다는 소식을 듣고 병실 창문 밖으로 뛰어내린 남성의 아내였다.

동필은 착잡한 얼굴로 여인을 바라보다가 고개를 숙였다.

"죄송합니다. 죽을죄를 졌습니다."

"됐고 그냥 죽어버려!"

동필은 고개를 숙인 채 죄송하다는 말만 되풀이했다.

그 모습을 TV 화면으로 본 은숙은 이렇게 말했다.

"더, 더 제대로 사죄해야 돼요. 더 많이 아파해야 하고요. 죽을 때까지."

강현과 은별은 휴대폰 화면으로 동필이 말하는 모습을 지켜봤다. 그러던 중 은별이 "그때도 미안했었다는 건가?" 하고 물었다. 강현은 "그렇게 들리는데."라고 답했다. 그런 뒤 둘은 여인의 두 외침을 들으며 아파했다. 은별은 죄송하다는 말을 되뇌는 동필을 보면서도 그랬다. 아픔의 정도는 확연히 달라 보였지만.

창남은 TV로도 휴대폰으로도 포토라인에 선 동필을 보지 않았다.

같은 날 오후 여섯 시경.

남자의 눈망울이 흔들리고 있었다.

"오지 마요. 오면 당신, 나랑 같이 바닥으로 떨어져 버릴 수도 있어요."

여자는 대꾸 없이 낭떠러지를 향해 걸어갔다.

남자 앞까지 온 여자는 남자의 손을 잡아 제 가슴에 갖다 댔다.

"느껴지나요. 당신 품에, 따뜻한 당신 품에 안기고 싶다며 쿵쿵 뛰어대는 내 심장이."

여자는 남자의 손을 놓고, '계속 따뜻할 가슴'에 자신의 가슴을 갖다 댔다.

"이제 두 팔로 저를 감싸기만 하면 돼요. 당신은 오로지 그것만 하면 돼요."

몇 초간 정적이 흐른 뒤, 남자는 떨리는 두 팔로 여자의 몸을 감쌌다.

관객석에서 환호성과 박수가 터져 나왔다. 객석 맨 앞자리에서 강현, 하식과 함께 공연을 관람한 창남은 누구보다 크게 박수를 치며 환호성을 내질렀다. 생기가 들어찬 눈빛을 마음껏 발산하며.

닷새 뒤 오후.

강현의 어머니 '권정하'가 본인의 집으로 돌아왔다. 그녀는 태국에 있는 어느 작은 모텔에서 넉 달 가까이 홀로 지내다가 1년 4개월여 만에 고국의 땅을 밟았다. 이틀 전 오후, 그녀는 강현에게 연락해 김동필에 관한 기사를 봤다면서, 죽은 아버지를 위해서도 너를 위해서도 참 잘된 일인 것 같다고 했다. 그러곤 사기당해 잃은 돈이 통장에 들어오면 반반씩 나눠 갖자고 했다. 이에 강현은 '어머니한테도 잘 된 일인 거 같네요.' 하고 생각하고는 아버지의 웃는 얼굴을 떠올렸다. 오랜만에 그리움에 사무치며.

권정하가 주방 냉장고 앞에 캐리어를 세워놓고 식탁에 앉자, 강현이 그녀 맞은편에 앉으며 입을 열었다.

"어떻게 그간 잘 지내셨어요?"

정하는 씁쓰레한 미소를 지었다.

"뭐 그냥 잘…… 아니 잘 못 지냈다."

정하의 얼굴이 칙칙해져 있었다.

강현은 괜한 질문을 했나 싶었다. 함께 지내던 남자와 헤어지고 쓸쓸하게 지냈을 게 뻔한데, 그간 잘 지내셨냐니…….

"네……."

정하는 눈썹을 올리며 처량한 얼굴을 했다.

"사실 나 몇 달 전까지 그 나이 많은 남자 말고 다른 남자랑 살았었다. 나이 많은 남자랑은 네가 큰일 날 뻔한 다음 날인가에 헤어졌고, 아니 헤어진 게 아니라 버림받은 거지. 두 인간한테 다. 생각해 보면, 네 아빠가 그 인간들보다는 나았던 거 같다. 그러게 왜 죽어 가지고는……."

강현은 갑작스레 반감을 느끼며 어머니가 할 소리는 아니라고 생각했다. 그러나 이내 '정말 아버지가 죽기를 바란 건 아니었구나.' 하는 생각이 들어, 반감이 수그러들며 어머니가 측은하게 느껴졌다. 또 다른 남자와도 살았다는, 그런 어머니가.

정하는 미안쩍어하는 표정으로 강현을 쳐다봤다.

"돌아와서는 네가 듣기 싫어하는 말 웬만하면 안 하려고 했는데, 해버렸네. 근데 말이다. 내가 네 애비한테 맨날 땍땍거리긴 했지만, 나랑 상의 한 번 없이 그랬던 건 정말 잘못한 거다. 아니, 당첨 사실을 숨겼든 말든 사기를 당했든 말든, 그렇게 죽으면 안 되는 거였다. 그래, 죽지만은 않았어야 했다."

강현은 또 어머니가 할 소리는 아니라고 생각했다. 그러나 말에는 동의가 됐다. 죽지만은 않아야 했다는 그 말에는. 마음속에 미세한 원망이 이는 가운데 가슴이 쓰라려왔다.

정하는 눈을 반쯤 감으며 나지막이 한숨을 내쉬었다. 그러더니 이렇게 말했다.

"네 외할아버지랑 외할머니, 네가 세 살 때가 아닌 네가 태어나기 전에 죽었다."

"네?"

"그리고 교통사고로 죽지 않았다. 아빠는 엄마한테 살해당했고, 엄마는 아빠를 죽인 뒤에 자결했다."

강현은 엄청난 충격을 받았다.

"예?"

정하는 눈에 힘을 주며 입을 악다물었다.

"네 외할아버지는 악마였다. 미친 악마. 술만 마시면 엄마를 무자비하게 때렸지. 가끔은 나도 후려 팼고. 아무 이유 없이. 그래서 어느 날 난 엄마한테 경찰에 아빠를 신고해버리자고 했다. 근데 엄마가 신고해봤자 소용없을 거라고 하더니, 나더러 하룻밤만 친구네 집에서 자고 오라고 하더라. 그래서 아는 오빠네 집에 가 하룻밤 머물렀는데, 그날 밤에 일이 벌어진 거야. 그 끔찍한 일이."

정하는 말을 마치며 콧등에 주름을 세웠다.

강현은 충격에 휩싸인 채 '어머니가 가엾다'고 느꼈다. 사진으로도 보지 못한 외할머니도.

정하는 냉한 낯빛을 띠며 말을 이었다.

"그런데 누구는 죽어야 할 인간 잘 죽었고, 자살은 어쩔 수 없는 선택이었다고 할지도 모르겠는데, 나는 그렇게 생각 안 한다. 멍청하고도 모진 선택이었다고 생각하지. 허구한 날 맞고 지냈으면서 억울하지도 않나? 뭐 때문에 죽어야 했냔 말이지. 힘들었던 만큼 잘 살아야지. 남은 세월이라도. 그리고 딸은 어떻게 살라고 그런……"

정하는 미간을 찡그리며 말을 흐리더니 다시 냉한 낯빛을 띠었다.

"그 인간이 죽어 마땅한 인간이긴 했지만 죽일 필요까진 없었다. 자살할 필요는 더더욱 없었고. 엄마 자신을 위해서도 나를 위해서도. 경찰에 신고해봤자 소용없을 거 같았으면 나랑 같이 도망이라도 가면 되지, 왜……"

정하는 또 미간을 찡그리며 말을 멈췄다.

강현은 어머니의 말이 맞다고 느끼면서도 약간의 반감을 느꼈다. 가슴이 짓눌리는 듯한 안타까움도 느꼈고.

정하는 찌푸린 인상을 펴며 눈에 힘을 풀었다.

"어쨌든 그래서 네 아빠가 죽었을 때도 그리 무심하게 반응했던 거다. 울 엄마가 어떻게 죽었는지 자기도 뻔히 알면서, 어떻게 자기까지 그렇게 무책임할 수 있냐고 생각하면서. ……나한텐 이런 말할 자격 없다고 생각하겠지, 넌. 그래. 자격 없지. 없고말고."

정하의 얼굴에 착잡함이 어려 있었다.

강현은 가슴이 찔리고 아팠다. 정하의 말처럼, 금방 또 어머니가 할 말은 아니라고 생각했기 때문이다. 그렇게 생각하면서도 가슴이 아프긴 했지만.

"그런데 그날 밤에 내가 머물렀던 집 있잖니."

정하가 옅게 웃으며 말했다.

"네."

"그 집, 네 아빠 집이었다. 그때 내가 의지할 만한 사람은 네 아빠

밖에 없었다. 아비 놈한테 맞아 힘들어할 때도, 그 일을 겪고 난 뒤에도, 그 사람은 날 따뜻이 보듬어줬다. 마치 친오빠처럼. 그때 난 열아홉 살이었고 네 아빠는 스물세 살이었는데, 난 그 사람의 그 상냥함에 반해 해가 바뀌자마자 바로 프로포즈했고. 네 아빠는 바로 오케이 했고. 그런데 우리 사이가 어쩌다가 그렇게 틀어졌는지. 그렇게 좋았던 우리 사이가……."

정하의 얼굴에 옅게 어려 있던 미소 위로, 애처로워하는 표정이 덮었다.

"그래. 내가 그 사람 만나지 않았더라면 그 사람은 지금도……."

정하는 말을 잇지 못하고 쓰라린 표정을 지었다.

"그래, 나 때문에 그 사람이……." 이렇게 또 말을 잇지 못한 정하의 눈가에 눈물이 괴었다.

'나 때문에.' 강현은 어머니의 입에서 그 말이 나오기를 은연히 바랐었다. 한데 그 말을 듣고 기껍지 않았다. '맞아요. 어머니 때문이에요.'라고도 생각할 수 없었다.

정하의 눈가에 고인 눈물방울이 점점 커져갔다.

"불쌍한 사람. 원망하고 저주해대는, 그런 거지같은 소리들만 한없이 듣다가, 그 후로 20년도 넘게 내 땍땍거리는 소리에 힘들어야 했던 사람. 그렇게 힘들어만 하다 간 가여운 사람."

어머니의 입에서 나온 말이란 게 믿기지 않았다. 단 한 번도 아버지를 가여운 눈빛으로 봐준 적 없는 어머니였는데…….

눈물 한 줄기가 정하의 뺨을 타고 흘러내렸다.

"날 지켜준 사람인데…… 날 지켜주려고 온 사람인데, 그렇게 오랫동안 함부로 대하고 모질게 대하고…… 불쌍한 사람, 너무나도 불쌍한 사람."

이번엔 어머니의 입에서 나온 말이란 게 믿겼다. 믿길 수밖에 없었다. 어머니의 목소리와 표정과 눈물에 어린 진심이, 그 쓰라린 마음이, 가슴에 각인될 만큼 또렷이 느껴졌기에. 어머니가 그런 마음을 품을 수 있는 사람이라는 것이 순간적으로 믿어지며…….

정하의 쓰라린 표정에 측은해하는 표정이 섞였다.

"뭐, 울 엄마도 불쌍한 사람이었다는 건 확실하지. 나도 울 엄마가 무진장 힘들게 살다 갔다고는 생각했지만 불쌍하게 여겨본 적은 없는 거 같은데, 이제는 울 엄마도 좀 불쌍하게 봐드려야겠다. 그리고…….."

정하는 말을 멈추더니 애달픈 표정을 지으며 이렇게 덧붙였다.

"나도 좀 불쌍하게 봐주렴. 힘들어하는 널 팽개쳐놓고 남자나 만나고 다닌, 그렇게 내 엄마도 네 아빠도 원망할 자격 없는 나지만, 좀 불쌍하게 봐주렴."

이미 불쌍하고 가엾게 보고 있었다.

강현은 식탁 위에 놓인 어머니의 오른손을 두 손으로 감싸 쥐었다. 어머니는 눈물 맺힌 눈망울에 애틋한 미소를 머금었다. 처음 보는 미소였다. 어머니에게서뿐 아니라 다른 누구에게서도 볼 수 없었던 미소였다. 어쩌면 앞으로도, 다른 이에게서는 볼 수 없을 미소일지도 몰랐다. 자신의 하나뿐인 어머니에게서만 볼 수 있고 느낄 수 있는 미소일지도…….

문득, '엄마도 외로운 사람'이라 하며 남자 따윈 없어도 괜찮지만 네가 없으면 안 된다고 한 어머니의 카카오톡 메시지가 떠올랐다. 1년 2개월여 전 자신이 어머니와 관계를 끊으려 했을 때, 어머니가 채팅 창에 올린 여러 개의 메시지 중 하나의 메시지가. 그적에 강현은 그 '엄마도 외로운 사람'이라는 말에 실린 감정을 깊게는 공감하지 못했다. 그리고 그 말에 어린 감정을 '누구나 두루 느끼는 외로움'으로만 인식했다. 그런데 이제는 그 말에 서린 감정이 가슴에 사무치리만큼 깊게 공감되었고, 그 감정이 어떤 감정이었는지를 깨달았다. '누구나 두루 느끼는 외로움'이 아닌, '권정하라는 사람만 느낄 수 있는, 지독한 아픔과 서러움이 엉겨 붙어 있는 외로움'이었다는 것을.

지금도 어머니 속에 응어리져 있을 그 감정이 자신의 가슴과 맞닿는 듯했다. 갑자기 '엄마' 하고 불러보고 싶었다. 그때처럼, 그리고 그때와 조금 다른 이유로.

두 시간여 뒤, 정하가 차린 저녁 식탁에 둘이 마주앉아 있었다.

정하는 아직 밥을 뜨지 않은 채, 밥 한 순갈을 먹고 소고기무국을 떠먹는 아들을 다정스레 바라보았다. 그러면서 말했다.

"며칠 전에 네 고모한테 들었다. 그때 고모가 너 돌봐주면서 밥도 해주고 반찬도 만들어주고 그랬다면서."

강현은 소고기무국을 삼키고 대답했다.

"네, 그랬어요."

"그래."

일순 정하의 눈시울이 붉어졌다.

"엄마 밥도 고모 밥 못지않게 맛있지?"

강현은 어떤 감정이 울컥 솟아오름을 느꼈다.

"네, 맛있어요. 엄마."

이튿날 오후, 네이버 뉴스 창에 김동필에 관한 기사가 올라왔다. 기사의 내용을 요약하면 이랬다.

한국 검경과 일본 경찰의 조사 결과, 김동필이 자신을 대신할 누군가를 죽이지 않고 시체를 산 것으로 판명됐다. 빈가에 숨어 지내던 김동필은 그곳 마을 사람 한 명이 병들어 죽었다는 사실을 알고, 장례 중인 고인의 집을 찾아가 관 속에 들어 있던 시체를 샀다. 시체를 살 때 그는 고인의 아내에게 남편의 키를 물어봤고, 시체를 넘기면 천만 엔을 주겠다고 했다. 또한 그는 도쿄 외곽에 있는 모텔에 기거하면서 막 사망한 한 남성의 신분을 오백만 엔으로 구입하고, 사망인의 얼굴과 비슷하게 성형해 망자의 삶을 이어갔다. 대부분의 시간을 모텔 방에서 보내며.

그 기사를 본 강현은 은별을 떠올렸다. 은별의 가슴에 걸려 있던 응어리 하나가 떨어져 나갔으리라 확신하며.

은별은 기사를 보고 안도의 한숨을 내뱉었다. 가슴에 걸려 있는 응어리를 토해내듯이.

가장 먼저 기사를 본 은숙은 가슴을 쓸어내리더니 이렇게 말했다.

"왜 그랬나요. 그렇게 나쁜 사람 아니었으면서, 왜 그런 몹쓸 짓을 저질러 그렇게 나쁜 사람이 됐나요. 이 나쁜 사람아."

창남은 기사가 올라온 지도 모른 채 늦은 밤까지 다음 연극의 내용을 구상했다. 하식과 함께.

18일 후.

낮 두 시경에 강현과 은별의 결혼식이 치러졌다. 결혼식은 작은 예식장에서 조촐하게 진행되었다. 강현의 직장 동료 여섯 명과 은별의 극단 멤버 일곱 명, 강현의 어머니와 고모, 은별의 어머니와 창남, 그리고 하식이 참석한 인원의 전부였다. 강현과 은별은 결혼식 내내 생글뱅글 웃어댔다. 다른 이들도 모두 즐겁게 웃는 얼굴로 둘의 결혼을 축하해주었다. 강현의 어머니와 고모는 처음 인사를 나눌 때만 살짝 어색하게 웃음 짓고는, 곧 자연스럽게 웃으며 서로를 보았고, 부부가 된 둘을 어여삐 바라봤다. 예식 후 사진촬영은 지인과 가족으로 나눠 진행됐는데, 창남과 하식은 지인들 사이에 끼지 않고 가족 사이에 껴 촬영에 임했다. 은숙이 그 둘에게 "우리 두 아들도 같이 찍어요." 하고 권했기 때문이다. 그때 하식은 "네, 어머니." 하며 급히 가족들 사이에 끼었고, 창남은 살짝 어줍어하다가 은숙 옆으로 가 섰다.

한편, 사흘 전 서울중앙지방법원에서 김동필의 선고 공판이 있었는데, 판사는 그에게 징역 20년을 선고했다. 피해자들과 희생자들 가족의 계좌로 피해액이 곧 입금될 예정이었기에 추징금은 따로 선고하지 않았다.

재판 중에 동필은 25억 원가량 되는 자신의 재산을 희생자 가족들을 위해 쓰고 싶다고 말했다. 재판을 맡은 판사는 알았다고 한 뒤 돈으로 안 되는 게 있음을 명심하라고 일렀다. 그러자 동필은 "네, 명심하겠습니다. 명심한 채로 죽을 때까지 살겠습니다."라고 말했다.

강현과 은별이 결혼식을 치른 날 밤이었다.

둘은 어느 시골 마을 잔디 언덕에 앉아 있었다. 강현은 은별을 뒤에서 안은 채 밤하늘을 올려다보고 있었다. 은별은 강현의 두 손을 가슴에 품은 채 행복에 겨운 얼굴을 하고 있었다. 둘의 시선이 닿아 있는 밤하늘에는, 은구슬 같은 달과 하얗게 반짝이는 별들이 박혀 있었다.

"정말 꿈만 같다."

은별이 눈망울을 반짝이며 말했다.

강현은 설레는 얼굴로 은별의 말을 받았다.

"나도."

"내일도 오늘처럼 행복하겠지?"

"오늘보다 더 행복할 거 같은데?"

은별은 생글생글 웃었다.

"그럴 거 같다, 정말. 아, 오빠."

"응."

"에로영화 제목 지은 거 또 없어? 듣고 싶어. 오지게 재밌는 오빠표 에로영화 제목."

강현은 흐뭇한 웃음을 흘렸다.

"있지, 왜 없겠어. 드디어 지퍼를 내리고 여인네 품에 안긴 자, 토끼랑 같이 뒤뜰에 쭈그려 앉아 당근 오지게 씹어 먹고 있네."

은별은 헤헤거렸다.

"품에 안겼는데 왜 토끼랑 같이 당근을 씹어 먹어. 또 심심해서?"

"아니. 여인네가 당근 발견하기 전에 빨리 먹어 없애버리려고. 여인네가 당근 가지고 튈 수도 있으니까."

은별은 히히, 웃었다.

"대체 당근이 뭐라고……."

"그냥 빠따지, 뭐."

은별은 키드득거렸다.

"근데 왜 여인네가 그걸 가지고 튀어."

"심심해서 야구하려고."

은별은 낄낄 웃어댔다.

"야구를 왜……. 또 왜 그렇게 자꾸 심심한 건데?"

강현은 순애 어린 미소를 머금었다.

"은별이 웃게 해주려고."

은별은 일순간에 행복과 감격에 사무친 얼굴이 되어버렸다.

"응. 너무너무 재밌어서 웃음이 마구마구 나와."

"응. 앞으로도 계속 지어서 들려줄게."

"고마워, 오빠."

잠시 후, 둘은 서로의 어깨에 몸을 기댄 채 밤하늘의 별들을 마주하고 있었다.

강현이 말했다.

"나 며칠 전에 저번 일 떠올리다가 문득 이런 생각이 들었어. 사람이 사람을 해치는 게 세상에서 가장 슬픈 일 아닐까, 하는. 자신이 자신을 해치는 것도 마찬가지로. 스스로 목숨을 끊는 일도 똑같이 사람이 사람을 죽이는 거니까."

은별은 고개를 살짝 갸웃했다.

"스스로 목숨을 끊는 것도 사람이 사람을 죽이는 거라고?"

"응. 말 그대로 사람이 사람을 죽이는 거니까."

"음, 맞는 거 같다. ……근데 있잖아."

은별의 표정이 조금 어두워져 있었다.

"내가 그때 오빠를 찾아갔던 이유가, 어쩌면 내가 살 수 없을 것만 같아서였는지도 몰라. 오빠를 지켜주지 않고는 살 수 없을 것만 같아서."

강현은 그윽한 미소를 머금었다.

"저번에도 비슷한 얘기한 거 같은데, 지켜주지 않으면 죽을 것 같은 마음, 그게 사랑 아닐까. 그것도 아주 깊은 사랑. 그래. 너는 그냥 살 수 없을 것만 같아서가 아닌, 네 말대로 날 지켜주지 않고는 살 수 없을 것만 같아서, 그렇게 깊은 사랑을 느껴서 나를 찾아왔던 거야. ……그래. 네가 한 거니까 그럴 수밖에 없어. 네가 한 거니까 그렇게 깊은 사랑일 수밖에 없어."

은별은 아까처럼 행복과 감격에 푹 잠겨든 얼굴이 되어버렸다.

"고마워, 오빠. 오빠 최고."

흐뭇하고도 행복한 웃음이 절로 지어졌다.

은별은 고개를 오른쪽으로 기울이며 다시 입을 뗐다.

"나 그때 성형수술 말야. 내 아빠가 범죄자라는 거 숨기기 위해 하지 않고, 오빠한테 다가가기 위해 했다면 어땠을까."

강현은 고개를 왼쪽으로 기울여 은별과 머리를 맞댔다.

"글쎄…… 그랬든 저랬든 넌 너였겠지. 똑같이 반짝이는."

그 순간, 가장 반짝이는 별이 강현의 시선에 들어왔다.

"저 별 참 예쁘다. 은별이처럼."

"내가 보고 있는 별은 오빠처럼 예쁜 거 같은데."

은별이 강현과 같은 별을 보며 말했다. 자기와도 같고, 강현과도 같은 별을 보며.

"그래, 다 예쁜 것 같다. 너처럼 나처럼. 또 누구누구처럼."

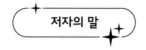

목을 부여잡은 채 낭떠러지 위에 서 있는 너.
우울과 번뇌와 슬픔에 절어 있는
자신을 떨어뜨리려 한다.

목을 부여잡은 채 심해에 잠겨 있는 너.
몸에 가해지는 압력을 견디다 못해
자신을 터트리려 한다.

목을 부여잡은 채 대기권 밖에 떠 있는 너.
땅을 향하지도, 하늘을 향하지도 못해
자신을 지우려 한다.

하얀 빛이 낭떠러지 위에서 반짝이고,
심해에 비치며,
대기권 밖에서 빛날 수 있기를.

까만 밤,
하얀 반짝임이 될 수 있기를.

나 그리고 우리,
너에게 별이 되기를.